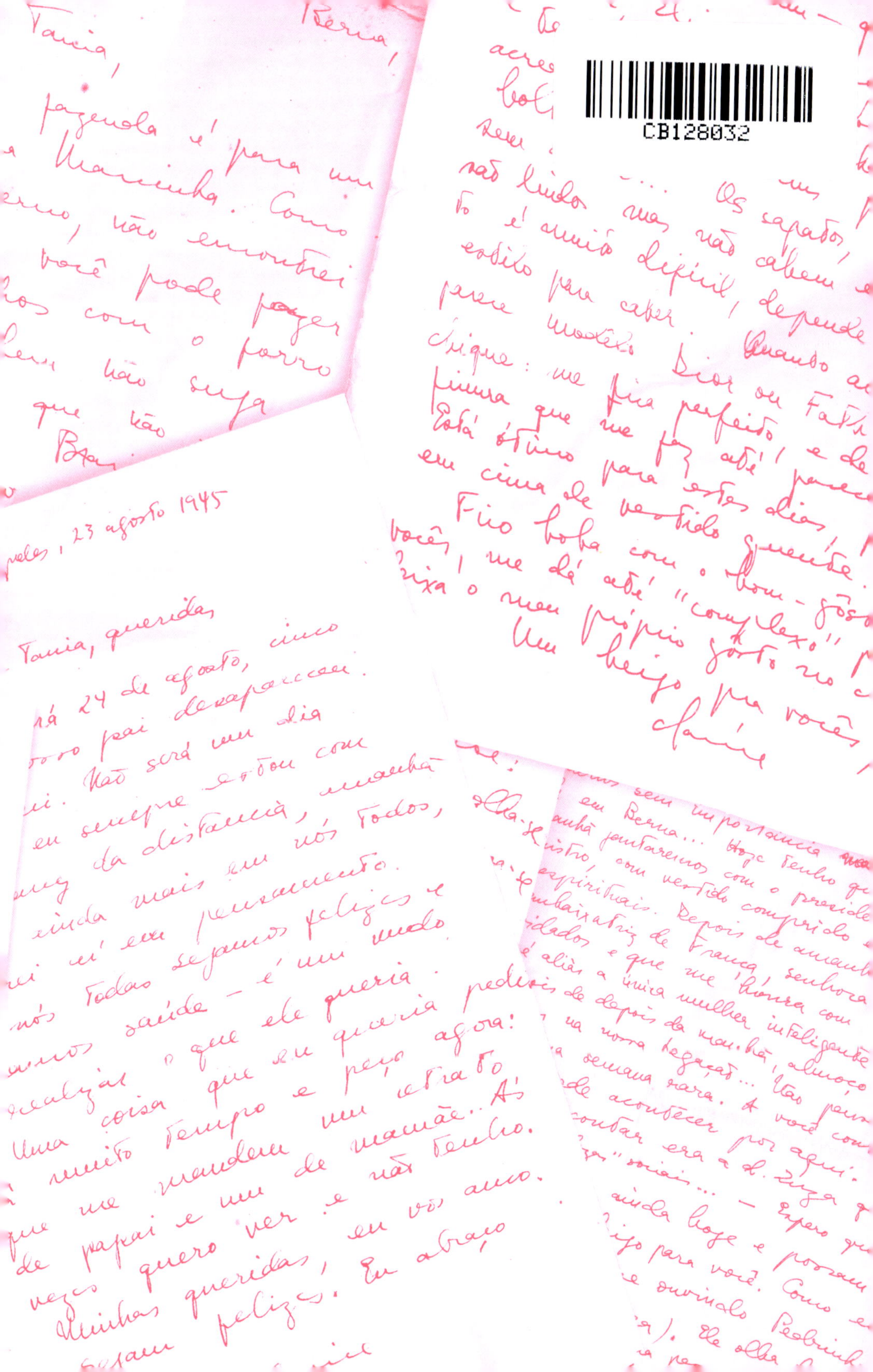
[...]peles, 23 agosto 1945
Tania, queridas
Já 24 de agosto, cinco
nosso pai desapareceu.
Não será um dia
Eu sempre estou com
da distância, amanhã
ainda mais em nós todos,
é em pensamento.
todos sejamos felizes e
saída – é um modo
realizar o que ele queria.
Uma coisa que eu queria pedir
muito tempo e peço agora:
me mandem um retrato
de papai e um de mamãe... Às
vezes quero ver e não tenho.
Minhas queridas, eu vos amo.
felizes. Eu abraço
Fico boba com o bom-gôsto
Um beijo pra você
Clarice

Minhas queridas

E OUTRAS CARTAS

Clarice Lispector

Minhas queridas

E OUTRAS CARTAS

Organização, introdução e notas:
Teresa Montero

Rocco

Organização, introdução e notas: Teresa Montero

Foto de capa: Bluma Wainer

EDITORA ROCCO LTDA.
Rua Evaristo da Veiga, 65 — 11º andar
Passeio Corporate — Torre 1
20031-040 — Rio de Janeiro, RJ
Tel.: (21) 3525-2000 — Fax: (21) 3525-2001
rocco@rocco.com.br
www.rocco.com.br

Printed in Brazil/Impresso no Brasil

CIP-BRASIL. CATALOGAÇÃO NA PUBLICAÇÃO
SINDICATO NACIONAL DOS EDITORES DE LIVROS, RJ

L753m

Lispector, Clarice, 1920-1977
Minhas queridas e outras cartas / Clarice Lispector ; organização, introdução e notas Teresa Montero. - 1. ed. - Rio de Janeiro : Rocco, 2025.

ISBN 978-65-5532-617-8
ISBN 978-65-5595-410-4 (recurso eletrônico)

1. Lispector, Clarice, 1920-1977 - Correspondência. 2. Cartas brasileiras. I. Montero, Teresa. II. Título.

CDD: B869.6
25-100184.1 CDU: 82-6(81)

Meri Gleice Rodrigues de Souza - Bibliotecária - CRB-7/6439

O texto deste livro obedece às normas do novo Acordo Ortográfico da Língua Portuguesa

Sumário

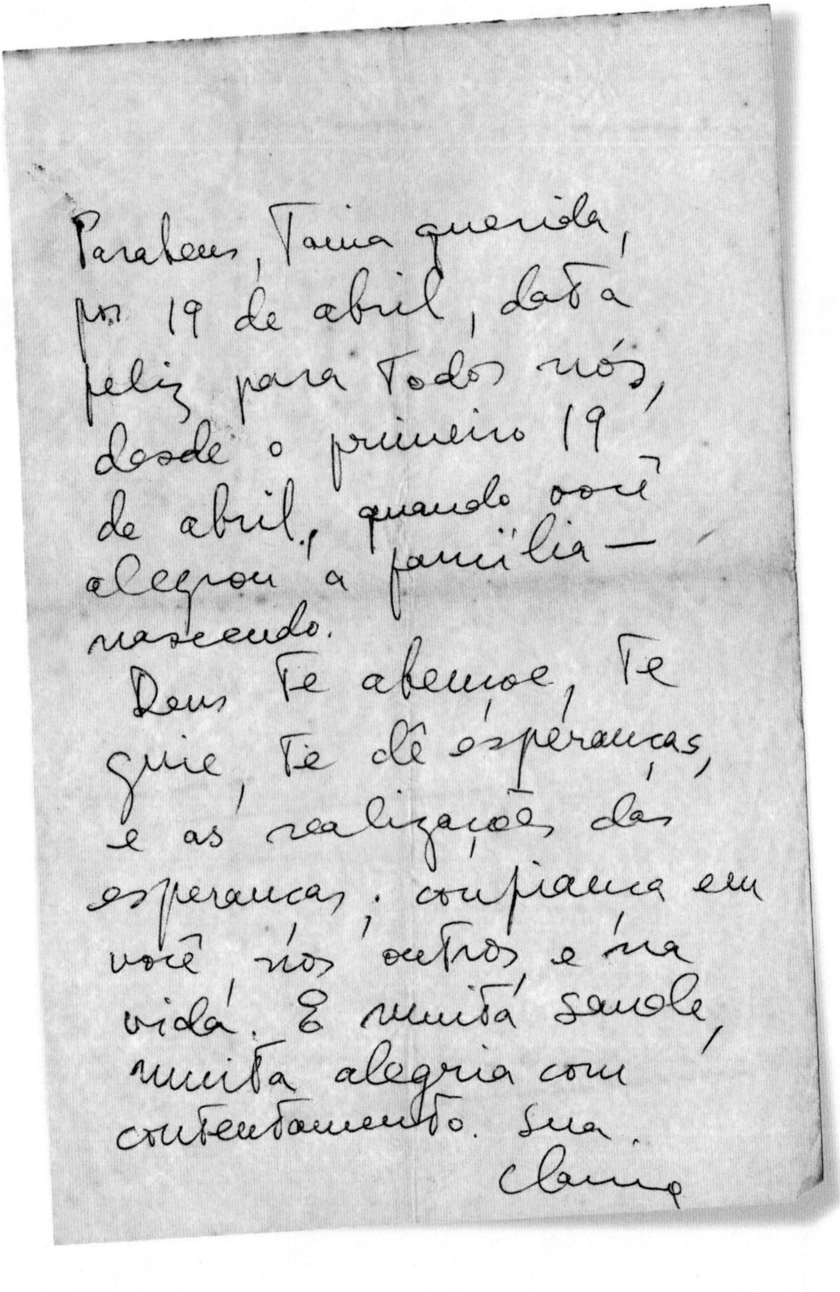

Parabéns, Tania querida, por 19 de abril, data feliz para todos nós, desde o primeiro 19 de abril, quando você alegrou a família — nascendo.

Deus te abençoe, te guie, te dê esperanças e as realizações das esperanças, confiança em você, nós outros e na vida. E muita saúde, muita alegria com contentamento. Sua

Clarice

Introdução

Os primeiros vinte anos da trajetória literária de Clarice Lispector foram construídos entre as décadas de 1940 e 1950, período no qual ela fixou residência em Nápoles, Berna, Torquay e Washington. Clarice escreveu dois romances no exterior: *A cidade sitiada* (1949) e *A maçã no escuro* (1961), sendo que *O lustre* (publicado em 1946) estava terminado quando ela mudou-se para Nápoles. Também produziu vários contos, incluídos nos volumes *Alguns contos* (1952), *Laços de família* (1960) (que absorveu os seis contos do livro anterior somados aos sete inéditos) e *A legião estrangeira* (1964).

Somados a estes textos há uma vasta correspondência enviada aos amigos e, principalmente, às irmãs Elisa Lispector e Tania Kaufmann. Uma parte dessas cartas está publicada em *Cartas perto do coração* (2001) e *Correspondências* (2002).

Das cartas de Clarice para os amigos, sabe-se que foram recebidas com grande euforia, nas palavras de Otto Lara Resende: "Ler as cartas de Clarice é como saborear garrafas de champanhe", confessou o escritor em *Eu sou uma pergunta* (1999). A recepção calorosa, em parte, pode ser explicada por causa da impossibilidade dos destinatários conhecerem a Europa em plena guerra. Aos olhos dos amigos escritores, Clarice ganhava um charme especial por estar vivendo no exterior. Além disso, sua partida após o lançamento do primeiro romance, *Perto do coração selvagem*, lançado em dezembro de 1943, criou uma aura de mistério em torno dela. Isso porque, um mês após o lançamento, ela partiu com seu marido, o diplomata Maury Gurgel Valente, para Belém; seis meses depois, já estava de mudança para Nápoles, onde o marido assumiria seu primeiro posto no exterior. Portanto, os livros seguintes foram lançados enquanto ela vivia na Europa; no entanto, Clarice sempre esteve presente na ocasião dos lançamentos no Rio.

A publicação de *Minhas queridas* compõe uma espécie de trilogia das cartas, exercendo um papel especial neste triângulo, pois, particularmente, este volume reúne uma parte significativa da correspondência inédita de Clarice Lispector, na qual se pode acompanhar, de forma contínua, os seus passos em território estrangeiro. Este conjunto de cartas encontrava-se nos arquivos particulares de Elisa Lispector e Tania Kaufmann.

A publicação de 120 cartas inéditas, selecionadas nos arquivos das irmãs Lispector, era o que faltava para permitir um delineamento mais preciso dos primeiros vinte anos da trajetória literária de Clarice Lispector. Além do potencial biográfico e histórico, *Minhas queridas* cumpre o papel de preservação da memória literária brasileira por meio das correspondências, tão valorizadas desde o modernismo brasileiro, que tem nos permitido conhecer tantos pormenores da vida literária e dos meandros da criação. Basta ler, por exemplo, as cartas de Mário de Andrade, Carlos Drummond de Andrade e Manuel Bandeira.

Outro aspecto a ser destacado, sem dúvida um dos traços mais marcantes de *Minhas queridas*, é mostrar a história do "amor e da ternura entre irmãs", uma história semelhante à registrada no filme sobre as irmãs Brontë, visto por Clarice em Nápoles, conforme a própria comentou em uma das cartas.

Essa história pode ser acompanhada desde 1940, antes mesmo de Clarice deixar o Brasil. As cinco primeiras cartas deste volume mostram Clarice e Elisa morando com o pai, Pedro Lispector, numa casa de vila na Tijuca. Com a morte do pai, em agosto de 1940, as duas irmãs passam a morar com Tania, então casada com William Kaufmann. Elisa, a irmã mais velha, era dotada de um temperamento reservado. Seu primeiro romance, *Além da fronteira*, foi escrito sem o conhecimento de sua irmã Tania. Nas cartas, percebe-se o pudor de Elisa diante de Clarice quando o assunto é o seu primeiro livro, lançado sem que esta soubesse ao menos do que se tratava. A paixão pelas letras era compartilhada igualmente pelas três irmãs Lispector. Nas cartas, Clarice mostra-se mais à vontade com Tania para discorrer sobre os problemas pessoais. Mesmo sendo a caçula, Clarice não abre mão de exercer uma atitude maternal com ambas: dirige-se carinhosamente à Elisa, ou Leinha (o nome de Elisa em russo era Lea), como "minha neta"; e à Tania, ou "Naninha", como "minha filha". Essas cartas mostram bem a importância do núcleo afetivo que manteve Clarice disposta a vivenciar a experiência de viver quase dezesseis anos fora do Brasil.

Clarice Lispector registrou praticamente mês a mês o seu cotidiano no exterior, sempre pontuado por uma trilha musical que a acompanhou em diferentes momentos, dos concertos que assistiu aos discos que comprou: de Chopin a Beethoven, de Carmen Miranda a Vicente Paiva. A feitura dos romances, a ansiedade e as dificuldades para publicá-los, como repercutiam os comentários dos críticos, os museus que visitou, os filmes, as peças a que assistiu. O prazer de ler Rosamond Lehmann e Emily Brontë. Tudo isso vivido por um temperamento "vago e sonhador", como se definiu em uma das cartas. As tarefas diárias como esposa de diplomata e o encantamento com a maternidade também estão registrados; seu primeiro filho nasceu em Berna; o segundo, em Washington.

Por mais pessoal que seja uma conversa entre irmãs, essas cartas deixam entrever como aquele contexto histórico interferiu no cotidiano de Clarice, como ela revela neste trecho:

> o que tem me perturbado intimamente é que as coisas do mundo chegaram para mim a um certo ponto em que eu tenho que saber como encará-las, quero dizer, a situação de guerra, a situação das pessoas, essas tragédias. Sempre encarei com revolta. Mas ao mesmo tempo sinto necessidade de fazer alguma coisa, sinto que não tenho meios. Você diria que eu tenho, através do meu trabalho. Eu tenho pensado muito nisso e não vejo caminho, quer dizer, um caminho verdadeiro.

Sua vida privada foi pontuada por momentos importantes da história política da Europa. Sua travessia para este continente em plena guerra é um capítulo à parte. Clarice vivencia experiências típicas de um aventureiro. A viagem se inicia a partir de sua saída do Rio de Janeiro, em julho de 1944, em direção ao aeroporto da base americana de Parnamirim, em Natal, onde permaneceu por seis dias. Em seu roteiro de viagens, passa pelo continente africano, onde conheceu as vilas de negros em Fisherman's Lake, na Libéria; as pirâmides do Egito; a cidade de Casablanca, tomada por soldados ingleses, franceses e americanos e o deserto do Saara.

Sua estadia em Nápoles, durante um ano e nove meses, então considerada uma zona de guerra (por onde transitavam aqueles que se destinavam aos campos de batalha e os que voltavam para repouso e cura), lhe pôs em contato com os soldados brasileiros feridos em combate quando trabalhou como voluntária na Seção de Serviço Social do Serviço de Saúde da FEB. Dos soldados brasileiros, Clarice contou uma passagem pitoresca: o sambinha que inventaram a bordo do navio sobre "uma espécie de bolacha americana dura, que, embebida em leite, fica mole". Ainda em Nápoles, viu as lavas do Vesúvio um ano depois da erupção. Se em Nápoles, como ela disse, tinha uma vida "onde nenhum minuto se respirava sozinha" (pois morava no Consulado), em Berna, segundo posto diplomático para onde foi transferido seu marido, "se respira mesmo sozinha".

Em Berna, Clarice descobriu o existencialismo de Jean-Paul Sartre, escreveu lentamente seu terceiro romance, A *cidade sitiada*, "que nunca se adianta por falta de estímulo". De vez em quando, enviava contos e crônicas para Tania publicar nos suplementos literários brasileiros, também gostava de comentar as suas leituras: François Mauriac, Tolstói, Simone de Beauvoir. Nunca deixava de ir ao cinema, o seu programa preferido; aliás, desde o Rio, "sinto falta da Cinelândia, cheia de cinemas onde eu podia entrar a hora em que eu quisesse, sozinha ou acompanhada". A ida aos museus também fazia parte de seu dia a dia. A visão de um quadro, por exemplo, podia lhe inspirar a criação de um texto para a sua coluna *Children's Corner* em O *Jornal*.

Também em Berna, entendeu com mais clareza o que acontece a algumas pessoas expostas "ao desenraizamento dessa vida no estrangeiro". Na carreira diplomática, observa Clarice, "se está fora da realidade, não se entra em nenhum meio propriamente — e o meio diplomático é composto de sombras e sombras". Isso a faz admirar mais seu pai, Pedro Lispector, um imigrante que deixou a terra natal e "soube ter vida nova"; "é preciso ter coragem para ter vida nova". A vivência do desenraizamento foi tema de muitas cartas:

> **Estamos espiritualmente cansados, fisicamente cansados (...) Imagina que daqui a uns anos estaremos exaustos. O corpo e cabeça ficam constantemente procurando uma adaptação, a gente fica fora de foco, sem saber mais o que é e o que não é. Nem meu anjo da guarda sabe mais onde moro.**

Após três anos vivendo no exterior, Clarice percebeu que cada vez mais era pouco escrever cartas ou telefonar. É que, para ela, "*não existem lugares, existem pessoas*". Por isso, a insistência em desfazer a aura de encantamento que se criava em torno de alguém que um dia viveu a experiência de morar na Europa anos a fio:

> **Penso que vocês acham que eu levo tal grande vida que menos cartas, mais cartas, me dá no mesmo. Que eu levasse essa tal**

> maravilha de vida, e precisaria de cartas de vocês. Ainda mais, quando meu desejo é sobretudo estar aí no Brasil. Não é que eu não esteja gostando daqui. Mas me amolo e me chateio sempre, em qualquer parte.

A transferência de posto de Maury permitiu-lhe voltar ao Rio de Janeiro, em junho de 1949, abreviando por uns meses a sensação de estar "fora de foco". No ano seguinte, o casal já estava de malas prontas para residir seis meses em Torquay, na Inglaterra. No próximo posto, Washington, Clarice relata suas habilidades para conciliar as tarefas domésticas, os compromissos diplomáticos e a maternidade. É o período de feitura de *A maçã no escuro*.

Minhas queridas é fruto de uma época em que há um crescente interesse pela correspondência e pelo manuscrito literário, que, enquanto documentos privados de um autor, mostram etapas de seu processo de criação, contam momentos de sua vida e do país. A importância das cartas de papel cresce significativamente na era da internet; cartas como estas, redigidas à mão ou à máquina, tornam-se objetos de culto.

Minhas queridas tem o poder de transportar o leitor para um outro tempo: o tempo de Clarice, quando as palavras eram saboreadas de outra forma. Tempo em que tudo era mais lento se comparado à velocidade de um computador: as cartas chegando pelo correio, o uso do telégrafo, a comunicação entre localidades distantes sendo feita pelo rádio. Um tempo, confessa Clarice à Tania, em que "receber carta sua às vezes tem o sentido que teria abrir as janelas de um quarto onde eu estivesse fechada há semanas".

Teresa Montero
organizadora

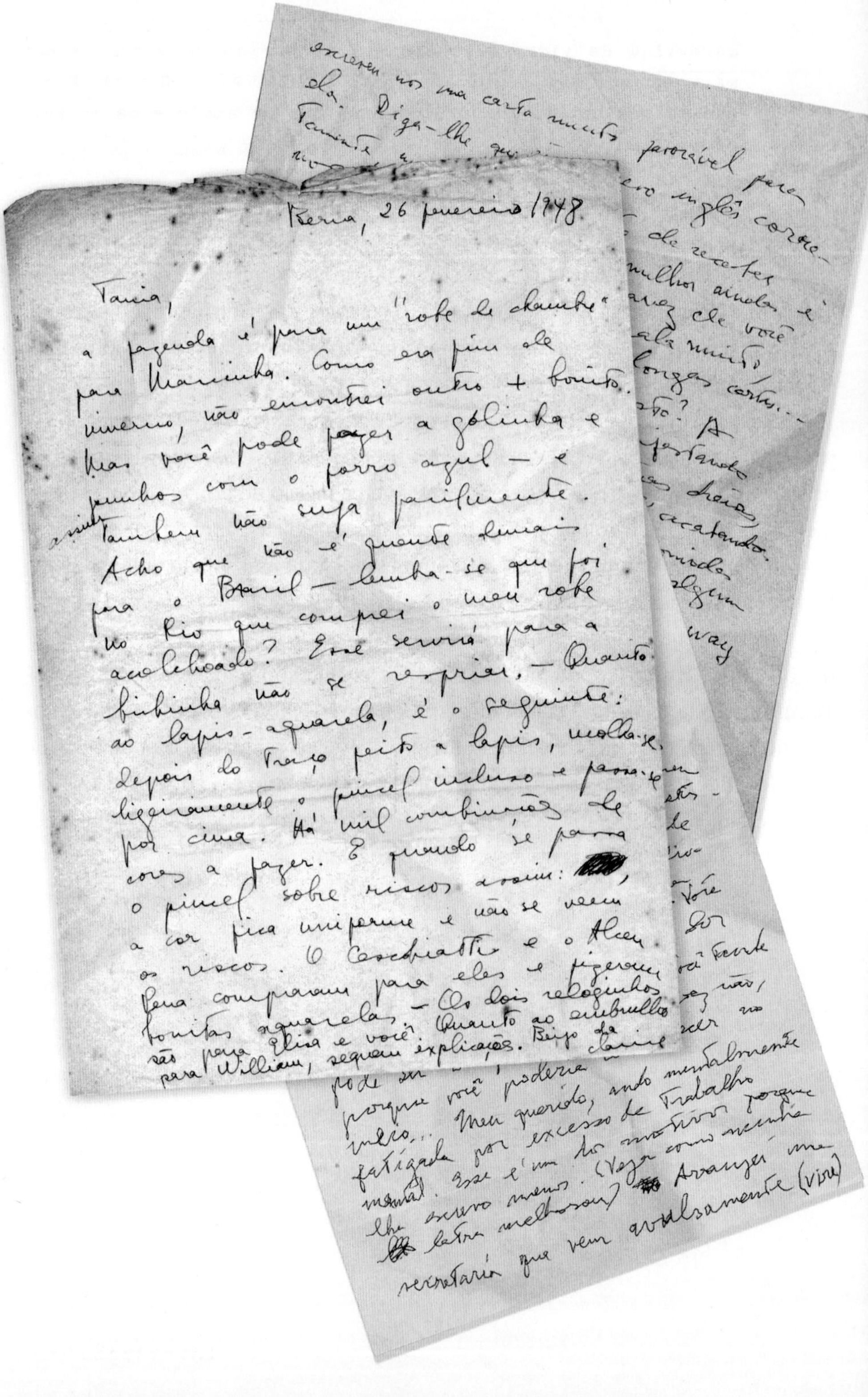

Berna, 26 fevereiro 1948

Tania,

a fazenda é para um "robe de chambre" para Marcinha. Como era fim de inverno, não encontrei outro + bonito. Mas você pode fazer a golinha e punhos com o forro azul — e assim também não suja facilmente. Acho que não é quente demais para o Brasil — lembra-se que foi no Rio que comprei o meu robe acolchoado? Esse servirá para a Marcinha não se resfriar. — Quanto ao lapis-aquarela, é o seguinte: depois do traço feito a lapis, molha-se ligeiramente o pincel incluso e passa-se por cima. Há mil combinações de cores a fazer. E quando se passa o pincel sobre riscos assim: ▬, a cor fica uniforme e não se veem os riscos. O Ceschiatti e o Alceu pena compraram para eles e fizeram bonitas aquarelas. — Os dois relogiozinhos são para Elisa e você. Quanto ao embrulho para William, seguem explicações. Beijo da Clarice

escreveu-nos uma carta muito favorável para ela. Diga-lhe que ... inglês correto ... de receber ... melhor ainda e ... vez de você ... muito/ longas cartas... ... A ... esperando ... ... acatando ... algum ... way

... pode ser ... porque você poderia ... inteiro... Meu querido, ando mentalmente fatigada por excesso de trabalho mental. Esse é um dos motivos porque lhe escrevo menos. (Veja como minha letra melhorou) Arranjei uma secretaria que vem ... (vire)

Nota à edição ampliada de *Minhas queridas*

A edição ampliada de *Minhas queridas* reafirma o traço mais marcante desta obra: as relações de afeto de Clarice Lispector em família, o que a torna singular no conjunto das correspondências da escritora, como *Todas as cartas* e *Correspondências*.

A inserção das cartas aos filhos se entrelaça àquelas que cultivam o amor fraterno com as irmãs Elisa Lispector e Tania Kaufmann.

São treze cartas escritas ao filho caçula, quando este residiu durante seis meses em Indiana para participar de um programa de intercâmbio estudantil nos Estados Unidos em 1969, com exceção de uma cujo relato sobre a matrícula no primeiro ano da faculdade de Economia é muito reveladora dos cuidados maternos. Aquela endereçada ao primogênito destaca a presença da pintura no cotidiano de Clarice e mostra como isso foi compartilhado entre mãe e filho.

Esta nova edição mostra que o tom maternal é uma marca da personalidade de Clarice Lispector e se estende dos filhos para às irmãs. *Minhas queridas* é uma história de afeto contada em cartas que venceram o tempo e os novos meios de comunicação, nas quais a conversa íntima também revela novos ângulos do percurso literário de Clarice Lispector e ressignifica o contexto histórico em que foram escritas.

Teresa Montero

Rio de Janeiro

1940-1942

Rio, 31 maio 1969 (vae para o correio segunda-fei feira, 2 de junho. Hoje é sábado.)

Meu querido Pernilongo,

como vae o meu amor de filho? Estou contente com a idéia de um fim-de-semana em Chicago. E acho muito boa a sua idéia de um "empreguinho", como o de cortar grama. Eu também já tive vários empreguinhos, e ganhave meu dinheirinho. Além do mais não dá preguiça de cortar a grama dos outros, só da preguiça quando é a grama de nossa própria casa... E, embora eu já saiba porque voce xxxxescreveu, que não está precisando de dinheiro, uns dolars a mais não prejudicarão em nada.

Meu queridok, quanto ao seu quarto, você infelizmente terá que esperar por dias melhores, isto é, mais fartos em matéria de dinheiro. Pintar as paredes de seu quarto apenas, eu não faria, porque daquí a um ano pretendo pintar a casa toda. E, quanto ao teto azul-rei, eis a minha mipix opinião: xxxxx seu quarto não é muito bem iluminado, mas as xixxes cores claras iluminam um pouco o ambiente. Ora, se eu cobrir com uma camada de xxxxt tinhax azul-escuro o teto, escurecerei o quarto inteiro. Garanto-lhe, Paulo, que não vale a pena. É melhor, pelo menos pelo momento, deixar o quarto como está.

Estive na Bahia para entrevistar tres pessoas (Jorge Amado, o tapeceiro Genaro x- não ganhei nenhum tapete..., e o escultor Mário Cravo) e adorei Salvador. Foram tres dias e meio de sonho e agora só penso em voltar para lá e, quem sabe, passar um mês trabalhando lá mesmo. Eu fui a convite do governador da Bahia que pos à minha disposição um carro e um chofer, de modo que pude ver e sentir mil vezes mais do que se gastasse tempo andando e procurando xxxxxxxas ruas. Nunca comi tanto azeite dende na minha vida. Receba um beijo (da pessoa que mais quer você no mundo) mamãe

Não quero gato agora em casa, a menos que já tenha sido treinado em pipi e em arranhar o estofo dos móveis

17 maio 1940

Querida Elizinha:

Recebemos finalmente hoje a sua carta, hoje sexta-feira. "Finalmente" porque eu estou sentindo tanto sua falta em casa, que terça-feira já esperava pelo correio. Você indo embora a casa ficou muito vazia e eu muito sozinha. Espero somente que tudo isso se justifique com o melhor aproveitamento possível de sua estadia aqui.

Pretendo ir aí no sábado. Ou talvez no outro ainda, porque há um baile e há a probabilidade em 3 milhões de que eu vá: não tenho vestido (queria fazer uma saia comprida de veludo e uma blusa de renda, mas o custo é imenso). Recebi na 2ª feira 281$200 na redação concernente à traduções antigas.[1] Mas entre as qualidades do dinheiro não está a elasticidade...

Elisa, tem outros hóspedes aí? Só queria. Olhe, bichinha, você tem sempre sorte com o número 13, as viagens, são três, para Teresópolis, eram em cadeiras 13 etc., não é? Pois bem, você viajou no dia 13. E papai notando isso, disse que no concerto de Jascha Heifetz[2] sua cadeira era nº 13! Vou ver se lhe arranjo um balangandã nº 13.

Elisa, você tem por aí perto uma farmácia, para que lhe deem injeção?

Por favor, escreva mais um pouco: sou eu quem pede e Tania, para quem eu li sua carta. Papai não está, por isso não se manifesta. Escreva mais detalhes: lembre-se de que não sabemos absolutamente nada de sua vida aí. Tem trabalhado muito em Juiz de Fora. Cuidado com uma "surménage".[3]

Minha filhinha, seja feliz. Não me desaponte. E escreva logo que receber esta, no mesmo dia.

Tania não manda muitos recados, diz que lhe escreverá. Manda mil abraços e lembranças.

Um grande abraço de sua
Clarice

P.S. Não fique nervosa se não puder entender a letra. Conte até 10, dê uma volta pelo jardim e volte à tarefa com o espírito de sacrifício cristão.

22 maio 1940

Querida Elisa:[4]

Não posso verdadeiramente entender por que você não escreve. Francamente: custa muito um dia sim e outro não (alternados) escrever um bilhetinho? Já não peço que você conte novidades, nem escreva um jornal de Miguel Pereira. Mas apenas: notícias! Entendo que aí não há telefone, que você está longe, e que nós ansiamos por notícias suas.

Queremos saber até minúcias, se a comida é boa, se o ambiente é agradável, se você se sente bem-disposta. Tudo, tudo.

Nós vamos bem. Quanto à Marcia não vai bem: vai ótima! Está uma linda bolinha cor-de-rosa. Ainda há pouco telefonei pra Tania, que não pôde atender, porque estava acabando de enxugar a srta. Marcia, recém-vinda de seu perfumado banho.

Papai está muito bem, felizmente. Ele foi fazer a tubagem e como se surpreendesse do líquido da vesícula sair de cor diferente da das outras vezes, o médico lhe explicou que a diferença era favorável: a vesícula agora está funcionando. Ele continuará o tratamento, fará os preparos necessários e irá em breve ao médico.

Eu vou sábado à noite ao baile. Uma tortura encontrar a fazenda. Mas, enfim... deveres sociais! (Ah! Ah!)

Edith vai passar uma semana em Friburgo; a mãe está doente. Se arranjar quem fique no lugar dela, bem; se não arranjar, é o jeito. Vou comer na cidade, mas agora sem você, para fazer uma farra de cinemas depois.

Elisa, o conto que eu apresentei pro *Pan*...[5] vai ser publicado. Ou o homem está louco ou sou eu quem está.

Você tem lido, tem descansado, tem comido, tem dormido, tem escrito, tem passeado, tem engordado? Só má vontade de sua parte impede que você escreva. Por favor, bichinha, escreva sempre, sempre. É pau não ter notícias suas. Estou aqui muito sozinha ("nesse enorme casarão", acrescentaria uma personagem romântica de Delly)[6] em

Tania lhe escreveu há dias.[7]

Elisa, pense que essas férias são a "grande oportunidade". Viva como viveria uma princesa, isto é, sem cuidados, sem preocupações. Durma ou pelo menos se deite depois do almoço. Dê um pequeno passeio de manhã. E seja feliz e descansada. Lembre-se do "tranquilismo de Lin Yutang".[8] "Não fazer nada" é uma das ocupações mais produtivas do homem.

Até logo, bichinha. Se eu não receber carta sua, vou aí buscar.

Um grande abraço de Clarice

Papai manda lembranças e saudades.

36 B c 3... (gostou?)[9]

Sábado, 7-2-1941

Alô, Tania, William e Marcinha:

Fiquei espantada com a vinda de Gessy. Imagino que você, Tania, deve estar se amolando. Mas eu não acho impossível que, quando você voltar, ela também volte.

Elisa decerto já falou que Leocádia não veio. Mas tudo está se arranjando. Jantamos na pérola das pensões, que, entre parênteses não vale nada. Eu senti um nojo incrível quando um garçom, com cara de assassino, veio me servir e no braço descoberto enxerguei uma tatuagem, um coração, com data e sei lá mais o quê. Mas... pra que estou contando isso? Maluquice pura.

Quanto ao trabalho: fui falar com dr. J. e ele ficou de falar com L. F. Mas no dia seguinte telefonei pedindo que ele abandonasse a ideia, porque eu não ia voltar. Nunca vi tanta necessidade de dar coices como naquele sujeito. Começou por me dizer que eu não era indispensável. Como eu dissesse que desejava voltar às reportagens, disse-me que eu já estava com imposições. Que eu, entrando lá, faria o que fosse preciso. E que, quando eu fosse com ele ao L. F., ia dizer que tivera um incidente comigo, mas que eu queria voltar e como tinha certas qualidades... E, disse-me ele, aconselhava-me a que concordasse com isso como um pai aconselharia... Fez o possível para me botar no meu lugar. E o idiota do Sampaio não me cumprimentou senão depois de longos minutos de observação. Mas o Santos Jr. acha que eu voltarei, porque o J. S. já tinha falado com L. F. Vai se encontrar comigo segunda-feira para me convencer. Será difícil. Lá pra terça-feira terei talvez uma resposta da *Noite*.[10] E o Brutus assegurou-me que o lugar é meu, como publicista dos *Comediantes*.[11] O que, parece-me, me garantiria uns 800 mensais.

O que mais, querida? Elisa já varreu o quarto dela e mesmo o seu e o de Marsuska. Mas eu ainda não varri o meu e estou me dando tão bem que parece-me descobri o clima ideal... Estou escrevendo ao meio-dia, depois de ter rasgado a carta que tinha escrito ontem e que já estava velha, e ouvindo a "Morte de Isolda"[12] que nunca envelhecerá. Pra variar, vou almoçar no Praia Bar. Ah, esqueci; vou tomar banho antes...

Escrevam dizendo tudo. Se a Marcia está se dando bem com a comida, se William está gostando e se você, Tania, está cumprindo aquele programa de "aproveitamento integral". Aqui está fazendo um calor que de tão pontual diariamente, já está ficando chato. Você sabe? Desde que estou namorando o Itamaraty tenho ficado com gosto especial pelas palavras de gíria, bem vulgares... Já comecei a reagir...

William, o homem da geladeira queria lhe mandar uma história de duplicatas pra você assinar. Eu disse a ele que esperasse, que a casa não pega fogo. Assim você se entende diretamente com ele.

Tania, por favor, ensine a Marcia aquela frase assim: o .... não vale nada.

Um grande abraço pra todos.

Vossa irmã, cunhada, tia que vos abençoa,

Clarice

Fazenda Vila Rica,
Estado do Rio, janeiro de 1942

Alô, queridíssima:

Imagine que recebi tuas duas cartas ao mesmo tempo. Uma com o carimbo de 6.

Estou com muita saudade de você. Vou contar tudo direitinho: tem eletricidade que apaga às 10 ½ mais ou menos. Estou só num quarto, encontrei uma viúva (moça) com uma filhinha, muito simpática, com quem eu tenho me dado. Não escrevi uma linha, o que me perturba o repouso. Eu vivo à espera de inspiração com uma avidez que não dá descanso. Cheguei mesmo à conclusão de que escrever é a coisa que mais desejo no mundo, mesmo mais que amor. Tenho recebido cartas formidáveis do Maury.[13] Houve uma briga entre nós porque ele interpretou como literária uma carta que eu mandei. Você bem sabe que isso é a coisa que mais pode me ofender. Eu quero uma vida — vida e é por isso que desejo fazer um bloco separado da literatura. E além do mais, eu tinha escrito a carta com uma espontaneidade integral. Escrevi interrompendo o nosso caso. Pois recebi imediatamente um telegrama e duas cartas uma em cima da outra. O telegrama com resposta paga. Isso me comoveu e mesmo eu já estava arrependida. Mas, mesmo tendo certa certeza de amor, mesmo tudo, eu continuo querendo mais que todas as coisas que você sabe.

Estou engordando aos poucos. Mas não demorarei muito. Estou ansiosa por ir ao Rio, escrever uma coisa boa, arranjar um emprego.

E você, querida? A carta que você me mandou no envelope pequeno foi tão, tão boa que você não imagina. Felizmente eu tenho você.

Dê um grandississímo abraço na Marcinha por mim. Dê muitas lembranças a William, a quem esta não foi endereçada somente porque é de "caráter privado". Não esqueça de responder logo e ponha dentro a correspondência que chegou pra mim.

Tua Clarice

P.S. Hoje [.] eu ... [.] custei a imaginá-la como mãe. Por que ela perdeu a criança?

P.S. Lembranças a Bertinha

P.S. Uma mulher botou cartas pra mim (me perdoe... só brincadeira) e disse um bocado de coisas boas. Inclusive que Elisa casará. Juro que não acredito, mas é bom...

Fazenda Vila Rica,
Estado do Rio, janeiro de 1942

Alô, Tania e William:

Cá estou na Fazenda — regularzinha. Comida — mais ou menos. Gente — insignificante, felizmente. Moscas — bem provida.

Uma negrinha que duas horas depois de arrumar o quarto deixa inebriante perfume.

Nada mais.

Elisa com certeza já partiu, não é?

Estou escrevendo + para pedir que você, Tania, me escreva dizendo quando devo tomar aquelas injeções. 14 dias antes? Não sei, diga tudo e com urgência.

A Marcinha vai bem? Deem um grande abraço nela. E outros prá vocês.

Clarice

P.S. Recomendações a Gessy e a Leocádia, senão elas ficam danadas.

Belém

1944

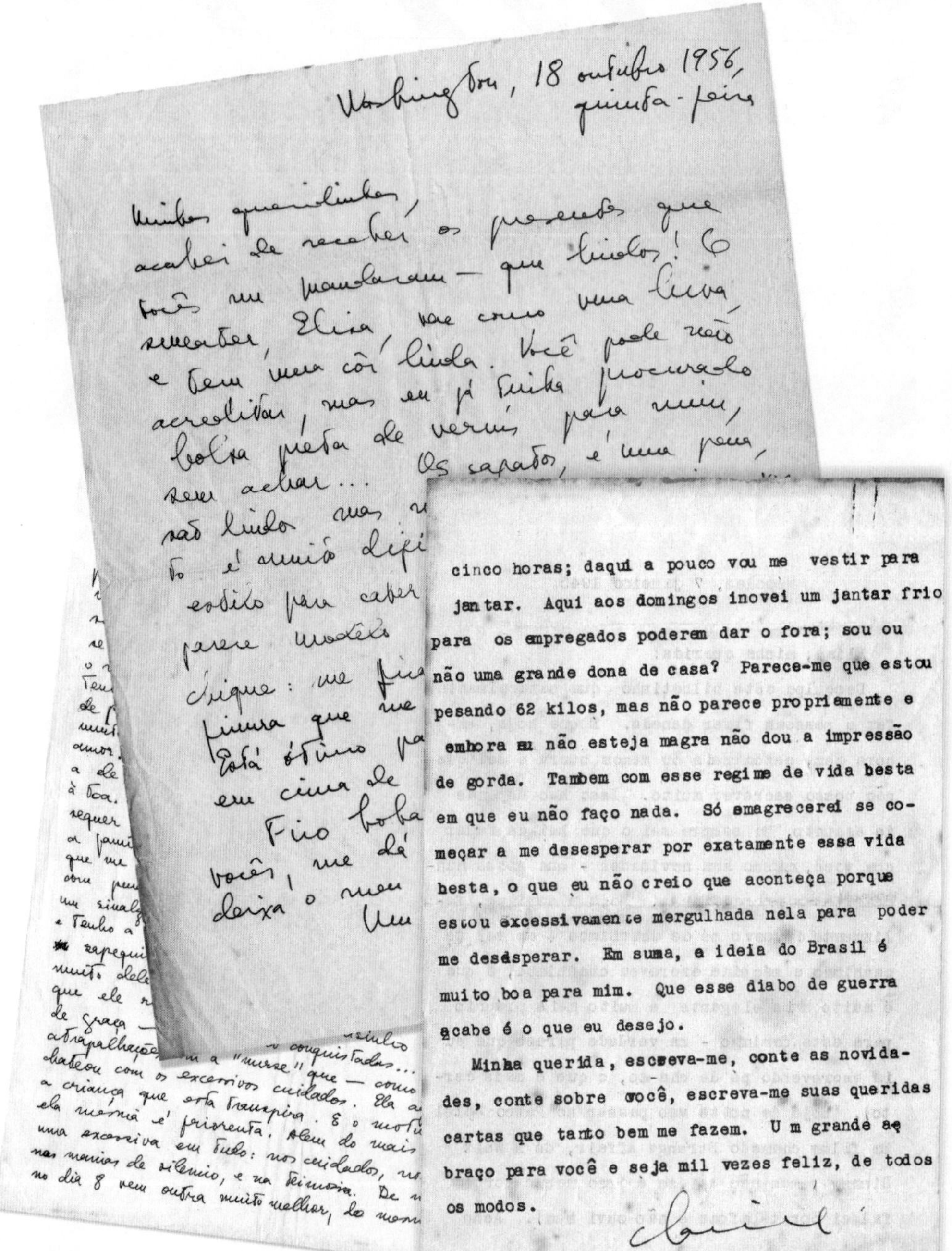

Washington, 18 outubro 1956,
quinta-feira

Minhas queridinhas,
acabei de receber os presentes que
vocês me mandaram — que lindos! O
sweater, Elisa, vale como uma luva,
e tem uma côr linda. Você pode não
acreditar, mas eu já tinha procurado
bolsa preta de verniz para mim,
sem achar... Os sapatos, é uma pena,
são lindos mas

cinco horas; daqui a pouco vou me vestir para
jantar. Aqui aos domingos inovei um jantar frio
para os empregados poderem dar o fora; sou ou
não uma grande dona de casa? Parece-me que estou
pesando 62 kilos, mas não parece propriamente e
embora eu não esteja magra não dou a impressão
de gorda. Tambem com esse regime de vida besta
em que eu não faço nada. Só emagrecerei se co-
meçar a me desesperar por exatamente essa vida
besta, o que eu não creio que aconteça porque
estou excessivamente mergulhada nela para poder
me desesperar. Em suma, a ideia do Brasil é
muito boa para mim. Que esse diabo de guerra
acabe é o que eu desejo.

Minha querida, escreva-me, conte as novida-
des, conte sobre você, escreva-me suas queridas
cartas que tanto bem me fazem. Um grande a-
braço para você e seja mil vezes feliz, de todos
os modos.

Clarice

Belém,
23-2-44

Tania, querida:

Só lhe escrevo hoje pra dar uma conversinha, pois estou sem novidades, nem grande fôlego. Recebi sua carta de sábado (antes do Carnaval, suponho) em boa hora. Não me passe carão: mas na segunda-feira de Carnaval fomos a uma festa na casa do cônsul americano e eu tomei um bom pileque. Eu digo que não me passe carão porque o dia seguinte já me passou. Puxa! Que enjoo. Uma dessas ressacas de filme de cinema. Foi bom que eu tivesse bebido pra tirar o que existe de tentador na ideia, tão divulgada e cantada pelos poetas... Foi a primeira vez e a última, não há dúvida. Mas hoje estou bem e não sinto nada. Ontem, deitada na cama e enjoando (Maury voltou da rua também enjoado), eu recebi tua carta e enquanto lia não senti nada. Quando li a história da cavalgadura se desentendendo com você, eu gostaria de enjoar em cima dela. Na festa dos americanos dancei muito. Eles são muito simpáticos e alegres, com dentes lindos e, certamente, com ótima saúde. As moças que estavam lá tinham também ótimos dentes e pernas lindas.

Tinha uma enfermeira velha e altíssima divertindo-se muito, a única em vestido comprido, parecido com o robe do Maury. E uma outra extraordinariamente gorda, de espantar, muito alegre, fazendo piadas sobre o próprio peso, o que não deixa de ser um pouco triste. Se a gente tivesse duas vidas, não fazia tanto mal ser tão gorda numa delas. — Eu não escrevi ao Álvaro Lins[1] dizendo aquilo sobre o romance não ser o "meu romance" porque não interpretei a crítica dele assim. Mas um amigo do Maury escreveu (a Maury) também protestando contra essa insinuação. De que pedaço você e ele deduziram isso? Me escreva — Um jornalista[2] daqui escreveu uma crônica sobre mim: ele representa aqui o *Lux-Jornal* e daí o seu conhecimento a meu respeito. É de se ficar arrepiada... Imagine que ele me fez dizer: "Escrevo porque encontro nisso um prazer que não sei traduzir. Não sou pretensiosa. Escrevo para mim, para que eu sinta a minha alma falando e cantando, às vezes chorando... Meus primeiros ensaios literários a princípio me intimidavam. Depois, uma resolução imediata. Publiquei-os. — Tenho-os lido em *Vamos Ler* e noutras revistas. (diz ele). — Isso mesmo, respondo eu. Depois fiz o livro que é um pedaço de minha sensibilidade. Está satisfeito na sua curiosidade? (repare que pergunta brejeira e engraçadinha...)"

Etc. etc. Não é preciso dizer que nem conversei com ele. Apenas dei-lhe a pedido algumas críticas do *Lux-Jornal*, das quais ele transcreveu um pedaço. Ele diz ainda que eu tenho "tato intelectual"... "Daí a gente ler sem aborrecimentos(?), sem intermitências, os contos e a arte de C.L." — Não sei onde publicar meus contos e não tenho propriamente vontade. O bom seria publicá-los em qualquer lugar só para tê-los impressos e, caso que tememos, eu poder apresentá-los. Sabendo que eu era jornalista, pediram-me colaborações para um jornal e para uma revista. Mas é impossível... você verá.

(...) Mando-lhe alguns recortes. Leia o conto que é muito bom. Susana também vai gostar. É exatamente o gênero dela. Quando eu li estava pensando em você. — Com certeza você recebeu uma carta grande minha depois daquela a que você respondeu. Me escreva e receba um abraço grande de sua

Clarice

Mostre a Elisa os recortes...

Belém,
26-2-44, sábado

Alô, querida!

Recebi ontem o seu telegrama que Maury mandou para o Mosqueiro (onde tem a praia), onde fui passar uns dias. Mas voltei hoje de manhã, passando lá só um dia. A luz é horrível para se ler lá e apaga às 10 horas. Não dormi bem, embaixo dum mosquiteiro, e resolvi voltar.

Não lhe mando a resposta por telegrama por não me parecer muito urgente. A verdade é que não estou com vontade de publicar aqueles contos.[3] Quando eu os releio não os acho ruins, mas fora do meu espírito atual. Isso quer dizer muito: que eu não tenho vontade de provocar críticas, possivelmente ruins, por uma coisa que não me interessa muito. Se fosse pelo meu livro, vá lá. Mas assim... O "Muito feliz" tem muitos defeitos e eu precisaria corrigi-los todos. Pra quê? É melhor deixar. Porque é que você diz que Buono[4] "acha conveniente" a publicação? Interesses de venda do livro? Não entendi. É melhor não mexer nesses contos que já me deram desgosto, não acha? Com a publicação deles eu só desceria na opinião dos que se interessaram pelo livro.

Escreve dando sua opinião.

Quando você vai pra fora? Estou escrevendo pouco porque quero botar logo esse cartão no correio, uma vez que me ocorreu que talvez a palavra "urgente" no telegrama signifique a sua partida para Teresópolis. Estamos bem, Maury e eu. Que todos aí também estejam. Me escreva uma carta grande, bichinha. Em breve lhe mandarei uma maior. Um abraço bem grande da sua

Clarice.

Belém, 18-3-44

Minha única filhinha:

Receber uma carta sua é tão bom que me faz chorar.

Querida, notei um certo cansaço em você, fico desesperada. Não ligue, eu hoje estou especialmente sensível. Como vai, querida? Eu queria tanto que você não se aborrecesse com as desobediências de Marcinha, que você só tirasse alegrias e tranquilidade dessa menina.

Seja boazinha, não ligue, ela vai se criando tão bem; uma curta falta de apetite dela não deve fazer você desesperada.

Quem eu quero ver não vem e receber pessoas estranhas é uma troca insuportável. — Olhe, bichinha, eu não quero que você tenha ficado sentida com o que eu disse na última carta sobre não publicar os contos. Eu gosto tanto de você, preferia tudo menos feri-la. Perdoe eu usar palavras burras e grandes e não ficar calada. Notei certo cansaço em você, você abreviou todos os nomes próprios que pôde.

Querida, eu daria tudo para você viver bem, ser inteiramente feliz. — Vou responder a suas perguntas. 1 — O atraso já acabou, Pulsatila faz bem e o médico homeopata de uma farmácia daqui me aconselhou a tomar o tempo todo. 2 — Acho que tenho roupa suficiente. Essas coisas são difíceis de se avaliar; há sempre necessidade, às vezes falsa, de mais roupa. Mas tenho preguiça. É possível que faça um vestido, alguma seda azul-clara. Tenho usado o preto de *faille*, mas o vestido em que me sinto melhor e o que me fica principalmente bem é o costume verde que você me deu. Ainda não usei o preto de rendas. 3 — Nós estamos procurando economizar e temos conseguido um pouco. 4 — Certamente posso arranjar professor de inglês, mas não tenho sentido falta de uma ocupação mais tipo "dever".

Marquei com uma americana uma troca de línguas mas a ela não interessou. Assim é que eu gostaria. 5 — O cassino aqui é meio chato. Nós nos vestimos uma noite dessas e fomos. A sala estava com algumas mesas ocupadas, a música tocando, mas tudo quieto; eram 9 horas e disseram que o show começava em geral perto da meia-noite. Todos acham animado, mas nós achamos que dormiríamos nas mesas se fôssemos esperar. Uma noite dessas viremos com certeza com alguma companhia e a meia obrigação de conversar vai fazer passar o tempo e esperar pelo tal show. 6 — Estou com 56 quilos mais ou menos. Maury abaixou um pouco, aumentou, abaixou, mas vai bem; isso é por causa de uns trabalhos mais chatos que apareceram. — Como você sabe, a sra. Roosevelt passou por aqui. Fomos convidados para recebê-la no aeroporto e para ir a uma recepção dada a ela. Fui com meu vestido preto. Ela é simpatississíma, muito simples, vestida com bastante modéstia, bem mais bonita pessoalmente do que nas fotografias e no cinema. No dia seguinte ela deu entrevista coletiva à imprensa e eu fui, mandei noticiário telegráfico para a *Noite*, mesmo estando de licença porque não queria perder a chance.

Ontem ela passou aqui de novo. Nós fomos a uma recepção curta dada a ela, à tarde. Eu fui com o costume verde. Em seguida ela deu nova entrevista; mandei hoje o noticiário. — Uma cliente do pai do Maury, uma Eugenia Gaimavitch, casada com um químico industrial Sacha Kislanov, dá-se com a família do Maury e telefonou para a gente, convidando para visitá-la. Ela é simpática. Amanhã ele vai para o Rio e nós vamos hoje à noite para a casa deles. Talvez peça mesmo para levar essa carta. — Minha filhinha querida, seja feliz, faça tudo o que você quiser para ser feliz e ficar contente. — Marcia está tão inteligente que eu fico boba. Ela esqueceu inteiramente de mim? Dê a ela um pedacinho de papel e peça-lhe para fazer um desenho para mim. — Querida, divirta-se, vá ao cinema, vá a lugares bons, leia os livros que você quiser, faça um pouco de regime, fique contente. — Ainda não recebi participação de Bertinha. Ela vem morar aqui?

Uma vez ela me falou ligeiramente nisso. Vou pensar num presente para ela. — Me escreva uma carta comprida — não tenha trabalho com o Buono e com a editora que não adianta, querida. Receba o meu maior abraço. Sempre sua

Clarice

Olhe, querida, um dia desses eu telefono para você! A esse momento o Sacha Kislanov, marido da Eugenia deve estar no Rio e deve ter lhe telefonado para lhe explicar como você deve ligar para mim, sem custo. É bom que você me passe um curto telegrama dizendo: hoje falo mais ou menos às tantas horas. Então eu vou à estação e espero a chamada. Outra vez serei eu a falar. É evidente, não se pode abusar mas uma ou outra vez é possível. Dizem que as vozes às vezes ficam um pouco confusas, mas que às vezes é como se se falasse na mesma cidade. Depende de ondas, sei lá. Se a gente não escutar direito, por acaso, não se afobe.

Belém, 6-5-44

Tania, querida:

Cheguei aqui e encontrei a sua cartinha tão querida. Soube de notícias da Marcinha e de você, um pouco atrasadas mas simpáticas. Como vai a Marcia, Tania? Já come tudo? Está recuperando o peso? Dorme de boca fechada? Fiquei sem jeito de escrever, tão mais simples é perguntar pessoalmente e inteirar-se de tudo. Vou logo fazendo algumas perguntas: 1 — Sobre a Marcia. 2 — O remédio de manhã está produzindo melhoras? Você continua com o regime? Querida, vá me comunicando tudo para eu ficar ao par e não me preocupar. Cuide-se tanto como você cuidaria da Marcia se fosse ela a ter qualquer coisa no fígado. 3 — Está tudo bem em casa?

Olhe, filhinha; você se lembra que Maury me mandava mensagens pelo rádio da Comissão de Limites e eu idem. Esqueci de lhe dizer que você e Elisa podem fazer o mesmo quando tiverem alguma coisa importante para perguntar ou avisar. Há circuito às 7 horas da manhã e às 4 da tarde. Você telefona para 25-4155 (se não for esse procure Comissão Demarcadora de Limites) e peça Estação de Rádio. Diga que quer mandar uma mensagem para o Cônsul Gurgel Valente, da Comissão de Limites de Belém. Eles tomarão nota e no mesmo instante receberemos o recado. Se for alguma coisa que exija resposta, você diga, que uma meia hora depois você receberá. Isso é ótimo. Você pode por exemplo telefonar na hora do circuito ou fora. Assim, se telefonar às 8 da noite, será transmitido às 7 da manhã seguinte. E se não der tempo de eu responder no mesmo circuito, respondo no seguinte. A coisa é feita de camaradagem por isso deve-se evitar reclamar. Mas eles fazem com a maior boa vontade, nada lhes custa.

Minha querida filha, eu vou bem e Maury também. Nada está resolvido sobre Argel e há tantas razões contra como a favor. O que se resolver dará certo.

Viajei mais ou menos porque estou chateada de avião e porque veio de repente uma novidade mensal. Arranjei-me bem. Depois do desembarque não me senti mal como das outras vezes. Maury gostou muito do meu vestido e me acharam mais gorda. Não sei porque... com tanta afobação, só se engordei de "tania". Imagine que uma elegante senhora da sociedade paraense, ou melhor, carioca morando aqui, deu a Eugenia, como grande e segura novidade que eu tinha ido para o Rio para não voltar... O engraçado é que eu tinha encontrado essa deliciosa vaquinha carioca um dia antes de eu viajar, na manicure, e tinha lhe dito a razão de minha viagem e quanto eu demoraria... Ela pouco ligou a minha informação...

Como vai William? Ele foi tão gentil comigo no aeroporto, tão simpático representando a família... Vê-se que as pessoas simpatizam logo com ele. Olhe, querida, passe muito bem e escreva logo. Faça todas as caretas que você quiser, mas continue tomando aquela coisa de manhã. Desculpe a chateação das recomendações repetidas. Receba um grande abraço da muito tua

Clarice

Belém,
8-julho-1944

Minha querida:

Tua carta não chegou fora de atmosfera. Eu bem precisava de algumas palavras como as suas. Já por duas vezes, quase de malas arrumadas, eu ia ao Rio. Um dia antes de receber a tua carta eu me preparava para viajar, já tinha combinado na NAB. À tarde do dia seguinte eu estava lassa e exausta e provavelmente não iria mais, veio a carta. Mas agora eu me pergunto se não convinha dar um pulo ao Rio e permanecer aí algum tempo. Você bem pode imaginar que não há nada de grave. Você dirá que isso sucede a todas; mas eu sou feita de tão pouca coisa e meu equilíbrio é tão frágil que eu preciso de um excesso de segurança para me sentir mais ou menos segura. Não houve nada senão a oportunidade de uma nova declaração de M. como aquela feita poucos dias antes de embarcarmos e que quase me fez ficar. Diante de um começo de cena que eu fiz, horrivelmente magoada, ouvi de novo o que eu sabia desde sempre — sempre fui um pouco cínica —: a de que os homens são assim mesmo, que possivelmente a monogamia não seja o estado ideal, que naturalmente ele sente atração pelas mulheres; que a sensação é de deslumbramento e timidez; disse-me que não interpretasse demais, mas que era uma vaga sensação de vaidade de alguém poder gostar dele; perguntei: então você se sente na sociedade (vínhamos de estar com pessoas) como um rapaz que vai à festa? Ele respondeu que sim. Mas que eu seria sempre a melhor de todas e outras coisas no gênero. Que certamente sempre ele se controlara. Em suma, é isso que você sabe. Naturalmente até agora nunca houve nada. Eu sei que sou bem ordinária, sei que sou a pior; nunca pensei que uma pessoa, um homem, fosse diferente; mas como me sinto mal, como estou calcinada, como me parece estranho tudo o que me parecia familiar. Estou tão enojada de mim e dos outros. O pior é que estou me sentindo a mais miserável das mulheres... Não tenho a menor confiança em mim, basta uma carinha bonita, um braço de fora, um andar mais gracioso, para eu, por assim dizer, cair em mim. Me sinto como uma pessoa que se não fizer alguma coisa que a reabilite, se afoga. Para não ser tão humilhada e pisada eu procuro me interessar por homens e isso até me cansa, me desvia do meu trabalho que é a coisa mais verdadeira e possível que eu tenho. O resto é sensibilidade ferida, é insatisfação, é absoluta insegurança quanto ao futuro, é incompreensão do presente, é indecisão quantos aos próprios sentimentos. Estou ficando cínica e sem pudor. Que me interessa que isso suceda a outras mulheres? O que para umas é condição da própria feminilidade, noutras é a morte desta e de tudo o que é mais delicado. Sei que eu mesma não presto. Mas eu te digo: eu nasci para não me submeter; e se houver essa palavra, para submeter os outros. Não sei porque nasceu em mim desde sempre a ideia profunda de que sem ser a única nada é possível. Talvez minha forma de amor seja nunca amar senão as pessoas de quem eu nada queira esperar e ser amada. Sei que isso é egoísmo e falta de humanidade. Mas se eu fosse me modificar não me transformaria numa mulher normal e comum, mas em alguma coisa tão apática e miserável como uma mendiga. Você bem me conhece, toda a vida você procurou fazer de mim uma pessoa mais equilibrada e de bom senso, mas não conseguiu. Eu gosto de M. e poderia viver bem com ele se afinal eu soubesse da liberdade dele com cinismo e profunda falta de pudor e sentimento de ironia. Desejo mesmo chegar a esse estado de calcinação. E então eu procuraria me refugiar em outras ideias e outros sentimentos e o resto viveria bem. Não sei o que fazer. Só me ocorre ir para o Rio, passar aí um mês ou dois, dar a ele a liberdade de não se controlar, de ter uma vida como ele não teve tempo de ter porque se prendeu cedo demais, e depois voltar cicatrizada e serena. A ele mesmo isso não repugna, só dar a separação; mas ele nada responde a ter plena liberdade enquanto eu estiver fora. E a eu mesma tê-la, contanto que lhe conte depois. É evidente que ele preferiria que eu, enquanto isso ficasse sossegada, trabalhandinho. Mas ele me conhece bem e porque me conhece e tem medo de represálias é que ele se controla. Deus meu, eu sei que ele não tem culpa nenhuma. Mas eu também não tenho. Que é que você acha sinceramente de eu ir passar um tempo no Rio? A sensação de que ele nada fez porque eu estou presente é terrível e eu naturalmente me esgoto. Me faria bem passar um tempo aí, trabalhando na *Noite* ou não trabalhando, alugando um quarto num hotel bonzinho, dando um fim ao meu livro — que se sair de modo que me agrade um pouco será dedicado a você; me compreenda, eu lhe peço. Há pessoas que, quebradas no seu orgulho, nada mais têm. Tenho a impressão de que ficaria tão sossegada no Rio. Ele, ao mesmo tempo, saberia de si próprio, experimentaria uma vida para a qual ele se sente atraído, quem sabe se falsamente. Eu sou horrivelmente difícil de se viver com. Mas não é por culpa minha, acredite. Eu bem que me controlo, mas sou tão sensível. Eu me pareço com Elisa. Diga-me uma palavra, prometa-me que não me censurará quando eu estiver aí, que não tocará no assunto, e eu ficarei sossegada. A vida é longa, eu terei muito tempo para viver com ele. Mas acho que uma temporada longe dele me dará equilíbrio e sossego para eu me refazer e adquirir uma nova psicologia.

A uns eu direi que fui tratar da 2ª edição de meu pobre livro. Um pouco de solidão me fará bem. Nem posso escrever no diário, porque ele sempre arranja um jeito de lê-lo, de ler mesmo minhas pobres notas para um romance, escondido. Me escreva querida. Eu estou de um modo geral bem. E não me imagine aterrorizada ou especialmente aborrecida. Mas acho que preciso ir um tempo.

E quanto a M., o principal é que me dou bem com ele em todos os sentidos e que gosto dele.

Tudo se arranja. Amo-te muito, querida.

Um abraço da tua Clarice.

Responda logo. Me fará muito bem você dizer que eu devo ir. Talvez mesmo sem você dizer, eu vá. Acho que é a minha solução.

Lisboa

1944

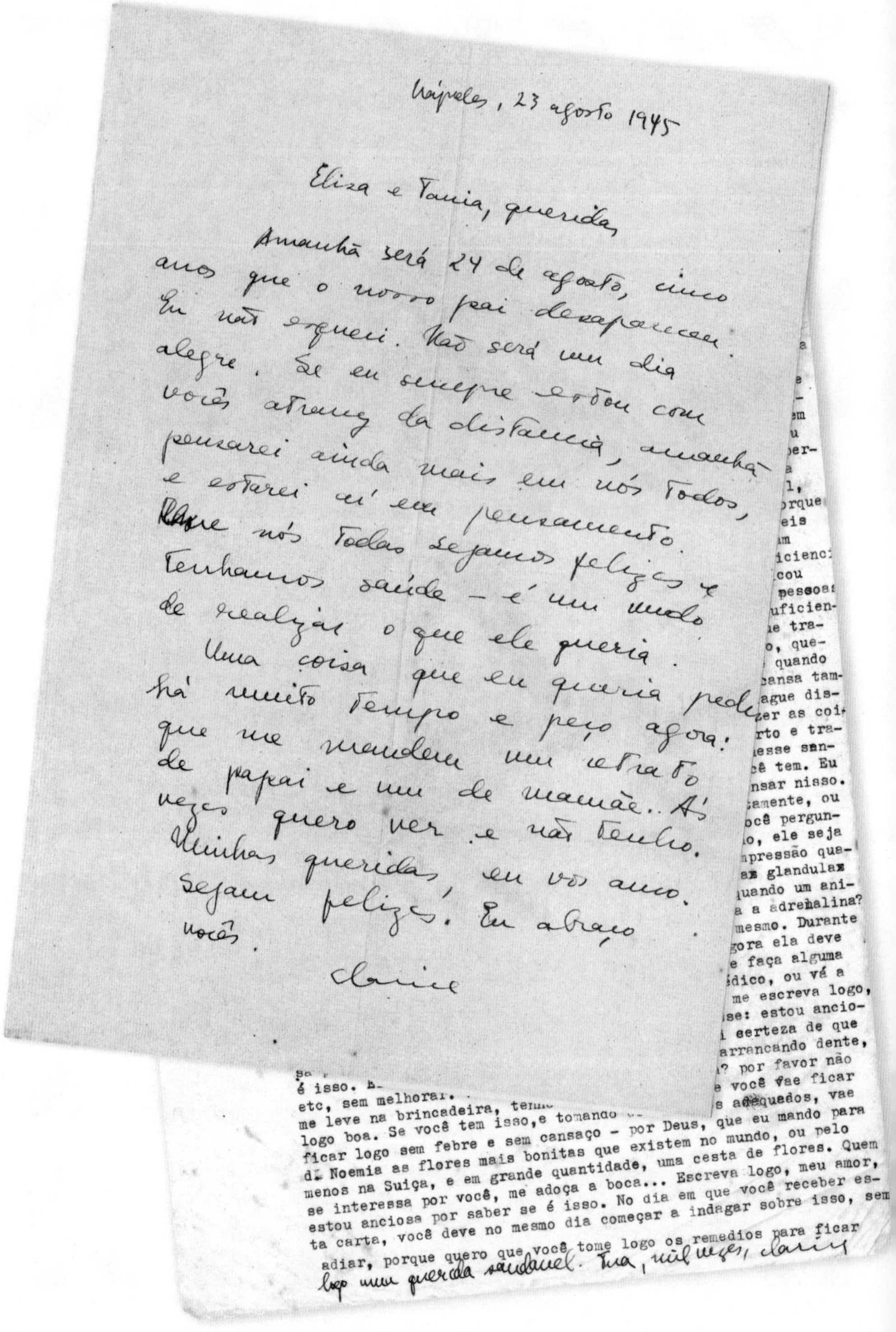

Nápoles, 23 agosto 1945

Eliza e Tania, queridas,

Amanhã será 24 de agosto, cinco anos que o nosso pai desapareceu. Eu não esqueci. Não será um dia alegre. Se eu sempre estou com vocês através da distância, amanhã pensarei ainda mais em nós todos, e estarei aí em pensamento. Que nós todas sejamos felizes e tenhamos saúde — é um modo de realizar o que ele queria.

Uma coisa que eu queria pedir há muito tempo e peço agora: que me mandem um retrato de papai e um de mamãe. Às vezes quero ver e não tenho.

Minhas queridas, eu vos amo. Sejam felizes. Eu abraço vocês.

Clarice

se: estou ancio-
certeza de que
arrancando dente,
? por favor não
é isso. ... e você vae ficar
etc, sem melhorar. ... s adequados, vae
me leve na brincadeira, ... e tomando ...
logo boa. Se você tem isso, ... por Deus, que eu mando para
ficar logo sem febre e sem cansaço - por Deus, que eu mando para
d. Noemia as flores mais bonitas que existem no mundo, ou pelo
menos na Suiça, e em grande quantidade, uma cesta de flores. Quem
se interessa por você, me adoça a boca... Escreva logo, meu amor,
estou anciosa por saber se é isso. No dia em que você receber es-
ta carta, você deve no mesmo dia começar a indagar sobre isso, sem
adiar, porque quero que você tome logo os remedios para ficar
logo uma querida saudavel. Tua, mil vezes, Clarice

Lisboa,
7 agosto 1944, segunda-feira

Minhas queridas únicas:

Não escrevo por enquanto duas cartas separadas porque não quero dar volume demais à mala diplomática daqui — não sei quanto me é permitido. Quando esta carta chegar aí certamente estarei em Argel, em caminho para Nápoles. Parti de Natal no dia 30, no dia 31 cheguei a Fisherman's Lake, na Libéria, onde passei o dia de segunda-feira e a noite. Na terça-feira partimos e almoçamos em Bolama, possessão portuguesa. Partimos de novo e chegamos mais ou menos às 2 em Dakar. Duas horas depois partimos direto a Lisboa, chegando aqui na manhã seguinte, dia 2. A viagem correu ótima. Não enjoei nada. Aliás, parece-me que estou curada, pois nada sinto comendo coisas que em outros tempos não me fariam bem e bebendo vinho — aqui bebe-se muito. Tania querida, você deve continuar no regime e com os remédios porque você fica boa, querida. Chegando aqui, tive que esperar esses dias todos e só segunda-feira parto para Casablanca. A viagem é de pouco mais de uma hora. Terça-feira vou para Argel, onde está o irmão do Maury. Lá certamente demorarei uns poucos dias e tomarei condução para Nápoles. Maury, ao contrário do que eu pensava, só está em Nápoles há poucos dias, tendo ficado em Argel por um tempo com o resto da comitiva. Assim foi bom porque ele ficou com o irmão; o que eu gostaria de estar fazendo. Tudo está correndo bem; só que estou enervada com a espera e esse "estado de viagem". Em Fisherman's Lake, eu e uma jornalista polonesa a serviço da França (viajava comigo), fomos com dois rapazes da Base de lá visitar de "jeep" algumas vilas de negros. Não fomos a Monrovia, capital da república, porque era longe. Visitamos Tallah, Kebbe e Sasstown. As negras de busto nu nos lugares onde eles aportaram, elas usam qualquer coisa para tapar, mas com uma displicência que dá no mesmo.

Elas trabalham para os americanos, de modo que falam alguma coisa de inglês (só em Monrovia há 24 ou 25 dialetos...). De repente a gente ouve os negrinhos gritarem: hello! Adoram dar adeus e riem tanto que a gente fica encabulada. Umas crianças têm o umbigo tão grande como laranjas. São tão, tão negros que Marcinha jamais chamaria aquela cor de "marrão". As negras jovens pintam o rosto com traços cor de creme e o lábio inferior com tinta cor de azinhavre, de chumbo. Uma delas me pediu meus sapatos. Carregam os filhos às costas. Agradei um dos filhinhos e a negra veio depois: *Baby nice... baby cry* (chora) *money*. Um dos rapazes deu qualquer coisa. Mas ela não estava satisfeita: *baby cry big money*... Uma delas falou qualquer coisa longuíssima e complicada; eu vi que era a meu respeito. Perguntei a um negro que falava inglês, ele disse: ela gosta de você... Moram em choças redondas, de um só compartimento; parecem formiguinhas andando de um lado para o outro. De noite fui ao cinema da Base, ver o filme sobre Jack London,[1] que é uma bobagem. Dormíamos num só quarto eu, a jornalista e uma missionária. Aliás o avião estava cheio de missionários. Não sei para que vão perturbar os pobres negros. Viajei também com vários portugueses, todos ligeiramente burros. Em Bolama, já o aspecto é diferente. A entrada parece até Belém do Pará, com casas altas de azulejo. Os negros andam lá com roupas parecidas às dos árabes, se bem que diferentes em cor e em modo de atar (está sendo assim tudo diferente...). E falam português de Portugal, imaginem. Dakar é muito bonito, grande, mas o aspecto é de cidade pequena. Tem praias com rochedo, lindas. Mas faz um calor insuportável. Na Libéria não faz calor. Cheguei finalmente a Lisboa. Não me agradou. Eu pensava encontrar coisa diferente. O Rio é milhões de vezes mais bonito e mais cidade. Os portugueses são paus. As portuguesas não se vestem bem, têm todas mandíbulas de cão e rosto meio duro. Estou chateada aqui. Encontrei Ribeiro Couto,[2] da Embaixada, que me levou a passeios realmente bonitos. Mas estou chateada. Imaginem que aqui às 10 horas da noite faz sol ainda. É detestável. Não estou tendo prazer em viajar. Gostaria de estar aí com vocês ou com Maury. O mundo todo é ligeiramente chato, parece. O que importa na vida é estar junto de quem se gosta. Isso é a maior verdade do mundo. E se existe um lugar especialmente simpático é o Brasil. Minhas queridas únicas, sei que vocês estão bem. Não se preocupem comigo nem um pouco. Minha saúde está ótima e em breve estarei com Maury. Filhinhas únicas, eu vos amo.

Fui para o Vitória Hotel, um hotel mais ou menos granfino, mas muito caro. O Ribeiro Couto me passou para o Parque Hotel, muito bom, a 80 escudos a diária, com quarto de banho. Imaginem que o garçom me insinuou que eu devia ir com ele ao Estoril (praia), que sozinha não tinha graça. E a dona do hotel tem a dentadura trêmula, é horrível. Vou todos os dias ao cinema, para fazer o tempo passar, e leio livros policiais, um atrás do outro. Comprei uma fazenda azul-clara, de seda, uma bolsa de camurça azul-marinho tipo sacola, muito bonita. Em Natal eu tinha comprado um fustão branco e uma seda pesada, estampada longa, para costume. Maury comprou dois cortes de fazenda para ele. Imaginem que os portugueses, quando eu passo, dizem: B'ronica Lake (Veronica Lake)[3]... Sair do Brasil para ouvir isso... E Marçuskinha? Elisa, não deixe Tania esquecer de dar a Marcia em meu nome, todo o dia 1º, uma caixinha bem boa de bombons. Vão pondo na minha conta. Eu esqueci, com a afobação da viagem, no meio de cartas e papéis, do retrato de você, Tania, e de Marcia. Elisa querida, por favor me mande um retratinho seu; e você, Tania, me devolva seu retrato. Em breve, quando chegar enfim a Nápoles, tirarei um bem bom com Maury e mandarei. Elisa querida, como vai a delícia do apartamento mais lindo da Europa? Aqui você não encontraria melhor. Tania, bichinha, cuide-se bem. Quando vocês receberem esta carta, estarei ótima porque quase perto de Nápoles ou mesmo em Nápoles. É chatíssimo não morar. Agora são 9 e meia e está bem claro. Daqui a pouco o Ribeiro Couto me telefonará para me mostrar umas poesias dele. Aqui, como é neutro, vê-se cartazes de propaganda alemã, o que dá um aspecto pau às coisas. Mas em breve a guerra estará acabada. Quase todo o mundo aqui é pelos aliados.

Minhas filhinhas, sejam muito felizes. Diga a William que pessoalmente farei enormes reportagens para ele. Pode ser que de Argel eu possa escrever, aproveitando a mala diplomática de lá. Telefonem a d. Zuza dizendo que Maury está bem e que em breve verei Mozart, repetindo a ele todas as lembranças que Maury já deve ter transmitido. Não me comunico com Maury já há muito tempo. Hoje seguiu um telegrama para ele perguntando o que ele quer que eu compre aqui. Ganhei dos colegas dele, em Natal, dois pequenos topázios muito bonitinhos. Um abraço enorme para vocês duas. Me recomendem a Marcia... Um abraço para William. Para o Lucio, para a Suzana, para Bertinha, para a família, para Priscila, para Hermengarda. Mil beijos da sempre de vocês,

Clarice.

Quando puderem me escrever, quero cartas longas e desenhos da Marcia.

Atravessei parte do Saara. É uma coisa de meter medo. Nunca vi tanta solidão. A areia não é branca, é creme. É maior que um mar.

Não reparem nessa carta, que parece ter sido escrita amalucadamente. Mas é tão diferente de falar... Sejam felizes que eu serei também. Minha vida está ligada a de vocês.

Roma

1944-1946

Berna, 19 outubro 1948

Tania, querida,

recebi sua carta (aquela em que você falava que tinha ido ver Bertha) e hoje a de 14. Não respondi logo porque estava esperando que uns instantâneos de Pedrinho ficassem prontos — mas adiam cada vez mais a entrega e nem sei se irão ainda com esta carta. Me lembro bem da carta que lhe escrevi, sobre deixar os outros em paz. Realmente o tom geral devia estar pessimista. O pessimismo passou, mas o bom propósito não: farei o possível para não amar demais as pessoas, sobretudo por causa das pessoas. Às vezes o amor que se dá pesa, quase como responsabilidade, na pessoa que o recebe. Eu tenho tendência geral para exagerar, e resolvi tentar não exigir dos outros senão o mínimo. É uma forma de paz... Também é bom porque em geral se pode ajudar muito mais as pessoas quando não se está cega pelo amor. Espero com Pedrinho não exagerar — serei mais útil a ele, assim. Por falar nele, está engraçadíssimo, rindo à toa. Não há na carinha dele nenhum traço que lembre sequer alguém meu. Ele é totalmente Maury, ou melhor a família de Maury. Até traços de d. Zuza ele tem. Acho que me impressionei demais com ela... Às vezes fico com pena, porque passei por todo esse trabalho sem deixar um sinalzinho meu ao menos... Ele está muito esperto e tenho a impressão de que vai ser uma criança bastante sapequinha. Minha vontade é que vocês gostem muito dele.. E gostarão com certeza. No momento em que ele rir para vocês — um risinho tolo, cheio de graça — vocês ficarão conquistadas... — Estive em atrapalhações com a "nurse" que — como você previu — chateou com os excessivos cuidados. Ela agasalha tanto a criança que esta transpira. E o motivo é que ela mesma é friorenta. Além do mais é uma nervosa, uma excessiva em tudo: nos cuidados, nos carinhos, nas manias de silêncio, e na teimosia. De modo que no dia 8 vem outra muito melhor, do mesmo jeito diplo-

Roma,
8 novembro 1944

(Carta velha...)

Elisa, queridinha:

Você não é minha amiga? Por que você não me escreve dizendo coisas suas, dizendo do apartamento, do trabalho, de você mesma?

Estou escrevendo à última hora, antes de levarem as cartas, e mesmo depois de ter escrito a vocês duas. Mas quis ainda fazer este apelo de última hora, na esperança de comover você. Me diga também sobre Tania, se ela está muito cansada. Por favor, se você me quer bem, escreva.

Cuide-se, divirta-se, cuide de Tania, seja feliz. Nem sei mais o que dizer, tão aflita fico por convencer. Diga sobretudo o motivo por que até agora não me escreveram.

Um abraço da
Sua Clarice

Roma,
3 janeiro 1945

Elisa, queridíssima:

Que cartas lindas eu recebi de você, meu Deus! Não conheço seu livro, mas tenho certeza de que ele é bom; basta as amostras que eu recebo. Tão delicada, você, tão engraçadinha.

Ontem, quando recebi as cartas, as duas na mesma tarde, quase me fazendo estourar de alegria, mostrei retratos na Embaixada e li para o dr. Vasco[1] o pedaço dos passarinhos instalados no aquecedor do banheiro; ele ficou encantado e riu tanto que eu fiquei besta de vaidosa; e fiquei + ainda quando ele disse: leia mais alguns pedaços. Eu não me fiz de rogada e peço-lhe desculpas. Mas só mostrei o que achei que devia mostrar. Depois perguntei a eles: agora entendem por que eu quero ir ao Rio? Eles deviam estar pensando: que irmãs!! Quanto a mim, estava alegríssima. Quando abri a carta e vi retratos... nem digo nada. Você está ótima, ótima, apesar do retrato não ser grande coisa e ter escurecido vocês todas. Marcia está vivíssima e com um ar sapeca e inteligente. Escreva-me, se não lhe for incômodo, sempre a máquina; fica ótimo de ler, porque sua letra é um ninho de passarinhos. Mas que cartas lindas! Tenho que voltar ao assunto. Sei que esse elogio é pau porque a gente depois, na hora de escrever, fica consciente e aborrecida. — Você então conhece o Paschoal Carlos Magno?[2] Eu conheci rapidamente em Natal. E ele, cabotino ele só (nem sei se ele é seu amigo... mas isso não quer dizer nada), me disse: como essa gente brasileira é amável! Imagine que me fizeram herói nacional, não leu? Não sabe? Eu respondi: não, não sei. Você leu o livro dele? Eu tinha curiosidade de ler. Se você puder me mandar, será bom. E se você puder mandar artigos, mesmo que não sobre mim, bem interessantes, seria bom também, porque tenho saudade de ler essas coisas. Como vão suas férias querida? Estão próximas? (Recebi as cartas número 1, 2 e 3. Mas estou encabulada por ver que esqueci de numerar tantas outras. Não adianta só numerar, é preciso também anotar o número e +- o assunto correspondente. Mas eu sou uma esquecida danada e não fiz isso. Assim, vou batizar, sem nenhum fundamento, esta carta com o lindo nome de 5. Fiquei com uma pena enorme de não ver o filme *Jane Eyre*,[3] que eu tanto esperava. Deve ter sido uma dessas maravilhas.

Tania me disse que você anda ocupada com provas parciais e com as provas do livro. É um trabalho infame. Peço-lhe que me diga como andam as coisas. Joel Silveira passou por Nápoles e me disse que não se lembrava se era Melo Lima ou um outro que lhe tinha dito que seu livro era ótimo. Estou louca para ler e espero que ele seja bem compreendido pela crítica e bem-aceito. Muitas vezes é uma questão de sorte de circunstâncias o que faz com que um livro seja compreendido nas suas intenções. Aqui em Roma está um frio louco, que nem se compara ao de Nápoles. Nós viemos passar uns dias, inclusive o Ano-Novo. Na Embaixada do Vaticano (que não fica na cidade do Vaticano) o embaixador Nabuco reuniu alguns brasileiros para uma ceia numa festa bem simpática. Nós não temos passeado muito por causa do frio. Mas tomamos bastante cuidado para não pegarmos uma gripe. E só de imaginar que [a essa época] faz calor no Rio. Fiquei emocionada em saber que o Paschoal Carlos Magno escreveu a Rosamond Lehmann[4] sobre o que eu disse e que já nem me lembrava. É possível que ele nem tenha escrito, porque ele vive prometendo mundos e fundos, segundo me disseram. Mas eu adoro Rosamond Lehmann, e gostaria de lhe dar para ler um livro dela, o primeiro que ela escreveu, e que talvez seja o melhor: *Dusty Answer*, em original; e *Poussière*, em ótima tradução francesa como eu encontrei. É uma beleza de graça e de profundidade e de extrema realidade poética. Se você encontrar em algum sebo não hesite, que vale a pena. Peço-lhe que apresse um pouco a leitura de meu livro por Tania e que você o leia também rapidamente. E que me diga, sem magnanimidade, o que pensa.

Querida, se você acha que eu ponho você numa redoma, você acerta mas no bom sentido: você não cuida bem dos passarinhos que se aninharam no aquecedor do banheiro?

Que filme mais você tem visto? O que tem saído como livro brasileiro? O que tem lido? Sua ideia de que eu faça um trabalho manual é muito boa. Só que acho que aqui não se encontram daqueles paninhos para bordar e eu, o diabo me entenda, não gosto de fazer certas coisas úteis, como coser minhas calças. Mas, voltando para Nápoles, no meu novo quarto, vou me pôr a recoser toda a minha vida... Encontrei um livro de Tolstoi, *Qu'est-ce que c'est l'art*?,[5] em 2ª edição francesa de 1898, e fiquei boba. Ele diz que não entende Baudelaire e Verlaine, chama Beethoven de "o surdo Beethoven" e cita D. Quixote ao lado de livros de Alexandre Dumas pai, mete o pau em Wagner e na arte moderna de então, que para nós já é clássica. Não parece incrível? Ele fala mal até de Michelangelo. Não sei como ele fica, o diabinho, que por sinal é tão grande romancista. — Agora interrompi um segundo pra tirar uma fruta cristalizada que eu ganhei de um rapaz do Banco do Brasil, e que ele recebeu do Rio. Compre para você que são muito boas, em caixinhas da Colombo... E assim eu faço propaganda do Brasil, como boa brasileira e divina senhora de diplomata. Sobre a vida de senhora de diplomata há muitas palavras a dizer, e na verdade, pela sutileza própria do assunto, inteiramente indizíveis.

Enfim... Minha querida, cuide-se como se você fosse de ouro, ponha-se você mesma de vez em quando numa redoma e poupe-se.

A tinta está acabando, meu Deus. Receba depressa um abraço enorme de sua vovó

Clarice

Seja F E L I Z

(escrevi o resto quase só com saliva... que horror!)

Roma,
1° maio 1945

Minha queridíssima Elisa:

Minha querida, não estou exatamente com força de escrever agora por causa da saudade. Mas quero aliviar um pouco o coração com algumas linhas; amanhã escreverei melhor. Mas, querida, por que você está tão pessimista? Minha Elisinha, eu sofro em ver você assim, sofro em ver você dizer coisas contra você mesma, você me humilha com isso, me faz sofrer. Até para dizer que o artigo da Leda não lhe agrada, você como se excusa. Uma droga de artigo, vazio e pretensioso. E dizer a propósito da lava, "sinto tanto + quanto eu não estou em condições de corresponder a tantas gentilezas". Mas, querida, você parece que sofre com o amor que lhe dão... Por favor, minha Elisa, não seja assim, querida, isso me faz sofrer. Como você ousa dizer que fica acanhada e com remorsos porque você não vale tanto, nem está à altura de retribuir... Meu amor, isso me doeu no coração de um modo insuportável. E por que você se excusa tanto depois da observação sobre Miguel? Minha querida, você me perdoe, você é tão sensível e às vezes eu não tenho entendido bem você por minha culpa!

Eu escrevo amanhã de manhã porque fiquei triste.

2 de maio — Minha querida, bom-dia e perdoe as palavras de ontem. Eu estava ao mesmo tempo com um excesso de saudade e tristeza pelo seu pessimismo injustificado. Mas sei que às vezes a gente está assim e passa. O artigo da Leda vale tanto quanto uma mala mesmo. — Também eu, com a morte de Roosevelt,[6] sofri. E usei expressões como as suas, de que o mundo estava abandonado. São tão poucas as pessoas decentes e num momento em que + se precisa delas, desaparece uma. Não sei se lhe escrevi, fomos a uma cerimônia numa igreja protestante em Nápoles em memória dele. Falaram um padre, um pastor protestante e um rabino. Foi muito bela a cerimônia; um rapaz com voz divina e puríssima cantou coisas lindas com órgão. Também saí meio tonta. Mas a Marcinha estava longe de mim e eu não pude me refrescar com as trancinhas dela e o narizinho arrebitado.

Você recebeu com brincadeira a minha ideia de vir um dia aqui. Mas eu estava falando sério. Você poderia pedir uma licença. Converse com Tania a respeito.

Quanto ao livro sei que nós não podemos ler os livros uma da outra como crítico, mas sempre como irmã. Agora o caso do Miguel. Eu ri quando você disse que não convida o seu porteiro. Eu também não... E se você quisesse convidar, eu ficaria espantada. Mas, querida, a Virgínia[7] era uma pessoa que podia convidar. Ela podia ler com ele; ela era uma pessoa inculta e sem inteligência — ela podia ler com ele a Bíblia. E podia recebê-lo porque ela era da mesma espécie dele. A vida dela na Granja era uma vida sem sociedade, onde os vizinhos eram a amizade. Sei perfeitamente que você não <u>devia</u> recebê-lo e nem está pensando em diferença de classes etc. Sei que você quer dizer que, com motivo ou sem motivo, na vida real ninguém faria isso. Mas é que Virgínia era tola e mais do que simples — simplória. Você concorda?

Maury está chegando da rua e me disse: diga a Elisa e a Tania que eu mando muitos abraços e que me cuspiram. Sabe o que foi? Ele saiu para comprar jornais e algum romano cuspiu de um 1º andar. Eu brincando disse que nunca + ele sairá só.

Minha Leinha, você veio me revelar uma coisa quando se queixou de receber presentes meus. Veio me revelar como eu estou errada quando lhe mando coisas sólidas e feitas para usar. Eu sei o que você precisa e o que eu teria verdadeiro prazer em dar para você: gardênias, jasmins, rosas, orquídeas. Ah, se eu pudesse mandá-las para você... Esse é o seu gênero: flores, receber flores, usar flores, enfeitar a casa com flores. O resto é sólido demais cara dona Olho de Uva. Mas como não posso mandar... Como estou em Roma, não sei se o portador de uma caixinha de pó para você já partiu. Dentro do embrulho pus apenas um bilhete porque era escrito junto com uma carta que foi para outra via. Eu pensava que você receberia a carta e a caixinha ao mesmo tempo e escrevi o bilhete. Maury está de novo aqui dizendo: diga a Elisa que eu fui cuspido e que tive que ler o artigo da Leda.

Elisa querida, recebi as fitas e o diário. As fitas logo experimentei: são lindas e me ficam muito bem. Açucena, na casa de quem estamos hospedados, disse que as americanas usam muito, ela que esteve em Washington. A de palha é deliciosa, leve. As de veludo servirão como Maury disse, de chapéu. Quanto ao diário, fiquei boba. Que maravilha! Só que eu fico sem jeito de escrever nele bobagens. Acho que vou copiar nele as poesias que me agradam, os pedaços de livro que me agradam. E assim, aonde eu for, terei uma biblioteca escolhida. Que acha? Muito obrigada, querida, por uma ideia tão delicada e gentil. A capa do diário é uma beleza, parece mármore.

Vou hoje ou amanhã tirar um retrato aqui, num bom fotógrafo.

Minha filhinha querida, por que você não faz o mesmo? Eu gostaria tanto, tanto de ter seu retrato. Você diz que tirou e saiu ruim. Mas quantos eu tenho tirado e não prestam. Até que um dia presta.

Fiz como você sabe o tratamento. Depois fui ver o resultado e saiu, a menos que seja "bondade" do laboratório, tudo ótimo. Mas quanto a um primo para Marcia, acho que Marcia terá que esperar + um pouco. Peço desculpas a ela.

Tem aqui um poeta, Ungaretti,[8] que ensinou por 5 anos em S. Paulo na Universidade. Mozart emprestou meu livro a ele e ele disse que era "molto bello" e que vai me apresentar a uma "scritice" (escritora...) "molto interessante". Seja...

Minha irmã querida, minha Leinha, fique alegre, seja feliz!! E abrace muito sua

Clarice

Elisa, atrás do artigo da Leda, na outra página, está escrito: ventre livre não é purgante.

Roma,
3 dezembro 1945

Estou fazendo tanta confusão com estas cartas... Estou escrevendo no verso da 1ª carta a 3ª... Estou escrevendo para dizer que me sinto muito bem; que estou me divertindo em Roma e que só de olhar para mim se vê que eu estou + repousada. Todos mesmo dizem isso e me sinto assim. A gripe melhorou. Tenho conhecido pessoas interessantes, como uma grande pintora, Leonor Fini.[9] E mesmo a presença de Açucena que é muito amiga me faz bem.

Eu amo vocês e amo Marcia; que é que me falta?... Estou muito bem, queridas. E no ano que vem e vem perto vou aí. D. Zuza[10] deve estar chegando em França e traz cartas para mim e retratos... Minhas queridas, recebam meu abraço e me recebam

Clarice

Roma,
2 janeiro 1946

Minha irmãzinha querida:

Feliz Ano-Novo!

Minha querida, suas cartas miúdas foram afinal completadas com algum relato de d. Zuza que você está bem-disposta, bonita e querida. Isso me deu grande alegria e grande calma. Depois de ouvi-la falar sobre vocês duas, depois de passada a emoção dormi tão tranquila e feliz...

D. Zuza chegou bem, fatigada pelas peripécias da viagem. Ela gosta muito de vocês e vive fazendo elogios sinceros. Sem saber que eu estava ouvindo, ela estava dizendo à mãe de Eliane[11] coisas de vocês de fazer meu coração aumentar de volume.

Estou aqui em Roma há muito tempo, mais do que Maury que tem voltado para Nápoles também. Depois de amanhã voltaremos a Nápoles, sem ter visto as coisas que vêm para nós, as milhares de coisas que vêm para mim, nem os retratos. É que as bagagens estão em Milão, a caminho daqui e nós não podemos esperar mais. Porém quando eles vierem para Roma, seguirão para Nápoles pelo portador de maior confiança. Espero que a senhora tenha se lembrado de mandar retratos seus para mim e isso constituirá meu melhor presente. Recebi com a sua carta o artigo de Rubem Braga.[12]

Minha querida, suas cartas são tão minúsculas em comparação com as que eu tenho mandado para você que dá vontade de fazer você experimentar a sensação de abrir o envelope e encontrar um bilhetinho... Compreendo porém que você é muito ocupada e faço mesmo questão que você só escreva muito quando puder e tiver vontade. As notícias sobre Marcia são as mais animadoras: aquela conversa pelo telefone dela com Tania sobre se usar ou não meias para o aniversário mostra que a menina anda pelo caminho da mãezinha e isso é um bom documento. Eu não sei se você já pensou nisso, mas assim como você sonha comigo em pequena, eu estou habituada a uma ideia de uma Marcia menor e essas coisas me fazem cair na gargalhada. Eu conto o tempo separada dela desde Belém. Comprei uma boneca "Lenci" para ela, não tão bonita quanto eu queria, mas vai ver quando eu mandar a boneca, a Marcia não terá tempo de brincar com ela porque estará lendo Proust.

Minha irmãzinha querida, que vontade de abraçar você que me deu! Não sei quando irei ao Brasil, mas irei com você ao cinema e compraremos doces para nos enjoarmos bem enquanto assistimos o filme policial...

D. Zuza ainda me pareceu + simpática. E fiquei contente e emocionada quando vi que ela compreendia com tanta simplicidade e naturalidade a minha vontade de ir ao Brasil. Isso me dá muita força. Só que eu não sei quando poderei ir. Por enquanto há necessidade quase de dar a volta ao mundo para aportar no Rio. D. Zuza lembrou a ideia de eu voltar com ela. Vamos ver se vem a designação de Maury para outro posto. Se vier, conforme o posto, haverá ou não haverá vantagem de partir para o Brasil de Nápoles ou do outro posto, conforme a situação deste. Se for um lugar de onde partam transportes diretos para o Brasil, a coisa será maravilhosa. Se não, arranjarei um jeito qualquer de ir daqui mesmo.

Minha querida Leinha, tenha cuidados consigo mesma, seja feliz, não me esqueça. Não trabalhe demais, divirta-se. Eu estou bem de saúde, não tenho sentido nada. Só que preciso tratar com urgência dos dentes e isso farei logo que chegar em Nápoles. Me dê um abraço, seja feliz, tenha um ano como você deseja e eu desejo.

Um abraço de sua irmã
Clarice

Dia 3
Chegou em Nápoles carta aérea de vocês — amanhã eu as terei e responderei por outra mala. Não deixem de utilizar a mala também

Nápoles

1944-1945

Desculpem por favor o tom dessa carta; é que procurei convencer de que devem me escrever. Tudo está bem e eu esperarei com calma.

30 de setembro de 1944

Minhas queridas:

Já mandei tantas cartas e não recebo nenhuma... O que acon-
tece afinal? será que d. Zuza não avisa quando se pode escre-
ver? seria simplesmente imperdoavel. O fato é que Maury e Mo-
zart recebem cartas xxxx e eu não. Um dia desses, por isso, ti-
ve tanta raiva que meu coração se poz a bater com força. Vou
-lhes dar o seguinte endereço: Clarice Gurgel Valente, Consula-
do do Brasil, 422 , F.E.B. Vxxxx Vocês poem a carta no anti-
go Banco Germânico e vamos ver se eu afinal recebo noticias.
Alem disso, Mozart vae passar de logar onde ele está um teleg
grama pedindo noticias de vocês. A única coisa em que eu não
me permiti pensar foi que vocês me esqueceram; nem quexxx ju-
rassem.

Mozart veio passar uns dias aqui, por serviço, e está hos-
pedado conosco. Amanhã de manhã ele xxxxx volta. Que contar
a vocês, quando o que eu desejo é ouvir? A vida é igual em
toda a parte e o que é necessario é a gente ser a gente. Des-
culpem eu voltar ao assunto: mas veio aqui de Argel uma carta
de d. Zuza e de dr. Mozart para o Mozart; e na carta eles me
mandavam abraços porque sabiam que eu estava com ele e que se-
guia ainda com ele para cá, por intermedio do Itamarati certa-
mente; ora, sabendo que eu estava lá como é que vocês não man-
daram nada para mim? Agora não se pode mais escrever por Ar-
gel. Mas seria negligencia da familia do Maury? continuo a di-
zer: seria imperdoavel. Espero que voces estejam recebendo mi-
nhas cartas. Mas se eu nada receber de vocês, paro de escre-
ver. É mentira, escreverei sempre.

As coisas continuam igual. Eu quasi não saio, levo uma vi-
da dentro de casa, o que nao me desagrada. Quando saio gosto
muito. Fico ou procuro ficar o mais tempo possivel no meu xxx
quarto, o que me agrada. Procuro fazer e cumprir um programa
de certa pureza; o que é dificil pelas continuas interferen-
cias, mas não impossivel. Procuro tambem fazer com que minha
vida não seja cercada de excesso comodos, o que me abafaria.
Todas as vezes em que cedo e converso demais com as pessoas
fico com uma penosa impressão de devassidão e entrega. Não co-
nheço pessoas, senão um rapaz amigo nosso, do Maury e de mim,
Fabrizio Napolitani, que escreve e é muito simpatico. Amanhã,
domingo, vamos ao S, Carlo ouvir a 7a. Sinfonia de Beethoven.
Estou agora procurando acordar às seis e meia e tomando café
no quarto. Agora são meio dia e 15 minutos. Tenho que me ves-
tir para o almoço. Em seguida espero dar uma pequena volta e
entrar de novo no quarto. O quarto é muito simpatico, dá para
o mar, para um pequeno recanto de jardim. Por favor escrevam
sobre a saúde, sobre o trabalho, sobre a vida de vocês, sobre
a vida da Marçuska, sobre os errinhos dela e sobre as descober-
tas que ela faz. Tem chovido durantex alguns dias, está frio,
mas eu me agasalho bem. Não sinto nada, senão raiva de pessoas
Não fui a nenhum cinema e certamente perderei esse hábito; mx
mas tenho saudade de um bom ou de um mau film. E tenho sau-
dade de romances policiais em portuguez mal escrito. Vou fechar
a carta, porque Maury acaba de bater na porta dizendo que é
hora do almoço. Vou beber um pouquinho de vinho . Por favor
sejam felizes; eu o sou, a meu modo.

Clarice

Esta carta não teve até hoje, 5 de outubro, portador. Certamente lá para o dia 15 ela irá e pelo embaixador Acioly, ou mulher pela filha dela. Por favor, se encarreguem de mandar os cartões postais e as duas cartas pelo correio ou pessoalmente. O telefone de Maria Luiza: 26-6137. Os cartões postais devem ser postos em envelopes. Façam isso direitinho, sim?

Nápoles, 30 setembro 1944

Minhas queridas:

Já mandei tantas cartas e não recebo nenhuma... O que acontece afinal? Será que d. Zuza não avisa quando se pode escrever? Seria simplesmente imperdoável. O fato é que Maury e Mozart recebem cartas e eu não. Um dia desses, por isso, tive tanta raiva que meu coração se pôs a bater com força. Vou lhes dar o seguinte endereço: Clarice Gurgel Valente, Consulado do Brasil, 422, FEB. Vocês põem a carta no antigo Banco Germânico e vamos ver se eu afinal recebo notícias. Além disso, Mozart vai passar do lugar onde ele está um telegrama pedindo notícias de vocês. A única coisa em que eu não me permiti pensar foi que vocês me esqueceram; nem que jurassem.

Mozart veio passar uns dias aqui, por serviço, e está hospedado conosco. Amanhã de manhã ele volta. Que contar a vocês, quando o que eu desejo é ouvir? A vida é igual em toda a parte e o que é necessário é a gente ser a gente. Desculpem eu voltar ao assunto: mas veio aqui de Argel uma carta de d. Zuza e de dr. Mozart para o Mozart; e na carta eles me mandavam abraços porque sabiam que eu estava com ele e que seguia ainda com ele para cá, por intermédio do Itamaraty certamente; ora, sabendo que eu estava lá como é que vocês não mandaram nada para mim? Agora não se pode mais escrever por Argel. Mas seria negligência da família do Maury? Continuo a dizer: seria imperdoável. Espero que vocês estejam recebendo minhas cartas. Mas se eu nada receber de vocês, paro de escrever. É mentira, escreverei sempre.

As coisas continuam igual. Eu quase não saio, levo uma vida dentro de casa, o que não me desagrada. Quando saio gosto muito. Fico ou procuro ficar o mais tempo possível no meu quarto, o que me agrada. Procuro fazer e cumprir um programa de certa pureza; o que é difícil pelas contínuas interferências, mas não impossível. Procuro também fazer com que minha vida não seja cercada de excessos cômodos, o que me abafaria. Todas as vezes em que cedo e converso demais com as pessoas fico com uma penosa impressão de devassidão e entrega. Não conheço pessoas, senão um rapaz amigo nosso, do Maury e de mim, Fabrizio Napolitani, que escreve e é muito simpático. Amanhã, domingo, vamos ao S. Carlo ouvir a 7ª Sinfonia de Beethoven. Estou agora procurando acordar às seis e meia e tomando café no quarto. Agora são meio-dia e 15 minutos. Tenho que me vestir para o almoço. Em seguida espero dar uma pequena volta e entrar de novo no quarto. O quarto é muito simpático, dá para o mar, para um pequeno recanto de jardim. Por favor escrevam sobre a saúde, sobre o trabalho, sobre a vida de vocês, sobre a vida da Marçuska, sobre os errinhos dela e sobre as descobertas que ela faz. Tem chovido durante alguns dias, está frio, mas eu me agasalho bem. Não sinto nada, senão raiva de pessoas. Não fui a nenhum cinema e certamente perderei esse hábito; mas tenho saudade de um bom de um mau filme. E tenho saudade de romances policiais em português mal escrito. Vou fechar a carta, porque Maury acaba de bater na porta dizendo que é hora do almoço. Vou beber um pouquinho de vinho. Por favor sejam felizes; eu o sou, a meu modo.

Clarice

Desculpem por favor o tom dessa carta; é que procurei convencer de que devem me escrever. Tudo está bem e eu esperarei com calma.

Essa carta não tem até hoje, 5 de outubro, portador. Certamente lá para o dia 15 ela irá pelo embaixador Acioly, ou melhor, pela filha dele. Por favor, se encarreguem de mandar os cartões-postais e as duas cartas, pelo correio ou pessoalmente. O telefone de Maria Luiza é 26-6137. Os cartões-postais devem ser postos em envelopes. Façam isso direitinho, sim?

Nápoles,
13 novembro 1944

Elisa, querida:

Recebi afinal cartas de vocês, as primeiras há quase quatro meses. Continuo não entendendo por que não me escreveram antes, uma vez que tinha avisado que eu estava aqui, eu mesma escrito, e Maury recebia cartas da família. Espero porém que, mesmo não se esclarecendo esse mistério que me custou tantos dias de desespero, agora tudo esteja normalizado e que nenhuma mala do Vaticano chegue sem trazer uma palavra sequer para mim. Assim espero. Aqui (*isso ainda é um restinho de que*) não é tão divertido como vocês imaginam; penso que vocês acham que eu levo tal grande vida que menos cartas, mais cartas, me dá no mesmo. Que eu levasse essa tal maravilha de vida, e precisaria de cartas de vocês. Ainda mais, quando meu desejo é sobretudo estar aí, no Brasil. Não é que não esteja gostando daqui. Mas me amolo e me chateio sempre, em qualquer parte. Passei uma semana em Roma e de lá escrevi para vocês; mas, antes que a mala partisse, tirei de lá as cartas para mandá-las pelo meu colega Silvio da Fonseca, correspondente de guerra, e que vai ao Brasil. Quando cheguei em Nápoles vi as cartas chegadas. Elas vão para o Vaticano e em um ou dois dias, ou uma só manhã, conforme seja o dia do carro do correio brasileiro, chega aqui o envelope destinado a Nápoles. É facílimo e não há porque vocês não possam me escrever. Até pessoas que não são da família podem fazê-lo. É só deixar a carta no Itamaraty, na seção conveniente. Digam quais as dificuldades e eu direi, por conselho de Maury, as soluções.

Tudo aqui continua igual. Eu estou bem de saúde. Hoje estou um pouco mole, mas não é nada; talvez seja apenas o fato de ter há dias recebido enfim cartas de vocês. Felizmente estão todos bem. Não façam isso de novo comigo, é o que lhes peço. Estamos esperando um funcionário do Itamaraty, um tal Neves da Rocha (*agora sei que ele não deve trazer cartas suas estou satisfeita*) por esses dias. Talvez ele traga cartas para mim. E se não trouxer é outra decepção porque a oportunidade seria ótima. Não repare na caligrafia de máquina: o frio dificulta o trabalho dos dedos. Estamos no outono e as folhas caem realmente. Mas o inverno será bem difícil. Não se perturbem, nós tomamos muito cuidado, temos roupas. Desde há muito que faz frio e eu não me resfriei nenhuma vez. A casa onde nós moramos tem aquecimento; por enquanto não está funcionando com força mas no inverno melhorará. Continuamos morando no consulado. Minhas atividades de dona de casa são nulas, felizmente. Eu não decido nada e só às vezes me meto; porque senão tudo cairia em cima de mim e mesmo o que fosse ruim por ser naturalmente ruim seria explicado como sendo erro meu. Tenho mais o que fazer do que cuidar de uma espécie de pensão: por exemplo, ficar sentada olhando para a parede. Estou lendo bem em italiano e até romances policiais eu arranjei. Parece que a questão de cinema se resolve aos poucos. Tem um hotel aqui requisitado onde passam filmes americanos em quase primeira mão. Antes de ir a Roma fomos uma vez e agora pretendemos ir mais. — Tania me escreveu sobre Ana; é simplesmente horrível; imagino como ela está abatida; mas agora o principal é a menina e a educação especial da menina; que ela não esqueça isso e não se feche na dor e no abatimento; o trabalho que ela vai ter é enorme. Elisa, peço-lhe seriamente que me mande um retrato seu, recente. Não custa nada o trabalho, e a mim dará enorme prazer. Vou lhe fazer uma série de perguntas a que você deverá responder em ordem:

1. Como vai de saúde?
2. Que divertimentos tem "usado"?
3. Tem ido frequentemente à casa de Tania?
4. Como vai você no trabalho? Que novidades tem?
5. Como vai a questão do apartamento? Continua ótimo?

Minha vida tem sido mais ou menos legal. Não me dou com quase ninguém. Num dentista encontrei uma mulher simpática que quis vir aqui e veio. Ó chateação! Dei-lhe chá, olhamo-nos, procuramos uma conversa, ela foi embora. Ela já telefonou para voltar, mas jamais estarei em casa. Ela é distinta; mas e eu com isso? Não posso abrigar todas as pessoas distintas no meu pobre seio. — Lembrei-me de uma coisa engraçada. O primeiro escalão de soldados brasileiros[1] inventou um sambinha a bordo do navio (eles inventam mil). Era sobre o nabisco: nabisco é uma espécie de bolacha americana, dura, que, embebida em leite, fica mole; serviam isso no *breakfast* e os soldados, acostumados com a caneca de café e o pão com manteiga, ficavam danados. Fizeram o seguinte samba:

De covarde podem me chamar,
O fato é que já passei o Gibraltar.
Este "shiipe" pode até afundar,
O que eu quero ver é o nabisco boiar.

Nápoles,
14 novembro 1944

(continuação)

Não há mais nada a contar. Hoje choveu. Mas a casa exatamente hoje está bem aquecida. Minha vontade é de me meter na cama e ficar bem calada. Mas não chega a ser tão forte, que eu o faça e tenha realmente prazer. Maury está bem de saúde e bem de um modo geral. Está sentindo falta de um esporte, mas todos os clubes aqui estão requisitados pelos aliados e não há possibilidade de entrar. Dizem que lá para fins de dezembro, janeiro, o frio é forte. Não há propriamente nada em perspectiva na nossa vida. Tudo está bem assentado e calmo. Naturalmente quando a guerra acabar e houver facilidade nós nos mudaremos para um apartamentozinho. Não tenho a menor vontade de conhecer pessoas e elas me chateiam. Mas isso é também uma disposição temporária; o pior é que a carta calhou de ser escrita nessa época. — Elisa, de agora em diante vamos numerar as cartas, assim, se uma ou outra se atrasar ou se extraviar nós saberemos; quando você responder a esta, diga respondo à carta número 1, porque a numeração começa agora. E você mesma ponha um número na sua. Gostei muito do bicho que Marcinha fez em colaboração com Portinari; lamento extraordinariamente não ter estado aí no dia dos anos dela. Gostaria de vê-la alegre recebendo presentes. Peço-lhe de novo que me mande um retrato seu. Hoje de manhã tirei um meu mas ele só ficará em provas não sei quando, é possível que Silvio não possa ainda levar. Mas ficará para outra vez. Escreva-me com frequência, e cartas maiores. Um abraço enorme da

Clarice

Desculpe esta carta mal escrita e vazia. Eu estou muito bem e talvez minha moleza venha de que eu me relaxei um pouco quando recebo carta

Carta número 1
Recebi suas cartas de uma só vez, não sei por quê.
Se vocês receberem cartas minhas queixosas não se preocupem — reparem na data, anterior a esta, quando eu não tinha notícias

Nápoles, 21 novembro 1944

Minha Querida:

Recebi a carta número três de vocês e fiquei contentíssima. Por favor não liguem minhas queixas. Você compreende que eu devia estar desesperada, sem saber o que pensar: porque Maury recebia cartas e pela mesma via vocês deveriam normalmente me escrever. D. Zuza, pelos abraços que me mandava, mostrava estar ao par de que eu estava em Nápoles. Mas agora está tudo bem. Descobri que, mesmo estando longe, se se recebem cartas a coisa não é tão terrível. Você é uma querida, não há dúvida. Gosto tanto, tanto de você... Me escreva dizendo o que tem feito. Você está feliz? Eu quero isso tanto. — Compramos em Roma o livro *Poussiére*, de Rosamond Lehmann. Você devia ler, é uma maravilha. É difícil encontrar no Rio, mas é capaz de algum de seus conhecidos e amigos possuí-lo. — Ontem nós fomos jantar fora com Silvio e um rapaz russo (russo mesmo) que vai ensinar sua língua a Maury. É um rapaz muito inteligente e simpático, de 18 anos apenas, que nos contou muitas coisas curiosas. Ontem (foi um dia cheio), vieram aqui duas moças, Isa e Vera Coifman, para quem Maury recebeu um recado de um colega dele, casado com uma prima dessas moças. A Isa tem trabalhos sobre anatomia comparada, pelo que me consta. São muito simpáticas e eu irei visitá-las com Maury um dia desses. Num chá ao qual compareci, ligeiramente chato, colégio de moças, comemorando o 15 de novembro, conheci uma senhora que se criou no Brasil e é professora. A irmã dela, que eu ainda não conheço, é pintora e trabalha em cerâmica. São Giovana e Zina Aita,[2] esta brasileira. A professora veio ontem aqui e eu vou um dia à casa delas. Essa gente toda de quem estou falando apresenta o ligeiro milagre de não ser chata, pelo contrário. Compramos uma máquina fotográfica, Zeiss Ikon, em segunda mão, mas muito boa, ao que parece. Assim poderemos mandar retratos. Se ficarem prontos ainda enquanto o Silvio está aqui, mandaremos por essa carta mesmo. Mas por favor mande retratos seus; não dá trabalho a você e a mim dá muita alegria. — Gostei de saber que Maria Luiza queria me escrever e que você ensinou o meio; porque quanto mais carta melhor; se o porteiro do edifício onde você mora quiser me escrever, ensine-lhe o meio; além do mais gosto de Maria Luiza e ela pode me contar novidades. Se você puder me mandar algum livro, alguma revista, ficarei contentíssima. Eu sou uma pobre exilada. Você não imagina como longe do Brasil se tem saudade dele. Sou capaz de escrever um novo Brasil, país do futuro... Vou mandar um cartão para o Aníbal. Não sei se ele já se mudou de onde morava, mas você arranjará isto. Você se dá bem com ele? Conte-me coisas assim, quem são seus amigos, de quem você gosta e de quem não gosta. E o trabalho? Dê um abraço ao Duarte. Diga a ele que de vez em quando eu reconto coisas que ele contou, e com grande sucesso; e que depois eu cito o autor. Me dá prazer saber que Marcinha está tão sem-vergonhazinha que pede para se contar aos outros as gracinhas dela; nunca vi criança mais adorável e mais querida. E Tania me escreve com a maior seriedade: Marcia vai bem nos estudos; mas um dia desses lavou a própria roupa na escola. Me escrevam, me escreva. E receba um grande abraço da

Clarice

Nápoles,
18 dezembro 1944

Feliz Ano-Novo, Leinha!

Elisa, queridinha:

Recebi sua carta de 26-11-44 ontem, dia 17-12-44. Você vê como demora, mas felizmente chega. E quando chega é o meu melhor dia, pode acreditar. A última carta que eu tinha recebido de vocês era datada de 30 de outubro, imagine. O que vocês mandaram por um portador, que eu não sei quem é, não nos chegou ainda. É possível que ainda venha ter às nossas mãos. Não mandem nada mais de agasalho porque nós temos suficiente. O frio não está sério, é como o inverno do Rio. A caixa que d. Zuza mandou por intermédio do Itamaraty pelo navio, e na qual parece, segundo ela, que vocês puseram minha máquina, desviou-se para Livorno, mas nós esperamos reavê-las. Querida, você não imagina a minha saudade. Não quero mesmo empregar essa palavra porque me faz mal e a você também, certamente. Vivo pensando em ir aí e vê-las. Depois da guerra, é certíssimo que eu vou aí passar um mês ou dois. Mas mesmo agora andei pedindo e sondando junto de várias pessoas e a coisa é difícil, quase impossível. Espero tremendamente que a guerra acabe, por todos os motivos. E o que é mais egoísta é esse, o de permitir que eu faça essa viagem. Isso não é nada; o irmão de Maury, que casou hoje, pretende que a mulher dele vá de vez em quando a Paris visitar a família dela. Eu acho, e estou mais do que certa, que depois da guerra irei ao Brasil de seis em seis meses. A despesa é suportabilíssima, não é nada, logo para mim que não gasto em certas coisas, e quanto a Maury, uma separaçãozinha de tão pouco só pode fazer bem. Além disso isto está no meu direito e Maury concorda plenamente. Deixo apenas que acabe essa maldita guerra, que para nós felizmente não foi tão maldita. — Hoje o irmão de Maury casou aqui no Consulado. Eu mandei fazer um grande almoço, ao qual compareceram o dr. Vasco Leitão da Cunha, vindo de Roma, os noivos naturalmente, nós naturalmente, o pessoal do consulado naturalmente e dois rapazes do Banco do Brasil que serviram de testemunhas. Eu mesma fui comprar coisas, o cuoco (cozinheiro) esmerou-se, enfim — foi um almoço excitante, alegre e meio chato como todos os almoços em geral. Compramos um peixe que custou 700 liras — por aí você pode ver o preço das coisas. Para nós não sai assim porque as rações vêm dos americanos, mas quando se quer comprar alguma coisa fora das rações é assim. O povo vive claramente em contrabando, mercado negro, prostituição, assaltos e roubos. A classe média é que sofre. Eu fiz há pouco um vestido de lã que Tania tinha me comprado e saiu muito bom. Botei hoje o vestido, me penteei toda, me enfeitei e fui um sucesso. De tudo isso o que mais me interessa é vocês. Não tenho feito quase nada, vivo como se fosse numa grande pensão em que se é obrigado e a gente se habitua (o que é o pior) a ser íntima e delicada e amiga de todos. Mal tenho lido, mas a vida continua. E em breve certamente arranjarei um programa em que eu me isole um pouco mais e possa ler ou não ler, como me agradar. Estou muito bem de saúde, não sinto mesmo mais nada; estou comendo tudo. Querida, eu lhe peço: cuide-se extraordinariamente, pense que isso também é para mim, eu lhe peço. E pelo amor de Deus, veja nas minhas palavras mais do que minhas palavras. Aquela sua carta em que você diz que nós temos a intimidade que devíamos ter, é certa de algum modo. E se você nas suas cartas não é tão íntima comigo eu no entanto adivinho, perdoo ao acaso e às circunstâncias o fato de termos uma espécie de pudor, uma em relação à outra. Mas leio suas cartas como se você me dissesse tudo, e na verdade é tudo o que você quer dizer. Tania, por exemplo, se deixa mais acarinhar do que você, não é verdade? e do que eu. Lembra-se quando eu dei a você o apelido de Leinha e a Tania o de Pildinha? O de Pildinha pegou porque ela deixava mais. Mas o que significa isso em relação ao carinho que eu tenho por você? — quando você me deu novidades do *Noite*, quando falou em Berta que tinha acabado o curso eu caí na gargalhada. Porque com sua letra eu li: Berta se forma este ano... Estou vendo que assim como Marcinha chama Pola de Bola, você também, embora involuntariamente, diz gracinha à la Marcia.

Elisa, nossas cartas todas parecem um monólogo: dá a impressão que vocês não estão respondendo às minhas cartas nem eu às de vocês; porque parece que eu esqueço de responder a certas coisas e que com vocês acontece o mesmo. Peço a você que antes de me escrever dê uma vistinha na carta para ver se eu não pergunto especialmente alguma coisa. Tania também faz o mesmo: pedi há tempos, ainda em Lisboa, que mandasse quatro livros meus para a mala diplomática de Portugal no nome de Ribeiro Couto, e ninguém me respondeu dizendo se era possível, se tinha mandado ou não. Querida, esses dias têm sido cansativos. Sempre aparece alguém de Roma, sempre aparece alguém para jantar, fora a casa cheia das pessoas que moram nela. — Mando-lhe um brochinho com figurinha de marfim. A fechadura não é complicada, põe-se aquele instrumentinho depois de fechado o broche para dar maior segurança. É uma coisa que serve apenas para eu lhe mandar meu desejo de que o seu Ano-Novo seja mesmo seu, com tudo de bom que você especialmente quer. "Que seus desejos se realizem", meu bem, e tudo o mais que nós todos queremos para você. Imagine, inventei de mandar para Marcinha um parzinho de brincos de madrepérola e coral: acho que não faz mal ela usar porque não é para orelha furada e a coisinha é prata. Espero que ela fique contente. Querida, só lhe peço que me escreva sempre. Ouvi dizer que em Roma tem carta para o Mozart; quem sabe se dentro não vem uma para mim? mas não posso esperar para respondê-la porque o portador parte em breve. Receba o meu melhor abraço, querida.

Depois que eu escrevo uma carta para você me sinto melhor, + sossegada. Conte mesmo as coisas bobas que acontecem, como eu faço. Receba + um abraço enorme de sua sempre

Vovó

Diga se recebeu as cartas que mandei pelo Silvio. E se o livro chegou bem. Você leu?

Nápoles,
7 janeiro 1945

Elisa, minha querida:

Desculpe este bilhetinho que naturalmente faz a pessoa ficar danada. É que hoje, embora bem, estou mais ou menos burra e sei que não posso escrever muito. Isso não depende de assunto, eu sempre sei o que hei de falar com você, mesmo sem novidades — que essas nunca existem propriamente. Hoje é domingo, felizmente de novo pé de chachimbo (em vez de cachimbo a máquina escreveu chachimbo, o que é muito mais elegante e muito mais próprio para este domingo — na verdade parece que eu ia escrevendo pé de chato, o que é mais certo). Hoje de noite vão passar no Parco Hotel um filme chamado *Strange Affair*,[3] de Walt Disney (mas não sei se é isso mesmo porque falei por telefone e não ouvi bem). Acho que não vamos ver. São mais ou menos cinco horas; daqui a pouco vou me vestir para jantar. Aqui aos domingos inovei um jantar frio para os empregados poderem dar o fora; sou ou não uma grande dona de casa? Parece me que estou pesando 62 quilos, mas não parece propriamente e embora eu não esteja magra não dou a impressão de gorda. Também com esse regime de vida besta em que eu não faço nada. Só emagrecerei se começar a me desesperar por exatamente essa vida besta, o que eu não creio que aconteça porque estou excessivamente mergulhada nela para poder me desesperar. Em suma, a ideia do Brasil é muito boa para mim. Que esse diabo de guerra acabe é o que eu desejo.

Minha querida, escreva-me, conte as novidades, conte sobre você, escreva-me suas queridas cartas que tanto bem me fazem. Um grande abraço para você e seja mil vezes, de todos os modos.

Clarice

Nápoles, 12-janeiro-1945

Elisa, querida:

Recebi cartas formidáveis de vocês, e como disse a Tania, tenho vontade de provocar para receber, também carão, é verdade, nas cartas grandes. Pois então não vou durante a guerra, nem de 6 em 6 meses, exatamente, se vocês acham absurdo. Mas, querida, não pense que eu gosto de você porque estou longe e acrescento. É que quando estamos juntas não escrevemos cartas e parece que é escrevendo que se podem dizer certas coisas. Você tem razão, com a ideia do provisório não se pode fazer nada. E por isso é que carta me faz bem, me dando uma lição. Não me diga que não tem a pretensão de ter ascendência sobre mim, que é bobagem, meu bem. E por falar em bobagem, cito-lhe outra e produzida pela mesma fonte, que é vocezinha: você diz que embora pareça incrível, você também já perseguiu miragens. Que burrinha você é! Se há pessoa em que se veja isso, é você. E não só você perseguiu, como persegue — o que vale como não ter mudado e ser fiel. Até passarinhos essa menina cria no banheiro, lugar onde em geral só se penduram toalhas! Me interessa saber é como eles se alimentam. Uma das coisas formidáveis disto é que é ótimo ter passarinhos mas é pau às vezes a gaiola; no seu caso os passarinhos é que têm você e vocês moram de igual para igual, um reclama contra o outro, são até capazes de não se falar durante algumas horas. Você explicou pouco em relação a eles; você já os viu? Quantos são? Às vezes eles saem? Eles mesmos cuidam da comida ou o contrato que eles assinaram é com pensão? E por falar em pensão, não só os passarinhos precisam comer, você também. Escreva-me sem falta onde tem almoçado e jantado.

Você vai ver como eu vou melhorar e levar uma vida agradável. Mas vou ao Rio, não sei quando, depois que a guerra terminar, um dia e em boas condições. Eu gostaria aqui de ajudar um pouco, mas é impossível. Pedir dinheiro às pessoas para dar a outras é dificílimo porque a quem eu pediria? Ao Matarazzo? Ele começaria por dizer que tem casa requisitada etc. Ele não precisa, mas todos precisam pouco ou mais. Porque me ofereci para fazer alguma coisa, estou agora trabalhando em datilografia com o coronel Julio de Moraes. Vou lá todas as manhãs e salvo a humanidade copiando numa letra linda à máquina, umas coisas. Pretendo também visitar feridos. Ajudamos pessoalmente e em cada caso como podemos e isso não é nada. Os casos aqui são inúmeros e cada família tem o que contar. É verdade que se culpa a guerra de muita coisa que sempre existiu aqui. A prostituição, por exemplo, sempre foi aqui um grande meio de vida. Contam-nos que agora os meninos na rua oferecem as irmãs, o marido que diz que tem uma moça muito bonita e no fim sabe-se que é a mulher dele etc.; mas todos dizem que é isso sempre. Tem aqui e que o povo napolitano é o + sem-vergonha do mundo. Os italianos dizem que a vergonha da Itália é Nápoles. Roubam como podem, e não sou eu quem os acusaria. Aliás, quando estive em Lisboa que não está em guerra, fiquei boba. Não se dá um passo sem que alguém não peça esmola. E me disseram que a prostituição lá é terrível, abundantíssima e desde a idade de 13, 14 anos. A guerra é boa talvez no sentido de chamar a atenção para certos problemas. Talvez incorporem estes na resolução de outros propriamente de guerra.

Em Roma está caindo um pouco de neve; eu não vi. Mas aqui o Vesúvio[4] está com o cimo coberto e ontem e hoje caíram aqui pequenos flocos. Eu não vi, mas Maury saiu hoje de manhã e trouxe embrulhado num pedaço de papel(!) uns pedaços de neve que parece gelo, com certeza já gelada, já meio derretida, e não muito branca. Amanhã de manhã vamos a um bairro onde talvez tenha neve. Disse que nesse bairro onde ele esteve hoje tinha uns dois dedos de neve no chão (conte isso a Tania).

Quanto a estudar canto, vou tratar disso. Quanto a cursos interessantes, desde que cheguei procuro me informar vagamente mas você sabe como são esses cursos, a maioria deles terrivelmente didáticos, terminando por dar caceteações e obrigações em vez de interessar realmente e dar prazer. Mas continuo +- em vista. E em vista também de alugar um rádio, se for possível encontrá-lo, tão difícil que é.

Agora me lembrei de uma coisa engraçada. Um amigo nosso em Argel achou a moça do restaurante muito bonitinha e perguntou-lhe se queria ir ao cinema com ele. Ela respondeu um pouco ofendida e muito digna: *Pas moi, je suis vierge!*

Não é tão engraçado? Ele disse que teve vontade de responder: *C'est pas ma faute...*

— Tudo está bem e eu gosto muito de vocês. Seja feliz, querida, sem falta nenhuma. E não tome água gelada. Um grande abraço de sua

Clarice

Nápoles, 22 janeiro 1945

Elisa querida:

Não tenho carta sua para responder, o que diminui de milhões o assunto. Porque aqui não há nada de novo nem eu mesma tenho qualquer coisa de novo. Recebi o livro de Emily Brontë,[5] que ainda não li porque esses dias foram um pouco atropelados. Vários brasileiros foram para o Brasil, tudo organizado de repente, de modo que também eu ajudei, como pude. No meio de tudo havia uma baronesa ou marquesa ou o que seja, que, quando viu que as senhoras iam todas dormir na mesma sala, disse que se soubesse que era assim não teria ido. Um rapaz conhecido nosso disse que na hora teve vontade de lhe pisar o pé. Nada mandei pelas pessoas que embarcaram porque não tive tempo de providenciar. Mesmo, com mala frequente, não era tão grande perda.

Você está boa da gripe? Querida, peço-lhe que não beba água gelada... Se você soubesse como aqui está frio assim, embora de vez em quando caia neve... Mas ainda não vi cair, vi somente no chão e como é pouca fica logo um pouco misturada, não muito branca. — Querida, como vai o seu livro?[6] Não me quer falar nele? Gostaria tanto de saber quando será publicado, e se está tudo correndo bem! Diga-me qualquer palavra.

D. Zuza mandou-me alguns recortes sobre alguns livros, tudo infelizmente do cretino Eloi Pontes.[7] E no meio sobre um livro de Sara Novak, que eu não conheço. Pelo que ele diz, o livro não presta. Você leu?

Terminei meus negócios com o dentista, e foi bom porque só a obrigação de ir lá já estava me dando raiva. Nada mais tenho feito, tenho ido de vez em quando ao cinema, mas para ver droga. Ontem vi *Maisie Goes to Reno*,[8] com Ann Sothern. Suas lições de inglês continuam? Não tratei nada sobre o canto, sinceramente não me sinto muito animada a abrir a boca todos os dias e berrar. Mas certamente um dia desses resolvo e quando resolver você um dia acorda de madrugada e em vez de ouvir teus passarinhos ouve meus solfejos. Um dia desses fomos ouvir *Lohengrin*[9] e não gostei. Ópera é chata como ela só. E apesar de ser Wagner era pau e cansava. Estou é com vontade de ter rádio, mas é dificílimo encontrar para comprar ou alugar. — Se você se lembrar, recorte artigos saídos nos suplementos, sobre coisas publicadas. — O que eu sinto falta aqui é da Cinelândia, cheia de cinemas onde eu podia entrar a hora em que eu quisesse, sozinha ou acompanhada. Felizmente leio agora italiano como português e posso ler meus livros policiais quando quero. Essa noite, quer dizer, de manhã, fui acordada por qualquer coisa e depois reatei o sono e sonhei que alguém dava às pessoas o sono perdido; e que a mim perguntavam: perdeu mil ou dois mil de sono? Mas antes sonhei que estava num jantar onde estava presente... Deus. E Deus era representado por um enorme bolo todo luminoso; e porque alguém estava atrasado, o bolo se afastava zangado até que eu dava uma desculpa. Que coisa doida.

Querida, me escreva muito, me conte mil coisas. E seja muito feliz. Receba um abraço da sua

Clarice

Nápoles,
29 janeiro-1945

Elisa, querida:

Recebi sua cartinha, que embora curta, me adiantou muito porque assim que eu vi que você já deve estar boa do resfriado. Tome cuidado, sim? Querida, o verão do Rio é uma fonte de resfriados. Tania me escreveu que seu livro sairá talvez nesse mês; então já deve ter saído. Peço-lhe enormemente que me mande um dos primeiros exemplares. Quem fez a capa? Tenho tanta vontade de ler... Tenho muitas esperanças nele e em você. Alguém mais leu? Por que você não me escreve nem ao menos rapidamente sobre ele? Fico tão sentida, nem uma palavra, quando tudo isso me interessa tanto. Sei que é uma espécie de pudor, e por isso não insisto demais, somente peço-lhe. Me espanta que você diz: há duas semanas sem carta. Acho que tenho escrito sempre. E peço a vocês o enorme favor de fazer o mesmo, de escrever todas as semanas: é muito? Não sei, sei apenas que minha vida fica intolerável sem receber cartas de vocês.

Nada tenho feito, tenho lido um pouco. A vida continua igual, quer dizer, bastante chatinha. Como é que vocês vão me escrever quando estiverem de férias? É um problema que me preocupa. Sou tão egoísta. Peço-lhe, querida, que aproveite bem as férias, descansando quando possa. A vida do Rio, de um ano no Rio, merece enormes férias. Acho que a vida em geral. Eu mesma gostaria de tomar férias, mas não sei de que, com uma vida tão ociosa e vazia. Minhas férias serão no Rio de Janeiro, capital do Brasil. Serão umas grandes férias e assim como você passa os dias pensando em Teresópolis, eu passo os dias pensando nas minhas férias da Itália.

Nada tenho feito, meu maior prazer é ir dormir — que maravilha é! E como eu sonho! Passo a noite sonhando. Um dia desses sonhei que você me mandava em vez de carta uma revista impressa por você para mim... E uma revista grossa. Veja se consegue imprimir a tal revista para mim e mandá-la todos os dias; vou ficar animadíssima. E todos os dias ficarei tão alegre que incomodarei os outros, o que pouco me importa, já que eu tantas vezes sou incomodada pela alegria superficial e digestiva dos outros. Pronto, encontrei uma boa fórmula: poucas vezes a gente encontra pessoas cuja alegria não seja somente digestiva. Concorda? Você não imagina o prazer do meu sonho e o prazer que eu tenho em imaginá-lo verdade. Meu ideal de pequena, o de um dia por acaso ficar presa uma noite inteira numa confeitaria, mudou. Meu ideal agora é não ter tempo para nada porque, meus amigos devem compreender e meus vizinhos também, afinal eu estou lendo a revista da família. Inclusive artigos de fundo de Marcia Maria, como ela gostaria de assinar. Não lembra que um dia ela andou dizendo aos outros que era assim que ela se chamava? É o "*nom de plume*"[10] dela...

Estou posando para uma pintora brasileira, há muitíssimos anos na Itália, Zina Aita. Por enquanto nada se pode dizer, é preciso paciência. Vocês receberam afinal os retratinhos levados pelo correspondente de guerra? Telefone para o DIP, talvez o encontre lá, na Agência Nacional. Nem eu os vi, e tenho curiosidade. Estou mais gorda, em breve serei matrona romana, ou melhor, napolitana. Falta-me apenas o título de duquesa e então eu farei esta também e receberei às quintas-feiras, declamarei versos de Olegário Mariano[11] e por fim, como surpresa final, balinhas de estalo. Hoje vem aqui uma professora de espanhol que fala português, esteve no Brasil, parente do chocolate Falchi — muito boa mulher, mas uma tortura e um desânimo. Por que é que as pessoas não são mais vivas, coitadas? Ontem almoçamos com o conde Matarazzo e com os genros duques ou condes, não sei. Eles não acreditariam se eu dissesse que não gostaria de ser condessa. Parece afinal que só eu acredito em mim... Obrigada, querida, pelas duas revistas do *Globo*, certamente foi você quem mandou. Mande-me quando sair o livro daquela moça Maria Luiza Cordeiro, prêmio Alcântara Machado, tenho curiosidade. Que alegrezinha que ela é... Será alegria digestiva? Quero ver por isso.

Vou interromper um pouco porque me chamaram para o almoço. Já voltei. Almocei. Estou mastigando chicletes — e quando se mastiga chicletes tudo fica mais fácil e mais americano. Acabei há dias de ler *Les chemins de la mer*, de François Mauriac,[12] muito bom, como todos dele. A máquina é que não é boa, quer dizer, a fita está clara. E a minha maquininha, a que veio do Rio, não funciona nada; vou ver se a vendo, porque conserto não adianta; ou então a troco por outra, o que é difícil. Rádio também não temos, faz uma falta enorme. Querida, escreva sempre e logo. Receba um grande abraço meu e seja muito feliz.

Sua sempre
Clarice

Nápoles,
19 março 1945

Minha queridinha:

Estou lhe respondendo suas cartas de 9-2-45 e de 24-2-45, chegadas ao mesmo tempo. Fiquei aborrecida porque você não me mandou retratos seus. Sei que você não "adora" tirar retratos, mas para mim você deveria tirar. Se você vir que Tania insiste muito para que você seja fotografada, não se zangue com ela, zangue-se comigo que pedi a ela para insistir...

Achei graça na história do seu contínuo dar meu nome à filha... Que tola "heroína" eu sou! Enfim, o que vale é que é um nome normal.

Fiquei contente em ver você receber tia Dora[13] e amizades. É como Tania diz, as pessoas têm que ficar encantadas com a sua hospitalagem (é assim que se diz? Me pareceu coisa inventada). E que história é essa de dizer que teve meia dúzia de gripes? Meu bem, quando é que você aprende a ser uma boa menina? Nem precisa você me dizer porque já li que andou tomando sorvete de abacaxi ou de creme. Sei que o calor daí não é brincadeira, mas seis gripes são uma brincadeira sem graça. Desculpando-me a senhora o pequeno carão, passemos adiante.

Sua apreciação sobre o livro[14] é animadora demais, ao meu ver. Você tem o célebre medo de ferir e entristecer e diz pouco ou quase nada. Mas eu lhe agradeço do mesmo modo e compreendo muito bem o seu pudor e a sua delicadeza. Não sei como fazer o livro amadurecer +. Se livro fosse como maracujá, punha-se na gaveta... e ficava em vez de "maracujá de gaveta", livro de gaveta (perdoe essas letras que parece estarem saindo enormes, mas é que eu escolho as posições mais difíceis para escrever e nunca a normal). Como você diretamente não tem coragem de me dizer o que acha realmente, diga-o se quiser a Tania que me transmitirá. Pelo que sei Tania vai me mandar uma lista de observações, o que eu estou esperando ansiosamente.

Quanto à vida em geral... ela vai em geral mesmo. Não há novidades. Continuo trabalhando no hospital, indo lá todas as manhãs. Me canso um pouco, mas corpo e alma foram feitos para na hora de dormir estarem cansados. Pretendemos ir a Roma em breve, já que a primavera está por aí. Aqui dizem: *marzo pazzo*, o que quer dizer sem rima: março é louco. Porque ora faz frio, ora esquenta, ora nevica, ora nem tempestade. Este ano a loucura de março deu apenas para esfriar o tempo e esquentá-lo, sem a menor ordem. Maury disse: dê a ela alguma coisa feita de lava do Vesúvio. Mas eu ontem, domingo, fomos com dr. Ubezzini Bueno para a casa de um médico italiano, casa essa que fica perto do Vesúvio, para vermos as lavas que caíram e desceram no passado. Ontem fazia exatamente um ano, a erupção. Destruiu uns dois terços de uma cidadezinha, S. Sebastiano, e grande parte de outra, Massa. A gente vê de longe o Vesúvio e na encosta a lava que desceu e se bifurcou, cobrindo inteiramente casas e tudo. É um mar de lava que agora está seca em pedras. A altura é de 15, 20, 25 e 30 metros. A gente anda em cima e na verdade está andando em cima de casas destruídas. A lava é negra. Mas quando descia, fresquinha, era fogo líquido, vermelho e grosso. Maury perguntou: o calor era de 500°? O médico riu, disse: de 3.000° ou de 4.000°. A uma enorme distância, pelo calor, sem serem tocadas pela lava, as árvores murcharam em poucos minutos, todas retorcidas. Uma igreja, que não foi atingida pela lava, queimou-se toda e a cúpula caiu em terra. O mais curioso é que, depois de um ano, a lava ainda está quente. Assim disse o médico que, quando chove, ergue-se de toda aquela extensão uma fumaça. E nós mesmos colocando a mão em algumas reentrâncias sentimos um calor evidente. Sabe como se chama o barulho que faz o Vesúvio quando vomita? Boato. Porque ele faz quase assim: boaato... É uma palavra onomatopaica. O médico achou muita graça quando nós dissemos que em português boato quer dizer rumor falso... Nunca vi coisa menos falsa do que o barulho do Vesúvio (não vá pensar que eu ouvi, hein? Não há perigo, no lugar onde estamos). Tirei da lava umas pedras que vão servir de peso de papéis. Uma delas é sua, achei que fica muito + curioso e interessante a coisa bruta, tirada de lá mesmo. Quase brigamos por causa da lava do Vesúvio e por causa de Leinha, mas afinal resolvemos a parada com um bom e sadio lugar comum: cada qual tem a sua opinião. Falta a sua, que é a + importante. Que é que você prefere? Não vá me dizer que prefere nada porque eu me aborreço.

Estou ansiosa por ver seu livro publicado e por receber um exemplar escrito por Leinha. Com vai ser emocionante abrir as páginas de um livro. Eu ia escrevendo: Leinha Capivara, para usar a mensagem surrealista de Marcia (capivara, pato e ovo). Mas tive medo que mesmo através da distância você jogasse alguma coisa em protesto. Experimente contar a Marcia o que ela disse quando estava com febre e que certamente ela não se lembra. Você vai ver como ela vai rir, a danadinha querida. Espero que ela esteja boa. Felizmente pelas fotografias se vê que ela está formidável e gordinha. Tania também está ótima. Só não me agradaram as notícias de que vocês duas não aproveitaram bem as férias. Detesto pessoas que se parecem comigo...

Não tenho lido muito; ando ocupada com o hospital e com a dispersão de minha vida. Fiz ondulação permanente e pareço um carneiro. Como se vê, a História realmente se repete. Estou eu às voltas com óleos e raivas, sendo que nenhum dos dois alisa meu cabelo. O tempo se encarregará de amainar a fúria onduladora do cabeleireiro.

É capaz de haver alguma carta de vocês para mim em Roma: isso me deixa toda assanhada. Não há no mundo inteiro coisa melhor do que carta.

Minha querida, fui deixar para escrever hoje para poder contar o que visse no Vesúvio. E agora tive que escrever um pouco às pressas porque soube que a mala fecha daqui há pouco. Cuide-se bem, queridinha e seja feliz a todo custo. Não ligue nada do que possa lhe incomodar, afaste todo o mal de você. Mande-me sempre as suas cartas queridas que tanto bem me fazem mostrando que você não esquece de mim. (A forma "não esquece de mim" seria reprovada com razão pela ginasiana Berta.) Receba um grande abraço, querida, e seja muito, muito feliz e alegre.

Sua Clarice

Nápoles,
25 março 1945

Elisa, queridinha:

Não tenho carta para responder, mas escrevo do mesmo modo. Aliás soube que em Roma há mala. Talvez haja envelope para Nápoles e talvez dentro haja carta para mim... Como a história de fadas onde dentro tem um ovo, dentro do ovo tem a varinha de condão. A carta de vocês é para mim uma varinha de condão. Com ela eu mudo de humor.

Fora disso não há nada de novo. Você e Tania sugerem que eu releia e desentorte o livro. Mas eu não consigo mais entrar dentro do ambiente dele. Para mim é como ler uma coisa vazia e eu tenho que parar de palavra em palavra para me concentrar, exatamente como eu encaro o primeiro livro, com o qual felizmente eu nada mais tenho a ver. Em todo o caso vou ver se o leio durante uma semana. É impossível de certo modo tocá-lo, tanto o que nele tem de ruim está misturado à sua essência e ao seu decorrer. Tania, me prometeu me dar uma relação de observações a respeito; isso me facilitará porque acordará minha atenção num momento em que meu interesse não pode acordá-la. Nas provas do livro, que pretendo me sejam enviadas, certamente poderei enxergar melhor e modificarei qualquer coisa.

Quando terei um exemplar de seu livro? Que vontade de lê-lo... Imagino que você deve estar se aborrecendo com a demora da publicação mas, você bem sabe, as coisas são assim mesmo no Brasil e certamente em qualquer parte do mundo, uma vez eu estava falando com uma moça ítalo-brasileira e ela disse: eu não gosto de festas, eu sou retraída, como nós dizemos aqui na Itália... Eu não pude me impedir de dizer, embora temesse o vexame dela: no Brasil também se diz... Isso é o que se chama um espiritinho curto. Morando na Itália, é como se ela morasse numa província; não tem a menor ideia de que a Itália não é o quintal da casa dela. Como você vê, está aí uma moça certamente "viajada". Ela dirá o que um colega meu disse quando esteve nos Estados Unidos. Eu lhe perguntei o que tinha achado. Ele respondeu imediatamente: lá as moças ficam bem de óculos. Uma outra, referindo-se à filha, que por sinal é italiana, neta de italiana e de pai italiano, disse: vê-se pelos olhos dela que ela é brasileira, porque os olhos dela brilham e as italianas não têm olhos brilhantes... O que é mentira.

Mando pelo portador que gentilmente se ofereceu para levar cartas uma lembrança de aniversário para Tania. Não quis abusar demais e mandei pequeno e mandei uma só coisa, quando meu desejo era mandar para você uma certa coisa cá minha (parece português falando). Mas como a lembrança de Tania é mais urgente, dou-lhe preferência. Se você gostar da caixinha me dará muito prazer porque eu poderei mandar uma para você na primeira oportunidade. Você sabe quanto me dá alegria mandar lembranças para vocês. Se você protestar pense então no seu caso e compare-o com o meu; assim você não só me perdoará como me compreenderá...

Recebemos um convite para irmos a Florença e por causa de mim Maury recusou, pelo menos para já, porque não quero largar o hospital quando mal comecei. Quem sabe se depois da guerra ainda veremos Florença juntas...

Não tenho lhe falado de você vir para cá porque me parece absurdo por enquanto, uma vez que tudo aqui está convulsionado e difícil. Mas é minha esperança e meu sonho. Eu acho que ficaria maluca de alegria em receber você no cais ou no aeroporto... Prefiro no cais. Passaria dois dias pelo menos sem deixar você ver nada, só olhando e conversando, tão bestinha eu sou. Mas afinal neta é neta. Por falar em neta me lembro de Marcia, me lembrando de Marcia me lembro das fotografias dela, me lembrando das fotografias dela me lembro de fotografias em geral e finalmente chego à varinha de condão que é fotografia sua. Por que não recebi retrato seu? Por que, oh por quê? (Não lhe impressiona meu ar de ópera italiana?) Falando sério, eu lhe peço que faça o sacrifício de tirar retratos e me mandá-los. Velhinha como sou, meu consolo são exatamente as netas. E não há nada igual a um retratinho netal. Não esqueça, por favor. E me escreva, escreva e escreva. Diga tudo, conte suas novidades, escreva aquelas cartinhas tão lindas.

Dê um abraço no Miranda Neto, que por sinal não é meu neto, mas bem simpático. E não esqueça sua irmãzinha.

Clarice

Nápoles,
12 abril 1945

Elisa querida:

Não quero perder a oportunidade surgida pela gentileza do tenente Des Champs (um verdadeiro herói, que eu conheci no hospital). Mando-lhe uma pequena coisa: espero que seja do seu gosto e que lhe traga boa sorte. Amanhã ou depois escrevo carta, também por portador.

Não há novidades, estou esperando carta de vocês para responder. Continuo no hospital. Queridinha, seja feliz e não me passe carão por lhe mandar esta caixinha...

Abraços para Tania, William, Marcinha.

Um grande para você
Da Clarice

Nápoles, 20 abril 1945

Elisa, querida mesmo:

Eu estava no fim do almoço, esperando pelo café, assoando o nariz vermelho de um ligeiro resfriado, quando tocaram a campainha e um rapaz do Banco do Brasil veio entregar cartas vindas por intermédio do capitão Sena Campos. Chega [sic] fiquei boba... As coisas boas vêm quando menos se esperam... Sua carta e a de Tania. Não quis mais café, Maury é que botou açúcar na minha xícara e eu bebi frio. Que importa café frio se se tem cartas quentes? Perdoe o que se pode chamar de trocadilho... Você botou o poema do Miranda Neto na frente de sua carta. Você não precisa dizer a ele, mas eu virei o poema e tudo e li antes a sua carta. Carta curta, mas carta sua. Já há dias recebi carta de Tania e você não escreveu por falta de inspiração. Que menina impossível. Mas eu bem compreendo e sei que às vezes não se tem o que escrever mesmo quando se tem o que falar. Peço-lhe mesmo que, não tendo inspiração para escrever, mande-me então apenas um bilhete dizendo como vai. Mas não abuse de minha permissão, Leinha!!

O rádio está ligado para Roma, para a Academia Santa Cecilia, onde há um concerto de música moderna contemporânea, de autores italianos. Estamos ouvindo harpa. (O autor não ouvi bem.) A música é de 1939. Disse o *speaker* lendo um comentário muito inteligente, que esse compositor usou o instrumento romântico para uma peça que não é romântica; que ele tirou o elemento decorativo da música (é bom como observação, não é?) e que usa a matéria musical como um artesão, e que já não sei que chinês dizia que a arte era o aproveitamento da matéria-prima. Realmente a música que estou ouvindo não tem por assim dizer "história". Parece um bordado de sons, um manejar puro de notas. É belo, belo. Há muita coisa bonita no mundo, Leinha. Ser irmão é uma delas, gostar de irmã muissima delissima (desculpe o "neologismo"?).

Transcrevo aqui um ofício que acabo de receber do Chefe da Seção Brasileira de Hospitalização em Nápoles antes dele passar a chefia a outro.[15]

Lá vai o elogio: "Ao deixar a Chefia da Seção Brasileira de Hospitalização em Nápoles, cumpro o grato dever de agradecer a V. Excia. todo o serviço que tão espontaneamente vem prestando a nossa organização, colaborando na sua Seção de Serviço Social, trazendo ao nosso soldado ferido ou doente o grande consolo do seu serviço e da sua graça. Nunca seriam demais as palavras que eu poderia dirigir a V. Ex. para expressar a minha admiração pela contribuição que trouxe a todos nós nestes momentos em que o Brasil precisa tanto de seus filhos. Em nome destes homens, de todos os que aqui labutam e no meu próprio, beijo, agradecido, as vossas mãos dadivosas. Nápoles, 17-abril-1975, Dr. Sette Ramalho, Tte. Coronel Médico."

Que acha? Parece muito pouco um ofício no 473-5; parece mais a homenagem de um cavalheiro andante à donzela-da-janela-defronte. Me emocionou um pouco, sobretudo porque eu não imaginava a possibilidade de recebê-lo.

Então ao som da harpa que estão tocando... Até a gente não se lembra da possibilidade provável do coronel ter dito um dia: chii, preciso agradecer aquela chatinha da vice-consulesa! José, redija aí alguma coisa e no fim beija-lhe as mãos dadivosas de uma vez! Bom, mas é capaz e provável também que não tenha sido assim. E vou acabar de imaginar hipóteses, com a sua licença, porque senão amanha, em vez de "pronunciar" as palavras quentes da gratidão que eu resolvi, fico fria. Até logo ao assunto.

Elisa, que há no seu trabalho? Que sucede de novo? Tem trabalhado muito? É obrigada a ir todos os dias sem poder descansar um dia aqui, outro ali? Eloá funciona? Tem lhe feito daquelas visitas de horas? O que me aborrece é saber que você se aborrece com a demora do livro. Sei que essas coisas irritam enormemente, essas demoras injustificadas que na maior parte das vezes são símbolo apenas de moleza. (Estou ouvindo "Dança Sagrada e Profana", de Debussy,[16] que eu já vi dançado no Rio, em Ballet, com cenário meio grego.) Queria lhe perguntar o que você achou do ambiente da Editora Agir quando você foi lá falar, o que achou deles. Porque eu lhe confesso que não entendo por que a Editora Agir, dirigida por essencialmente católicos, aceita um livro que não é católico nem escrito por católico. Estranho muito. Queria saber alguma coisa a respeito. Talvez seja apenas porque eles se interessam por literatura apenas, no seu sentido largo. Se não por isso, que é lisonjeiro para eles e que pode ser a verdadeira razão, então é por motivo que escapa à minha pobre compreensão.

Elisa, querida menina, cuide-se, dê-se alegrias, seja feliz. Aí vai um cartão para Miranda Neto.

Me conte novidades do Gungo de Oliveira em relação à Marcia. Eu não sabia que Celia era restauradora de molduras... É realmente uma pena que os quadrinhos tenham vindo com penicilina, como diz Tania. Enfim, não são grande coisa e de modo algum o que vocês merecem. O valor deles estava em serem mandados por mim (desculpe a modéstia à parte) para vocês. Recebi a Revista do *Globo* que você mandou.

(As fitas para o cabelo não recebi ainda, mas espero-as.)

O Congresso dos Escritores, pelo que vi, terminou em parada de modas... Enfim, como diria uma legítima vice-consulesa metida a literata, com um suspiro: o que é a vida senão uma parada de modas?

Depois desta retiro-me pois a chave de ouro foi dada. Seja feliz, querida. Meu abraço enorme de sua sempre

Clarice

Nápoles,
24 julho 1945

Elisa querida:

Estou lhe escrevendo à mão porque tem aí uma pessoa a quem eu mandei dizer que não estava, e então não quero bater à máquina para não me trair. E como a pessoa demorará...

Minha querida, não veio carta sua dessa vez; mas Tania diz que a sua, deliciosa, perdeu-se e que você estava muito ocupada com exames e tudo para escrever de novo. — Espero que você tenha recebido o telegrama de felicidades para o seu aniversário. Só que o telegrama partiu no dia 24; no dia 23 Maury e eu estávamos doentes... Não é nada de grave, é a mordida de um mosquito especial que dá febre por 3 dias. No dia 24 Maury ficou melhor e pôde se ocupar do telegrama. Também eu estou bem. Não sei o que querem do Brasil: fala-se no calor e nos mosquitos de lá. A Itália cheia de civilização, fascismo, renascença, tem no verão um calor às vezes acima do carioca, e quanto a mosquitos, você vê, de todas as qualidades.

Minha querida, mande retratos seus. Mande um grande tirado em fotógrafo. E fale do seu livro: por que você não diz + nada a respeito?

Elisa, meu bem, perdoe a carta pequena e tola; é como me sinto neste momento...

Receba um abraço grande de sua irmã que lhe quer tanto bem,

Clarice

Nápoles,
13 agosto 1945

Elisa, queridinha:

Recebi hoje sua carta de 17-7-45 e de 21-7-45. Querida, fiquei muito amolada com a história do livro sair errado, me aborreci enormemente. Você não tem culpa porque é de esperar que uma editora boa como a Leitura faça bem uma revisão e tenha pessoal adequado para isso. Ainda mais rever 3 meses e não acertar! Mas não ligue muito, no Brasil a coisa + normal é o uso de errata. Eu, por exemplo, sempre descontei nos livros que lia os erros, nem ligava, porque sempre se sente quando é erro de revisão e tipografia. Revisão é um dos trabalhos + chatos do mundo, mais perigosos e cansativos, e não há escritor que não se queixe da revisão. Um dia desses estava lendo um livro francês, editado por uma das melhores editoras francesas, a NRF, e me lembro que disse a Maury: está inteiramente cheio de erros de tipografia, e isso me espanta nessa editora. Mas se entendia tudo e o livro afinal não perdia com isso, naturalmente eu sei o que há de aborrecido nisso. Sobretudo para quem o escreveu e tanto cuidou de escrevê-lo bem. Mas o leitor passa naturalmente por cima disso, sem sentir. Querida, como eu quero ler seu livro! Que horror esperar até que venha d. Zuza! não há nenhum jeito de mandar antes? fico impaciente, e quase ofendida pela demora como se a culpa fosse sua. É que pegarei no livro com enorme prazer. Talvez aconteça comigo o que aconteceu com você, que sentia dificuldade de dar sua opinião sobre meu livro porque estava perto demais de mim como irmã e "conhecida". Como é a capa? Pelo menos me informe de coisas, já que não posso ver o livro agora: quem faz a capa? Quantos exemplares? E mil coisas + que eu quero saber e que você esquece de contar. Quantas páginas tem o livro? É capaz de você estar me achando boba por fazer essas perguntas quase materiais, mas isso me dá, na falta de melhor, a ideia do livro.

Elisa, eu tenho escrito várias cartas que não chegaram aí. Uma com fotografia na praia, vocês não acusaram e foi há muito tempo por portador, e não posso reclamar porque não o conheço. Outra foi com encomenda por um rapaz do Banco do Brasil: na encomenda mandei 2 canetas-tinteiro e mais outras coisinhas. Outra carta, grande, está retida em Roma, à espera da maldita mala que não está seguindo normalmente. E outra, com várias fotografias, não chegou a Roma e penso que esteja perdida. Essa história de ter que mandar carta para a embaixada em Roma pôr na mala e a história de ter que esperar que as cartas de vocês cheguem antes a Roma e sejam mandadas para Nápoles me irrita horrivelmente. Espero ansiosamente o dia em que as comunicações postais da Itália e com a Itália se regulem e eu desprezarei então essa mala. Imagine, em 12 a 15 dias receber carta de vocês, diretamente! Você vê que eu não peço muito, me parece um sonho o período de Belém, quando recebia carta às vezes em 2 dias. Cada vez mais, parece, o passado "foi" melhor que agora. Elisa querida, eu tenho a impressão de que no dia em que vier do Ministério um telegrama para Maury transferindo-o para o Brasil eu fico maluca. Penso que adiarei então a viagem por + duas semanas só para aproveitar da certeza de ir para o Brasil... Enfim, isso será daqui a 3 ou 4 ou 5 anos. Espero que 3. Conheci uma senhora austríaca, esposa de um diplomata brasileiro, que me disse que nunca passou + de dois anos sem ir à Áustria ver a mãe e as irmãs; só agora, por causa da guerra na Áustria mesmo, é que passou + tempo. Por aí você vê que é assim mesmo. No dia em que vocês me escreverem assim: Clarice, por que é que você não dá um pulo aqui? — eu ficarei feliz e irei. Porque eu tenho medo de vocês, da opinião de vocês; sou em geral tão anormal e ninguém me compreende apoiando, geralmente, de modo que se vocês me acusam eu não posso fazer nada, não tenho a quem recorrer para me defender...

— Não sei porque Joel Silveira foi anunciar que faria a reportagem sobre o livro de Mussolini, quando eu disse a ele que era pouco provável que eu o conseguisse. Certamente ele não anunciou a verdade e disse isso para você para que eu me sentisse comprometida.

Maury vai bem. Ele tem muito + do que eu, como é natural, o temperamento adequado para a carreira dele. Se eu não falasse em saudade, acho que ele não se lembraria muito de pensar nisso, se bem que goste da família como é de esperar.

Enfim, eu estou bem. Dilermando,[17] o cachorro, é uma delícia de cão e gosta de mim + do que a todos da casa. Me faz uma festa louca quando me vê de manhã, depois de uma noite de separação. Ele tem uma briga antiga com um gato das vizinhanças; mas o gato fica sentado olhando para ele com frieza enquanto Dilermando fica rouco de latir com medo de se aproximar. Dilermando come pão com manteiga, carne, arroz, macarrão, biscoito, chocolate, uva, melão, sendo que despreza um pouco as frutas. Quanto à fruta cristalizada, detesta simplesmente. Nós tivemos aqui uma empregada muito burra e medrosa; uma noite voltamos tarde e encontramos o miúdo Dilermando de pé mas sem conseguir dar uma "palavra" que não fosse cortada de três bocejos: o cachorro nem tinha força de fazer festas, e bocejava tão alto que parecia uma gaveta se abrindo. A empregada estava vitoriosa, a burra, e disse: eu não deixei ele dormir para montar guarda na casa! Só faltei dar nela de raiva, mas não disse nada, só rimos muito vendo o cãozinho que ela atiçara e que não tinha nada com a história, bocejando a ponto de molhar os olhos. Essa empregada é que disse à moça que trabalha no Consulado que eu lhe parecia um pouco burra...

Quanto ao mais, macarrão, macarrão, macarrão.

Minha querida, tenha uma boa vida, faça dieta. Tania está fazendo? Está bem de saúde?

Receba um grande abraço de sua sempre

Clarice

Nápoles,
22 agosto 1945

Elisa, querida:

Há dias recebi a sua carta de 29-7-45, estava em Roma e tive a enorme alegria de receber diretamente da mala, sem ter que esperar pelo correio. Ia responder logo, mas o cansaço velho bateu em cima e eu tive uma crise de colite, coisa boba e passageira que não deixou marcas. De modo que só escrevi, antes de ir embora, aquele bilhete infecto, deixando para responder em Nápoles quando estivesse melhor. Enquanto estou escrevendo Dilermando está farejando no quarto: o coitado, na minha ausência, comeu carne demais, ficou com umas espécies de brotoejas e está cheio de remédio, o que me dá raiva porque os outros têm nojo dele. O coitado me olha bem nos olhos, triste, sem entender por que eu não pego nele. Não fique com preocupação, não é nada contagioso. Estive no veterinário com ele, ele se espantou muito de ver cavalos, gatos e cachorros — tudo esperando a vez. O veterinário disse para ele nunca comer carne... É só isso. Quem quis o cachorro foi Maury. E quem se preocupa com ele + sou eu. Suponho que seja assim mesmo...

Elisa querida, aí vai uma proposta, faça um embrulho de seu livro e endereçe-o ao sr. Landulfo Borges da Fonseca, Embaixada do Brasil junto à Santa Sé. Dentro do embrulho você colocará meu nome. Você entrega o livro no Itamaraty ou a d. Zuza (não sei como vocês costumam fazer) e o livro virá, se Deus quiser. Porque a mala do Vaticano vem mais vazia e tem trazido embrulhos. Quem me sugeriu isso foi Açucena (a quem transmiti suas lembranças, e ela respondeu: espero que você tenha escrito sempre que mando abraços). Vamos tentar isso?

O que me desconsola é todo o mundo ler seu livro e eu não. Espero, querida, que a ideia das erratas tenha solucionado o caso dos erros tipográficos. Repito, querida, que sei como é desagradável isso; mas quando a coisa acontece a gente deve sempre pensar que isso sucede a muita gente e que o leitor está tão habituado que passa por cima. Por isso acho + grave uma vírgula a mais ou uma coisa que altere o estilo mesmo levemente, que uma palavra claramente errada. Porque esta torna evidente o erro. Quanto a uma concordância errada, quem lê as outras páginas do livro percebe que o autor não erraria nisso. É + grave o erro mínimo às vezes do que o grande erro — em matéria de tipografia, já se vê...

Leinha, vou fazer perguntas e desejo-as respondidas, por favor:

1) Você tem feito regime? 2) Onde toma as refeições? 3) Trabalha muito? 4) Há alguma modificação no seu trabalho, alguma melhora provável? 5) Você está com o mesmo peso? Quanto pesa? 6) Tania está bem de saúde? Está trabalhando e se cansando muito? 7) Você tem se distraído? 8) Não há nos estatutos alguma lei que dê direito, a um funcionário que trabalha bem e tem um certo número de anos de serviços, a umas férias + prolongadas? Digamos de dois meses. Querida, se você quisesse e pudesse vir passá-las aqui! Eu nem ouso oferecer a você coisas que qualquer pessoa oferece a qualquer pessoa, sem mesmo ser irmã! Você é tão arisca. Quer pensar nisso?

Não se preocupe com as histórias que eu contei rapidamente sobre pessoas mesquinhas. Estou até habituada. Você tem razão, a intimidade forçada leva a compartilhar isso também. Mas é que no exterior, para nós, essa intimidade tem que existir. Não posso explicar melhor. Tudo isso me faz olhar para Dilermando e quase pensar o que disse não sei que pessoa célebre: quanto + conheço os homens, mais gosto dos cães. E imagine que eu gosto muito de Dilermando...

Nós temos ido ao cinema de vez em quando: vemos cada droga às vezes... Mas quando eu saio do cinema saio fora do mundo, nem reconheço as coisas. Até faz mal uma coisa dessas. A gente só devia ir ao cinema de noite e em seguida dormir. Ir durante o dia inutiliza o resto do dia, tão boba, burra e narcotizada eu fico. — Elisa é pena eu não poder contar coisas engraçadas e chatas que acontecem: você haveria de rir ou então dizer: não gosto de saber. Embaixo de um casaco de peles esconde-se cada tipo... Parece que o calor do casaco faz com que alguma coisa prolifere com mais liberdade, é uma fecundação doida e cansativa. Em Roma é um tal de um convidar o outro e o outro responder convidando e esse agradecer convidando e o outro se surpreender porque não se respondeu convidando... Muita coisa está precisando de bomba atômica nesse mundo. — E por falar em bomba atômica, o fim da guerra no mundo abalou os italianos: ninguém ligou muito, não houve festejos, nem alegria. Essa "terra de artistas" está meio indiferente, ao que parece. E por falar em "terra de artistas", tem aqui artista medíocre que não é vida. É possível que + do que em qualquer parte, porque aqui o pessoal tem muita facilidade de cantar, pintar, poetar, sei lá.

Querida, agora vou entrar num bom sistema, imitando o da Eliane. Vou receber uma boa mesada por mês, igual a dela; ela a usa como quer, para roupa, para o que quiser e quando não quer guarda no Banco. Vou fazer isso: e um belo dia, não longínquo, tenho, sem escrúpulos, minha viagem ao Brasil. Também dessa minha mesada nem esmola a pobre eu dou... (isso é piada, menina)

Ri muito com a história do "parece um urso", da Marcinha. Realmente há coisas que parecem "falsas". Estou burrinhando muito. Deixe de me passar carão porque mando coisas. Eu mando o que eu quiser, Leinha; estou de bom humor, o que é uma coisa rara nesses últimos tempos. Hoje vem um americano meio importante visitar Maury, vai se oferecer whisky e eu estarei presente apenas para fazer a clássica pergunta, com um ar inocente de quem não conhece as dificuldades: pode-se viajar facilmente para o Brasil? Querida, isso já se tornou uma mania íntima. Se me acordarem de noite, finjo inocência e digo: pode-se viajar... etc. Receba um enorme abraço de sua

Clarice

Nápoles,
23 agosto 1945

Elisa e Tania, queridas

Amanhã será 24 de agosto, cinco anos que o nosso pai desapareceu. Eu não esqueci. Não será um dia alegre. Se eu sempre estou com vocês através da distância, amanhã pensarei ainda mais em nós todos, e estarei aí em pensamento.

Que nós todas sejamos felizes e tenhamos saúde — é um modo de realizar o que ele queria.

Uma coisa que eu queria pedir há muito tempo e peço agora: que me mandem um retrato de papai e um de mamãe... Às vezes quero ver e não tenho.

Minhas queridas, eu vos amo.

Sejam felizes. Eu abraço vocês.

Clarice

Nápoles, 1º setembro 1945

Querida Elisa

Estou respondendo a sua carta de 13 de agosto, recebida ontem. Carta pequena, mas carta. Lamento que vocês às vezes demorem a receber cartas minhas. Mas nunca se preocupem: minha vida continua igual e boa. Nunca tenho nada de mais na saúde, o máximo é um pouco de colite e uma moleza que mais parece preguiça. Tudo está sempre bem e normal. Continua a fazer calor, o outono só chegará pelos fins deste mês ou começo do outro. Vamos ver se vamos a Florença em outubro. Será, espero, uma viagem muito interessante. A força de viver pega-se afinal uma culturinha rápida e suburbana que serve depois para os "salões"? Os embaixadores me respeitam... As pessoas me acham "interessante"... Eu concordo com tudo, também, nunca discordo do que se diz, tenho muito tato e conquisto as pessoas necessárias. Como você vê, sou uma boa senhora de diplomata. Como as pessoas sabem vagamente que eu sou "uma escritora", meu Deus, com certeza permitiriam que eu comesse com os pés e enxugasse a boca com os cabelos. Estou brincando, se eu fizesse o milésimo disso seria expulsa da sociedade ou então tolerada com aborrecimento.

Pelo recorte que você mandou da Editora Agir,[18] vejo que se eu quiser posso virar freira: tanto meu pobre livro está no meio de uma orgia de livros católicos. Viva a Editora Agir, viva Tristão de Ataíde.

Como escrevi na outra carta, você deve mandar seu livro endereçado ao sr. Borges da Fonseca, Embaixada do Brasil junto à Santa Sé. Como a mala para o Vaticano vem + vazia, eu receberei o livro. Faça isso, querida, não tenho tempo de esperar por d. Zuza escrever que você e Tania estiveram na casa dela e que você está muito bem, com o cabelo ondulado, bem-disposta. Bem, naturalmente é inútil pedir retratos. Tenho que "ver" você pelas cartas. Uma carta passada você falou em "Penina"; quem é? Veio para cá? Nunca soube dela.

Quanto ao mais, nada. Estou lendo livros de autores italianos. Os contemporâneos não tecem uma literatura muito brilhante, creio que até um pouco pobre. Mas existem coisas boas no meio.

Querida, vida vazia — carta vazia. Espero que o calor daqui não se transmita na carta, e apenas "o calor de meu coração".

Receba um abraço, seja feliz e cuide-se bem, por favor, por favor, por favor.

Sua irmã Clarice

Florença

1945

Washington, 13 abril 1956, sexta-feira.

Tania, minha querida,

esta é para lhe desejar desde já feliz aniversário, minha querida! Que Deus te dê saúde e felicidade e que te guie. E que te dê muito gosto nas coisas, e esperança e realização de esperanças. E tranquilidade de espírito.

Aqui tudo bem. Vou tirar retrato de Pedrinho banguela, e mandarei para vocês.

Na minha última carta usei uma palavra que, receio, possa ter escandalizado vocês. A palavra neurose... Usei sem sentido forte, sem calcular que vocês provavelmente não estão habituadas a ela. Eu estou, e não me parece "escandalosa"... Desculpem se a usei com certa naturalidade...

Aqui o tempo está muito bonito. Acho que dessa vez, pouco a pouco, a primavera se estabilizar. Fui ao cabeleireiro para ele me aconselhar, e ele mantem que se usa cabelo curto e que o penteado me vae bem. Aconselhou-me alguns "rayons de soleil" discretos e que darão "movimento" ao cabelo. Pretendo fazer, para mudar um pouco. Vou também pagar a Fernanda para me fazer uns vestidinhos mais de verão. Seus conselhos me fazem falta na escolha de modelos...

Minha querida, feliz aniversário! Deus te abençoe. Com amor e saudade, Clarice

Florença,
26 novembro 1945

Minhas queridinhas:

Estou escrevendo de Florença, onde estou desde o dia 20. Fui no dia 4 para Roma, sozinha, a ver se assistia o nascimento do filho de Eliane. Depois Maury tirou as férias e foi para lá. Como a mãe de Eliane veio de Paris, eu vi que seria inútil a minha presença e para Maury não perder as férias viemos para cá num ônibus — uma viagem cansativa que durou o dia inteiro. O coronel Brauguer, adido militar à embaixada, estava aqui com a senhora e nos convidou para irmos no dia seguinte a Pistoia, Porretta e ver o célebre Monte Castelo. Cansados da viagem, passamos de novo o dia seguinte viajando. E depois passamos até hoje em Florença, andando desde manhã até de noite. Eu peguei uma gripe e ontem meu cansaço nervoso era tão grande que, recebendo convite de ir de carro até Veneza (7 horas de viagem) eu não pude aceitar com medo de chegar a um acúmulo desagradável de cansaço. Maury que não estava gripado nem especialmente cansado, não quis ir só apesar de minha insistência. Perdemos agora a oportunidade de passar 2 dias em Veneza. Mas suponho que surgirão outras. Eu não posso nem me arrepender porque esse dia passado na cama (são 3 horas da tarde e eu escrevo deitada) está me fazendo tanto bem que eu resolvi passar um dia por semana deitada. As últimas cartas que eu escrevi se não me engano são irritadas e sem graça. Vocês precisam sinceramente me perdoar. Eu tenho tido um exaurimento cerebral enorme. Passo épocas irritada, deprimida. Minha memória é uma coisa que nem existe: de uma sala para outra eu esqueço com naturalidade as coisas. Tenho procurado Tonofosfan ou Fitina, mas é impossível achar nesses tempos. Se vocês puderem me mandem vários vidros (Tonofosfan ou Fitina, mas em pílulas, que é o único modo de remédio que eu não "esqueço" de tomar). Também comprei há uns tempos um preparado com carvão que me fez mal. Se puderem me mandem: Carbolevedo. Mas abram na hora o remédio, na frente do farmacêutico, para ver se não está estragado com bolor. Tenho receio de ficar permanentemente fatigada. Eu procuro fazer o que se deve fazer, e ser como se deve ser, e me adaptar ao ambiente em que vivo — tudo isso eu consigo, mas com o prejuízo do meu equilíbrio íntimo, eu o sinto. — Quanto a Florença, é uma maravilha. É verdade que eu imaginei + bonita ainda. Mas é um lugar ideal. Toda a minha angústia quando eu vejo coisas é que vocês não estão vendo comigo. E eu não sei descrever. Vi coisas de Michelangelo, de Botticelli, de Rafael, de Benvenuto Cellini, de Brunelleschi, de Donatello que eu gosto + do que Michelangelo, de muitos outros. Vi palácios da idade média, da renascença. Vi o palácio dos Médici, os aposentos deles, mil coisas.[1] Tudo isso abafa muito e eu chegava a ter uma impressão de alívio quando sabia que uma certa galeria estava ainda fechada por causa da guerra porque isso me impedia de ver.

Todas essas coisas que eu vi me dão um certo tipo de experiência que talvez continue sempre indecifrável — uma pedra no caminho, diria talvez Carlos Drummond de Andrade.[2] A cidade toda vive do passado, da tradição — e materialmente (em tempos normais, nos quais ainda não estamos) de turismo. Estamos num hotel requisitado, a janela do nosso quarto dá para o rio Arno. Tem ruas estreitinhas, antigas, quase escuras. Está fazendo frio, mas ainda não neva — eu nunca vi neve. Uma novidade é que Maury me comprou um casaco de peles. Deveríamos ter comprado um melhor que durasse anos e anos. Mas as peles aqui não estão ótimas e são caras como se fossem. Compramos então uma barata que durará talvez uns 2 ou 3 invernos e num outro país, em época melhor e com + possibilidade de escolha, comprarei outra + durável. Meu casaco não é bonito nem feio, ou é + bonito que feio, cinzento, de "lapin"; mas parece bem melhor que "lapin" (em linguagem vulgar — coelho...). O que eu queria e me fica muito bem é pele de leopardo, aliás das + caras mas raras aqui.

No cemitério de Pistoia tiramos uns retratos. Como eu estava distraída, por causa do ambiente, me esqueci de fazer uma cara melhor para vocês. Saí em todos de cabeça baixa ou baixíssima, distraída... Perto da igreja de S. Maria Novella, ainda medieval, tiramos um retrato em que eu sorri para vocês — e acontece que o sorriso não iluminou meu rosto... Eu posso estar rindo por dentro e não parecer por fora...

Comprei para vocês chapéus de palha da Itália, aqueles célebres. Comprei para mim também. Para Marcinha um chapeuzinho de palha de Itália trabalhado como renda, em forma holandesa que se pode entremear com uma fita fina de veludo. Os de aba larga são também creme e se podem debruar com veludo negro — fica muito bonito. Eu queria comprar para vocês cópias de esculturas célebres. Mas depois de ver os originais, fica-se comparando e quase nada agrada. Comprei três cinzeiros, cada um para nós três, com dísticos e perdi numa confeitaria (comprei outros)... Comprei para minha futura e problemática casa umas toalhas bonitas de jantar e alguns enfeites. Compramos um reloginho antigo de botar em cima do móvel, que funciona bem... Aqui alguém me deu a notícia extraordinária de que pelo rádio do Brasil se anunciou uma linha aérea Brasil-Londres (passa em Lisboa também) por um preço baratíssimo. Se é por tal preço viajar custará talvez menos do que convidar 3 pessoas para jantar. E isso quer dizer que as linhas vão começar a funcionar — e eu irei ao Brasil. Espero que isso suceda dentro dos primeiros seis meses do ano que vem. — Florença é cheia de charretes e coches e sempre se está a ouvir as patas de algum cavalo. E os sinos vivem tocando.

As malas estão instáveis. Recebi há alguns dias, em Roma, cartas de vocês de setembro, vindas por uma mala marítima. Cartas em que vocês falavam do nosso telefonema "interurbano" e que infelizmente não se puderam repetir. E em que falavam das gracinhas de Marcia, que eu tenho ânsia de abraçar.

NOTA: Vocês estão dormindo em muitas coisas. As cartas do Brasil para cá (o contrário parece que não) têm vindo em 15 dias, diretamente. Escrevam, por favor, por essa via. Ponham carta aérea, escrevam no envelope: Clarice Gurgel Valente, Consulado do Brasil, via G.B. Pergolesi, 1, apto. 1, Nápoles. — E bem claro o seguinte: Via New York. Ou em italiano: Consolato del Brasile, Napoli e o resto. Por favor! E outra coisa. O cônsul aqui em Florença (que por sinal é uma mulher e uma mulher de grande valor) tem recebido pacotes pelo correio aéreo ou comum ou talvez via Nova York (que é a + rápida, parece). Ela recebeu *Vestido de noiva*[3] que eu li e gostei muito. Não mandem coisa de valor por causa do risco, mas os livros bons que aparecem, os suplementos dos jornais, que eu tanto pedi. Estou esquecendo o português, estou falando italianado.

E meu livro? Estamos em fins de novembro e vocês disseram que o livro sairia em princípios de outubro... Por que não recebo notícias? Espero que vocês tenham podido mandar um exemplar pela d. Zuza que, segundo um telegrama, chegará em La Rochelle, França, no dia 3 de dezembro. Nós tínhamos tido a ideia de ir buscá-la na França aproveitando as férias. Mas Mozart e Eliane acharam tão absurdo e inútil e mil outras coisas que nós desistimos. Com certeza ela se arranjará melhor sozinha pois será mais cercada pelos brasileiros, é o que dizem e eu não acho.

Queridas minhas, não há nada que eu queira + do que ver vocês felizes. Eu quero saber como vão vocês de saúde. Eu quero que vocês me respondam isso rigorosamente. Vou calcular o tempo que esta carta levará a ser respondida; se na resposta eu não encontrar resposta a essa pergunta eu me vingarei de algum modo. Estou falando absolutamente sério.

Elisa, o fato de você não pegar bolsa de estudo por causa do clima não quer dizer que você não viaje. Você pode tirar férias e passar se quiser o fim da primavera e o verão num outro país. Eu não aconselho a ninguém a passar o inverno num país frio — é uma coisa que entristece e abate a quem vem de um país de sol. Disse a Zoraima, a cônsul daqui, que passou sete anos na Inglaterra, que a luz lá é quase a mesma em todas as estações e que diariamente os jornais dão os minutos que o sol brilhou. E que há pessoas que pensam que é propaganda dos países estrangeiros quando se diz que neles há dias inteiros de sol. É por isso que os ingleses se inspiram loucamente na Itália e que para nós, brasileiros, o clima da Itália não é tal revelação.

Tenho até medo de reler a carta que deve esta cheia de erros desagradáveis e má letra — é que estou burra e ainda por cima deitada. Imaginem um burro deitado escrevendo. Só não acrescento: "escrevendo às irmãs" para não ofender...

Vou procurar aqui um livro de decoração da Renascença ou outro período interessante, para William. Agora não tenho + portador. Com certeza eu mesma levarei as coisas. Por favor, escrevam, queridas. Pessoalmente eu contarei tudo o que tenho visto e com um enorme prazer — que prazer, meu Deus! Eu seria capaz de viajar até o fim do mundo para contar depois a vocês! Mas que esse depois viesse logo, logo. Escrevam, me contem muitas coisas. Agora vou me levantar, são 6 horas (eu tinha interrompido a carta por falta de tinta), vou me vestir, me fazer lindíssima para descer e jantar, assoando o nariz nos intervalos. Estou em dúvida se mando os retratos para vocês — não quero que vocês se decepcionem. Mandem retratos. Houve uns dias de desespero para mim porque eu não achei o envelope com todos os retratos que vocês me mandaram. A culpa era minha que os levava para Roma e andava com eles na bolsa... Até hoje não os achei mas continuo a procurar por toda a casa em Nápoles. Me mandem novos, pelo menos. Todos têm pena da gente porque estamos morando há mais de um ano no Consulado; ninguém entende como principalmente eu suporto, que nem trabalhar posso. Casa é impossível achar. Estou tão cansada de certas mesquinharias que acho que de volta das férias vamos morar numa pensão (hotéis são destruídos ou requisitados para militares ou civis em trânsito) se não acharmos mesmo casa.

Eu abraço vocês e peço que me abracem. Me recomendem à Marcia querida. E a William.

Clarice

Berna

1946-1949

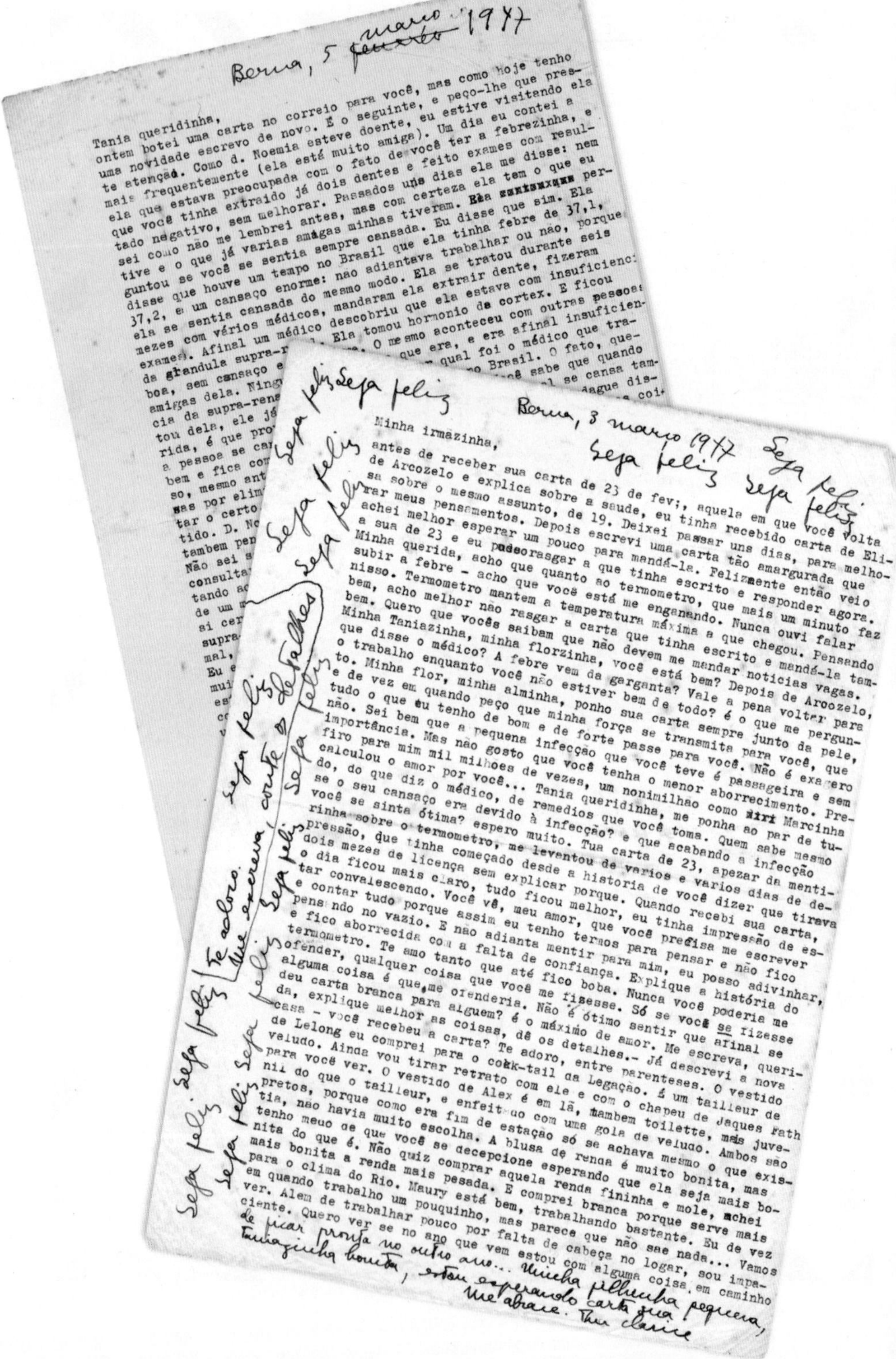

Berna, 5 ~~janeiro~~ março 1947

Tania queridinha,
ontem botei uma carta no correio para você, mas como hoje tenho
uma novidade escrevo de novo. É o seguinte, e peço-lhe que pres-
te atenção. Como d. Noemia esteve doente, eu estive visitando ela
mais frequentemente (ela está muito amiga). Um dia eu contei a
ela que estava preocupada com o fato de você ter a febrezinha, e
que você tinha extraido já dois dentes e feito exames com resul-
tado negativo, sem melhorar. Passados uns dias ela me disse: nem
sei como não me lembrei antes, mas com certeza ela tem o que eu
tive e o que já varias amigas minhas tiveram. Ela ~~xxxxxxxxx~~ per-
guntou se você se sentia sempre cansada. Eu disse que sim. Ela
disse que houve um tempo no Brasil que ela tinha febre de 37,1,
37,2, e um cansaço enorme: não adiantava trabalhar ou não, porque
ela se sentia cansada do mesmo modo. Ela se tratou durante seis
mezes com vários médicos, mandaram ela extrair dente, fizeram
exames. Afinal um médico descobriu que ela estava com insuficienc[ia]
da grandula supra-r[enal] ... Ela tomou hormonio da cortex. E ficou
boa, sem cansaço e ... O mesmo aconteceu com outras pessoa[s]
amigas dela. Ning[uém] ... que era, e era afinal insuficien-
cia da supra-rena[l] ... qual foi o médico que tra-
tou dela, ele já ... no Brasil. O fato, que-
rida, é que pro[...] ... você sabe que quando
a pessoa se can[sa] ... [qu]al se cansa tam-
bem e fica com ... [d]ague dis-
so, mesmo ant[...] ... coi-
mas por elim[...]
tar o certo ...
tido. D. No[emia] ...
tambem pen[...]
Não sei s[...]
consulta[...]
tando ac[...]
de um m[...]
si cert[...]
supra-[...]
mal, ...
Eu e[...]
mui[...]
est[...]
co[...]

Seja feliz Seja feliz

Berna, 3 março 1947

Seja feliz Seja feliz Seja feliz

Minha irmazinha,
antes de receber sua carta de 23 de fev;, aquela em que você volta
de Arcozelo e explica sobre a saude, eu tinha recebido carta de Eli-
sa sobre o mesmo assunto, de 19. Deixei passar uns dias, para melho-
rar meus pensamentos. Depois escrevi uma carta tão amargurada que
achei melhor esperar um pouco para mandá-la. Felizmente então veio
a sua de 23 e eu pude rasgar a que tinha escrito e responder agora.
Minha querida, acho que quanto ao termometro, que mais um minuto faz
subir a febre - acho que você está me enganando. Nunca ouvi falar
nisso. Termometro mantem a temperatura máxima a que chegou. Pensando
bem, acho melhor não rasgar a carta que tinha escrito e mandá-la tam-
bem. Quero que vocês saibam que não devem me mandar noticias vagas.
Minha Taniazinha, minha florzinha, você está bem? Depois de Arcozelo,
que disse o médico? A febre vem da garganta? Vale a pena voltar para
o trabalho enquanto você não estiver bem de todo? é o que me pergun-
to. Minha flor, minha alminha, ponho sua carta sempre junto da pele,
e de vez em quando peço que minha força se transmita para você, que
tudo o que eu tenho de bom e de forte passe para você. Não é exagero
não. Sei bem que a pequena infecção que você teve é passageira e sem
importância. Mas não gosto que você tenha o menor aborrecimento. Pre-
firo para mim mil milhoes de vezes, um nonimilhao como ~~xxx~~ Marcinha
calculou o amor por você... Tania queridinha, me ponha ao par de tu-
do, do que diz o médico, de remedios que você toma. Quem sabe mesmo
se o seu cansaço era devido à infecção? e que acabando a infecção
você se sinta ótima? espero muito. Tua carta de 23, apezar da menti-
rinha sobre o termometro, me levantou de varios e varios dias de de-
pressão, que tinha começado desde a historia de você dizer que tirava
dois mezes de licença sem explicar porque. Quando recebi sua carta,
o dia ficou mais claro, tudo ficou melhor, eu tinha impressão de es-
tar convalescendo. Você vê, meu amor, que você precisa me escrever
e contar tudo porque assim eu tenho termos para pensar e não fico
pensando no vazio. E não adianta mentir para mim, eu posso adivinhar,
e fico aborrecida com a falta de confiança. Explique a história do
termometro. Te amo tanto que até fico boba. Nunca você poderia me
ofender, qualquer coisa que você me fizesse. Só se você se fizesse
alguma coisa é que me ofenderia. Não é ótimo sentir que afinal se
deu carta branca para alguem? é o máximo de amor. Me escreva, queri-
da, explique melhor as coisas, dê os detalhes.- Já descrevi a nova
casa - você recebeu a carta? Te adoro, entre parenteses. O vestido
de Lelong eu comprei para o cokk-tail da Legação. É um tailleur de
veludo. Ainda vou tirar retrato com ele e com o chapeu de Jaques Fath
para você ver. O vestido de Alex é em lã, tambem toillette, mais juve-
nil do que o tailleur, e enfeitado com uma gola de veludo. Ambos são
pretos, porque como era fim de estação só se achava mesmo o que exis-
tia, não havia muito escolha. A blusa de renda é muito bonita, mas
tenho medo de que você se decepcione esperando que ela seja mais bo-
nita do que é. Não quiz comprar aquela renda fininha e mole, achei
mais bonita a renda mais pesada. E comprei branca porque serve mais
para o clima do Rio. Maury está bem, trabalhando bastante. Eu de vez
em quando trabalho um pouquinho, mas parece que não sae nada... Vamos
ver. Alem de trabalhar pouco por falta de cabeça no logar, sou impa-
ciente. Quero ver se no ano que vem estou com alguma coisa em caminho
de ficar pronta no outro ano... Minha filhinha pequena,
Taniazinha bonita, estou esperando carta sua.
Me abrace. Tua Clarice

Seja feliz Seja feliz Seja feliz Seja feliz Seja feliz Seja feliz Seja feliz Seja feliz Seja feliz Seja feliz Seja feliz

Te adoro. Me escreva, conte os detalhes

Berna,
14 abril 1946

Minhas queridas:

Estou escrevendo num domingo, em Berna. Chegamos ontem à noite, estamos hospedados num magnífico hotel, o melhor, Belle-vue. Estou contendo nesse momento o amor por vocês para não escrever uma carta grandiloquente... Fiz uma viagem complicada e demorada do Brasil até Roma. Chegando em Casablanca não havia avião para Roma — tive que ir ao... Cairo, onde passei dois dias e pouco; de lá fui a Roma, almoçando em Atenas... Vi as pirâmides, vi a esfinge. São umas belezas, infelizmente tão exploradas que diante delas a gente só pode ter uma sensação já descrita no almanaque da Saúde da Mulher. Fui a um cabaret egípcio com o cônsul brasileiro de lá e a mulher dele... Comi comidas egípcias e vi a dança do ventre dançada por uma egípcia. Acreditem ou não, a música da dança era "Mamãe eu quero",[1] em ritmo adequado... (À medida que eu for me lembrando de coisas vou descrevendo nas cartas.) Almocei em Atenas. A Grécia vista do avião, com as ilhas e tudo, é uma beleza. Almocei comida americana e enquanto o avião se aprontava para partir, entrei no *jeep* de um americano que "voou" até a Acrópole e eu pude ver de longe o Partenon.[2] A visão foi igual à que eu teria se olhasse uma fotografia, porque foi rápida. As pirâmides, que eu vi à noite e também de dia, são impressionantes, sobretudo à noite. E junto da esfinge leram minha sorte na areia do deserto... e não disseram nada. O maometano disse que eu tinha "white heart", coração puro... O que eu tenho na verdade é um coração pequeno onde já não cabem coisas, tão cheio de amor guardado ele é. Várias vezes eu tenho tido uma vontade aguda de abraçar, por exemplo, a Marcinha. Estou muito bem de saúde e bem de espírito. Estou considerando Berna como uma prova. Aqui espero ter condições boas e levar uma vida ao máximo inteligente e sadia. Ainda não conversei com brasileiros e suíços para saber sobre moradia. Fizemos a viagem de Roma para cá em dois dias de trem. A Suíça é uma beleza. Berna, pelo que eu estou vendo do terraço onde escrevo, é uma cidade encantadorinha, limpíssima. Todo mundo tem uma rodelinha vermelha na face e um ar sério e decente. Procurarei não ser aqui a pálida flor da Suíça e procurarei aperfeiçoar minha decência até aproximá-la da deles. Encontrei Maury muito bem, disposto e contente. — Todos os letreiros aqui são em alemão (talvez seja dialeto e não valerá a pena aprender) mas fala-se francês se se quer. Dizem que há muitos livros aqui. A vida é cara mas o que se ganha dá bastante. Ainda não sei como vou botar esta carta no correio e quais são os meios. Elisa, querida, vá pensando na licença-férias comigo, a sério. — Tania, diga a Priscila que amanhã ou depois trato do negócio dela e vejo as possibilidades. Farei tudo o que puder. Como está William? Quando vem? Sonhei que ele tinha voltado, sonhei com vocês todas.

Por favor escrevam. Elisa tomou férias? E o trabalho aliviou? Só tomara que venha logo carta. Tania, meu amor, você quando receber esta carta, alimente-se bem e descanse... Como vai Marcinha na escola? Me escrevam que eu já quero ter a sensação de uma carta na mão. Mas só escrevam quando estiverem desocupadas. Não tem pressa. Só quero saber que vocês estão bem. Cuidem-se bem. Eu vou me cuidar e pretendo não adiar nenhum plano. Berna vai ser a dura prova que me mostrará se eu sou capaz de ser gente ou não... Deus vos abençoe; a nós todas.

Escreverei em breve. Não sei ainda quanto demoram as cartas. Vamos experimentar e não se preocupem com demoras. Recebam o meu verdadeiro amor e tenham saúde e felicidade.

Clarice

15 de abril, segunda-feira

(continuação)

Estivemos com o ministro e família, são simpáticos. E Berna é bonitíssima, toda limpinha e pitoresca. Acho que alugaremos um apartamento porque hotel sai muito caro. Ainda estou sem pé aqui, meio boba, meio pensativa. Mas se eu mesma não me sacudir ninguém me sacudirá. Dizem que as cartas demoram uns oito dias... Fiquei feliz. Parece que custam muito no correio. Peço a vocês que tirem o dinheiro para as cartas de minha conta. (Com dr. Mozart e com o dinheiro que eu deixei com Tania); não vejo por que vocês hão de gastar em cartas para mim. O endereço é:

Clarice Gurgel Valente
Légation du Brésil
Seminar-Strasse, 30
Berne — Suisse

Escrevam para o meu nome mesmo. Maury fez a bobagem de mandar as cartas de vocês pelo Duque de Caxias. Foi uma decepção.

Abraços.
Clarice

Berna,
21 abril 1946

Minha florzinha,

Fiquei tão contente por você ter recebido notícias de William! Uma separação assim serve tantas vezes para mostrar tantas coisas. Estou muito contente, meu amorzinho. Não sei em que data você botou a carta no correio porque o carimbo estava apagado. Mas pela data que você anotou me parece que demorou muito. Fiquei sabendo por pessoas que às vezes a carta demora 8 dias (uma vez até 6) e às vezes inexplicavelmente mais de um mês. É preciso indagar os dias de avião e talvez colocar a carta na NAB, não sei. Querida, pergunto-lhe antes de tudo o seguinte: 1 — Como vai a sua garganta? Como vai o seu estado geral? 2 — Como vai o resfriado na Marcia? Como vai ela nos estudos? Está impaciente?... Eu queria receber cartinhas dela, já...

Querida, estou bem de saúde. Aqui o clima é bom, dizem que cansa um pouco porque é alto. O tempo é seco, tem um ventinho frio constante. A água é muito calcárea e corta a pele, estou usando no rosto só creme. Na cidade propriamente tem pouca coisa a ver ou fazer. Maury ao que parece vai comprar um carro. A despesa é grande mas talvez bem utilizada porque a gente fica com liberdade de passear e os trens também são caros. E depois a gente pode levar o carro para o Brasil. Eu infelizmente sou um espírito cansado e "blasé"; pouca coisa me entusiasma, eu bebi demais na literatura. Mas como deixar por exemplo de ler e escrever por um tempo? No caminho em que eu entrei eu tenho que aprofundar ao máximo até meus defeitos, quanto mais tempo passar mais enfronhada eu deverei estar no que eu faço — só assim conseguirei um arremedo de perfeição. Só tenho na verdade interesse e esperança em certas pessoas, em conhecer certas pessoas. O mundo me parece uma coisa vasta demais e sem síntese possível. Até Dilermando ficou em Nápoles, haveria enormes dificuldades de transporte do coitadinho. Não posso ver um cão na rua, nem gosto de olhar. Você não sabe que revelação foi para mim ter um cão, ver e sentir a matéria de que é feito um cão. É a coisa mais doce que eu já vi, o cão é de uma paciência para com a natureza impotente dele e para com a natureza incompreensível dos outros... E com os pequenos meios que ele tem, com uma burrice cheia de doçura, ele arranja modo de compreender a gente de um modo direto. Sobretudo Dilermando era uma coisa minha que eu não tinha que repartir com ninguém. Nunca vi carta mais estúpida. Eu estou muito bem de espírito também. Estou muito animada para o trabalho, estou gostando muito de trabalhar. Berna é simpática e mais tarde iremos a Paris. Fiquei tão arrependida porque a gente não tirou mais retratos... Querida, se você quer fazer regime pelo amor de Deus cuide de não se enfraquecer. Vá a um médico para saber que espécie de coisas você deve deixar de lado, mas alimente-se bem, você não é um passarinho, é uma mulher linda. E, querida, não ponha pó de arroz em baixo dos olhos, isso é inteiramente contra qualquer processo de maquiagem (estou rindo). Meu amor, seja bem feliz, não seja inquieta, seja tranquila e boa consigo mesma. Desenvolva as qualidades de Marcinha, que é uma uva. Tania, que notícias você me dá de meu livro? Saiu alguma crítica depois que fui embora? Me informe, querida, preciso saber. Receba o meu amor e a felicidade que eu quero lhe dar.

Clarice

Como vai Marcia com o resfriado, e se a penicilina adiantou. Quero saber como vai você, Elisa, com o trabalho. Quero saber como está você, Tania, com a saúde e disposição. Como vai William com o trabalho, se está dando frutos a viagem. Como eu nunca sei ao certo como vocês estão, acho que vou inaugurar um sistema de dizer coisas às cegas. Assim digo hoje:

A maior parte de nossos males são imaginários.
São Francisco de Sales.
(Isso eu repito a mim mesma.)

E depois disso continuo minha carta. E na verdade minha carta inteira é uma pergunta: como estão vocês. E é uma palavra: felicidades. Temos ido como sempre ao cinema e saio meio tonta do cinema, de tal forma estou sempre disposta a perder a consciência das coisas e a me entregar à inconsciência. Seria muito bom um emprego de ir todos os dias ao cinema e depois não dizer se gostou ou não gostou. Quanto ao mais, nada propriamente. Sou como o papagaio da anedota: não falo, mas penso muito, presto muito atenção. Hoje é domingo, e não sei por quê, todo domingo é pé de cachimbo. As bernenses até ficam engraçadinhas no verão. No inverno, parece, a cidade é de monstros, todos vestem milhares de roupas grossas, e meionas. Uma das coisas mais horríveis do vestuário das bernenses, no verão ou inverno, é o chapéu. São os chapéus mais esquisitos, mais altos, enormes, grossos e de forma estranha que tenho visto.

E dentro do chapelão uma cara séria, sem vaidade, e muitas vezes com papo no pescoço; nas jovens, o papo é bem ligeiro ainda e dá até certa graça, o pescoço parece redondo e como elas são brancas, pode-se dizer: são pescoços redondos e brancos. — Vocês nunca experimentaram o que é receber cartas quando se está fora, sobretudo fora como eu, inteiramente fora: pergunta-se sem esperança mas cheia de esperança e quase certeza: há cartas para mim? E se respondem: chegou, esta — então eu fico boba de surpresa e de reconhecimento. — Que é que há sobre O *lustre*? Espero sempre notícias.

Tenho pedido muito aos acontecimentos que eles me sejam favoráveis. Porque com a saída do 1º secretário, vem outro a substituí-lo. E se por acaso viesse um casado que tivesse uma mulher simpática que pudesse ser minha amiga, abreviaria muito minha permanência em Berna. Mas isso é dificílimo. Provavelmente o que virá trará uma amiga para d. Noemia.

Bom, queridas, o que faltou dizer é que eu penso muito em vocês. Mas isso não se diz; se pensa. E outras coisas mais. Espero que esta carta vazia de domingo bernense, escrita sob o signo de Hulda Pulfer, encontre vocês com saúde, com tranquilidade, com esperança, com bem-estar, com sentimento de doçura de viver, com bom humor, com plenitude, com alegria em Marcia, com alegria nos domingos e nos dias da semana em si mesmas. Deus abençoe esse meu desejo. Um abraço grande,

Clarice

Tania querida, passei um telegrama no dia 19. Querida, tenho medo que o texto tenha chegado errado porque eu o deveria ter escrito à máquina sendo em português. Estava escrito: felicidade sempre. Isso era o que estava escrito. E o que não estava escrito eram abraços, amor, desejo de saúde para você — e outras coisas que não estavam escritas nem eu sei descrever.

Tania, já se acabou o dinheiro do correio? Peça + a dr. Mozart. Não precisa dizer para quê, diga que é para pagar *Lux-Jornal* e bobagens. Mande recortes querida.

Berna,
29 abril 1946

Minhas queridas:

Não tenho nenhuma carta de vocês a responder (talvez ainda receba hoje mesmo, ninguém sabe...) mas quero escrever para dar notícias e para uma conversinha. Esta é a 3ª remessa de cartas para vocês: uma para as duas, duas para duas e esta. Só recebi uma de vocês, com as fotografias. — Berna é de um silêncio terrível: as pessoas também são silenciosas e riem pouco. Eu é que tenho tido acessos de riso. O último foi com Maury no cinema e tivemos que sair. O outro foi com Samuel Wainer e Bluma[3] que estiveram aqui uns três dias para a nossa alegria. Já tínhamos estado juntos em Roma um pouco. Eles são simpaticíssimos e nós nos demos tão bem que eu fiquei sentindo falta. Durante os três dias estive quase todos os minutos com eles. Wainer disse que em Berna é diariamente domingo... Que ele não suportaria Berna se nós não estivéssemos aqui. Ele achou cacetíssima a cidade e sem caráter... Mas não faz mal para mim. Realmente não tem para onde ir senão uns passeios muito bonitos. Mas Maury está vendo carros porque sairá até mais barato fazer as pequenas viagens em fim de semana. Eu fui a um oculista — foi aí que Wainer e eu começamos a rir — e ele disse que eu sou o contrário de míope e me canso por isso e que um olho vê diferente do outro; me recomendou óculos para ler e cinema; eu não comprei, vou antes a um outro oculista que não esteja ligado a uma casa de ótica, apesar da honestidade dos suíços, porque é delicado usar óculos que podem estragar a vista. Vou também um dia desses ao médico não só para um exame geral como para perguntar coisas de água e clima. Eu tenho sentido a rudeza do clima: tenho dormido às vezes em demasia e por fraqueza, com a cabeça pesada. Só tomara não ter nada com o clima, o ministro anterior aqui passou todo o tempo tomando diariamente cafiaspirina e remédios e agora no Rio não sente mais nada; e tem uma senhora brasileira que perdeu os cabelos, os cílios, as sobrancelhas... Não se assustem... acho que nela foi coisa interna. Mas vou perguntar ao médico. Também pode ser que essa moleza que me dá seja a fadiga da primavera, segundo dizem e mui poeticamente. De um modo geral estou muito bem. Vivo com parte do corpo e da cabeça voltada para o Brasil e às vezes todo o corpo e toda a cabeça (não sei se esse <u>a</u> está certo...). Procuro substituir todas as coisas que eu não tenho pelo trabalho. O pessoal brasileiro é muito simpático e simples. Um rapaz do ministério mandou para Maury dois artigos enormes de Almeida Sales(?) na *Manhã*. Dos livros meus que vocês mandaram pelo Duque de Caxias... só chegaram e foram entregues pelo amigo de William, dois. Mas ainda temos esperança de encontrar os outros oito num caixote de comida arranjado pelo dr. Mozart e que ainda não chegou da Itália, se bem que eu pense que o amigo de William nada tenha a ver com o caixote. William tem dado notícias? Quando volta? Avisem. Vou escrever para ele, para os EUA. Queridas, respondam as perguntas que eu fiz, sem falta. Quero saber sobre saúde, trabalho e férias de Elisa, sobre operação de Tania, sobre Marcia. Por favor. Estamos procurando casa, porque em hotel gastaríamos cerca de dez contos por mês... Vocês escrevam e mandem coisas de jornal com aquela verba que eu deixei com Tania (ou talvez tenha esquecido) e peçam dinheiro ao dr. Mozart, sem dizer para quê, se é para uma coisa ou outra, não precisa. Sei que o correio é caríssimo. Queridas, que a paz esteja convosco. Essas são palavras mágicas que dão alguma coisa. Que a paz esteja convosco, a saúde, a serenidade, a alegria. E meu amor também. Até breve, escrevam.

Clarice

Maury gostou muito dos presentes. A ótima água de colônia e a escova moderna com apetrechos estão no toalete dele, ele usa diariamente, não sai sem se escovar e perfumar o lenço (é verdade).

Berna, 5 maio 1946

Minha querida:

Como não tenho o que escrever, mando-lhe apenas as "minhas saudações". Somente que estas não são apenas cordiais; são tão cordiais que isso me empurra para a máquina, em nome do amor. Tudo aqui está bem. Estamos procurando casa e ainda não achamos. O hotel é muito bom mas é caro demais e cansa. Dizem pessoas entendidas no prazer de morar que este hotel é dos melhores, digamos, do mundo (isso é para me impressionar, falar em mundo inteiro sempre impressiona). Mas por que afinal eu hei de observar minha natureza como se ela fosse um pecado? Por que não ver com franqueza e sem recriminações que eu tenho a pior espécie de esnobismo, que é o de não ter prazer nas "coisas do mundo"? estou rindo. Na verdade eu tenho um temperamento pobre. Acontece que os dois gramas de força íntima que eu tenho eu gasto no meu trabalho e no meu desejo de trabalho — e não resta para mais nada. E já notei, que se eu não trabalho então, esses dois gramas eu também não sei dar. Não é engraçado? Eu que posso ser tão ativa quando se trata de alguma coisa que eu quero realmente, como viajar para ver vocês mesmo num avião desconfortável e solitário e tudo o mais, não tenho o menor interesse em desarrumar as malas que chegaram da Itália, em tomar um partido mais intenso no fato da procura de casa... Querida, não pense que se Marcia tivesse vocação para trabalhar em alguma coisa de arte ela sofreria. Quando uma pessoa é viva em todos os sentidos, isso não acontece. Por falar nisso, querida, eu não tenho o direito de aconselhar ou pedir, mas acho que você deveria deixar Marcinha se expandir em todos os terrenos. Não é necessário que ela faça de um desses "terrenos" uma "profissão" — mas expandir-se é a própria alegria de viver. Não se pode fechar o coração de uma florzinha e obrigá-la a se abrir somente em determinada época e em determinado sentido. Estou parecendo doutoral... E William? Perdi o endereço dele nos Estados Unidos. Quando é que ele volta? Que notícias há dele? Tomara que ele esteja logo aí. Escreva-me, querida. Eu aprendi uma sensação nessa minha vida fora às vezes eu me sinto como se fosse receber carta... Naturalmente não há tempo para a carta ter vindo. Mas não custa nada esperar... Com o esforço de esperar através do mundo inteiro a carta que não vem, parece que eu afinal me ponho em contato com vocês através da distância.

Muitos pensamentos meus são assim: que é que você acha, Tania? O que é que você pensaria, Elisa? Veja esse passarinho, Marcia! Tania querida pequena, veja bem o programa de aviões e dê notícias. Deus te abençoe. Receba um abraço da

Clarice

Tania, o amigo de William só entregou dois livros. Você mandou dez, não foi? Eu preciso deles. Mas não mande pelo correio que sairia uma fortuna. Se você puder, telefone ou vá ao Ministério, procurando a senhorita Castro Menezes, diga que é minha irmã e pergunte se ela não pode conseguir mandar pela mala dipl. para Berna um livro meu ao menos. Ela é muito gentil. Diga que eu mando lembranças e que o pedido é meu. Diga que eu estive em Berna com o sr. Aldo Castro Menezes e sra., e que eles estão muito bem. E que eu ofereço o que ela precisar da Suíça.
Querida, faça isso sem falta, viu?

Tania, tem saído alguma crítica?

Berna,
8 maio 1946

Minha Tania querida,

Acabo de receber carta sua, queridíssima, de 22 de janeiro de 1946... Explico melhor: veio o caixote de alimentos da Itália e dentro estavam os oito livros e dentro, magicamente, sua cartinha, meu amor, que me fez feliz, emocionada. Você estava voltando das férias. E você diz: "... você que embora sustentando fortes lutas, às vezes, é capaz de tomar fortes resoluções ou fortes resignações". E me deseja entre mil coisas boas uma boa viagem ao Brasil... Eu também desejo uma boa viagem ao Brasil... Minha querida, você sempre me sustenta muito. E se eu infelizmente sou instável, você é a coisa estável que eu vejo e que me guia. Não você propriamente, mas meu amor eterno por você. Um dia desses Maury brincou de dizer de você que certamente os livros não estavam no caixote porque você era avoada... Ele disse isso rindo para ver o que eu dizia. E mesmo sabendo que era brincadeira, eu fiquei meio séria e disse: você está me arranhando os olhos. — Eu estou bem. O tal vento que dá aqui e que faz mal a certas pessoas, me irrita às vezes, ao que parece — se é que eu preciso de vento para me irritar ou para voar... Mas tudo está bem. Estou trabalhando, mal ou bem; falta ainda o sentido do livro,[4] uma razão mais forte para ele existir — aos poucos é que esta irá subindo à tona, à medida que eu for trabalhando. O que tem me perturbado intimamente é que as coisas do mundo chegaram para mim a um certo ponto em que eu tenho que saber como encará-las, quero dizer, a situação de guerra, a situação das pessoas, essas tragédias. Sempre encarei com revolta. Mas ao mesmo tempo que sinto necessidade de fazer alguma coisa, sinto que não tenho meios. Você diria que eu tenho, através do meu trabalho. Eu tenho pensado muito nisso e não vejo caminho, quer dizer, um caminho verdadeiro. Talvez eu não esteja vendo o problema maduro, pode ser que a solução venha daqui a anos, não sei. — Querida, escreva, diga como você está, como vai a garganta. Como vai Marcinha, como é que ela está aproveitando o colégio. Tania, querida, se o colégio não é bom por algum motivo, não há necessidade de deixá-la lá; ela pode ter um professor particular, quando for mais crescidinha, que lhe dê através da língua uma noção do que ela e nós somos sem que seja preciso desde já marcá-la com uma diferença. Marcia é muito pequena, querida; não é necessário que lhe deem problemas desde já e que ela ouça desde já, através dos professores, histórias tristes. Pense nisso, querida. Conversando com o Wainer, rememorando coisas, também ele achou que não era necessário desde logo ensiná-la coisas e que um professor particular mais tarde resolve.

Esta carta é resposta à sua de janeiro... E também para lhe dizer que não precisa telefonar para a srta. Maria Anita Castro Menezes pedindo para ela botar um livro na mala porque naturalmente esses que agora recebi bastam. (Sobre a srta. Castro Menezes, do Ministério, escrevi na carta anterior — talvez você queira "usá-la" para outro pedido futuro qualquer.) Escreva sobre Elisa.

O Alfred Cortetu vai dar um concerto aqui e também Yeudi Menuhim e também uma revista francesa imoral... Vamos aos três. Tem recebido carta de Suzana? Quando é que ela volta? Tania, os livros de Fernando Sabino foram entregues? E meu livro para Araújo Castro, Nova York, que já tinha selo, e que eu não cheguei a deixar no correio... Querida, alimente-se bem, não abuse de nenhum regime, tome Fitina. Notícias sobre William? Um abraço enorme de sua sempre

Clarice

Isso tudo se anula diante da notícia de que Marcia está contente.

Tania, acabo de receber carta de Elisa e sua, com recortes e cartas do Maury, datada no envelope de 23 de abril e dentro a sua de 21 e de Elisa de 14 — é a segunda carta escrita por vocês e recebida por mim. Levou 15 dias de viagem. E visivelmente vocês ainda não tinham recebido carta minha. Não respondo agora porque não tem tempo, o correio vai fechar. E só há avião daqui a uns três dias. Diga a Elisa.

Berna,
12 maio 1946, domingo

Minhas queridas:

Recebi há dias a segunda carta de vocês, que levou uns 15 dias para vir, aquela que vocês acrescentaram com as cartas do Maury e recortes de jornal. Pelo que eu vi vocês não tinham recebido nenhuma carta minha ainda e não dava mesmo tempo. Eu vi que por esse envelope pesado foram pagos 70 e poucos cruzeiros. Embora minha insistência seja antipática, peço encarecidamente que paguem as cartas com o dinheiro deixado ou pedido a dr. Mozart. Não vejo por que vocês hão de ter essa despesa enorme. Quanto mais que eu quero recortes e não acho que esse meu capricho deva custar tão caro. Por favor não esqueçam disso. Elisa, querida, suas férias complicadas... mas você se sente repousada? Estou ansiosa para receber cartas e respostas às minhas sobre isso, sobre a saúde de vocês. E William já está no Rio? Tania, escreva mais ou menos os resultados da viagem. As notícias sobre Marcinha são deliciosas. O estoque de gracinhas que eu colhi “in loco” me servem por muito tempo. Me lembro do castigo de comer numa mesinha ao lado no jantar e que ela terminou dizendo: até como mais descansada quando como sozinha, ninguém me amola. Marcinha está comendo mais depressa para ir ao colégio? — Maury está bem. Eu também. Eu tentei deixar de fumar. Acontece porém que se eu não fumar fico sem nenhuma couraça. Fico feito criança, de uma sensibilidade terrível. Eu tenho resolvido muita coisa com um cigarro... Cigarro me dá paciência. Mas estou fumando menos. Não sei se pelo cigarro ou porque gasto muito a cabeça pensando, repensando e me preocupando e resolvendo mentalmente todos os problemas, estou sem memória. Aliás o médico disse que estou perdendo fosfato. Fomos ver ontem de tarde um filme de Carmem Miranda e de noite encontramos umas pessoas que nos falaram do filme e eu disse com a maior calma: é sim, nós vimos um dia desses esse filme. E fiquei boba quando “soube” que tinha sido nessa mesma tarde. Mas estou fumando menos. Mas como não fumar? Ontem à noite por exemplo Maury estava inquieto e disse: estou precisando de calor humano... Então fomos visitar[.] O calor humano é tão parco... Eu fumo então. Aliás eles todos são ótimos. Só que são de outra espécie absolutamente. A senhora é o tipo da boa senhora, de família, simples, boazinha. Mas eu vivo me contendo para não abrir a boca porque tudo o que eu digo soa "original" e espanta. Quero explicar o "original". Esta senhora tem pavor de original. Fomos ver uma exposição de modelos de Viena (sem grande graça) e ela dizia: esse modelo é original mas é bonito. Falando de uma senhora inglesa que fazia muito esporte: ela é original, não gosto. Original é um palavrão. E quando eu quero dizer que não posso abrir a boca para não ser "original", quero dizer que se digo: que dia bonito, isso soa original. Quando falo aliás eles acham muita graça, ficam espantados, riem. E também procuro não me revelar. Por exemplo, ela que é simples realmente, me disse: aquela casa de chá defronte do hotel me disseram que é mal frequentada. Isso me avisando depois de eu ter dito que ia lá. A casa de chá é muito bonitinha, com gente honesta comendo doce. O que se chama "mal frequentada" é que não é frequentada pelos diplomatas e finuras da sociedade bernense. Então eu fecho a boca para não dizer que continuo a frequentar. Os outros são simpáticos também. Mas eu me encontro com eles nos pontos em que começo a mentir. O que não importa, afinal. O que eu estou tentando é negacear o empréstimo de meu livro, para não "feri-los". Porque eu estou classificada dentro da "pintura moderna". Por enquanto são as pessoas que eu conheço. E dificilmente conhecerei mais ou melhor. Mas não importa. Estou lendo bastante, estou procurando através dos livros chegar a uma conclusão sobre as coisas que me parecem tão confusas como nunca. Quarta-feira vai acontecer uma coisa muito boa: vamos assistir a uma conferência de Charles Morgan.[5] Isso é bom. Ele está fazendo uma *tournée* pela Suíça. Ele tem agora 72 anos. A conferência é: defesa dos contadores de história. Em outras cidades ele falou sobre coisas mais importantes e mais interessantes para mim, mas era difícil ir ouvir por causa de descombinação de trens. — Continuo a achar a cidade muito bonitinha. Há passeios deliciosos à beira do rio Aar. Se isso é nome de rio. É um rio muito sinuoso, muito caudaloso, e brilhante. Há um jardim zoológico e se há uma coisa que eu adoro é ver bicho. Só não tenho um cachorro aqui porque nunca mais terei cachorro, para não ter que abandonar depois. Seria infidelidade com Dilermando, o pobre napolitano. Enfim, a vida pode ser muito agradável aqui, muito pacífica; pode-se trabalhar, passear, e com um carro conhecer a Suíça. Naturalmente tem dias em que o coração está anuviado: nem dias: durante um só dia tudo fica claro e tudo fica escuro e de novo tudo claro. O que é preciso é não ir demais contra a onda. A gente faz como quando toma banho de mar: procura subir e descer com a onda. Isso é uma forma de lutar: esperar, ter paciência, perdoar, amar os outros. E cada dia aperfeiçoar o dia. Tudo isso está parecendo idiota... Mas até que não é.

Amanhã vamos de manhã cedo com o ministro e d. Noemia para a feira de Bâle (Basilea), onde passaremos o dia vendo as coisas, os produtos suíços. De noite vamos ouvir Alfred Cortot. Terça-feira de manhã vou ao dentista, às duas horas da tarde vamos encontrar com um homem que nos mostrará um apartamento mobiliado. Acho que logo depois que a gente se instalar num apartamento faz-se uma pequena viagem a Paris.

Minhas queridas, esta noite sonhei que ia ao Brasil. E que as pessoas diziam, inclusive vocês: já de volta? E eu ficava tão triste, com aquele horrível sentimento de arrependimento que se tem quando se faz uma coisa que ninguém aprova. Foi um verdadeiro pesadelo... Acordei de mau humor. Mas Maury diz que eu estou de mau humor de manhã, de tarde, de noite... Não é verdade. Naturalmente eu sou irritável, naturalmente meu humor não é brilhante, mas de um modo geral sou alegre.

D. Zuza segue pelo Duque de Caxias. Ela vinha conosco para Berna passar uma semana mais ou menos até que viesse o navio. Mas na época em que partimos as notícias sobre o navio estavam confusas e ela não queria arriscar perdê-lo. Foi uma pena porque assim ela veria Berna e saberia no Brasil como nos imaginar e transmitiria também a vocês.

Peço que se tiverem tempo me escrevam. O dia de receber carta é um dia glorioso, toda Berna sacode as asas de alegria. Então quando Marcinha tiver bastante "cultura" para me escrever e falar na história deliciosa de Luiz Pastel (estou imaginando sua expressão ao telefone, Elisa), eu mandarei iluminar a catedral, as fontes de Berna e as caras dos bernenses. Minhas queridas, que a paz e a alegria estejam convosco e a saúde e a tranquilidade.

Clarice

Este é o sexto envio de cartas meu, se não me engano. Digam com quantos dias estão recebendo. E se informem sobre os dias de avião.

Vocês podem dirigir as cartas ao meu nome diretamente. Sra. Clarice Gurgel Valente... E Tania, Maury agora não é cônsul, é secretário...

Berna, 15 junho 1946

Tania querida

Esta carta é sobre Marcia. Mas antes quero agradecer o retrato, querida. Você está uma querida. Tania, não se canse muito, por favor. Tania você está cuidando da boquinha de Marcia? Não se descuide. Agora eu queria pedir um favor: pense bem na história de Marcia não estudar dança. Isso é um crime, querida. Eu não queria que Marcia tivesse razão de queixas de você. Pense bem, eu lhe peço. Ninguém tem direito de torcer e moldar demais destinos, mesmo que sejam os dos próprios filhos, suponho. Pense bem, querida: moças das melhores famílias estudam. E se ela quisesse ser dançarina, que é que tem, querida? Que coisa mais bonita existe que dançar? A Bluma passou a vida toda querendo e a mãe não deixou e ela não esquece. Mas era uma mãe antiga. Você disse que não queria que a Marcia fosse artista de nenhum modo. Querida quem faz arte sofre como os outros só que tem um meio de expressão. Se você vê por mim está vendo errado. Eu sofro com o trabalho não é pelo trabalho só, é que além do mais não sou muito normal, sou desadatada, [sic] tenho uma natureza difícil e sombria. Mas eu mesma, com esse temperamento e essa anormalidade de todos os instantes — se eu não trabalhasse estaria pior. Às vezes penso que devia deixar de escrever; mas vejo também que trabalhar é a minha moralidade, a minha única moralidade. Quer dizer, se eu não trabalhasse, eu seria pior porque o que me põe num caminho é a esperança de trabalhar. Mas quem faz arte não é como eu, querida. Qualquer pessoa que escreve, por exemplo, riria disso que eu sou porque não tem nada a ver com arte. Querida, peço-lhe muito mesmo: pense antes de tirar de Marcia essa possibilidade. Deixe ela estudar dança sem empurrá-la. O mais provável é que passe o entusiasmo. Mas se não passar é porque ela sentiria sempre falta disso. Minha querida, eu vi um ballet em Paris. É tão lindo. É a coisa mais alta que se pode fazer. Não deixe passar a idade de começar a aprender, querida. A Marcia está justamente na idade. Querida, é do tempo antigo a história de que o palco é horrível. No Rio as melhores famílias deixam as filhas estudar. Tem uma menina judia Tamara Kapeller que, dizem, será uma grande bailarina, tem 15 anos, começou cedo. Pense bem, querida, não se deixe levar por preconceitos tolos. Não marque desde logo Marcinha com um preconceito. Pense bem e faça como quiser. Eu detestaria que a Marcia culpasse você de alguma coisa. Querida, não seja mandona demais... Quanto mais, ela ficará com movimentos graciosos e delicados e ficará com o corpo bonito. Pense nisso, por favor, sim? Você ainda há de ter muito gosto na Marcinha como você tem agora. Desculpe esta carta intrometida e um pouco aflita.

Sua sempre
Clarice

Responda sobre o que você pensa.

Mandei carta também para a rua Silveira Martins.

Berna,
23 junho 1946

Minha querida irmãzinha:

Você não pode calcular minha alegria: sua carta datada de 15 e colocada no correio a 15 mesmo, chegou aqui a 20... Cinco dias. Você escreveu num sábado e eu recebi na quinta seguinte. Rememorei meu sábado e quando vi que nesse dia chato e vazio você estava me escrevendo, entrei em êxtase. Estou muito contente que William tenha voltado e tudo esteja bem. A ideia que você tem de acenar a William com uma viagem para me ver, embora eu saiba que é apenas uma ameaça a ele, tomei como promessa a mim. Imaginei você aqui e fiquei pensando vários minutos; e só nisso tive alegria. A primeira coisa que eu faria era não deixar você em Berna e ir depressa com você a Paris.

A notícia da morte de tia Zina[6] me deixou triste. Eu pensava às vezes nela. Fiquei perplexa como se isso não pudesse acontecer.

Querida, fico com remorsos de estar aqui em vez de ajudar você nos seus trabalhos. Se eu estivesse lá ajudaria Marcia a fazer os deveres, pelo menos. Me escreva sem falta o resultado da penicilina. Eu tenho grande fé nisso e se o Mazzini disse que ela fica boa, acho que fica. Escreva sem falta. E por mais trabalho que você tenha, queridinha pequena, não descuide da vaidade, como você diz que não sucede... Faça o penteado mais lindo, meu amor, seja querida. Mas por favor, acredite que você conseguirá a mesma soma de produção mantendo ao mesmo tempo os nervos relaxados. Chegue junto do espelho, faça a sua cara mais repousada e calma — e com essa expressão, continue o trabalho. Você vai ver que ganha uma nova força. Essa história de olhar ao espelho e fazer uma expressão, tem raízes científicas, se você quer se convencer. Tem uma teoria de emoções que diz que a gente fica alegre porque ri. Sem aprofundar mais, ela tem uma parte verdadeira. Não, não comprei os óculos. Como a coisa é importante fiquei de consultar um oculista que não estivesse ligado a uma casa de ótica. E até hoje não fui; mas vou. Tenho lido bastante, tenho ido à Biblioteca Pública, tenho trabalhado como posso. A crítica de Álvaro Lins[7] me abateu bastante; tudo o que ele diz é verdade; causada ou não por uma inimizade que ele tem por mim, seja ou não uma crítica escrita em cima da perna. Ao lado disso que ele diz e é verdade, ele não me compreendeu. Mas isso não tem importância. Recebi carta de Fernando Sabino, de Nova York, ele diz que não compreende o silêncio em torno do livro. Também não compreendo, porque acho que um crítico que elogiou um primeiro livro de um autor, tem quase por obrigação anotar pelo menos o segundo, destruindo-o ou aceitando. O terceiro é de que ele não precisa falar, se quiser. Gostaria muito de ler uma crítica de Antônio Cândido. Ele escreveu? Diga sua opinião, querida. Em todo o caso, já passei por cima da crítica de A. Lins, embora a leve a sério. De um modo geral, é preciso fazer como o homem que dava todo dia uma surra na mulher porque algum motivo teria de haver. Mesmo que A. Lins não saiba por que "dá a surra", eu aceito porque um motivo e vários devem existir e eu mereço. — Sobre Joseph Sztern e mulher, agora você diz que estão em Roma. Enquanto isso eu já tinha enviado a segunda carta, com cópia para Polônia e Suécia. Acho que se estão em Roma, vai ser mais fácil. Com certeza já procuraram a Embaixada. Vamos nos comunicar com Mozart imediatamente. — Recebi sua carta a 20 de tarde, exatamente o dia em que parte o correio para o Brasil e perdi.

Por isso escrevo apenas hoje, domingo, e amanhã de madrugada segue. Sim, meu amor, os meses passam depressa, felizmente. Os dias às vezes é que não passam. Seja feliz, minha florzinha miúda, tenha uma vida linda, me escreva, me escreva.

Tua Clarice

Recebi os recortes com citação de Lucia Miguel Pereira e Alcântara Silveira.

Berna, 30 junho 1946

Queridas,

sem nenhuma carta para responder, de novo. Mas escrevo. A última carta recebida foi no dia vinte, datada de 15. Receio muito que vocês estejam me esquecendo. Me arquivaram depressa demais. De minha prisão em Berna, mando-lhes minhas lembranças comovidas... Estou brincando, naturalmente. Sei que estão muito ocupadas. O que vocês precisam fazer é saber pelo menos em que dia e hora parte o correio. Assim, pelo menos, quando eu receber cartas, receberei novas, com notícias recentes. — Aqui está tudo bem, o apartamento correndo como deve correr, suponho. Demos um jantar aqui aos ministros, à datilógrafa-secretária, e ao 1º secretário que foi hoje embora para o Brasil. — Está fazendo dias belíssimos de sol e calor. Os bernenses ficam doidos, andam de fazendas claras, de shorts, fazendo excursões pelas montanhas. — Eu tenho uma comunicação a fazer. Prestem atenção: nossa empregada se chama Hulda Pulfer. Não sei aliás se já não escrevi a respeito. Eu perguntei a ela como se chamava; ela disse: madame Pulfer. Eu disse: posso chamá-la pelo primeiro nome? Ela disse: pois não, é Hulda. De modo que com enorme perplexidade e sentimento de grandeza do mundo e da moral feminina, cristã e bandeirante, eu grito: madame Hulda, pode trazer a sopa. Faço questão de avisar que Hulda é com h aspirado, esse é o segredo de Hulda Pulfer. Antes dela, tivemos uma emprestada, a Rosa, que era de uma animação notável. Conversando com ela, ela disse que tinha 8 irmãos e irmãs e muitos não se conheciam ainda porque na outra guerra os pais morreram e eles se espalharam meninos (ela é italiana). Uma irmã é artista de cinema, um irmão é cantor (ele às vezes vem a Berna e ela vai assistir ele cantar), outros são casados. Disse que a irmã do cinema disse para ela que não entendia como Rosa podia ser cozinheira e arrumadeira. Então que Rosa respondeu: eu amo isso; você não vive no seu trabalho rodeada de pessoas? Pois eu também: ouço muitas coisas, vejo muitas coisas, conheço muitos diplomatas e não há nenhuma empregada que eu não conheça em Berna; um dia desses fui apresentar os papéis na polícia e uma velhinha toda encarquilhada me disse: bonjour, Rosa. Eu fiquei pensando, pensando, e me lembrei que ela tinha sido lavadora de escadas. E enquanto isso, disse Rosa, todo o pessoal da polícia me olhava com olhos deste tamanho! Ela riu muito e disse ainda: eu gosto muito de fazer sopa, de cozinhar. *C'est mon métier.*[8] Eu fiquei adorando Rosa que infelizmente foi embora. Madame Hulda está agora no quarto fazendo as camas. Rosa disse que quando a gente espirra três vezes de uma vez, é sinal de carta. No dia em que eu espirrei três vezes seguidas, veio uma cartinha de Bluma, de Paris. Mas vou provocar uma gripezinha e as cartas choverão. Toda esta carta só tem um fim: pedir notícias. Quero saber por que é que Elisa não me escreve? Ela está bem? Há muito tempo não recebo carta dela. Espero que as férias em Cambuquira tenham feito muito bem a ela. E o trabalho dela como vai?

Landulfo e Açucena estão com o projeto de tirar férias em fins de agosto ou começo de setembro, e de irem a Portugal de carro, para ver a família. Eles passarão talvez por Nice, e seguramente pela Espanha: Madri, Barcelona etc. Eles nos perguntaram se queríamos ir também, e realmente estamos pensando nisso. E parece que iremos mesmo. Depois, quando tudo estiver mais combinado, darei maiores detalhes.

Quanto ao mais, tudo igual. A primeira secretária é simpática e o marido burríssimo, uma das pessoas mais burras que conheço. Mas ele nos parecia bom sujeito. Mas tivemos informações de que é uma pessoa perigosa, altamente intrigante. De modo que a pequena intimidade que eu já estava tendo com ela, vai ser um pouco cortada, ou completamente. Isso tudo é muito desagradável.

Maury está completamente bom da operação. A operação propriamente dita não doeu "nenhuma palavra". Eles anestesiam a garganta completamente. Com você não foi assim, querida? E depois da operação, cada vez antes de uma refeição, chupa-se uma pastilha anestesiante que impede a dor na hora de engolir (da minha janela estou vendo dois passarinhos se namorando).

Sim, minha queridinha, vai ser infinitamente bom passearmos descansadamente numa praia, e conversarmos. É isso que me anima tantas vezes, essa boa esperança. O mundo perderia para mim o sentido, sem isto. Muitas vezes as coisas ruins perdem para mim a virulência somente porque você existe. Nem mesmo um filho me prenderia mais à vida do que você.

Raul Bopp, que trabalha em Zurich, me mandou uma página do suplemento de *O Jornal*, a página onde estava "*Perseu no trem*".[9] Assim, pela primeira vez vi a página inteira. Fiquei surpreendida de como este suplemento é vagabundo. E fiquei um pouco surpreendida também de ver que eles publicavam minhas coisas na terceira página de um suplemento. Trabalhei em jornal e sei que, se a 3ª página de um jornal é um ótimo lugar, a 3ª página de um suplemento é o lugar mais vagabundo do jornal (a menos que o suplemento, no *O Jornal*, conste apenas da 3ª página do mesmo). Não quero que você interprete minha surpresa como vaidade, querida. Mas fico me sentindo como intrusa — mandando coisas que eles não ligam. Você não diz nada a Ary, nem àquele seu colega que trabalha no suplemento, mas acho que vou mandar agora para A *Manhã*, por seu intermédio, se você não se incomodar. De que modo você dava minhas coisas à A *Manhã* antes? Ia pessoalmente? Não queria incomodar você, bichinha.

Minha bonequinha querida, irmãzinha adorada, obrigada por me desejar "saúde, sossego, paciência e inspiração". São quatro musas eficientes... — Quando Maury estava operado, fiquei me lembrando de minha operação de apendicite e de como você foi tão carinhosa, e tão boa. Me tirou da pensão e me levou para sua casa. Querida, até sinto dificuldade em dizer "sua casa", em vez de dizer simplesmente "em casa". Você me desculpe, bichinha, mas onde você está é realmente minha casa.

Deus te abençoe, florzinha delicada, e te dê todo orvalho de que você precisa... E muita saúde, e muita inspiração para você, minha margaridinha.

Clarice

Berna,
1º julho 1946

Minha queridinha,

Escrevo-lhe de saudade e amor, enquanto Hulda Pulfer arruma de novo o quarto e eu de novo estou junto da máquina e interrompo meu trabalho rude que é tão duro como quebrar pedras, para lhe escrever e repousar. Você me pergunta se eu tenho trabalhado. Não sei se tenho trabalhado: meu trabalho não tem aparecido. Acho que ele consiste na maior parte do tempo em me vencer. Em vencer meu cansaço e minha impotência. Acho que meu trabalho de elaboração é tão exaustivo que eu depois não tenho o ímpeto e a força da realização. É um trabalho acima de minhas forças, eu diria, se ao mesmo tempo não visse que o que eu escolho para fazer é a única coisa que posso. Se isso se chama poder. O que me atrapalha é que vivo permanentemente cansada. O trabalho está desorganizado, está muito ruim, muito confuso. Material eu tenho sempre e em abundância. O que me falta é o tino da composição, quer dizer, o verdadeiro trabalho. Minha tendência seria a de pensar apenas e não trabalhar nada... Mas isso não é possível. O trabalho de compor é o pior. Eu gasto muito de minhas forças procurando formar uma vida severa e austera, procurando me esvaziar de pequenos prazeres — só assim se consegue o tom de vida que eu gostaria de ter. Mas é exaustivo também. Eu gostaria de ter um aparelho matemático que pudesse ir marcando com absoluta justeza o momento em que eu progredi um milímetro ou regredi outro. Minha impressão é a de que eu trabalho no vazio, e para não cair eu me agarro num pensamento e para não cair desse novo pensamento eu me agarro em outro. É essa a minha vida mental. Na parede de meu quarto pendurei várias frases. Uma delas é assim, dita por Kafka: "há dois pecados capitais humanos donde decorrem todos os outros: a impaciência e a preguiça. Por causa da impaciência, os homens foram expulsos do paraíso. Por causa da preguiça, eles não voltam. Talvez haja apenas um pecado capital: a impaciência. Por causa da impaciência eles foram expulsos do paraíso, por causa da impaciência eles não voltam". Outro cartaz: "a inspiração é o mais alto momento de uma atenção sem defeito". Outro: "nadar contra a corrente só serve em casos raros que é preciso reconhecer; senão, fazer-se de 'prancha', manter-se à superfície, deve ser a política de um homem que quer aproveitar o mistério das correntes". Eu mesma vivo me levantando e caindo de novo e me levantando. Não sei qual é o bem disso; sei que é dessa forma confusa de vida que eu vivo. Você não imagina quanto eu sou infantil nisso: meu desejo mais obscuro era dar minha cabeça para alguém dirigir; que alguém me dissesse todos os dias: hoje faça isso, hoje corte isso, hoje aperfeiçoe isso, isto está bom, isto está ruim. Uma pessoa que quisesse "tomar minha direção" seria bem-vinda... Eu nunca sei se quero descansar porque estou realmente cansada, ou se quero descansar para "desistir".

Meu amor, no meio de tudo, tua existência me abençoa.

Estou bem de saúde, só cansada, sem motivo. Vai haver vários concertos na catedral com música de Bach, Haydn, Mozart, cantada. Se eu fosse mais simples, aproveitaria de tudo mais. O pior é esse hábito mental em que caí de querer transformar tudo em ouro. Me receba e me abrace, minha florzinha querida. Seja feliz, seja alegre, Deus te abençoe.

Tua Clarice

Berna,
2 julho 1946

Tania, querida:

Recebi agora sua carta datada de 26 de junho. Com certeza a falta de notícias de que você fala vem mesmo de nosso passeio em Paris. Mas já escrevi várias cartas depois disso. Elisa diz que vocês vão usar a mala oficial. Acho que não vale a pena. Eu não recebo cartas porque vocês não escrevem, apenas. Porque quando escrevem acontece como agora: recebi sua carta em seis dias. Diante da vida ocupada que você leva não me animo a exigir mais. Porém fique sabendo, querida, que estou muito isolada, que receber carta é ainda o que espero na Suíça. — Ao mesmo tempo que sua carta, recebi uma da editora Agir; do Rubens Porto. Ele me diz (e acrescenta que é confidencial, não sei por quê) que dos 3.000 exemplares(!) já foram vendidos 1.642. E quanto ao primeiro livro, diz: não seria aconselhável lançar já a reedição. E pede minha aquiescência. Escrevi dizendo que naturalmente concordo, mas que gostaria de saber dos motivos. E digo a ele que suponho que a prudência dele vem do fato dele ter observado o silêncio da crítica em relação a O *lustre*. E digo que espero resposta dele me dizendo os motivos. (Peço-lhe que, se por um acaso, você estiver com ele não fale nos 3.000 exemplares.) Realmente a crítica tem sido pouca em relação ao primeiro. Ninguém me escreve a respeito; porque saber de opiniões vale às vezes como ler críticas. Eu gostaria de saber o que há a respeito. Mas sei que você não pode me informar nada. Talvez o Ari de Andrade[10] possa. Tania, querida, não esqueça nem adie pôr dentro dos envelopes alguma nota sobre o livro. Estou bastante desanimada e como sei sofrer por tudo, sofro por isso também, o que é uma vergonha.

De amanhã em diante vamos aprender tênis, para fazer um esporte. O tênis fica ligado com uma piscina onde tomaremos banho. É um esforço que eu faço para viver. Meu impulso de todos os momentos é ir embora. Não tenho nenhum ânimo para trabalhar. Minha luta de todos os instantes que Deus me dá é contra o meu negativismo. Me escreva alguma palavra de amizade e esperança, meu amor.

Fiquei alegríssima com a ideia da Marcinha banguela... Flor banguela eu nunca vi. Acho muita graça no fato dela ser um pouco vadia... Tania, querida, tenha paciência com a Marcia, não se irrite com ela, não brigue com ela. Você diz a história da penicilina. Por que não começa logo? Não vejo motivo para adiar. Estou surpreendida no fato da viagem de William não estar dando resultados. Talvez você esteja se apressando um pouco. É preciso aguardar.

Minha querida, Deus te abençoe, te dê saúde e felicidade. E me faça ir depressa para o Brasil. Eu te abraço muito.

Clarice

Eu noto uma coisa: Elisa escreve e dá a carta a você e só vários dias depois você acrescenta a sua e põe no correio. A culpa então é sua, quanto à raridade com que recebo. Ou talvez eu esteja exagerando: porque espero carta diariamente...

Berna,
17 julho 1946

Elisa, queridinha,

Depois da carta boba escrita em Lausanne, tento escrever uma mais razoável. Antes quero falar no existencialismo, porque você se interessou. E vou mesmo lhe mandar um livrinho sobre essa filosofia, do mestre dela mesmo, Jean-Paul Sartre. Também aqui o existencialismo tem sido muito atacado, e mesmo na França, embora tenha muitos adeptos (a maioria segue sem entender mesmo ou por entender um ou outro princípio — e todo o mundo está doido para crer em alguma coisa depois dessa guerra, mesmo que essa crença seja uma descrença). Agora a história de dizer que essa teoria tem um germe alemão, é tolice. Mesmo que tivesse não era em sentido político. Eu comecei com tanta disposição mental de lhe transmitir o que li a respeito, e agora vejo não só que tenho dificuldade minha mesmo como que a coisa é mais difícil em si. Vou lhe mandar o livrinho. E peço desculpas por mandar como presente de aniversário uma coisa ainda incompleta... mas é preciso esperar muito tempo para se ver o existencialismo nas suas verdadeiras luzes... Diz o Sartre que o existencialismo é uma filosofia de ação, os outros veem como de negação, e que ele não tirou nenhuma moral propriamente da teoria dele. Para mim, à primeira vista do livro, deu certa esperança, mas coisa que eu preciso analisar melhor e estudar melhor para ver se a "culpa" não era minha e se não era eu que estava com vontade de ter esperança. Para Sartre a existência precede a essência, no sentido de que existir precede isso que nós somos; e que somos o que nós mesmos escolhemos ser. Tudo isso que eu estou dizendo está primário e confuso, e o livro lhe dará melhor a verdadeira ideia. Além desse livrinho, ele tem um milhão de páginas chamado *L'être et le néant*[11] que é a obra principal dele e a propriamente dita, que eu não tenho.

E por falar em aniversário, minha queridinha, *happy birthday to you*! Mil felicidades para você, minha irmãzinha. Passou a época de perguntar "o que queres que eu te diga". Sei bem o que quero dizer e quero te desejar coisas boas mesmo que você não as queira exatamente. (A conversa sobre existencialismo, num momento em que estou especialmente aérea, me deixou com linguagem confusa...) Quero dizer que desejo tantas coisas boas para você que mesmo que você esteja distraída com outras coisas, eu fico desejando isso para você e... as coisas acontecem. Por favor, seja bem feliz, é isso o que eu tenho vontade de lhe pedir. No dia 23 estou pensando especialmente em você e estou aí e te dou flores e passarinhos, já que o livrinho de Sartre vai chegar tão atrasado. Minha querida, receba o meu melhor abraço e seja feliz.

Numa carta de aniversário, fico meio boba de contar o que tenho feito... Não tenho feito nada propriamente, senão levado uma vida exteriormente calma e interiormente ocupada, se é que se chama assim. Não tenho visto ninguém propriamente e termino por não sentir falta. Também é 8 ou 80; ou em Nápoles uma vida onde nenhum minuto se respirava sozinha, ou aqui onde se respira mesmo sozinha... Mas estou contente. A Suíça é sólida e quando a gente abre os olhos de manhã sabe que ela está ali onde se deixou. Não tem o caráter de terra magnânima como a Itália, por exemplo, ou a França, onde as coisas são tão espontâneas e variadas que terminam dando certa confusão ao ambiente; aqui cada coisa tem seu lugar, há silêncio e dignidade. Dignidade excessiva, às vezes. Lausanne já é diferente de Berna; as pessoas têm o ar mais vivo, se olham mais, a cidade é mais larga e parece mais jogada. Enquanto Berna parece que foi recortada; recortaram um riozinho verde e brilhante junto recortaram um pôr de sol cor-de-rosa vivo, junto recortaram uma casa que termina aguda e outra que termina rasa; botaram uma ponte aqui, outra ali, recortaram as ruas principais em arcadas (isso deixa as calçadas sempre cobertas como uma casa). Agora estou pensando que não mandei nenhuma vista de Berna para vocês; vou mandar. Minha querida, continuo hoje em relação a você com sensação de dia de festa onde a gente se veste melhor e não conta o que comeu de manhã. Estou, desde o começo da carta, procurando vestir uma roupa mais decente, ou pelo menos não contar que hoje comi bife com cenoura e salada de tomate e depois pêssego e depois café. E eis senão quando, já disse!

Elisa queridinha, me escreva dizendo como você vai, o que você tem feito, se tem ido ao cinema e se distraído um pouco, se seu trabalho afinal se aliviou ou se você espera que isso aconteça em breve. Me escreva depressa, diga como está de saúde. E me abrace, minha querida.

Sua Clarice

(cortei porque manchei de tinta)

Berna,
14 agosto 1946

Tania, meu amor,

Recebi sua carta datada no correio a 6 de agosto em 12. Eu estava me convencendo de que não ia receber tão cedo, e eis o grande presente: Ah, querida, como estou cansada de ter saudade e de pensar. Estou tão cansada disso e de tentar pelo pensamento sair fora da vida que levo que não tenho gosto nem força de trabalhar. Um dia desses abri um livro que comprei, o célebre *Imitação de Cristo*,[12] e estava escrito: ainda não sofreste até o sangue. Acho que no momento em que isto suceder, será o momento de agir, de resolver. Por enquanto ainda posso contemporizar. A carta que eu estou respondendo é aquela em que você manda a cartinha de Marcia... Que amor de cartinha, da primeira série! É a adulta menor mais querida que eu conheço. E você a criança maior querida. Fiquei boba com os quatro bilhetes de sweepstake vencidos. Seria mais bom do que você imagina, você vir aqui... As cartas de vocês afinal recebi, acho que todas, com retratinhos, com recortes. Eu tinha tanta vontade de lhe dar uma boa notícia qualquer. Nossa sala de visitas é muito bonitinha. Lá está o seu retrato numa moldura, me olhando. Nos momentos em que estou mais chateada, você sorri para mim. Muitas vezes não sei o que você quer dizer, mas estou sempre adivinhando. Tem o retrato de Marcia na parede. E também, em moldurinha dupla, Elisa, com um retrato de carteira, e Marcia em duas pequeninas provas para o retrato grande. Tem meu retrato de De Chirico[13] e todas as coisinhas que nós temos. Ontem fui comprar flores para enfeitar, e achei um lugar maravilhoso: é um jardim enorme, com um corredorzinho sombrio que leva a ele. Chega-se lá, entra-se numa casinha de teto de vidro e se diz: quero comprar flores. Então a mocinha com avental e meias compridas de algodão, pega numa tesourona e sai com a gente, mostra o jardim enorme e diz: quais? A gente escolhe: essas amarelas. Então ela corta da planta mesmo uma dúzia de flores amarelas, enrola no papel e dá. Não é bom? Quer me mandar um retratinho com o vestido havana? Os botões foi você mesma quem escolheu, e é bem possível que os tenha pagado também... Naquele tempo você pagava muita coisa por mim... Já não posso nem escrever uma carta, Rosa aparece para conversar. Já está ficando chata a minha amizade com ela... Ela tem mil histórias sempre, e tantas opiniões quanto é possível. Muitas histórias ela termina assim: ah, os homens, a senhora sabe... Finjo que sei, e talvez saiba mesmo. — Ontem Maury recebeu a carta de um amigo; ele dizia que "como nós devíamos saber", o Itamaraty estava distribuindo O *lustre*...; que por enquanto ele só tinha recebido o ofício anunciando mas não o livro. Isso nos deixou mortos de raiva e vergonha. Você não pode imaginar o ridículo disso, como vão rir de mim. Você não pode imaginar essas coisas porque está afastada do ambiente. Todo o mundo se reúne para falar mal de pessoas. Não sei se a notícia é verdadeira, e não sei de quem partiu a ideia. Acredito que talvez a Agir, vendo que o livro não se vende, tenha se lembrado de vender exemplares ao Itamaraty... Se isso for verdade, não quero mais saber da Agir para nada; estou cansada dos golpes deles que me prejudicam e me ferem. Sei bem que todos vão imaginar que fui eu quem consegui esta história no Itamaraty, porque estive no Rio. Tudo isso me chateia mais do que posso lhe explicar. Maury está furioso, sentindo-se ridículo. — Minha querida, então você não tirou sua amizade por mim. Me fez tanto bem sua carta. Ah, minha querida, eu acho que já não tenho mais palavras para lhe dizer como estou ligada a você, mais do que pelos botões...

— Mandei um conto muito pequeno para Buono, para a "Casa". Chama-se "O Crime".[14] Não mandei para você antes, com medo de você não gostar... Meu livro está encostado. Já não sei chegar até ele. Abandonei ele muitas vezes demais, e agora precisaria revivê-lo todo para transformá-lo. Com o seu auxílio longínquo, vou tentar de novo. — Eu me correspondo com Fernando Sabino, que está em Nova York, com Sarah Escorel,[15] que está em Boston, com Maria Luiza; recebi uma carta grande de Buono, uma daquela moça Diva Alves Terra, que diz que conheceu você. O pessoal da Itália não me escreve. Açucena não gosta de escrever. Saiu no boletim do Ministério, saiu que todo o pessoal masculino da Itália foi condecorado com cruz de guerra por serviços prestados a FEB. Estão incluídos personagens que chegaram a Itália depois da guerra terminada..., e uma datilógrafa também. O nome de Maury foi excluído, não se sabe por quê, talvez porque ele esteja na Suíça; é uma vergonha. Tinham falado que até eu ia ser condecorada pelo trabalho no hospital... (A Rosa está agora dizendo que há aqui suíços tão sabidos que até parecem judeus...) Bom.

Um dia desses vimos um filme já antigo de Betty Davis; o título em inglês é *Old Acquaintance*, com Miriam Hopkins.[16] Se passar por aí de novo, vá ver. É um desses filmes gostosíssimos, de se ter pena que acabe. Às vezes também aparecem filmes franceses, bons. Tania, não será exagero seu dizer que William ainda não aproveitou a viagem aos EUA? Só sei que se ele precisar de novo viajar, você deve aproveitar e ir também; não vejo por que não. — Já escrevemos encomendando cristais, talheres e porcelanas para você. Só que é preciso esperar também que tudo venha por água abaixo, tanto o seu serviço como o nosso. Só no momento em que ficarem prontos é que saberemos. Porque se a questão de dinheiro mudar, sairiam por uma fortuna. — Tania, diga a Priscila que continuamos sem receber resposta dos parentes dela. Que talvez ela deva lhes escrever, dando nosso endereço; porque não entendo a demora, uma vez que Priscila diz receber carta deles. Vamos escrever de novo. Maury escreveu em inglês e deu muito claramente as instruções.

Querida, me escreva, sim? É tão infinitamente bom receber sua carta depressa e com frequência... Receba meu abraço, querida, e goste um pouco de mim.

Clarice

Berna,
26 novembro 1946

Minha Tania,

Recebi ontem sua carta de 19 de novembro, aquela que você manda junto de uma carta adorável de Marcinha e junto dos seguintes recortes: Depoimento de Lúcio Cardoso (A *Manhã*), recorte da revista *Carioca* (conselho de leitura Malucia...), recorte da *Vanguarda* ("Onde o céu começa", de Almeida Fischer) e artigo de José Geraldo Vieira no *Estado da Paraíba*, "Uma técnica de realidade no Romance". E terminado o inventário, pergunto depressa em outro tom como está você e como vão todos, e em outro tom ainda, digo que tua carta é tão boa, minha querida. Acho a ideia de uma colônia de férias para Marcia, ótima. Aqui na Suíça tem muitas coisas parecidas, chamadas *Kinderheim*. A mulher do secretário da Argentina vai exatamente mandar a filha de 3 anos para um desses kinderheim por dois meses. Adorei simplesmente a história de Marcia me dizer que "a cartinha de você é muito bunitinha [sic] é também muito linda". Não peça mesmo nunca para ela me escrever, é melhor mesmo ela escrever se tiver vontade. — Querida, a essa hora você já deve ter recebido "Children's Corner"[17] e saber que não é história de crianças, como se poderia com razão pensar, e eu esqueci de dizer a você. Você aprovou? Escreva. Gostei da ideia de mudar de penteado para estar nos "tempos modernos", e fiquei mesmo com vontade de mudar de cara. Acho que, quando eu precisar de novo de permanente, vou cortar os cabelos curtos e fazer "coroinha" com permanente. Acha bom? Pelo menos vou experimentar. Aqui posso me dar ao luxo de experimentar o que eu quiser porque conheço tão pouca gente... — Continuo me dando muito bem com mme. Strasser, com o irmão dela e o marido. Acontece que ela se apegou muito a mim e me diz que eu sou a única amiga dela; todos os dias me telefona e quer se encontrar comigo todos os dias. O que me faz passar de oito a oitenta... Eu sempre disse a mim mesma que o amor que os outros têm pela gente cria mais deveres do que o amor que a gente tem pelos outros. É por isso que às vezes tenho medo de estar incomodando você com meus sentimentos "grandiosos" a seu respeito. — Esses dias foram complicados. Tivemos que por dias seguidos convidar pessoas para jantar. Estou tão cansada. Você não imagina como é chato, como fatiga mentalmente. Me sinto de palha, como disse um poeta inglês...

O carrinho chegou. É inglês, pequeno, preto. Com lugar confortável para quatro pessoas (inclusive quem guia), mas quando se trata de amigos, cabem cinco... Ainda não andei nele, é uma vergonha, mas até me esqueci de que ele existe. Maury está tomando as últimas aulas e em breve fará o exame para obter carteira. Depois começarei a aprender eu mesma. Vai ser bom porque posso ir guiando para minhas aulas em Friburgo (são as duas muito boas). Indo de trem, por causa do horário, tenho que ficar rodando na cidade uma hora antes das aulas e uma hora e pouco depois. Já falei de vocês a mme. Strasser e ela já gosta de quem eu gosto... É aliás a única condição que exijo de amigos... O escultor pediu para fazer minha cabeça, que ele acha muito "interessante", e que gosta muito de minhas "formas"... Mme. Strasser tem o rosto excepcionalmente bonito, estilo clássico. Um dia tiro retrato dela e mando para você. Já disse mesmo a ela.

Minha flor querida, fique certa de que amo suas cartas. O fato de você lavar a cabeça e da água e sabão "lavarem alguns fósforos cerebrais", deixa você ainda mais querida. Gosto muito de gente burrinha. Também vi o filme das irmãs Brönte em Nápoles. Me emocionou muito e eu teria gostado de vê-lo com você. É muito bonito aquele cavalo com um cavaleiro embuçado, não é? A história delas foi no filme inteiramente falseada. A Emily Brönte não gostou jamais daquele que foi marido de Charlote. Não se conhece mesmo nenhum amor na vida de Emily Brönte, apesar dela ter escrito um livro onde o amor chega a um ponto sobrenatural. Mas o que importou no filme é que eles deram o ambiente como era e transmitiu a ideia do amor e da ternura entre as irmãs. Minha querida, por que Elisa não escreve? Ela está bem? Me dê notícias. Receba tudo de bom que eu tenho e tiver, minha alminha.

Sua Clarice

Berna, 2 dezembro 1946

Minha filhinha, minha querida,

Hoje de manhã, mal acordei, fui depressa saber se tinha chegado carta, e Rosa disse que não. Quando fui lavar os dentes, vi a carta diante do espelho... Essa Rosa tendo prazer em me dar surpresas felizes. Foi um bom-dia tão infinitamente bom, o seu, minha querida irmã. Me deu tal alegria, tal bem-estar. É sua carta escrita no dia 26 de novembro, aquela em que você diz que no dia anterior levou Marcia para o teste no Instituto Pestalozzi (sabe que ele era suíço?), aquela em que você diz ter recebido "Children's Corner", aquela em que você diz ter recebido meu "presente"..., o presente que lhe fiz de um momento de felicidade. Meu amorzinho, você transcreveu "meu momento" e isso me deu de novo alegria: você transcreveu e como o trecho é na primeira pessoa, foi como se você também dissesse o mesmo. Acho, querida, que se todo o mundo tivesse você como irmã, poderia dizer como eu digo: tenho uma das experiências mais ricas que se pode ter. Bom, vou deixar de coisinhas. Mas antes de deixar, deixe eu dizer de novo: você é uma margaridinha viçosa e delicada, uma criaturinha completa, e eu aceito você tão sem condições que isso me engrandece.

Fiquei triste com a notícia de titio. Também eu passei a senti-lo muito mais como tio, talvez porque, pela compreensão do sofrimento dele, eu tenha me aproximado dele. Espero que ao menos não seja totalmente grave.

Tania querida, quanto ao título do Children's Corner: pode botar um par de aspas: "Children's Corner". Não é preciso pôr subtítulo nem explicação — isso estragaria muito. Acho que você tem razão, mas basta botar as aspas. Não é? Não precisa subtítulo.

Por que Elisa não me escreve? Sabe que a última carta que recebi dela foi datada no dia 10 de novembro? O que é que há? Vou escrever hoje mesmo para ela, de novo. Mas você também peça a ela para me escrever.

Minha florzinha, vou amanhã ao ginecologista, e se for necessário vou também ao clínico geral. Nessa semana mesmo vou tratar da operaçãozinha. E vou também a um oculista, embora não sinta mais nada; apenas porque o primeiro a quem eu fui me aconselhou óculos para ler e ir ao cinema. Cuide-se bem, minha florzinha, minha filhinha. Sinta-se bem, meu amor. Acho que somos xipófagas (que horror), se você não se cuidar bem não me sinto bem. Está bem assim? — Minhas duas aulas em Friburgo são ótimas. Minha grande surpresa foi ver que os dois professores são padres... Mas são muito abertos e muito inteligentes. Um deles é de uma alegria tão sadia, que saem dele ondas cor-de-rosa... É um velho grande e corado, de cabelos de prata, e muito humor. Quando ele descreve a paisagem da Palestina, para depois entrar na história do antigo testamento, ele descreve a terra, o sol, a lua, os bichos, as árvores, tão bem e com tal prazer puro de viver, que dá vontade de andar descalça, de pular pela janela e ir viver com os bichos, com o sol e com a lua. Tudo o que me dá uma emoção boa me faz pensar logo em você. Foi o que aconteceu nessa aula. — Fiquei muito contente em ver que Marcia acha que eu sei escrever carta direitinho... Você nem imagina que elogio ótimo que é. Estou doida para receber uma cartinha dela. Dela é que se pode dizer: "Marcia é muito bunitinha é também muito linda". Minha querida, escreva sobre Elisa, peça a ela para me escrever. E *receba meu melhor abraço, minha querida flor infantil.*

Clarice

Berna, 11 dezembro 1946

Minhas queridas únicas, minhas filhinhas,

Acabo de receber os presentes e as cartas. Posso-lhes dizer que meu aniversário foi verdadeiramente no dia 11, hoje, agora. Fiquei tão emocionada, chorei de alegria, de gratidão, de amor, de saudade, de felicidade. Resolvi agora mesmo ir ao cinema porque preciso voltar ao estado normal e então responder a vocês, se é possível responder em palavras ao amor que se recebe. Mas antes de ir ao cinema, quero dizer que vos amo com tanta força e tão eternamente, que sinto uma felicidade muito grande. Depois que eu voltar do cinema, estarei em estado de poder dizer como me agradaram os presentes (além da beleza deles, por uma coincidência engraçada, eu precisava exatamente deles... Descreverei depois de como precisava mesmo e ia comprá-los); estou emocionada com o fato de vocês me entenderem tão bem quanto a Irmgard — falarei depois do que pretendo fazer. Falarei nas cartas de vocês, na história linda da Marcia. Por enquanto vou ao cinema — e as cartas de vocês vão dentro do soutien (desculpem), porque assim sinto o calor da amizade de vocês... É muito bom; vou ao cinema com vocês. Sejam felizes, minhas queridas, eu vos adoro, e não sou nada sem vocês, e fico muito contente em ter essa sensação precisa. Boa-noite, minhas irmãzinhas.

12 de manhã — Depois de telefonar no mínimo quatro vezes, consegui ontem encontrar Mariana. Eu já estava danada com a burrice do hotel, quando ela veio ao telefone — me acalmei logo, porque nunca ouvi voz mais harmoniosa e simpática, um verdadeiro bálsamo que essa moça tem. Ela está ocupadíssima e não pode vir a Berna, nem adianta eu ir a Basileia, porque ela não teria tempo. Quando tudo terminar, faremos alguma coisa. Pedi a ela que mandasse a encomenda pelo correio, ela se espantou, mas eu expliquei que na Suíça se manda até relógios de ouro pelo correio para que o cliente escolha e mande de volta os que não agradam... Os presentes são uma maravilha. Rosa disse que eu era muito "gatée"[18] pelas minhas irmãs. E quando chorei, ela viu e bateu nas minhas costas e disse: compreendo muito bem. A caixinha para pó, Elisa, é uma beleza; poucos dias antes Rosa tinha me perguntado como eu botava pó quando estava numa visita, porque as caixinhas que eu tinha eram, uma muito esportiva, outra tão pequena que bastava um pouquinho de pó para transbordar e sujar a bolsa.

Então eu disse que ia comprar uma... A água de colônia é tão gostosa que ontem mesmo já botei... O jogo de *lingerie* é lindo — eu estava precisando de uma combinação preta que fosse fina, porque a única que eu tenho já está rasgando. E posso usar mesmo no inverno, porque o que vale é sempre o *manteau* como calor, pois nas casas está sempre aquecido. Os sapatos marrons fechados... e tinha preguiça de começar a procurar. Eles são lindos, com uma forma tão delicada, e não apertam. E as meias, não preciso dizer, são finíssimas. Como vocês veem, não poderiam ter adivinhado melhor. Só o que me aborreceu é que são todos presentes caríssimos, e eu sei como está a vida no Rio. Isso me aborreceu bastante. Mas os votos de felicidade são tão bonitos, e ainda retratos ótimos seus, Elisa, e a cartinha com uma história deliciosa de Marcia... Muito obrigada.

`Responderei a carta de Marcinha na próxima vez`

Tania queridinha, espero que você tenha recebido minha carta onde eu autorizava pôr aspas em Children's Corner ("Children's Corner"), mas não subtítulo. Aliás isso chega a ter importância, e não é preciso adiar mais a publicação.

Essa carta é só sobre mim quase, porque eu tinha tantos assuntos pequenos a resolver. Escrevam por favor contando de vocês. Tania, meu amor, você volta mesmo ao trabalho no dia 16? E a colônia de férias para Marcia? E a operação de garganta? E a licença-prêmio, quando é que vem mais ou menos, Leinha? Escrevam. Recebam meu abraço feliz, não esquecerei nunca a alegria que vocês me deram ontem. E sempre.

Clarice

Berna,
17 dezembro 1946

Tania queridinha,

Aqui está fazendo um frio doido. 8 graus abaixo de zero. E vai descer, naturalmente. A neve ainda não é forte, mas tudo já está um pouco branco. Com o carro já fomos à cidadezinha de Thun e a Biena. Estava nevando um pouco e muito bonito. Na Suíça em toda a parte há montanhas e lagos — e isso dá uma paisagem muito bonita. Quanto ao mais, está igual. E uma vontade louca de abraçar você, minha querida, de estar junto. Mas nessas coisas não se falam. — Já usei teu jogo de lingerie, que não ficou grande. A combinação é tão macia, e tão linda. Mostrei a mme. Strasser. Continuamos a nos dar com eles; só que eu me canso com certa facilidade. Não posso ver mme. Strasser diariamente, como ela quer. No domingo fomos de carro como eles para além de Bienne, onde mora a mãe dela, que é compositora. É uma casa isolada, e a mãe vive lá só, feliz, com o piano. Ela improvisa que é uma beleza. Mme. Strasser disse a ela: mamãe, faça a música de nossa visita. E a mãe sentou-se ao piano e tocou uma música linda mesmo. Ela improvisou uma fuga no gênero Bach. E como a lareira estava cheia de toras de madeira em brasa, ela tocou a música do inferno. Eu pensei de como você ia gostar disso tudo. E fiquei triste. Ninguém adivinhou por quê. É que eu fiquei imaginando como seria bom ter você junto, sentada defronte da lareira, com o rosto lindo iluminado pela chama, e dizendo com esse jeito que é só seu, de entusiasmo misturado com um pouco de pudor pelo entusiasmo, dizendo: mas é ótimo! Você é uma querida, minha querida. Eu chego a sentir raiva quando estou no carro de estar levando a passear outras pessoas em vez de você. Mas tudo isso virá.

Escreva, minha florzinha miúda. Acho que você não gostaria desse frio... Quantos cobertores você ia pedir! Eu daria todos.

Como vai Marcinha? E a colônia de férias em que deu? Como você achou a volta ao trabalho? Você pretende tirar férias? Aonde vai? Escolha um lugar que não lhe dê trabalho, e que permita você se divertir ao mesmo tempo que descansar.

Receba um abraço de ternura e saudade, de muito amor.

Sua Clarice

Berna,
28 dezembro 1946

Querida irmãzinha,

Já estava estranhando a falta de cartas — mas você confessa que se atrasou, e assim tudo está bem. Fiquei tão, tão contente, minha queridinha, em saber que o resultado foi negativo, que você não tem que operar a garganta, que o resultado do Manoel Fabião também foi, minha querida. Deus te dê saúde e felicidade. Por carta de Elisa, chegada hoje (a sua chegou ontem à noitinha), soube que no dia 21 você extraiu um dente. Quando você tirar o outro, vai se sentir muito bem. Não tem importância que você tenha que substituir — a saúde é o mais importante, e o trabalho sendo bem-feito nada se verá, o que também é importante. — Recebemos aviso de que não precisaremos mudar de Ostring; mas queremos mesmo assim, e em março teremos um apartamento na cidade velha, como descrevi. — Fiquei contente em você dar o "Children's Corner" para *O Jornal*. Espero, querida, que você não tenha mudado nada nele... — Quanto ao *Lux Jornal*, não sei se vale a pena continuar com duas cópias, uma vez que não sai quase nada. Você resolva como achar melhor, mas penso que nesse caso é melhor uma cópia só, e quando sair alguma coisa então ou você me manda ou me diz o que é, apenas. Porque não sai nada de importante. Mas você faz como achar melhor. — O Wainer vai para o Brasil no dia 2 de janeiro. Bluma fica, esperando a volta dele. Como nós íamos a Paris lá pelo dia 11 ou 12, quando o ministro voltasse, então resolvi ir um pouco antes, no dia 4, e Maury ia na outra data. Assim ficarei mais tempo. Ficarei no hotel de Bluma. Eu já pensava em procurar a família de Priscila. Quando Maury estiver lá, ele falará de novo com o cônsul. Pode ficar certa de que fizemos o possível e ainda se fará. — Procurarei também mme. Jenny. Por enquanto não lhe dou meu endereço em Paris porque não tenho certeza. — Querida, não precisa me mandar coisas, nem sapatos. Tenho tudo de que preciso, e posso arranjar não tão caro como se vende aqui. Além do mais há tantas estações que a gente não gasta muito sapato; comprei ontem botas contra neve e frio, muito boas. Em Paris vou comprar uma máquina fotográfica, afinal. Então tirarei retratos com botas, sem botas, com neve, sem neve, e mando para você. Mande por enquanto seu retrato com vestido italiano, minha florzinha, e seja linda sempre. E não interrompa as cartas pelo fato de eu estar em Paris: continuarei a escrever. Você quer alguma coisa de Paris, minha querida? Escreva. E outra coisa, mais ou menos urgente: mande dizer seu número de roupa. Porque se eu puder mandar, mando uma blusa de renda ou uma coisa parecida. Se você não disser o número, resolvo que ele é 44. Está certo? Peça o que você quiser, minha querida, quem sabe se não posso mandar por mme. Jenny. — Convidei para almoçar hoje aqui a Mariana e mme. Fridman, que eu não sabia que tinha vindo (pensei que ela fora substituída pela Mariana). Foi engraçado o nosso Natal... Eu vi que Rosa estava em preparativos misteriosos e ajudei a não quebrar o mistério para não desiludi-la: pensei que ela estava preparando um bolo. De tarde saímos, e quando voltamos, de repente ouvimos o som de sininhos e Rosa chamando. Fomos à sala de jantar e deparamos com o seguinte: Rosa pálida de emoção numa sala só iluminada por velinhas... diante de uma grande árvore de Natal, coberta de luzes, de passarinhos de celuloide, de bolas brilhantes. Fiquei tão emocionada que nem podia falar. Rosa pensou que era por causa da árvore, e não adivinhou que era por causa dela. Ela tinha pendurado nos ramos da árvore aquelas estrelinhas de S. João e tinha aceso todas: de modo que encontramos uma verdadeira *féerie*.[19] Embaixo da árvore estavam os presentes embrulhados: biscoitos que ela tinha feito, um chocolate, um quebra-nozes, uma caixinha de madeira imitando baú antigo e... doze guardanapos de linho (ela tinha um linho antigo que lhe tinham dado) bordados por ela, de noite. E no centro da mesa um bolo com uma velinha no meio, acesa. E a luz elétrica apagada. Resultado: eu não podia engolir a comida, e depois que ela finalmente foi embora para casa (porque a presença dela nos deixava emocionados e constrangidos), depois que ela foi embora fiquei tão nervosa que minhas pernas tremiam... (no aniversário dela dei um par de meias e pó de arroz; e nas vésperas de Natal, calças de lã, como ela pedira. E como eu não sabia como agradecer as delicadas intenções dela de nos dar alegria, dei na hora um potinho de creme, porque ela é muito vaidosa, e como diz, toda noite antes de dormir "engordura" o rosto...) O pior é o que tive de fazer ontem: tendo convidado Mariana e mme. Fridman para almoçar hoje, de repente me lembrei do que elas iam pensar vendo uma bruta árvore de Natal na sala de jantar... Seria impossível explicar... Então, com toda a gentileza de que sou capaz, expliquei à Rosa que convinha tirar porque vinham duas brasileiras e que no Brasil só se bota árvore de Natal quando se tem filhos. Ela ficou um pouco desiludida porque pensava em deixar a árvore por várias semanas, como se usa. É capaz de Elisa dizer: por que você não explicou? Eu respondo que detesto confundir pessoas, que apesar de Rosa ser inteligente, tem uma mentalidade simples e eu ia dar um problema irresolúvel para ela. Enfim, a árvore linda e iluminada, que para mim ficou como símbolo da bondade humana, está toda pobrezinha no sótão da casa, cheia de velinhas, tendo em cada ramo o coração de Rosa. — Quando Maury também partir para Paris, ela vai para a Itália, ver os parentes.

Minha querida, você não sabe que emoção tive quando, no mesmo dia em que avisei a telefonista de que queria falar para o Brasil no 31 — tocou o telefone e ela disse: mme. Kaufman disse que aceita o telefonema (eu ia ficar desiludida se vocês não aceitassem...) e diz que estará em casa de 3 às 4 horas da tarde... Vamos falar três minutos, querida, e vai dar tempo de falar com todos. Dizem que se ouve tão bem como se se estivesse falando no mesmo país.

Vejo pela carta de Elisa que ela está animada e com bons projetos — fiquei radiante. Espero que ela consiga essas viagens todas, mas que viaje sempre em estações amenas — é preciso que ela leve sempre agasalhos fortes, mesmo que seja no verão, porque o clima pode variar.

Receba, minha florzinha, meus desejos de um ano feliz para você. Que você tenha saúde, minha querida, saúde, bem-estar, felicidade, tranquilidade, conforto moral, físico, social. Que Marcinha não se gripe, que faça bons exames... que seja adorável como sempre. Que William seja feliz com vocês, que faça bons negócios, que continue bem-disposto e alegre. E até o dia 31, minha querida, quando vou ouvir sua voz querida.

Sua Clarice

`Acabo de receber Sagarana[20] e Água funda. Obrigada, querida.`

Berna,
2 janeiro 1947,
quinta-feira de noite

Tania, queridinha,

Depois de falar com você no dia 31, recebi de manhã, no dia 1º de janeiro de 1947, uma carta sua (aquela com recorte de artigo de Antonio Candido, no O *Jornal*, 15 dez.; nota no *Correio da Manhã*, 15 dez., sobre os melhores livros de 1946; e entrevista da sra. Leandro Dupré, na revista da *Semana*). Na sua carta, por distração, você me mandou também uma folha em branco, junto das escritas... Minha queridinha, eu estava tão nervosa antes de falar; e foi tão bom, ouviu-se tão bem, tua vozinha delicada, autoritariazinha... Reconheci todos os jeitos de voz de você, de Elisa, de Marcinha querida, que reclamou ausência de cartas minhas... Depois que desliguei, Maury estava na outra sala com os olhos úmidos e Rosa ficou com ar de frio... E eu fiquei tão alegre em ver que tudo estava bem que comecei a cantar a seguinte ária de ópera, com perdão da palavra: *Mon coeur s'ouvre à ta voix, comme s'ouvrent les fleurs au baiser de l'aurore...*[21] Antes de falar me deu um frio que não houve nada que me esquentasse; senti até uma falsa dor de garganta e pensei que estava gripada; mas logo que acabei de falar, passou. Me controlei muito e estava muito bem. Fui me vestir para irmos à casa de mme. Strasser de vestido comprido, como ela pedira. Rosa saiu também para a gente levá-la de carro para a casa dela. Quando saí, tinha nevado muito, estava uma beleza. E eu levei meu batismo de verdadeira neve: levei um daqueles tombos, que nem passarinho baleado. Se não fosse a Rosa me segurar um pouco, minha cabeça bateria com força no chão. Me levantei e fui para o carro. Mas com o choque da queda violenta, o controle da emoção do telefonema desorganizou-se e eu fiquei tão lassa para o resto da noite que teve um momento, antes da meia-noite, que adormeci ligeiramente na cadeira... A casa de mme. Strasser fica junto da Catedral; os sinos antes tocam pelo ano velho, param, e tocam à meia-noite pelo ano-novo. Vestimos os casacos, abrimos a janela, e tudo estava branco, com os sinos batendo como se fosse dentro de casa. Pedi a Deus que nos desse muita saúde e felicidade; não pedi coisas demais para não confundir Deus que à meia-noite de ano-novo está tão ocupado. Depois se botou na vitrola uns discos brasileiros (Maury comprou, apesar de não termos ainda vitrola), e dançamos tico-tico no fubá etc. Eu dançando mole, de veludo, decotada, na Suíça, tico-tico no fubá,[22] ano-novo... que mistura estranha. Ainda me cumprimentaram pela queda, porque diz que é bom cair no dia 31, no fim do ano velho, porque quer dizer que a coisa ruim aconteceu no velho e que o ano novo está limpo... — Minha querida, vou lhe pedir uma coisa: pelo fato de eu contar que fiquei tão contente e emocionada com o telefonema, não vá ter um remorsinho por não ter sentido exatamente o mesmo: cada pessoa é diferente e afinal quem está na Suíça sou eu... — Minha queridinha, você está bem no trabalho? Espero que você se habitue depressa, e que não leve a sério demais. Você não poderia deixar de trabalhar? Quem sabe, florzinha? Pense nisso. Estou tão contente porque tudo está bem com você, meu amor. Que 1947 comece para você um tempo lindo e constante de boa saúde, de alegria e tranquilidade. — Mando aí outra série de "Children's Corner", para O *Jornal*. Não sei se você vai gostar. Mas, querida, não mude nada, sim? Nem vírgulas. E entregue logo ao jornal, para que saia logo. No meio, tem um trecho chamado "Au-dessus d'un certain vide", entre aspas, mas que traduzo para o português na linha abaixo exatamente, como você gosta. Tive que botar em francês mesmo, porque é o título de um quadro que vi, de um pintor suíço, cujo nome já não me lembro bem. Você há de dizer que eu devia explicar que é um quadro; mas não posso, porque se disser que é uma pintura, pensa-se que então estou descrevendo a pintura, o que não é verdade: uma coisa nada tem a ver com a outra. Deixe assim mesmo, viu, querida? Isso não tem a menor importância. — Quanto a escrever para jornais, querida, é o que eu estou fazendo, não é? Você é muito ambiciosa... Mais do que estou fazendo não quero, nem posso. Pode ser que mais tarde. Fazer crônicas de estilo ligeiro, tem muito perigo. O perigo de tomar gosto na facilidade de escrever. O perigo de cair no que Antonio Cândido chama de literatura "infernal"... Você leu o artigo dele? Ele diz, falando de um livro qualquer: que ele "reflete um espírito que vem chegando aos poucos em certos magazines, certos cronistas e contistas. Espírito que é uma mistura da irresponsabilidade das histórias de quadrinhos com o humorismo superficial, e cuja ética, ou falta dela, exprime a apoteose do gostosão". Naturalmente sei que você não se refere a isso, e sim a crônicas boas como de Raquel de Queiroz. Mas por enquanto, querida, fico nisso ainda: mandando de vez em quando coisas para um ou outro jornal.

Minha queridinha, como você se sente agora? Seja muito feliz, minha irmãzinha, e que Deus te abençoe, te dê saúde, alegria interior e exterior, alegrias em casa e fora de casa.

Vou sábado para Paris: Maury seguirá logo que o ministro voltar, o que será mais ou menos uma semana depois de eu partir. Estou muito contente com a viagem. Embarco sábado de noite e domingo de manhã estou lá. Mas tenho cama reservada. Continue a escrever, minha querida, vou dar um jeito para que as cartas me cheguem logo às mãos. Desculpe eu ter escrito no lado avesso da carta, esqueci que o papel era meio transparente.

Receba um abraço grande, grande, minha margaridinha viçosa, filhinha pequena, e seja feliz, feliz, feliz, feliz, feliz, feliz, feliz! (como é bom escrever essa palavra).

> **Tania: como é? A Agir não vai pagar o resto? E quando? Já recebi dela 2.800,00, quer dizer, descontando daí os selos. Ela deve me pagar ainda essa quantia. Quando?**

Berna,
6 fevereiro 1947

Minhas queridas,

Apesar de ter estado em Paris por um mês e parecer ter tantas novidades, o fato é que escrevo esta para pedir notícias e pedir que escrevam. Receberam minhas duas cartas de Paris? Lá fui muito a teatro, a uns doze; fui de novo ao Louvre, fui de novo ao museu Rodin,[23] fui a muitas "boites de nuit"... Das mais loucas. Uma delas, chamada La Montagne, é frequentada por mulheres que gostam de mulheres. Outra, chamada La vie em rose, é frequentada por homens que gostam de homens... Conheci muitos brasileiros, como lhes disse. Fiquei mais amiga da Bluma, de quem já gostava muito. Ficamos amigos de Santiago Dantas. De Ceschiatti,[24] o rapaz que ganhou o 1º prêmio de escultura moderna no Brasil. Comprei dois vestidos, um no Lelong, outro no Alex. E comprei um chapéu no Jaques Fath. Nos cansamos muito, a vida que se leva lá, estando pouco tempo, fica vertiginosa. Já estava com vontade de me por a sério, a ler, a trabalhar, a levar uma vida mais limpa por dentro e por fora. Vamos nos mudar no dia 15, acho eu. Não tem importância o endereço que vocês botarem, porque o correio aqui é ótimo e tudo o que vier para Ostring será automaticamente enviado para o novo endereço. — Em Paris comprei umas lembrancinhas para vocês, que seguiram de navio com Carlos Perry. Tudo o que eu dei a ele, ele deve ter espalhado pelas malas, porque não podia ir num pacote só. Junto de cada coisa escrevi meu nome, mas pode ser que dê confusão. Assim aí vai a lista do que mandei: para você, Elisa: um colar dourado e brincos dourados, e um vidrinho de perfume chamado "Dans la nuit", de Worth (pode ser que me engane, mas achei o colar e os brincos lindos; quando você quiser vestir mais "toilette", põe as duas bolinhas do colar para a frente, e quando quiser menos toilette, ponha para trás). Para você, Tania: os brincos brancos que você pediu, uma blusa branca de renda, um batom Schiaparelli e um vidrinho de perfume chamado "Je reviens", de Worth, os brincos não sei se são os que se usam no Rio pois mme. Jenny ficou de comprá-los para mim e como estava demorando, fiquei com medo de que ela esquecesse e resolvi arriscar; achei preferível comprar a blusa de renda em cor branca, por causa do tempo no Rio — a renda é feita à mão, e a blusa serve para ser usada também com saia comprida preta para baile, no inverno também — uma moça em Paris que tem também uma, não tão bonitinha como a sua, e ela faz com ela grandes toilettes, apesar da dela ser mais esportiva. Para dona Zuza, um broche e um vidrinho de perfume chamado "N", de Lelong. — Em Paris tirei retratos num grande fotógrafo, para vocês. Mas não saíram bons. O fotógrafo me mexeu tanto nos cabelos e não me avisou que eu estava despenteada, de modo que pareço ainda mais relaxada do que sou... (isso é para prevenir carões de vocês... sou sabida.) Compramos também uma máquina fotográfica. Dagora em diante poderei mandar retratinhos de vez em quando. Que mais? Talvez mande logo os retratos, mas talvez, se souber que vai alguém embora mando então, para não se amassarem. Meu trabalho agora vai ser afastar um pouco mme. Strasser. O que ela quer não me agrada: ficar sempre juntas. Apesar de eu simpatizar com ela, ela não é exatamente a amiga que eu escolheria. Além do mais não posso mais perder tanto tempo. Ela é meio intelectualizada, sem grande simplicidade. Vocês são as minhas maiores amigas, isso é verdade. — Engraçado é que voltando de Paris, fiquei surpreendida de voltar para Berna; minha certeza íntima era voltar de Paris para o Brasil... Conversando eu diria muito sobre Paris, contaria muitas pequenas coisas. Estou com muita saudade de vocês. Falei tanto de vocês a Bluma. Contei as coisinhas de Marcia a várias pessoas e elas simplesmente adoraram. Levei retratos de vocês e de Marcinha para mostrar. Mandem mais retratos. Há muito tempo não recebo nada. E escrevam, minhas queridas. Acusem o recebimento das lembranças de Paris; dei o telefone de casa a Perry. Alguém terá que ir buscar no endereço que ele der. Passem a usar perfume, vocês não sabem como isso é bom para a gente mesma e para os outros. A parisiense gasta um vidro de perfume por mês. Eu serei a fornecedora de perfumes para vocês, está bem? Vocês me escrevam quando um vidro acabar, e que perfume vocês preferem. Elisa, procurei coisa simples para você, e achei o colar dourado e os brincos dourados uma beleza (talvez eu não tenha gosto), mas a casa onde comprei tem de sobra...

Minhas queridas, me despeço quase correndo... para esta carta chegar logo e eu receber logo a resposta. Rosa esteve na Itália e trouxe para mim uma planta e um jarrinho pequeno de porcelana... Minhas queridas, seria tão bom, agora, às 7 horas da noite, quinta-feira, abraçar vocês e conversar um pouco. Estou abraçando vocês e conversando, só que é de longe. Mas "je reviens"...[25]

Clarice

Berna,
22 fevereiro 1947

Minha florzinha de Pati de Alferes

Se você soubesse ao menos como estava aguardando carta sua e notícias, e como suspirei de alegria quando recebi sua cartinha de Arcozelo... Ainda não sei porque você tirou férias de dois meses, e isso me preocupa muito ainda. Mas pelo menos tenho notícias. Antes de receber sua carta, tive uma crise de saudades que me deixou de olhos inchados e dor de cabeça. Oh, vontade de ir lá e abraçar minha irmãzinha, e conversar um pouco! Achei tão bonitinho o número de telefone do hotel: Pati 7. Ligo para Pati e ouço sua vozinha delicada. Espero que a vegetação em torno de Pati cresça depressa, depressa, e lhe dê as árvores de que você precisa para ter paz, alegria e mistério em torno, minha querida pequena. Uma dessas senhoras que contam a vida para você não se tornará sua amiga? Tenho uma pena de Susana estar longe. Já li O *amante de Lady Chaterlay*,[26] é também o livro mais cru talvez que já li. Mas como tudo o que escreveu Lawrence, tem uma força vital e uma vegetação intensa, como a que faz falta em torno do seu hotel e em torno de outras coisas também... Você está feliz, meu amor? Em outros livros de Lawrence, me lembro ter encontrado personagens que tinham qualquer coisa de você: a mesma vida de pensamento atraente, o mesmo viço, a mesma qualidade feminina intensa, que sempre encarou as coisas da vida com uma sabedoria e uma naturalidade que não vem da pequena inteligência que se tem, mas da grande força de vida que poucas pessoas têm. Minha querida, você está bem? E William? Ele tem ido a Arcozelo? Espero que vocês estejam bem de dinheiro. Vou responder às perguntas. Um curso acabou. Tendo eu perdido muitas aulas por causa de Paris; outro não acabou, e perdi aulas por causa da mudança e porque d. Noemia se operou e eu ficava de tarde com ela. A Rosa continua bem. Quando eu disse que a nova casa era ótima, ela imaginou um palácio, e quando viu, ficou tao decepcionada que dava pena. Ficou durante uns dias com uma má vontade tal, que tive que dar uns "duros" nela. Com a liberdade que ela tomou (e eu dei...), ela me disse que todos os nossos móveis não valiam os móveis da entrada da casa de mme. Tal, madame essa que foi patroa dela e cujo nome aparece em casa de dois em dois minutos. Eu disse a ela, uma vez por todas, que afinal eu não tinha nada a ver com mme. Tal e que cada um tinha a sua vida. Afinal mme. Tal começou a rarear nas conversações, o que é um alívio... Ela também esteve fora, na Itália, com as irmãs (feliz que ela é), enquanto estávamos em Paris. — A Bluma está esperando para saber se o marido volta à Europa ou não. — Estive com mme. Jenny, mas não muito. No primeiro dia dela em Paris saí com ela para arranjar coisas para ela, mas ela pretendia muito mais: queria que eu ficasse acompanhando desde manhã até de noite em compras, apesar de ter o endereço de uma senhora que o faria — mas eu era de mais confiança... Tanto eu como Bluma tiramos gentilmente o corpo fora, porque afinal ela não é uma pobre coitada e foi a Paris para fazer mais dinheiro. Mas ela é simpática mesmo. Sobretudo trouxe cartas de vocês, o que me fez telefonar muitas vezes para ela para saber como ela ia... — Vocês já receberam pelo Carlos Perry o que mandei? Você vai ficar tão bonitinha com a blusa branca de renda. — Mudamos há uma semana. Os Strasser nos ajudaram muito mesmo. A casa é um "amor". Tem um salãozinho com lareira, e móveis antigos autênticos (1600 e tanto), onde também pusemos a mesa de almoço. A salinha de jantar, que era pequena, fizemos quarto para Maury, com quadros e tudo, está muito bonitinho e pode-se também receber lá. Depois sobe-se uma escada e encontra-se meu quarto, com uma escrivaninha ótima onde estou escrevendo agora, minha cama, um divã, armários embutidos, mesa de cabeceira. A parede de um lado é inclinada, como atelier, sabe? E duas janelas. Junto de meu quarto tem um banheiro bonitinho e um pequeno hall. Embaixo também tem um toilette. O fato de de novo ter meu quarto para mim sozinha, tem me dado uma calma de nervos que eu já não conhecia mais. Recomecei a trabalhar com muito mais calma e estou mais feliz. Uma coisa que eu nunca preciso esquecer é de que necessito de um quarto para mim. Tudo melhora, mesmo meus sentimentos por Maury. Recebi carta de Bluma. Recebi uma de Santiago Dantas. Parece que ficamos mesmo amigos. Ele diz para nos escrevermos, "pois tenho a sensação (não deve ser nada raro você ouvir isto) de que a sua amizade é preciosa para mim". Marcinha continua aproveitando de Arcozelo? Querida, naturalmente você deve continuar a cuidar para ela ser muito forte e saudável, mas não faça ela engordar demais. Os resfriados dela passaram? E sua saúde, minha florzinha? Você não diz nada sobre o resultado dos tratamentos que fez. E os dentes? Cuide-se bem, meu amor, quero você linda e saudável e adorável.

As cartas de Elisa para mim são cada vez menores e com menos coisas dentro. E quando ela diz alguma coisa, acrescenta em geral, como na carta mais recente: "afinal você dirá que não tem nada com isso". Como se fosse possível eu não ter nada com as coisas de vocês. Oh, meu amor, te adoro, você é minha vida, que é que eu posso te dar? Me preocupo tanto com você! Mesmo quando não estou pensando "objetivamente" em você, sinto um pensamento constante a seu respeito, como a música que acompanha os filmes. E a maior parte do tempo você é o filme propriamente dito. Seja feliz, não é, querida? Que Deus te abençoe e te dê uma vida longuíssima cheia de alegrias, de tranquilidade, de inspiração para viver bem, de satisfações físicas, morais e intelectuais, de tudo o que é bom e puro e lindo. Na primeira página de minha vida há uma dedicatória assim: à Tania.

Tua
Clarice

Berna, 28 fevereiro 1947

Elisa, Tania, queridas,

depois que recebi sua carta, Elisa, de 19 de fev., aquela em que você dizia da febrezinha de Tania, deixei passar uns dias para me acalmar até escrever. Estou tão sentida com o fato de vocês só me escreverem as coisas depois que eu peço mil vezes, e depois que eu resolvo não esconder minhas preocupações. Vocês não acham melhor me escrever? Fiquei muito abatida com o fato de que eu não sabia o motivo de extração de dentes, o motivo de tantas coisas. Sinceramente, não tenho nenhum jeito para falar, estou deprimida e sem palavras. Entao, pelo fato de eu estar longe, isso é motivo para eu desconhecer as coisas? Espero que Tania esteja bem, espero em Deus que todas as coisinhas chatas em vez de caírem em cima de vocês caiam em mim - fico muito mais feliz com esta hipótese. Qual é a opiniao dos médicos? porque a febre? Felizmente dando os exames todos resultado negativo - o que há entao? Será cansaço? Oh, que desânimo de estar longe e ter que pedir por favor que me escrevam contando. Em Arcozelo continua a febre? O que é que Bronstein diz? Desde quando é que veio essa febre? E você, porque é que diz: cometi a tolice de dizer que tinha tomado coramina... Tolice, porquê? meu Deus, mas quando é que finalmente convencerei vocês de que quero, preciso, imploro, noticias. Isso é modo de deixar uma pessoa? sem saber da nada? e imaginando, e quebrando a cabeça para adivinhar, para me por em contacto com vocês por intermedio da cabeça, já que escrever nao adianta? Não basta o que sofro com a ausencia? Desde que sai do Brasil para ir a Nápoles, desde que fui a Belem, minha vida é um esforço diario de adatação nesses logares áridos, aridos porque vocês nao estao comigo. A última verdadeira linha que escrevi foi encerrando em Nápoles o Lustre, que estava pronto no Brasil. Desde então, não tenho cabeça para mais nada, tudo que faço é um esforço, minha apatia é tao grande, passo mezes sem olhar sequer meu trabalho, leio mal, faço tudo na ponta dos dedos, sem me misturar a nada. Vae fazer tres anos disso, tres anos diarios; entao a isso vem se acrescentar o fato de que vocês resolvem não dar verdadeiras noticias. É um pouco demais. Desde quando Tania tem a febrezinha? Que impotencia a minha.

Bom, não tenho nada mais a dizer, suponho. Estou esperando. É a única coisa que tenho feito desde que saí do Brasil. Tem nevado, tudo cinzento, já nem sei mais como é o sol. Hoje vieram dois limpadores de chaminé, com cartola e cara suja. Tirei dois retratos deles, se sairem bons mando para vocês. Recebam meu abraço.

Clarice

Escrevam, por favor, por favor, por favor, por favor.

Berna,
28 fevereiro 1947

Elisa, Tania, queridas,

Depois que recebi sua carta, Elisa, de 19 de fev., aquela em que você dizia da febrezinha de Tania, deixei passar uns dias para me acalmar até escrever. Estou tão sentida com o fato de vocês só me escreverem as coisas depois que eu peço mil vezes, e depois que eu resolvo não esconder minhas preocupações. Vocês não acham melhor me escrever? Fiquei muito abatida com o fato de que eu não sabia o motivo de extração de dentes, o motivo de tantas coisas. Sinceramente, não tenho nenhum jeito para falar, estou deprimida e sem palavras. Então, pelo fato de eu estar longe, isso é motivo para eu desconhecer as coisas? Espero que Tania esteja bem, espero em Deus que todas as coisinhas chatas em vez de caírem em cima de vocês caiam em mim — fico muito mais feliz com esta hipótese. Qual é a opinião dos médicos? Por que a febre? Felizmente dando os exames todos resultado negativo — o que há então? Será cansaço? Oh, que desânimo de estar longe e ter que pedir por favor que me escrevam contando. Em Arcozelo continua a febre? O que é que Bronstein diz? Desde quando é que veio essa febre? E você, por que é que diz: cometi a tolice de dizer que tinha tomado coramina... Tolice, por quê? Meu Deus, mas quando é que finalmente convencerei vocês de que quero, preciso, imploro, notícias. Isso é modo de deixar uma pessoa? Sem saber de nada e imaginando, e quebrando a cabeça para adivinhar, para me pôr em contato com vocês por intermédio da cabeça, já que escrever não adianta? Não basta o que sofro com a ausência? Desde que saí do Brasil para ir a Nápoles, desde que fui a Belém, minha vida é um esforço diário de adaptação nesses lugares áridos, áridos porque vocês não estão comigo. A última verdadeira linha que escrevi foi encerrando em Nápoles *O lustre*, que estava pronto no Brasil. Desde então, não tenho cabeça para mais nada, tudo que faço é um esforço, minha apatia é tão grande, passo meses sem olhar sequer meu trabalho, leio mal, faço tudo na ponta dos dedos, sem me misturar a nada. Vai fazer três anos disso, três anos diários; então a isso vem se acrescentar o fato de que vocês resolvem não dar verdadeiras notícias. É um pouco demais. Desde quando Tania tem a febrezinha? Que impotência a minha.

Bom, não tenho nada mais a dizer, suponho. Estou esperando. É a única coisa que tenho feito desde que saí do Brasil. Tem nevado, tudo cinzento, já nem sei mais como é o sol. Hoje vieram dois limpadores de chaminé, com cartola e cara suja. Tirei dois retratos deles, se saírem bons mando para vocês. Recebam meu abraço.

Clarice

Escrevam, por favor, por favor, por favor, por favor.

Berna,
29 março 1947

Minha querida,

Recebi sua carta de 24 de março e não sei por que você não tem recebido notícias minhas. Mandei várias cartas ultimamente, duas delas com retratos: uma com retratos grandes de Paris e outra com retratinhos tirados com minha máquina. Recebeu? Não acha que estou tirando retrato direitinho? A questão também é ter boa máquina. A última carta que mandei peço que vocês não levem em consideração, foi escrita em mau humor. Nada é verdade. Tudo é pretexto para o abandono de si mesma e para a preguiça mental. Estou feliz e o que é preciso mesmo é, como você sempre diz, construir um pouco sua felicidade. É o que estou fazendo.

Você agora já deve ter recebido minha carta em que eu acusava o recebimento dos livros que você mandou por Gilda. Muito obrigada, queridinha pequena. Comecei a ler *A volta do gato preto*,[27] que, apesar de ter um caráter meio best-seller, é muito divertido e interessante. O livro que Maria Luiza mandou, *A busca*, infelizmente ainda não li, porque como a Bluma ia viajar e tinha começado a ler, emprestei a ela para a viagem. Mas receberei em breve. Ela me escreveu dizendo que Maria Julieta escrevia muito como eu escreveria. Você gostou? — Minha filhinha, espero que você esteja bem de todo da garganta, e que não sinta mais nada. Fico aqui esperando notícias suas, querendo saber se você tem a febrezinha, e se ainda se sente cansada, e o que os médicos dizem. Não esqueça de escrever a respeito, por favor. Eu vou bem de saúde, muito mole por causa da primavera que está chegando. Dá uma moleza que não tem nada de agradável, um peso em todo o corpo, vontade de tomar banho de mar. — Estranhei a história do Príncipe de Gales não querer a pele de coelho... Puxa! — Ainda não sei o que resolver, Maury e eu vamos pensar a respeito ainda. Pena que não seja uma pele bonita e usável, senão ela seria sua. Mas um tal traste não presta para uma moça bonita e sem amígdalas usar. Não conheço a rapsódia espanhola de Ravel, mas imagino como ela deve ser bonita. Estamos pensando em ter uma vitrolinha: já temos dois discos, dados pelo Alceu e pelo Ceschiatti: um de Debussy e outro de Bach. Em abril parece que d. Noemia vai dar um jantar seguido de dança. Fomos convidados para a dança chata. Como será primavera, não quero botar vestido de veludo. Comprei uma fazenda maravilhosa há uns tempos, por amor à primeira vista, e sem necessidade: uma fazenda furta-cor, espécie de tafetá, que tem ora cor púrpura ora negra, uma coisa linda. Mas não queria gastá-la agora ainda... Como tenho uma blusa de renda negra, acho que farei uma saia de tule preto, bem ampla, que me servirá depois com futuras blusas. Que tal? Não sei de nada.

Minha florzinha delicada, você está bem, não é? Me escreva dando notícias. E Elisa? Há quanto e quanto tempo não recebo de Elisa uma verdadeira carta. Desisti de lhe mandar cartas grandes porque tudo fica sem resposta, em resposta vem um bilhete curto que fala de tudo menos dela. Mas ela está bem, não é? É o que me importa.

Um grande abraço para você, meu amorzinho, e peça a Elisa que me responda às vezes. Sua

Clarice

Berna,
13 abril 1947

Minhas queridas irmãzinhas,

Há muito tempo não recebo cartas de vocês, a última que recebi foi de você, Elisa, finalmente me contando um pouco mais o que você tem feito; e me agradou muito sentir que desses movimentos todos sairá alguma coisa boa. É o que desejo, meu bem. Com a falta de cartas, tenho feito de modo a não me preocupar, e nem queria escrever para não pensar. Mas vi que a coisa estava começando de novo e que era melhor eu pedir depressa notícias e cartas, antes que eu entrasse num período de preocupações e aborrecimentos. Peço-lhes por favor que me escrevam. Por favor, Tania, quero saber como você está, escreva mesmo uma carta de duas linhas, falando como se sente, o resultado da operação, se voltou a trabalhar — por favor, querida, não me deixe sem notícias. Por favor.

Aqui está tudo bem. Ótimo mesmo. Com a vinda da primavera e do sol ganhei vida nova, me sinto um passarinho... Fico o mais tempo possível no terraço, fazemos passeios de carro — a Suíça é mesmo uma coisa linda. Fomos ao cantão francês, a zona dos lagos, tudo com sol, e gente. Vocês não sabem que valor extraordinário tem o sol quando se passou um longo inverno cinzento. Parece que a gente nasce, e a pele bebe literalmente a claridade. Já há uns quinze dias que estou, sem interrupção, num paraíso de bom humor e de alegria de sol, de boa vontade. A boa vontade é um fator muito mais importante do que a gente pensa. A gente não muda um pouco de ponto de vista quanto às coisas porque tem medo de sair da própria pele e do próprio sistema. Mas às vezes basta resolver estar simples, e o milagre se realiza: tudo fica mais simples. Mas me escrevam, minhas queridíssimas: tudo isso tem que ser equilibrado pelo bem-estar de vocês, senão cai, e não tem motivo de ser. Por favor me escrevam: quero, preciso saber como vocês estão de saúde. Tania, conte sobre o resultado da operação. Você ainda tem febrezinha? Será inútil dizer alguma mentira para mim, juro que sinto quando não é verdade. Quando não é verdade, absorvo a mentira mas fico ansiosa e sem base, sinto alguma coisa que me demonstra que não é verdade. Não estou querendo dizer que é coisa espírita; o fato é que conheço vocês o bastante para, sem saber dizer como e por quê, ver mutações de tom, ver diferenças de planos.

A primeira secretária é bonita e simpática, mas não quero muita intimidade porque o início dessas intimidades é rosa pura e depois começa o ruim.

Minhas queridas, mandei três retratos grandes de Paris, e não recebi nada que mostrasse vocês terem recebido; mandei uns dez ou quinze retratinhos com paisagens e tudo, e não sei se vocês receberam. Já mandei há muito tempo tudo isso e nem uma palavra. Será que se perderam? Mandei também um retratinho de uma menina suíça para Marcia; e não sei de nada mais. O que é que há? Por favor, por favor, por favor, escrevam. Minhas queridas, quando estou triste penso em vocês, quando estou alegre penso em vocês; não queria encher a atmosfera de tantos sinais telegráficos, queria que não houvesse necessidade disso. Mas me deem notícias e tudo estará bem. Sobretudo contem <u>tudo, tudo</u>. Digam como vai Marcinha, de quem não recebo notícias, e William, de quem não recebo notícias.

Maury vai muito bem com o sol, e sempre muito simpático. E eu vos amo com a melhor força que tenho e tudo o que tenho é de vocês. Recebam de mim o que eu tenho de bom. E sejam muito felizes, minhas queridas, eu lhes peço. Que Deus vos abençoe e vos dê saúde, saúde, saúde, felicidade, alegria, bem-estar,

Clarice

Berna, 13 junho 1947, sexta-feira

Minha queridinha pequena,

Receber carta sua às vezes tem o sentido que teria abrir as janelas de um quarto onde eu estivesse fechada há semanas. Foi assim que numa manhã o correio tocou para me dar uma carta registrada, que era a sua e a de Elisa, com o desenho maravilhoso de Marcinha. Quando li a carta, de novo fiquei certa, minha querida, que você é a minha ligação maior com o mundo. Tudo toma sentido e eu pareço levantar de uma doença de espírito e ficar boa. Espero que você tenha recebido uma carta que mandei antes de receber a sua, com fotografias. Tinha deixado de escrever porque exatamente estava na escuridão, como me sucede um pouco mais frequentemente do que deveria. Mas tudo está bem e sua carta veio me dizer muito mais do que você disse. Estou trabalhando melhor, o que quer dizer, estou trabalhando, porque acho que há anos não trabalho.

Estou muito feliz por você estar bem de saúde, meu amorzinho, e peço-lhe que se mantenha muito bem. Maury se operou das amígdalas e já voltou do hospital, onde passou 6 dias. Ainda deverá passar outros tantos em casa, com dificuldade de comer; mas ele está passando muito bem, felizmente, e apesar de chateado com tudo isso, não perde o bom humor. Tania, queridinha, acho que não se estão perdendo cartas; acho que você deixou um tempo de me escrever e eu mesma também. Vou responder mais ou menos às suas perguntas: estou trabalhando mais ou menos, vendo se me livro do romance que faz anos comecei e que nunca se adianta, por falta de estímulo. Parece mentira, mas preciso muito de estímulo, de certa espécie de estímulo que me tire de vez em quando a ideia de inferioridade e de impotência. Mas agora recomecei e quero ver se não esmoreço porque às vezes já não aguento mais meu livro... Me dou bem com a primeira secretária, ela é simpática e tudo e me faz confidências às vezes. Pena é que eu seja tão desconfiada que nunca abro a boca para falar de mim; mas sempre um dia as coisas provam que é melhor eu não falar mesmo. Quanto ao clima, está hoje chovendo, mas tem feito quentinho e bom. O médico não achou nada em mim. Diz que a moleza que tenho às vezes é quase constitucional; disse que quando eu estava crescendo certamente as glândulas estiveram deficientes; achou minha pressão um pouco baixa e me deu umas gotas, e também Fitina. Disse que eu devia ter surmenage. Mas com as gotas e Fitina estou bem melhor e muito disposta. Rosa continua firme, às vezes adorável, às vezes chata. Foi ao circo e desmaiou de emoção na hora do trapézio. Eu também fui ao circo, mas não desmaiei. Aliás não me adianta quase ir ao circo... vejo as coisas mais maravilhosas e... não acredito, simplesmente não acredito, e nem me espanto. No dia seguinte ao circo se me perguntarem se é possível alguém "ficar de pé" sobre um dedo da mão, eu direi imediatamente que é impossível, apesar de ter visto. Acho em mim mais facilidade para acreditar em almas do outro mundo... Acredito mais no sobrenatural do que na realidade extraordinária... — Quanto a viajarmos por aqui por perto, não sei de nada ao certo. Maury e Mozart estavam combinando passarmos férias juntos, em setembro, em Cannes. Mas, e aí entro eu com todas as minhas complicações que você detesta: me custa muito ir tomar banho de mar com mil companhias, você sabe. E em vez de ser um prazer, essa viagem já está me torturando e eu me surpreendo imaginando mil humilhações... Quanto a voltar em 1948, nem gosto de ficar pensando. Em agosto de 1948 completaremos 4 anos de exterior, e já poderíamos voltar. Me pergunto se Maury quer. Às vezes ele fala em voltar, às vezes diz que seria tão bom ir para outro posto em tal e em tal lugar. Não respondo nada, mas nesses momentos meu coração para de desolação. Em agosto de 1948 completarei intimamente quatro anos de espera, de solidão e de sonhos. Eu sonho acordada, pareço uma mocinha de 15 anos. Em 1948 espero ter terminado meu livro horrivelzinho, porque senão terei vergonha de, em quatro anos, ter sucumbido às circunstâncias, o que na verdade quer dizer, ter sucumbido ao meu caráter fraco. Mas tudo vai bem e eu farei tudo para voltarmos ao Brasil quando terminar o prazo.

A cópia que Marcinha fez da "obra-prima" é uma delícia, querida. Morri de rir quando vi os seios penduradinhos no pescoço, com tanta gentileza; é um nu delicioso. D. Noemia, a quem mostrei, riu muito e disse que essa moça nunca poderia usar o mínimo decote sem mostrar logo o busto todo. D. Noemia tem sido muito gentil; ela e o ministro vieram visitar Maury diariamente no hospital. Amanhã vou de noite assistir o Ballet Jooss, embora Maury não possa ir; mas não quero perder, dizem que é tão bom. — Eu disse a Rosa: minha irmã pergunta como vai você. Ela respondeu: vou bem, só que tenho tido enjoos de manhã. (Tudo isso eu já sabia diariamente, mas foi como uma resposta para você...)

Amanhã ou depois mando para você dar a publicar um continho, dessa vez conto mesmo para aqueles chatinhos não errarem. A história de botar "Suíça" já está ficando cacete...

Querida, peço seu retrato com o casaco de peles, sim? E você tem feito passeios de carro? Quem guia? É William? Ele guia bem? Marcia ainda enjoa de automóvel?

Escrevo amanhã ou depois para Elisa, porque suponho que ela ainda não voltou de Cambuquira, mas já está em vésperas de voltar, e não daria tempo de você lhe mandar carta para lá. E amanhã ou depois terei talvez mais novidades para contar.

Receba um abraço grande, minha florzinha querida, e me abrace também. Tenha muita saúde e muita felicidade, minha filhinha pequena.

Sua sempre
Clarice Clarimunda

Berna,
21 junho 1947, sábado[28]

Minha florzinha querida,

Recebi ontem sua carta de 15 de junho. Fico contente em ver, meu amorzinho, que você toma cuidado para não se cansar, é tão importante isso, queridinha. Então Marcinha não estuda tão bem? O que é que Artur Ramos disse da atenção dela? E quanto ao pouco de anemia? — Minha querida, se deixei de escrever com tanta frequência como antes é que as coisas parecem tão iguais que, a menos que eu continue a encher as cartas de meu amor por você, o que deve terminar cansando você, nada há propriamente a contar. A menos que eu ponha você, quase inutilmente, a par de todas as minhas variações, de todas as minhas dificuldades etc. Eu mesma tenho vencido, como posso, minhas dificuldades e minhas hesitações, e descoberto traços em mim, antes nem sonhados. Por exemplo, fico surpreendida em notar que tenho o que se chama "caráter fraco" (não no pior sentido do termo, felizmente...) E, como lhe disse numa carta passada, eu sonho acordada, mesmo como uma mocinha de 15 anos. É o que se chama de sonho estéril. Imagino conversas, imagino situações e cenas — pareço nunca ter tido nenhuma experiência... Estou trabalhando esses últimos dias mais ou menos bem. Segunda-feira vamos a Morat. Estou bem contente e comprei um maillot muito bonito; vocês receberão eu dentro dele numa fotografia, onde deverá aparecer o lago, o chalet e tudo o que eu puder botar dentro... Não pense que a correspondência se alterará nesses 15 dias. Maury virá diariamente de carro para o trabalho e me trará no mesmo dia as possíveis cartas. Em Morat vou tentar tirar um retrato como você quer, olhando para "os olhos da máquina", e rindo para vocês. Você me pergunta se no verão daqui se pode dispensar todo agasalho. Às vezes, sim, durante o dia. Mas qualquer coisa esfria um pouco o tempo. E de noite torna-se bem mais agradável ter alguma lã no corpo.

Berna, 30 junho 1947

Elisinha, minha querida,

Se você soubesse como fiquei emocionada ao abrir sua carta, encontrando seu retrato, querido! Fiquei com os olhos molhados de alegria. Você está tão querida com seu meio sorriso, com os olhos de uva, e o cabelo tão bonito, de uma cor claro-escuro. E fiquei muito honrada com o fato de você ter tirado o retrato com o colarzinho que lhe mandei. Mostrei imediatamente a Rosa (Maury ainda estava dormindo) e ela ficou encantada, disse que certamente um dia desses eu receberia a notícia de que você ia casar, porque uma moça bonita assim, mesmo que não queira, casa... Ela é uma metidinha; mas eu gostei de ver como ela gostou de você, porque o retratinho de carteira que tenho seu e que está exposto na sala é pequeno demais para se ver bem. Recebi a carta sábado de manhã e fui imediatamente à cata de uma moldura, mas não achei logo, e hoje segunda-feira, vou achar; e hoje mesmo você vai com seu sorrizinho emoldurado para cima da chaminé, que é o lugar de honra daqui de casa. Muito obrigada, meu benzinho, por pensar em mim e me mandar esse presente, que é dos maiores. Mas me deu uma saudade tão grande! Em vez de retrato, por que você não vem me ver? Queridinha, Maury esteve me perguntando se você não arranjaria um jeito de vir trabalhar no Bureau International de Trabalho, que tem sede em Genebra! Ah, se pudesse ser! Você viria para cá, digamos por um ano, e talvez voltássemos juntas, hein? Será possível? Você não quer se informar? Sinceramente o que me faz mal nessa ideia é que detestaria separar você de Tania, é isso apenas que me faz pensar. Mas, querida, quem sabe se é possível? Veja, informe-se, me escreva. E se a coisa depender daqui também, o que não creio muito, farei tudo, Maury fará tudo o que for possível. Pense nisso, sim, querida? E me escreva depressa. Se você viesse a Genebra, você estaria sempre aqui, e eu... eu, meu Deus, estaria sempre lá... Pense nisso, informe-se, escreva.

Aqui tudo mais ou menos igual. Íamos para o lago de Morat, e infelizmente não vamos mais: não tínhamos visto o chalet e imaginávamos que era bonzinho como por fora; mas o homem não tinha dito que não tinha eletricidade nem água corrente, era preciso ir buscar a água um pouco longe; quando soubemos desistimos, e apesar de procurarmos outro, nada encontramos, porque já está tudo alugado. Landulfo e Açucena vão em setembro a Portugal, passando pela Espanha. Nosso programa é ir também, mas nada está certo ainda.

Querida, pergunte sobre o *Bureau International de Trabalho* a Miranda Neto, que deve estar bem a par do assunto, ele talvez lhe dê ideias de como conseguir etc. Se você conseguir, nós duas iremos passar uns quinze dias na montanha, no clima melhor do mundo.

Marcinha me escreveu uma carta que é um amor, com uma letrinha toda delicada, onde ela pergunta: Mais o Maury está passando melhor? e onde diz: eu vi o elefante, eu vi palhaço, eu vi os anão, eu vi os macaquinho, eu vi o leão, eu vi o homem maior do mundo mas ele não tem perna de pau? Tive vontade de dar um abraço grande nessa escritorinha miúda que, segundo você diz, precisa com urgência da Galinha Ruiva.

Esses últimos dias têm sido verdadeiramente quentes. Dizem os jornais que há 120 anos apenas não faz calor nessa época. São os dias mais quentes que já passei aqui. — Elisa, você fala no casamento de Berta, sem que eu saiba de nada, senão que ela estava namorando. Querida, você me fala sobre Simone Beauvoir,[29] e eu fiquei vermelha de vergonha de não lhe ter mandado o livro: vou mandá-lo sem falta. É uma vergonha como pensei que tinha mandado e tirei isso da cabeça. Minha querida, escreva com mais frequência, esta sua carta apesar de pequena me deu tanto prazer! E o retrato então! Maury está lhe mandando um grande abraço e eu mando um beijo para você e muitas felicidades, meu benzinho Leinha. Mê dê um abraço também, e *God bless you.*[30]

Sua Clarice, vovó de sempre.

Berna,
7 agosto 1947

Tania, minha filhinha,

Escrevi um dia desses a você e estou arrependida de minha carta. Eu dizia entre outras bobagens, a coisa sobre Artur Ramos; e depois, pensando melhor, achei que você não devia se meter com coisas parecidas que são sempre perigosas. Peço a você apenas para não se cansar nem se afobar, nem correr demais, oh, não se canse, minha querida. E desculpe a carta intrometida que escrevi, resultado apenas de meu amor por você e de minha saudade.

Aqui está tudo chato como sempre, e às vezes fico bem nervosa. Essa noite mesmo acordei às 3 horas me revoltando contra a presença permanente de Rosa, que é minha única companhia — às vezes passo dias e dias sem ver outra pessoa senão Maury e Rosa, e mais ninguém. Rosa dominando cada vez mais o ambiente, boazinha, ruinzinha, falando, enchendo a atmosfera de seu espírito, explicando, augurando, dando a nota mais constante e mais forte de minha vida. E quando vejo outra pessoa, que pessoas! Antes não visse. — Anteontem houve uma recepção dada por Eva Perón,[31] que nas ruas de Berna recebeu um tomate de um cidadão — o tomate lançado com violência não chegou porém a atingi-la. Em Lucerna jogaram uma pedra. Ela é muito bonita mesmo, e deve andar ligeiramente desgostosa em ver que nem todo mundo gosta dela... — Parece que vamos mesmo à Espanha, em setembro. — Cada vez estou mais cansada de escrever cartas, já queria estar pessoalmente (como se não quisesse antes...), mas agora já carta não adianta; embora receber seja tão infinitamente bom. Ultimamente só consigo escrever o que se chamaria de boa carta a pessoas mais estranhas, porque com elas eu nunca falaria mesmo de minhas coisas. Espero ardentemente que nosso estágio termine e que eu possa de novo ver vocês.

Meu amorzinho, Deus te abençoe, te dê saúde e felicidade e tranquilidade e alegria e calma e boa disposição e muita felicidade. Escreva logo, sim, querida?

Receba um abraço enorme de sua irmã

Clarice

Berna,
13 agosto 1947

Minha florzinha adorada, minha filha pequena,

Recebi ontem de tarde sua carta de 8 de agosto. Não há dúvida que temos raízes comuns, além de naturezas parecidas. Tudo o que você disse, como resultado de autoanálise, é muito adatavel [sic] a mim. Tudo isso que você disse, minha querida, vem também de encontro à minha hipótese, quanto ao motivo por que você se cansa também. Ouça, queridinha, você talvez esteja procurando compensar o fato de termos a impressão de que não fizemos tudo o que podíamos em relação à mamãe. O que eu disse é que você de algum modo estava querendo se sacrificar — e é a mesma coisa que acontece, em outro terreno, com Elisa. Note bem, querida, você quer agora cumprir mil deveres e dedicar-se terrivelmente à casa e à Marcinha, para compensar, não só a ideia de que anteriormente não cumpriu deveres, como para compensar o fato de que nós, em pequenas, não recebemos, por circunstâncias, todos os cuidados de que precisávamos. Assim como uma pessoa que nunca teve brinquedos em criança, quer dar ao filho todos os brinquedos do mundo, mais do que o filho precisa e quer — você quer talvez dar a Marcinha uma compensação do que você não teve. Querida, é naturalmente preciso e louvável que se queira corrigir nos filhos as próprias incorreções; mas é preciso *não ultrapassar*, porque se cairia em erro oposto. Cada criança é outra criança, e Marcinha não tem a menor ideia do que foi outra infância; quem sabe se Marcinha mais tarde, em relação aos próprios filhinhos dela, queira também corrigir e dizer: vou deixar meus filhos se desenvolverem mais independentes. O que eu quero dizer, minha querida pequena, é que você pense com lealdade na situação, e que veja com absoluta sinceridade se Marcia precisa mesmo de que você almoce com ela, por exemplo. Tenho certeza de que ela está muito bem alimentada e gordinha. E tenho certeza de uma coisa, que prova bem a minha hipótese: é que, do momento em que você não trabalhar mais, você largará um pouco Marcinha, e deixará ela seguir mais naturalmente. Exatamente porque, para você, o trabalho veio substituir aqueles divertimentos de escola que nós procurávamos em pequena, e dos quais tínhamos um pouco de remorsos. Você tem sensação de culpa por trabalhar — e por não se dedicar inteiramente à Marcia. Quando você não trabalhar, você de algum modo vai ter a sensação de que é igual às outras mães — e vai fazer menos do que você faz agora em casa. O que vai ser bom para Marcia. E para você, querida. Conheço uma moça inteligente que tem uma filhinha e que se separou do marido porque não podia viver com ele; no fundo ela acredita que, fazendo um esforço bem grande, ela poderia ter continuado a viver com o marido, por causa da filhinha; como ela não fez e não pode fazer este esforço, ela se sente culpada em relação à filha; que é que ela fez então para compensar seu sentimento de culpa e seu sentimento de que foi egoísta? Ela tem um cuidado tão grande com a filha que chega a ser anormal; ela diz que não deixa a filha nem com a avó, que não tem confiança nem na própria mãe; e a filha ganha mil presentes e mil cuidados extras que devem fazer um bom mal a ela. E que fazem, é claro, mal à mãe; não só porque ela, embora confusamente, sabe que esse é um caminho de falsas compensações, e porque sente que tudo está errado e que sua filha está tendo uma infância provocada por circunstâncias externas, como faz mal a ela porque, segundo coisas que ela disse, eu vi que ela não se permite nem tomar um chá com uma amiga. Conheci essa moça brasileira em Genebra, para onde ela veio aceitando um emprego temporário com brasileiros; o pretexto que ela arranjou para se permitir viajar um pouco, foi o de que precisava mais dinheiro para a filha; e como ela sabe que essa não é a exata verdade, ela tem uma saudade que já não é saudade, é remorso. A filhinha dela se chama Tâmara, e eu fiquei com pena de Tâmara estar sendo o inocente centro de tanta intriga moral. Se eu tivesse tido um pouco mais de oportunidade, teria falado com essa moça e dito a ela como o caso dela é claro para os que ouvem ela falar. Tenho certeza de que ela gostaria de ouvir, porque ela sente a falsidade da situação. Outra coisa que ela diz, é que em Genebra saía para dançar — exclusivamente para não pensar na filha. Ora, ela é moça, bonitinha, viva, e é claro que deve gostar de ver homens ao seu redor, e de dançar, e de estar numa atmosfera de amor ou propícia ao amor. Mas, para fazer o que seria inteiramente natural, ela arranja mil artifícios de imaginações que só fazem ela sofrer.

Minha florzinha, pense bem. Você tem aqui uma pessoa que deseja, acima de tudo no mundo, a sua felicidade. Minha filhinha, você disse bem: ninguém depende de nós. Deixe eu lhe dizer uma coisa, minha querida única: eu queria que você não tivesse excesso de contemplações com as pessoas. Eu queria mesmo que — se você amar, ame de verdade. Não somos nós que somos cruéis, a vida é que é, e nós somos os elementos vitais dessa vida, e não se chama crueldade viver a vida. Eu queria que você não pusesse nem em William nem em Marcia a pessoa que encarna o deus a quem se sacrifica. E quem sabe se um verdadeiro amor não "resolveria coisas passadas, secretas e delicadas sem excessiva sensibilidade". A cabeça só não resolve.

Sei que as coisas são complicadas. Mas são ao mesmo tempo simples. Elas se complicam à medida em que se tem medo da simplicidade — porque essa simplicidade seja o fato em si, a verdade. Encare um pouco a verdade, que é muito bonita, e sinta-se livre, querida.

Em relação a mim, por exemplo. Um dos motivos, dos mil motivos felizmente, pelos quais você é a pessoa preciosa de minha vida — é que você é, em relação a mim, a Pessoa que Perdoa. Junto de você, eu me sinto mais livre, e, de um modo largo e geral, perdoada. É sua própria pessoa que me perdoa, e não os seus atos. Minha filhinha, sinta-se bem, você tem muitos direitos, os direitos de uma pessoa; os direitos de pegar para você o que lhe fizer bem, o direito de cumprir as necessidades de sua vida; as necessidades de uma vida são as coisas mais bonitas de uma vida. As necessidades de uma vida não têm nada a ver com os deveres de uma vida. As necessidades são verdadeiras inspirações.

Isto não é sequer uma carta, é um pedido de meditação sincera. Da qual espero uma resposta, minha flor querida, meu cavalinho dos campos.

Tua, sempre, Clarice

Berna,
22 outubro 1947

Minha queridinha,

A máquina está se consertando, tenho que escrever cuidadosamente à mão, o que detesto. Querida, florzinha, você está bem então? Com saúde? Está fazendo algum tratamento?

E Elisa com o concurso? — Fiquei contente em saber que Marcinha quer estudar até atingir o minueto... E falando em música, temos uma vitrola! O tio de Maury, quando passou por aqui, nos ofereceu, como presente de casamento um bonito relógio. Mas achamos que preferíamos uma vitrola — e compramos. Pode ser que isso não seja bonito, mas é bom.

Tem havido almoços etc. Hoje mesmo vai haver na Legação uma espécie de recepção, onde Felícia Blumental vai tocar compositores brasileiros. Maury vai bem. Engordou bastante nesses últimos tempos, trabalha bastante, está de um modo geral satisfeito. Gostou muito da viagem à Espanha, e nem se cansou de guiar tanto. Ele está e é muito bom. — Rosa continua um anjo. Hoje ela disse que não queria "estar na pele" de uma certa vizinha nossa, que é muito sem-vergonha. Perguntei se ela gostaria de estar na pele de outra pessoa qualquer. Para meu encabulamento ela disse que gostaria de estar na minha. Nem perguntei por quê, pois fiquei inesperadamente envergonhada.

Ela, que me vê desde manhã até de noite, e assiste meus maus humores e minhas tristezas, mesmo assim aceitaria ser eu... Acho, pois, que não me resta senão querer ser eu mesma — o que já está ficando bastante chato, diga-se de passagem...

Estou com o livro, por assim dizer, terminado. Deus sabe que ele não vale nada, querida. Creio que nuns dois meses posso dá-lo por encerrado. Acontece que vou encerrá-lo porque já tenho nojo dele. Foi o trabalho que mais me fez sofrer. Já são três anos que viro e mexo, abandono e retorno. E faz apenas uns 3 meses que sei afinal o que eu estava querendo dizer nele... Esse livro foi mil vezes copiado, destruído, renascido, sei lá. Um dia desses, pegando numa das cópias mais recentes (bem diferente da de agora) — me deu náusea física à medida que me lembrava de como sofri por cada pedaço daquele e de como depois eu via que não prestava. Tive que não pensar nele durante dias — porque persistia em mim esse curioso nojo da dor. Enfim, querida, o livro não presta. Não evoluí nada, não atingi nada. Continuo com os pés no ar, continuo vaga e sonhadora, deslocando de algum modo o sentido da vida. Que Deus me perdoe. Três anos — para chegar a isso. Virei e revirei tanto o livro que já não entendo o seu sentido. Dá vontade de gritar de tanta impotência. Em todo esse período de 3 anos, desempenhou grande papel minha desadaptação. Parece, queridinha, que estou agora me habituando; tenho estado mais alegre e mais conformada, e mais capaz de me dominar e de abafar sonhos inúteis. Mas posso dizer que desse período me ficou mesmo uma repugnância de sofrimento, como se tem repugnância de ferida que não cura. Não sei o que fazer com o livro, Tania. E estou lhe pedindo conselho. Não adianta me dizer que devo deixá-lo de lado e revê-lo mais tarde: ele está podre nas minhas mãos, e cada vez mais me afastarei dele. Embora esteja tão ligada a ele, que sou incapaz de começar outra coisa. Naturalmente você há de perguntar o que diz Maury. Maury uma vez começou a ler e não gostou (ele, à primeira leitura, também não gostou do 1º nem do 2º livro, no que teve razão). Deste aqui não só ele não gostou, como se desinteressou de tal modo que só leu umas 15 páginas, e esqueceu de ler o resto. Nem aliás me pediu mais. Compreendo muito bem. Naturalmente a semana que se seguiu a esse incidente sem importância foi muito ruim para mim; guardei o livro "para sempre". Mas, com uma constância que até parece leseira, voltei de novo a trabalhar nele; parece que sou incorrigível. Maury teve razão: o livro não presta. Mas o que é que eu devo fazer? Não sei. Mandá-lo, depois de definitivamente copiado, para você e Lucio lerem? Diga, por favor, querida. (Se não digo também: para Elisa ler, é que ela tem tanto escrúpulo num caso desses, que não vale a pena provocar nela um problema.) Me escreva, querida, diga o que você pensa.

Enquanto isso, aquele rapaz, que está em Genève, está completamente neurastênico. Parece mesmo que acorda de noite para chorar... Não diga a ninguém, naturalmente. Parece que ele vai mesmo para uma casa de saúde. Em parte, deve ser porque ele esteve doente, e isso o deprimiu. Mas acho que em grande parte, isso vem do desenraizamento dessa vida no estrangeiro. Nem todos são bastante fortes para suportar não ter ambiente propriamente, nem amigos. Cada vez mais, admiro papai e outros que, como ele, souberam ter "vida nova"; é preciso ter muita coragem para ter vida nova. Nessa carreira se está completamente fora da realidade, não se entra em nenhum meio propriamente — e o meio diplomático é composto de sombras e sombras. É considerado mesmo de mau gosto ter um gosto pessoal ou falar de si ou mesmo falar de outros. Ninguém se dá propriamente com um diplomata; com um diplomata, se almoça. Isso tudo — e mais o conforto, as facilidades e a instabilidade — faz com que eles se considerem à parte e acima dos outros. Assim um deles disse, falando de uma moça: "ela não casou bem: casou com um simples médico...". E mesmo ele uma vez se queixou ao tio de Maury de que trabalhava demais e estava se esgotando. O tio de Maury, que é homem misturado com a vida, perguntou quantas horas ele trabalhava. Resposta: umas 4 por dia, e muitas vezes menos... O homem caiu na gargalhada! Porque ele mesmo trabalha mais de 8 horas por dia, e tem responsabilidade direta, tem assinaturas, despachos de navios, e também dinheiro a perder. E não tem tempo de ter a horrível depressão moral de M.

Acho que falei demais, querida. Espero que você tenha tido paciência de ler até o fim...

Peça a Marcinha para me escrever uma carta. Ela está me "devendo" resposta... Diga sobre o concurso de Elisa. Como vai William? Mande notícias dele, sim? Sobre saúde, trabalho.

Minha irmã querida, Deus te abençoe e te dê muita saúde e alegria.

Clarice

Berna,
15 de novembro

Abri a bolsa e encontrei essa carta e outra para Elisa — esquecidas de botar no correio. Desculpe.

Tenho pensado no que posso fazer pelo livro. Acontece que se fosse para mudar alguma coisa, eu teria que fazê-lo eu mesma — porque as mudanças seriam complicadas e a paginação da cópia que tenho é inteiramente diferente da que você tem. Que devo fazer? Nem sei. A história de subúrbio é a que me parece + importante.[32] Mas também a mais difícil de transformar, e sobretudo sem ter o original comigo. Resolvi então o seguinte. Que se deixe o livro assim pelo momento. Que Lucio leia. Que se arranje editor (ainda não sei como). E que as provas do livro me sejam mandadas, quando estiverem prontas. Corrigirei tudo nas provas, acrescentarei, cortarei. A ideia é, além do mais, boa porque não consigo ver pequenos defeitos nas cópias datilografadas, tão habituada estou com elas. Notei que, no livro impresso, havia coisas que tinham passado desapercebidas na cópia datilográfica. Acho que esta é a melhor solução. Portanto, nada faço agora. Quando as provas estiverem prontas, você as mandará por avião, registradas — e pouco tempo depois as receberá de volta com todas as correções possíveis. Está bem? Um beijo pra você, querida!

Clarice

Berna, dezembro 1947

Minhas queridinhas,

Tem tanta coisa o que escrever: o telefonema, os presentes... Não sei como foi o telefonema para vocês, mas para mim foi tão pouco. Para mim cada vez mais é pouco escrever carta ou telefonar. Achei o telefonema curto, achei que não ouvi durante horas a voz de vocês, achei que não cheguei a dizer nada. Estou mesmo cansada dessa tentativa de contato a distância que são cartas ou telefonemas. Ainda mais que o telefonema estava sendo adiado desde o dia 10 e isso me tornou impaciente e tudo. Enfim. Isso tudo não impedirá que no ano que vem eu telefone de novo.

E quantos aos presentes... Meu Deus, como vocês me mimam! Que coisas bonitas. Quando eu soube que era você mesma, Leinha, quem tinha feito o vestido fiquei tão emocionada. Ele é lindo! E no modelo que mais gosto, gênero túnica. E a pedra? Mas Elisa como você foi fazer uma coisa dessas? Ela é uma beleza. E vai ficar linda quando montada. O cônsul Narbal em Natal ainda tinha me dado uma, da qual fiz um anel. A sua é ligeiramente maior e da mesma cor, embora a sua tenha um tom mais quente: vou mandar montá-la em broche ou *pendantif* e vai fazer jogo com a outra. Fazer jogo é modo de dizer: vai fazer jogo aparentemente; porque como recebi de modo diferente duas pedras quase iguais! Quando é que você esteve em Minas? Nem sei disso. E os seus presentes, Tania queridinha... O robe é uma beleza e me fica como um manequim e é quente e macio. Rosa disse que me alegra o rosto. E eu mesma estou certa de que você pensou em me dar mesmo uma coisa que me alegrasse o rosto... Eu estava precisando comprar um robe de inverno mas você sabe, enquanto as coisas não se rasgam na minha mão eu esqueço de botar fora... E o seu robe me obriga a comprar chinelos mais decentes para não estragar a aparência dele... Suponho que devo agradecer a Marcinha ela ter escolhido sapatos tão graciosos de bailarina... E ter adivinhado que eu fiz na Espanha um tailleur verde, da cor dos sapatos... Quero apenas saber com que espécie de roupa e em que ocasiões é que usam esse tipo de sapato no Rio. E Leinha pensou em tudo, até no batom... Maury agradece muito os presentes, a carteira de couro que é muito bonita e sobretudo prática, e o livro que em Gênova mesmo ele começou a ler na cama...

Minhas queridas, sinto tanta falta de vocês. Com os outros eu sou ruim e os outros me chateiam. Só vocês é que são tudo para mim e me compensam de tudo. Um dia desses uma moça falando comigo disse que era bom ter filhos porque a gente experimentava um sentimento que não se dá a ninguém mais: a gente prefere que tudo de ruim caia sobre a gente em vez de sobre o filho. E ela insistia dizendo que era uma coisa que só acontecia a ela com a filha. Eu não disse nada. Mas pensei: comigo não foi com filho que aconteceu isso, foi com vocês. E me senti tão rica. E ao mesmo tempo tão pobre por não poder fazer nada. Passamos alguns dias em Gênova, voltamos ontem de noite. D. Zuza chegou bem, alegre, distraída. E eu sem poder conter um sentimento feio mas constante: por que em vez dela vir não vieram Elisa ou Tania. Quando penso que poderemos alguma vez ter um posto em Buenos Aires ou Montevidéu fico alegríssima. Lá vocês poderiam vir e Marcinha também... Maury também gostaria enormemente de ter um posto lá.

Você, Tania, deve estar em férias agora. Onde é? E você, Leinha, quando tira? Está muito calor no Rio? Agora mesmo está nevando aqui. Uns flocos sem peso que ficam flutuando um pouco no ar antes de cair. Mas tudo está branco pela neve da noite anterior. As ruas estão cheias de gente comprando para o Natal. E com a neve o silêncio da Suíça parece ficar ainda mais absoluto. Aqui no meu quarto não ouço um som.

Agora quero lhes pedir uma coisa. O mais provável mesmo é que eu esteja enganada. Mas tenho a impressão de que vocês estão me escondendo alguma coisa. Não posso tolerar isso.

Peço a vocês encarecidamente que me contem o que é que há.

Com certeza essa impressão veio de entrelinhas das cartas de vocês. Não sei. E ainda mais se acentuou depois que eu falei pelo telefone com vocês. Estou falando sério. Peço encarecidamente me dizerem como estão e o que há. Por favor.

Um homem vidente disse que íamos para o Brasil no ano que vem... Quando penso que pode ser verdade, meu coração até bate. Que Deus o ouça. Já queria estar com vocês e levar uma vida perto de vocês. É isso que me atrai no Brasil, na volta do Brasil. Porque se antes eu também queria enormemente estar no Brasil de um modo geral, agora fiquei indiferente quanto ao lugar onde viver — foi esse o resultado do isolamento na Suíça. Aprendi a não querer ninguém. Não era exatamente isso o que eu estava precisando para o meu caráter, bem ao contrário. Mas no começo eu sofria muito por não ter com quem falar. E agora, mesmo tendo com quem falar e conhecendo mais gente — não sinto falta e até as pessoas interessantes me chateiam. Para mim me basta ir ao cinema. E Rosa como conversa...

Queridas, me escrevam logo dando notícias. Por favor. Recebam meu amor e a minha saudade.

Sempre a de vocês,
Clarice

Vou tirar retratos melhores para mandar. Por enquanto mando estes antigos, um pequeno demais e sério demais, e outro mentiroso demais. Um é numa cidadezinha da Suíça e outro em Cannes.

Berna,
14 janeiro 1948

Minhas queridinhas,

Parece que estou esperando criança. Comecei a enjoar no dia 31 e desde então não parava mais, apesar de ser bem suportável. Mandei então fazer exame de reação em cobaia, e ontem veio o resultado, positivo. Então fui ao médico, ele examinou e disse que lhe parecia também ser positivo. Me mandou voltar daqui a um mês e enquanto isso tomar diariamente uma pílula para manter e fortificar o "estado". Disse que devo tomar cuidado nesse mês, não levantar coisas pesadas, não fazer exercícios violentos. Me esqueci de perguntar a ele há quanto tempo eu já estava. Essa noite já não dormi direito, pensando... Me deu grande crise de saudade.

Quanto a Maury está muito contente, como se imagina. Mas também me parece um pouco pensativo... acho que a pessoa fica um pouco boba. Eu mesma estou bem-disposta e o que me diziam era que, para um pessoa enjoada, eu tinha ótima aparência. Naturalmente não se sabia de nada então.

Tenho vontade de perguntar como Marcinha perguntava quando era bem pequena: vocês estão contentes? Logo que me telefonaram dizendo que o resultado era positivo, pensei em vocês, como primeiras pessoas. Mas queria antes ouvir o médico também. Meu médico é considerado um dos melhores daqui no gênero e ele mesmo tem uma maternidade. Foram só uns quinze dias de enjoo mesmo, e agora passou: é só ter a boca cheia de água, e um ou outro enjoinho, perfeitamente suportável, e sem ânsias. Que é que vocês acham desta carta? Sempre me imaginei escrevendo para vocês que: dentro de um mês estaremos no Brasil. Em vez disso estou anunciando outra coisa... Mas também serve, suponho... Embora não substitua, muito pelo contrário. Escreverei sempre, dando notícias e dizendo que estou bem.

Uma coisa que eu queria falar há muito tempo era isso, para William: se ele, sabendo de um apartamento, poderia nos escrever, nos indicar. Aqui nos dizem que para entrada de apartamento de mesmo 400 contos não se precisa sequer de 100 contos, que bastam mesmo 80. Nós estamos perdendo tempo, então. William podia ver isso mais ou menos? Ele conhece muita gente e com certeza um ou outro fala nisso. Gostaria do apartamento em Flamengo ou Laranjeiras, um bom local. Copacabana dispersa demais as pessoas, e Sara Escorel vivia dizendo que não tinha um instante de sossego, que o marido nem ler lia mais, tanto a rua chamava essas pessoas e os bares.

Queridas, não sei o que escrever mais nesta carta... Senão que vos amo. Tania bichinha e William sejam muito felizes e parabéns pelo dia 18. Me escrevam logo, e recebam meu melhor abraço. Sempre de vocês,

Clarice

Berna,
10 março 1948

Naninha querida,

Fiquei aborrecida com aquela história da casa e do advogado. E fiquei preocupada com a carta que lhe mandei sobre o joguinho de futebol que d. Zuza leva. Aliás Maury pensou sempre em mandar e por culpa minha não se fez isso antes. É que eu tinha receio de estar dando, em vez de coisa boa, uma causa de amolações. Espero que William só se entusiasme com a ideia se ela for realmente boa e realizável sem perdas. Espero muito isso. E, se ele achar logo que a ideia não é realizável, arranje você um jeito de dar o brinquedo a alguém, como presente de aniversário ou o que seja: para que não se fique brincando em sua casa e fazendo barulho e tirando o seu descanso. Imagino que despesa, e mais que despesa, que aborrecimento essa história da casa está lhe causando. Mas também espero que você não perca o sono por causa disso: nada merece tal desgaste. Eu talvez não seja a pessoa indicada para pedir aos outros que não se preocupem inutilmente: sou vulnerável às menores bobagens, às mínimas palavras ditas, a olhares até, e sobretudo, a imaginações. Mas, exatamente por ser assim procuro combater essa propensão doentia, é que posso pedir aos outros que não resvalem por esse caminho. Já nem estou falando da casa e do advogado e consequências monetárias: estou falando de você que é muito equilibrada e tem grande força vital (é desta força aliás que vem seu equilíbrio). Pois, querida, é preciso que você mantenha essa força em vigor, sem cansá-la. E não há nada que canse tanto, como se torturar com preocupações. Repito, já nem estou falando da casa.

Espero que você tenha recebido minha carta em que eu acusava o recebimento dos retratos adoráveis de Marcia — mostrei eles a minha "colega" argentina, e a cara dela ficou radiante de gosto.

— Fiquei contente em Marcinha perguntar quando volto. Diga a ela que talvez no começo do ano que vem estejamos lá. Diga a ela que esses anos todos pingaram gota a gota e que eu por assim dizer contei uma por uma — mas que ao mesmo tempo passaram incrivelmente depressa porque um só e único pensamento ligou-os: esse tempo todo foi como o desenvolvimento de uma só ideia: a volta. Diga a ela que não espere, por isso, me ver voltar aos pulos de alegria e aos risos: nunca se viu ninguém sair de prisão aos risos: a alegria é muito mais profunda, e também o tempo de contenção e a obrigação de paciência ensinam a calma.

Vou responder às suas perguntas:

1 — Devo ir na semana que vem ao médico e este me dirá com maior precisão em que mês estou. Ao que ele já disse, agora em março vou fazer quatro.

2 — Tenho ido mensalmente ao médico.

3 — Não tenho feito nenhum tratamento. Quanto àquele que você me recomendou, ainda não tive oportunidade de falar com o médico. Mas vou falar. O mais provável é que ele nem ligue: eles aqui não ligam essas coisas como no Brasil. Mas vou fazer o possível para convencê-lo.

4 — Ele não me deu nenhum regime alimentar. Acho que isso só virá mais tarde.

5 — Não tenho lido muito. Na verdade tenho a impressão de uma intoxicação de literatura e de leitura, o que não se explica porque nunca fui grande leitora. Nesses quatro anos de exterior não aumentei quase nada em matéria de cultura e conhecimentos. Não sei se foi o desenraizamento súbito que me desnorteou: a leitura me lembrava coisas de que eu não era capaz e me dava angústia, fazia bobagens por horas. Por mais ridículo que pareça, sinto necessidade de leituras chamadas "edificantes"..., essas que dão ânimo. As outras, mais verdadeiras, por isso mesmo talvez me deixavam ruim.

6 — Tania querida, muito obrigada por querer os originais do livro. Sei, querida, que minha amizade é uma carga, e não é por causa do livro que estou dizendo isso: porque o amor e a amizade às vezes são uma carga para quem os recebe. Assim é que possivelmente a alegria que você me deu em querer ler meu livro, seja um peso para você. Na verdade fiquei mais animada, recomecei a trabalhar. Espero em breve aprontá-lo e poder copiá-lo definitivamente.

7 — Por enquanto não tenho ideia de algum livro especial para você me mandar. Nem sei o que sai no Brasil.

8 — Externamente não se nota diferença na aparência: ninguém diria mesmo que estou "interessante".

9 — O frio acabou subitamente, e há primavera no ar, e Berna está linda.

10 — Maury está contente, sim. Às vezes, por causa dele, me lembro do Sully que "roubava" uns meses na espera de Paulinho. No terceiro mês, Maury dizia: bom, agora vai rápido porque já se está na metade do tempo.

11 — Rosa cuida bem de mim... Às vezes ela é uma grande chata e eu perco o sono brigando mentalmente com ela...

Tania, minha queridinha, você está bem? Como eu disse na outra carta, volto também ao sistema de perguntas:

1 — Como vai você de saúde?

2 — Susana voltou? Você tem alguma amiga?

3 — Você passou alguma tintura nos cabelos? Que cor? Espero que não tenha sido negro, que endurece muito os traços.

4 — Por uma fotografia recente de Marcinha tive a impressão de que os dentes estavam ligeiramente salientes. É verdade?

5 — Como vai Elisa? Há alguma novidade? Há alguma possibilidade de novidade? E de saúde? e o livro dela?

6 — Você tem estado com pessoas?

7 — Célia está boa?

8 — Você tem rido, querida, achado graça nas coisas, tido bom humor? Tem tido tempo moral de olhar um pouco ao redor, com um olhar tranquilo? Tem tido gosto em repousar vendo uma revista? Tem se dado presentes, tem feito favores a você mesma, tem tirado folgas? Por favor responda isso tudo.

9 — Você como resolveu a questão de óculos?

10 — Em que ano Marcinha está? Não esqueça de mandar a fotografia dela de bailarina. E se ela quiser escrever uma carta para mim, ficarei muito contente.

Berna,
19 abril 1948

Tania minha querida,

Escrevo-lhe no dia 19 mesmo, para lhe dizer, minha florzinha, que você seja feliz, por favor. Que todos os anos te tragam alegria, saúde, felicidade. Que Marcia te dê sempre alegrias. O que posso dizer é pouco, e o desejo de te ver bem é enorme. Só tomara que no próximo 19 de abril eu possa te abraçar e te falar pessoalmente. O presente seria meu, no caso. Que você consiga tudo o que você deseja, contanto que seja para o seu bem.

Aqui tudo igual. Eu lutando com o livro, que é horrível. Como tive coragem de publicar os outros dois? Não sei nem como me perdoar a inconveniência de escrever. Mas já me baseei toda em escrever e se cortar este desejo, não ficará nada. Enfim, é isso mesmo.

Estou bem de saúde. Elisa sugeriu o nome de Mariana, se for menina. É bonito mas não sei por que acho um pouco triste. Você não acha? Me escreva contando como passou o dia 19, se recebeu o telegrama que passei hoje de manhã. Me escreva, querida, por favor.

Sua
Clarice

Berna,
28 abril 1948

Minha querida,

Foi ótimo você me mandar uma carta maior, respondendo mais ou menos às minhas perguntas — eu quase tinha desistido... — Marcia está um amor com as novidades dela! Imagino que você se amola quando ela pede um irmãozinho. Todas as crianças pedem, querida, e as mães só fazem o que acham que devem fazer.

Estou bem de saúde, fui ontem ao médico. Ele já ouviu o coração da criança bater... E ela mesma tem me dado vários sinais... Dá pulinhos, ajeita-se bem, bate nas paredes. É uma criança muito boazinha e não tem me amolado. Já estou tratando de uma *nurse* para os primeiros meses, muito importantes porque neles a *nurse* vai educar o bebê e dar-lhe bons hábitos. Elas são todas diplomadas e eficientíssimas, comem na mesa conosco e fazem tricot para a criança... Aqui, mesmo pessoas que não podem muito, tomam uma por um tempo. Além do mais, com um clima diferente eu nunca saberia como vestir a criança e quando deixá-la ao ar livre. — Dos nomes de menina que você mandou gostei mais de Diana. Mas todo o mundo retruca que se dá esse nome a cachorros... Fiquei chateada. Acho o nome lindo. De algum modo tem o caráter do nome Marcia. Maury quer Beatriz, mas acho um nome triste, romântico demais, para moça que usa tranças e borda ao crepúsculo.

Aqui está fazendo um tempo bonito, com sol e vento. Maury tem uma vontade louca de ir a Paris mas não queremos gastar agora, e Paris sai bem caro. Ele já está bem chateado da Suíça e da vida dele na Suíça. Quem sabe, talvez neste ano sejamos transferidos para o Brasil. Não sabemos de nada.

Querida, você tem sido amiga de Susana? Quem tem sido sua amiga? Tania querida, pelo amor de Deus não se canse, não faça mil coisas de uma vez. (A criança agora se mexeu toda, talvez pedindo o mesmo à tia querida.) Me escreva, dê notícias, e prometa, filhinha, que levará uma vida mais tranquila, menos afobada.

Um abraço enorme, filhinha, de sua sempre

Clarice

Berna,
22 maio 1948

Tania, filhinha,

Também há muito não lhe escrevo, mas peço-lhe que nunca interprete a demora de cartas como sintoma de que não estou bem. Pelo contrário, vou ótima. Se não escrevo tanto, é que cada vez mais escrever cartas me parece pouco — se bem que carta sua me pareça sempre muito. Estou contente em saber que agora vocês têm inquilinos honestos — espero que seja para o melhor. Não se preocupe com o caso de nosso apartamento. Sua ideia de alugar um para nós, seria ótima se soubéssemos quando voltaremos. Na verdade não sabemos de nada — e nem sabemos se iremos ao Brasil ou a outro posto, pois o prazo máximo de estada no estrangeiro é de 6 anos, e nós vamos completar em agosto apenas 4. Se soubermos de qualquer coisa quanto à volta para o Brasil, avisarei logo — e nesse caso pode-se tratar de alugar um apartamento, o que é grande solução. — Achei graça na "barriga sonsa de Célia". Parece que o mundo inteiro resolveu ter filhos. Como vão as duas Bertas com os respectivos nenês? Se não me enganei, terei a criança em fins de agosto ou começo de setembro. Contanto que seja uma criança perfeita, tudo será bem. A gravidez tem sido muito simples, posso mesmo esquecê-la "fisicamente". A *nurse* ainda não apareceu, é difícil conseguir uma. E ainda não comecei a tratar do enxoval e de berço e banheira etc. Queria esperar o conselho da *nurse*, mas vejo que não poderei esperar. Não estou muito grande; só a partir do sexto mês é que se começou a ver (vou, por esses dias, entrar no sétimo). Mas estou com 67 quilos, quase 68... O que não é engraçado. Mas, se depois do bebê nascer, eu não voltar ao peso normal, farei ginástica.

Querida irmãzinha. Pequena filhinha. (Isso foi só parênteses.) Continuando: mentalmente, estou mais "vaquinha" com o estado. Não consigo aprofundar nada, não consigo me concentrar bastante. Representar mesmo um descanso. Vivo comendo coisas doces, bombons, e bebo litros d'água...

Ontem comprei 3 discos: O *pássaro de fogo*, de Stravinsky,[33] A *valsa* — de Ravel,[34] e a *Sonata patética*.[35] Diga a Elisa que a *Sonata patética* foi comprada para ela ouvir no Brasil. Não escrevo para ela porque tenho medo de perturbá-la nos seus estudos. Enquanto ela estiver fazendo o concurso, não deve se preocupar com outras coisas, nem em me escrever. Mas você me dê notícias dela, diga se ela está cuidando da saúde, alimentando-se. Quando sai o livro dela? Me escreva a respeito.

Tania querida, minha filhinha, você está de novo cansada. Como se explica que você não ordene sua vida, que não aprenda um sistema de se economizar um pouco? Marcinha ainda se resfria com frequência? E a alergia? — Obrigada pelo recorte, agradeça a Susana por mim. Como vai ela? Sempre simpática? Ela é sua amiga? Tania, querida, me mande seu retrato com as roupas modernas e o cabelo solto, sim? Eu queria tanto que se parecesse conosco. Não é que sejamos maravilhosas... Mas eu quero uma criança Lispector. Ou então parecida com Maury. Mas não com os outros. Tania querida, ainda não estou muito gorda, você ainda pode me abraçar. Me dê um abraço, querida, e seja feliz.

Sua <u>sempre</u> Clarice

Berna,
12 junho 1948

Tania, filhinha,

Minhas saudades têm estado agudas mas dentro de uma névoa — como uma sirene de noite no mar, como diria Jenny Pimentel de Borba ou eu mesma. Mas abrindo a caixa de correio e vendo sua letra — de repente meu coração começou a bater de alegria e eu ouvi a sirene de perto, desfeitas as névoas, sirene de manhã. Fui lendo na rua mesmo, e todo carinho que você me fazia eu bebia rápido-rápido, porque já há muito tempo você não regava esta planta suíça. Dei logo flores e passei um dia de sol. Tua filha é o que há de melhor na terra. Diga a ela que se eu tiver gêmeos, eles são dela. Mas não acho provável o acontecimento... Suponho que vi nascer muito simplesmente uma criatura apenas — mas que será dela, que ela pegará nos braços, beijará. É uma cena que imagino e reimagino, sempre com prazer. Querida, você está linda? Tem cuidado dos cabelos? E o retrato com cabelos curtos? E o vestido comprido? Eu cortei uma franja lisa, e fiz permanente no resto. Mudei tanto que certas pessoas não me reconheceram. Vale apenas como transformação momentânea.

Querida, vou ver se mando vitaminas para vocês: para Elisa, você e Marcia — irá tudo para sua casa. Em cada pílula estão contidas 9 vitaminas. Peço que vocês tomem, há de fazer bem.

Não se preocupe comigo, ando muito bem, com saúde. Não sinto nada, somente me canso quando faz calor. Imagino como é estar grávida no verão do Rio. Queridinha, Maury me deu a ideia de chamar a menina de Constança. Acho o nome muito bonito e delicado. Que é que você acha? Até já nos habituamos com ele. Não é um nome rebuscado, e ao mesmo tempo não é vulgar. Diga a Bertinha que já não me interessam os doces. Que agora me interesso especialmente por frutas. É época de morango, cereja e abricó. Quando como cerejas, aos montes, me lembro tanto de você, filhinha pequena. Me lembro que você dizia: eu queria um dia comer cerejas mas não uma por uma porque tem poucas: queria comer muitas de uma vez só. Fico com pena que você não faça isso. As cerejas estão carnudas e maduras, pretas ou vermelhas. E como aqui não há perigo de tifo, vivo comprando morangos. Um quilo de cerejas custa o equivalente a 10 cruzeiros. Estão caras as frutas no Rio? Querida, vocês se equilibram bem com a vida cara? Meu amorzinho, dê um beijo na Marcinha por mim, dê minha força a ela. E você, minha florzinha, minha margaridinha de primavera, cuide-se por favor. Seja feliz, minha filha e minha irmã.

Sua Clarice

Berna,
6 julho 1948

Minha queridinha pequena,

Você soubesse que emoção boa foi a de receber os presentes pro bebê! Posso te dizer que recebi coisas de outras pessoas e que classifico de "frias" as emoções ao recebê-los — comparando-as com as que experimentei quando recebi o joguinho de cama e a camisola. São umas delícias de delicadeza e bom gosto e intenção. Imaginei a criança usando aquilo tudo — e mais — vocês pegando nela. Muito obrigada, minha Naninha, pela delicadeza da escolha. Os bordados são finíssimos e com cara de bebê... — Se eu pudesse escolher a época de você ganhar na loteria, querida, eu pediria que isso acontecesse depois da criança nascer. Porque vir à Europa para entrar e sair em casa de saúde, e para só conhecer Berna, é pouco. Quero que você ganhe na loteria e venha para cá quando eu puder ir com você a Paris e mostrar coisas a minha irmãzinha. Te adoro, querida, Deus te abençoe e te dê alegrias. — Não cheguei a ver o sr. Koogan. Ele me telefonou de Montreux dizendo que pretendia vir até Berna e então me daria pessoalmente a encomenda de vocês. E que se não pudesse vir, me telefonava e me mandava ao mesmo tempo o embrulho pelo correio. Ora, ele não me telefonou, só me mandou. E como eu esperava que ele me telefonasse de novo, não tomei nota do hotel em que ele estava (minha memória está meio ruim e só anotando as coisas consigo me lembrar delas). Não sabendo do hotel dele não posso aproveitar a gentileza com que me ofereceu de levar coisas para vocês. Quem sabe se ele ainda me telefona.

Está pela Suíça um colega de Maury que vai para o Brasil. Estou vendo se ele leva meu livro. E, conforme a cara dele no momento de lhe pedir esse favor, pedirei que leve ao menos um chocolate para Filomeninha querida. — Não sei se você sabe que a Agir não quer ou não pode publicar meu livro — o fato é que a resposta foi negativa. De modo que estou sem editora. Estou com vontade de mandar por esse rapaz o livro para o Brasil. Você dê ao Lucio para ler. Ele talvez arranje editora para mim. Se não arranjar, não tem importância. O que eu quero é que este livro saia daqui. Melhorá-lo é impossível para mim. E, além disso, preciso com urgência me ver livre dele. Quando você der o livro ao Lucio, não fale nele arranjar editora. Eu mesma escreverei talvez uma carta dizendo. Nem tenho coragem de pedir a você que o leia, querida. Ele é tão cacete, sinceramente. E você talvez sofra em me dizer que não gosta e que tem pena de me ver literariamente perdida... Enfim, faça o que você quiser, o que lhe custar menos. Espero um dia poder sair deste círculo vicioso em que minha "alma" caiu. — A Agir já me pediu duas vezes a cópia do contrato de O *lustre*. Você a tem? Quer mandá-la à Editora? — Mozart, Eliane e a criança tiraram férias e passaram por aqui. Eliane e a menina seguiram logo para a montanha e Mozart ficou umas duas semanas conosco, ele parte amanhã.

— Eu estou bem de saúde, só sofro de um ardor danado no estômago...

Estou com 70 quilos... Mas não pareço gorda. Acho que esse peso todo vem em parte de mim, em parte da criança e em parte do "enxoval" que uma criança traz consigo: águas, placentas etc. O médico disse que estou muito bem, que a criança está se desenvolvendo muito bem e que tudo está completamente normal. Aí vai um retratinho que um inglês tirou de nós há poucos dias. Nele estou um pouco favorecida... Mas pelo menos vocês veem que estou bem. O retrato foi tirado num passeio a Interlaken. — Até não me incomodo por você não ter mandado o bolo... Porque eu acharia até sacrilégio comê-lo. Certamente acordaria de noite para comer os farelos. Minha queridinha pequena, minha florzinha do campo, Deus te abençoe. Cuide-se bem, minha irmãzinha, nunca deixe que o cansaço tome conta de você, nunca se deixe levar por nenhuma depressão. Seja alegre, seja feliz. Faça higiene mental e moral, não se deixe abater por chateações de empregada nem por chateações de trabalho. Sim, querida? Também não se preocupe comigo: estou muito bem, tudo se passará perfeitamente, com todo conforto, médico bom, clínica boa. De modo que não há mesmo por que se preocupar. Nem me ocorre medo de parto ou de dor. Fique descansada.

Me dê um abraço, querida, seja muito feliz. Dê um abraço para William, um beijo na Marcia. Diga a ela que o bebê manda um beijo.

Sua, sempre, Clarice

Berna,
16 julho 1948

Tania, minha querida, minha flor, minha boneca:

como estou amolada de nao ter escrito mais frequentemente! Não tinha ideia de ter demorado tanto. Mas espero que você já tenha recebido minha última carta, aquela em que eu acusava o recebimento dos maravilhosos presentes para o Baby. Minha irmã pequena, minha florzinha do campo, minha adoradinha, como é que você se cansa tanto? Oh, minha florzinha, peço a você de joelhos que não se preocupe com negócios de William e que não leve a sério coisas de empregada. Pelo amor de Deus, não se deixe levar por preocupações que são, na maior parte das vezes, inventadas pelos nervos e pelo cansaço. Fale francamente consigo mesma, querida, e veja que pelo menos metade das amolações devem vir da imaginação cansada! Querida única, minha filhinha e minha mãezinha, Deus te abençoe e te faça ver as coisas com justeza. Não quero que você esteja cansada, não quero carta escrita quase à meia-noite! Minha Tania, minha boneca única, como te adoro! Você é minha filha. Por favor, querida, corte as preocupações inúteis, raciocine com clareza e veja que as coisas amolarão do mesmo modo, quer você se preocupe ou não. Como é que eu posso convencer você?! Não queira fazer as coisas com perfeição, à custa de sua tranquilidade. Você sempre encheu a cabeça de deveres e de falsos deveres. O seu primeiro dever é estar bem, querida, acredite nisso, peço-lhe por tudo.

Também não escrevi o último tempo porque queria aprontar o livro para este seguir com o colega de Maury. Ainda faltava copiar alguma coisa e rever, e tudo isso foi feito no meio de almoços e jantares que fui obrigada a dar. Mas estou muito bem de saúde, não sinto nada de extraordinário, nem cansaço especial. Peço a você por favor que não acrescente às suas preocupações a ideia de que não estou bem. O médico nem me dá remédios, só estou tomando vitaminas. Aliás já mandei para vocês — há umas 3 semanas — cinco caixinhas dessas vitaminas. Um dia desses elas chegarão aí. Peço-lhe que tome essas vitaminas, elas lhe farão bem. E peço a você, pelo amor de Deus que seja feliz, que não se aborreça, que não se [...] à toa. Já estou com uma *nurse* mais ou menos em vista, só vi a fotografia — nos parece simpática. Maury vai bem, trabalhando muito.

Peço-lhe desde já uma coisa: se o telegrama sobre o nascimento da criança demorar a chegar, não se preocupe. Você sabe que nunca sou capaz de saber direito sobre os meus "incômodos", e posso muito bem ter errado na data. Espero a criança lá para o fim de agosto, começo de setembro – a menos que tenha errado e seja para mais tarde. Estou com um médico muito bom, dos melhores ou melhor daqui. Maury, você sabe, é muito bom e toma conta de mim. De modo que não há nem haverá motivo de preocupação.

– O livro já seguiu com o rapaz e dentro botei uma lembrancinha para Marcia. Bem quis mandar mais, mas o rapaz segue de avião e é cacete pedir para levar muito. Deus te abençoe e te dê saúde e alegria. Eu te dou o que tenho de melhor em mim e o melhor de minha força. E te peço, de joelhos, que você se cuide e seja feliz.

Sua, a de sempre,
Clarice

(Vou escrever para Maria Luisa)

Berna,
27 julho 1948

Minhas queridas,

Sem carta para responder, escrevo para dizer que estou bem, sem novidades. Fui de novo ao médico; ele disse que estou bem e que a criança deve nascer lá para meados de setembro. De modo que vocês não se impacientem com a demora... Continuo sem albumina, não estou inchada, nem tenho manchas. Como tudo o que quero, sem dieta nenhuma. E tenho ótima disposição. Vivo saindo. De modo que vocês nem pensem em mim... Eu é que penso em vocês e com muita saudade. Leinha, espero que você tenha recebido meu telegrama de aniversário. Acrescento a ele tudo o que um telegrama não comporta: desejo a você mil felicidades, querida. Maury sempre pergunta se eu boto o nome dele no telegrama. Mas não boto para poder assinar Vovó, por exemplo... Como vai o concurso? Quais são as novidades? Você anda impaciente? E o livro? E você, Naninha, está mais descansada? Peço a você, filhinha, que se cuide, por favor, por favor. E Marcia? Como está essa querida? Estou com a impressão de que vou ter menina também. O médico não tem nenhuma impressão... Tania, como foram as férias de vocês? Você aproveitou? William também tirou férias?

Peço a vocês que me escrevam, estou com saudade de cartas. E peço também que não fiquem à espera de telegrama: a criança vai demorar ainda muito. Como vai Bertinha? E Berta? Aquela minha "colega" argentina teve uma filhinha e um parto ótimo. Fiz questão de que Maury visse crianças recém-nascidas porque ele tinha as ideias mais falsas sobre o caso: acho que ele esperava receber uma criança já rindo e já grande, sei lá o quê. Às vezes ele via uma criança de 6 ou 7 meses e pensava que tinha alguns dias apenas...

Minhas queridas pequenas, me escrevam. E cuidem-se, não se cansem à toa, por favor. Um abraço grande,

Clarice

Por favor, me escrevam logo que meu livro chegar no Brasil.

Berna,
11 setembro 1948

Minhas irmãzinhas queridas,

Vocês devem ter recebido o telegrama de Maury — Pedro nasceu ontem, dia 10, às 7:30 da manhã. Estou escrevendo na madrugada de 11, porque não posso dormir direito. Estamos muito contentes, Maury e eu: a criança é sadia, fortona, pesa uns 3,600 quilos — por enquanto é a cara do Maury... Eu sofri muito. O médico achou que o bebê estava tardando e eu me internei no hospital no dia 9 de manhã. Eles começaram a provocar as dores por intermédio de injeções. Às 2 horas da tarde comecei a perder as águas e as 2½ as dores se instalaram. Sofri de 2½ do dia 9 até 7 e pouco do dia 10. Mas apesar das dores fortes e frequentes a dilatação, não se sabe ainda por quê, não se fazia. Então o médico resolveu fazer cesariana. Não se assustem, correu tudo bem. Só que na hora o médico e as enfermeiras não estavam com boa cara, estavam meio impressionados. Eu disse que se fosse questão de esperar e sofrer ainda, eu esperaria, contanto que a criança não corresse perigo. Mas o médico disse que a criança estava correndo perigo se não nascesse logo, porque ele não conseguia adivinhar os motivos da demora; que minha bacia era bastante larga e que a criança estava em boa posição. Maury e eu assinamos um papel dizendo que estávamos de acordo e éramos responsáveis. Toda essa encenação necessária nos custou muitos nervos. Às 7 horas o médico resolveu operar, às 7:15 me botaram a máscara de gás e às 7½ o Gildinho nasceu — nasceu tão vivinho e alegre... O médico disse que mal abriu minha barriga, o menino deu pulinhos e chorou: que o primeiro choro dele foi dado dentro de mim ainda... Passei depois um mau pedaço com a anestesia — vomitando e cada esforço de ânsia era uma dor. Agora estou com um pouco de tosse e cada tosse é uma dor... Maury está dormindo no quarto, exausto.

Dia 13 — Minhas queridas, estou muito bem: o médico diz que estou ótima. Não tenho mais febre desde ontem e hoje já tomei um caldo de arroz que me deu muitas forças. Francamente eu não podia estar melhor. Pedrinho é tão engraçado, não acho ele muito bonito, mas é uma bola. Tem cabelos (enormes) negros, olhos escuros, um nariz por enquanto meio batatudo, umas bochechas enormes e uma boca de bico de passarinho, e os dedos compridos. O ar todo é de Maury. É uma criança muito gostosa. Reli a parte escrita na madrugada de 10 para 11, às 3 horas da manhã, e Maury leu — ficamos bobos como a carta está lógica e direita, não parece que eu estava sob a narcose ainda. Maury diz que só se explica uma carta tão clara em tal momento porque era dirigida a vocês — desde o começo a minha preocupação era vocês. Pedrinho manda um beijo para tio William! E manda dizer a Marcinha-querida que pertence a ela, que ela vai brincar com ele quanto quiser e que ela é dona do bebê. Maury está contentíssimo. Ele passou maus momentos. Quando disseram que a criança tinha nascido ele me perguntou se era menino ou menina. Quando acordei da anestesia ele me mostrou a criança e eu disse que ela tinha cara de chauffeur de táxi e que era feia. Maury parece que ficou triste e custei a convencê-lo de que eu falara ainda narcotizada.

Leinha querida, recebi hoje sua carta do dia 8, foi tão bom ouvir qualquer coisa de vocês, mesmo anterior ao nascimento. Vocês receberam o telegrama que Maury passou, não? Foi o primeiro que ele mandou porque sabia como eu estava ansiosa que vocês soubessem. Ainda não se sabe se vou ter leite porque com cesariana de qualquer modo demora a vir. Maury tem sido tão bom e carinhoso, tem dormido aqui todas as noites, apesar de eu já poder dispensar. Mas hoje ele vai para casa. Minhas irmãzinhas queridas, estou com saudade de vocês. Vou ensinar Pedrinho a gostar de vocês tanto quanto eu gosto. Ele se chama também Gildo, porque é muito glamouroso. E também se chama Kina-Redoxon, que é o nome de um bom remédio contra gripe. Um beijo grande para a Filomeninha. Um abraço forte em William.

O meu amor para vocês.
Clarice

Aí vão dois instantâneos de Pedrinho no 2º dia, para vocês.

Berna, Franenspital, 21 setembro 1948

Minhas queridinhas,

Por enquanto as cartas vão em conjunto porque escrever deitada é às vezes cacete. Recebi suas duas cartinhas, Lea, e finalmente a sua Naninha. Desculpe ter obrigado você a gastar dinheiro com telegrama. E suas cartas, Elisa, primaram pelo silêncio a respeito. Preparei, num momento de febre e raiva, uma carta para vocês que felizmente não mandei. Eu avisava que só escreveria muito raramente, que estava cansada de ser o cachorrinho da família. Que durante 4 anos implorou uma notícia para recebê-la apenas depois de 5 ou 6 cartas vazias de vocês. Dizia — e é pura verdade — que tive que pedir a você, Elisa, em mais de dez cartas para me informar sobre o concurso e o resultado, mas que isso parecia ser assunto tão privado que só depois de eu implorar você resolveu ser indiscreta em alto grau e me dizer que ainda não sabia do resultado. Parece absolutamente incrível! A você, Tania, escrevi cartas ridículas. Sei quanto isso é importante e estava ansiosa. Pois escrevi umas 3 ou 4 cartas para finalmente ter resposta. Quero sinceramente dizer a vocês que isso me feriu muito, especialmente agora depois do parto, na casa de saúde. Não digo que eu poderia me vingar e não mandar notícias — não digo isso porque seria ridículo imaginar que vocês se incomodariam. Não adianta protestarem. Se vocês se incomodassem entenderiam que não podem fazer o mesmo comigo.

Passado esse período de queixas, minhas queridas, quero dizer como gostaria que vocês vissem Pedrinho. Ele é tão engraçado. Não é bonito (os outros acham, eu não propriamente) mas é tão engraçadinho. Tem os olhos escuros, meio achinesados, um nariz de batatinha — e está com um calo nos lábios porque agarra a mamadeira com muita força... É um comilão. Não tem nenhum defeito, é sadio, redondo, gozado, muito parecido com Maury. Eu mesma ainda estou no hospital, mas vou bem melhor. Tenho um pouco de febre mas não é nada e já está diminuindo. As dores também já estão diminuindo. E estão me fazendo um enérgico levantamento de forças — injeções de vitamina na veia, fortificantes, mil coisas. Estou passando realmente bem melhor e espero não ficar aqui mais do que uns 8 ou 10 dias ainda. Talvez até menos. Quanto a Maury, poucas vezes na vida tenho visto pessoa igual. Ele é tão bom para mim, pensa em tudo, tem uma paciência enorme comigo e me cerca de tanto carinho e cuidados que eu nem mereço. Espero nunca na vida feri-lo em nada. Não é só porque ele tem sido assim que eu digo. Em relação a tudo, ele é das pessoas mais puras que conheço. Eu não poderia ter um pai melhor para meu filho.

Já estou tão arrependida de ter escrito duramente para vocês no começo da carta. Mas vocês me fizeram sofrer muito. Tania, na sua carta você diz que eu devo estar em casa em trabalheiras com o bebê. Mas vocês então não sabem o que é uma *nurse* suíça. Uma *nurse* suíça é uma enfermeira diplomada que se encarrega de tudo, tudo — e que não deixa a mãe dar opinião demais. No contrato já impresso vem que ela pode chamar médico sem consultar os pais. E coisas do gênero. Naturalmente estarei sempre de olho nela, não só vigiando como aprendendo. Mas pode-se entregar perfeitamente uma criança aos seus cuidados e ir viajar. (Não farei isso senão se for muito necessário ou depois de conhecer bem minha *nurse*.) Pedrinho é de boa paz, ao que parece. Mas com mãe tão chata, é melhor ele ser criado por pessoa pacífica, que lhe dê bons hábitos e bons nervos, vocês não acham? Maury está muito contente com o menino. Como lhes disse, ele nasceu com grande cabeleira negra, fizeram chuca-chuca desde o primeiro momento. Os olhinhos são muito vivos, tem um choro muito forte, parece de um marreco chamando outros marrecos num rio. Tem as mãozinhas muito bonitinhas. E dois respeitáveis pares de bochechas, um queixo meio pontudinho, o lábio superior mais saliente que o inferior. As orelhas são coladinhas na cabeça, por enquanto. E de vez em quando ele suspira... Enfim eu gostaria de partilhar com vocês as alegrias das caretas de Pedro. Marcinha recebeu minha carta de aniversário? Como recebeu ela a notícia de Pedro? Me escrevam por favor. Se tiverem vontade. De agora em diante só escreverei em resposta a cartas. Não se preocupem com minha saúde, afianço a vocês que agora eu não podia estar melhor. Mil abraços,

Clarice

Não estou amamentando. Tinha muito pouco leite também porque passei muitos dias sem comer nem beber. E ainda tiraram o leite que eu tinha, impedindo de vir, acho que para não me cansar. Mas Pedrinho não precisa.

Berna,
7 outubro 1948

Tania, queridinha,

Tanta demora em responder suas duas últimas cartas — escrevi no mínimo umas 3 e rasguei-as porque pretendo "rasgar" também todo e qualquer sentimentalismo e deixar os outros em paz... Tentarei, por todos os meios — e que Deus me ajude nisso porque preciso — tentarei por todos os meios exigir menos amor e atenção dos outros, e também exigir menos que as pessoas se deixem amar... Mas é melhor deixar de mais considerações senão também esta carta será rasgada... — Pedrinho vai bem, a cara mudando dia a dia, não se sabe ainda em que sentido. Nem a cor dos olhos está firme, e os cabelos que eram negros estão visivelmente clareando. Ele come muito direitinho e a *nurse* é boa. Eu mesma cada dia tenho mais forças e mais disposição. Parece que teremos que mudar de casa porque o médico achou o quarto da criança sem sol e frio. Este clima é cachorrinho, danadamente deprimente. Há outonos e invernos que fazem a gente esquecer o que é luz. O médico não aconselha levar o menino em viagem, mesmo que seja para tomar sol na Côte d'Azur. Acho que teremos que deixá-lo por um mês com a *nurse* — é de toda confiança. Não o faríamos se Maury e eu não precisássemos de férias. Até os que não podem, mudam aqui de ar umas 2 vezes por ano. Maury anda precisando de mudar de atmosfera, mais móvel mesma que física. Berna é triste, extremamente silenciosa, tem apenas cinema. Tania querida, acho melhor você dar o livro pra Lucio ler. Você não suportará a atmosfera pesada dele, a leitura cansará você. Me avise quando você tiver dado o livro a ele, preciso saber. — Nada mais de novo. Pedrinho tem recebido várias ministras... Hoje vêm tomar chá aqui a ministra da Itália e da França. A ministra do Líbano teve um filho logo depois de mim: o mesmo se chama Tarik... Pedrinho olha muito para a gente e vira a cabeça quando se fala. A *nurse* exige de nós um silêncio de hospital e, como a criança está sempre na peça onde haja mais claridade, Maury e eu vivemos nos transportando de um lado e de outro... Um abraço grande para William, um beijo para você e Marcinha. Sua

Clarice

Berna,
19 outubro 1948

Leinha, querida,

Recebi sua carta (aquela em que você falava que tinha ido ver Berta) e hoje a de 14. Não respondi logo porque eu estava esperando que uns instantâneos de Pedrinho ficassem prontos — mas adiando cada vez mais a entrega e nem sei se irão ainda com esta carta. Me lembro bem da carta que eu lhe escrevi, sobre deixar os outros em paz. Realmente o tom geral devia estar pessimista. O pessimismo passou, mas o bom propósito não: farei o possível para não amar demais as pessoas, sobretudo por causa das pessoas. Às vezes o amor que se dá pesa, quase como responsabilidade na pessoa que o recebe. Eu tenho essa tendência geral para exagerar, e resolvi tentar não exigir dos outros senão o mínimo. É uma forma de paz... Também é bom porque em geral se pode ajudar muito mais as pessoas quando não se está cega pelo amor. Espero com Pedrinho não exagerar — serei mais útil a ele assim. Por falar nele, está engraçadíssimo, rindo à toa. Não há na carinha dele nenhum traço que lembre sequer algum meu. Ele é totalmente Maury, ou melhor, a família de Maury. Até traços de d. Zuza ele tem. Acho que me impressionei demais com ela... Às vezes fico com pena, porque passei por todo esse trabalho sem deixar um sinalzinho meu ao menos... Ele está muito esperto e tenho a impressão de que vai ser uma criança bastante sapequinha. Minha vontade é que vocês gostem muito dele. E gostarão com certeza. Do momento em que ele rir para vocês — um risinho tolo, cheio de graça — vocês ficarão conquistadas... Estive em atrapalhações com a *nurse* que — como você previu — chateou com os excessivos cuidados. Ela agasalha tanto a criança que esta transpira. E o motivo é que ela mesma é friorenta. Além do mais é uma nervosa, uma excessiva em tudo: nos cuidados, nos carinhos, nas manias de silêncio, e na teimosia. De modo que no dia 8 vem outra muito melhor, do mesmo jeito diplomada e de absoluta confiança, que serviu na casa de minha amiga argentina. Assim nossas férias vão ser ainda mais repousadas. Essa chata que tenho em casa nos apressou, com o seu nervoso, a procurar outra casa, e nem é preciso ainda. Mas agora vamos já assinar contrato para uma outra (só em dezembro) não tão original e bonitinha como esta; mas mais ensolarada. Querida, como você vê, estou contando mil fatos pequenos sem importância mas que dão uma ideia da vida em Berna... Hoje tenho que ir a um cocktail. Amanhã jantaremos com o presidente na casa do ministro, com vestido comprido e balangandãs materiais e espirituais. Depois de amanhã almoçarei na casa da embaixatriz de França, senhora que escolhe muito os convidados e que me honra com sua atenção frequente (ela é aliás a única mulher inteligente do meio diplomático). Depois de depois de amanhã, almoço com o ministro do Exterior na nossa Legação... Não pense que é sempre assim, é uma semana rara. A você conto para dar ideia do que pode acontecer por aqui... — Espero que os retratos fiquem prontos ainda hoje e possam seguir. — Querida, um beijo para você. Como eu gostaria que você estivesse ouvindo Pedrinho chorar (ele está chorando agora). Ele olha bem nos olhos da gente e acompanha uma pessoa pelo quarto com o olhar. Hoje está pesando 4,580 quilos. D. Noemia almoçou hoje aqui com o ministro, e Pedro distribuiu sorrisos a todos. Espero que ele não tenha alma de diplomata, seria um grande desgosto... Minha querida, um grande abraço pra você, da sua sempre

Clarice

Berna,
22 outubro 1948

Minha florzinha,

Recebi sua carta de 15 e ao mesmo tempo uma de Bluma que me fala no jantar e diz que você "estava muito bonita". Fico logo com mais saudade. Querida, você está com o cabelo curto? Mande um retrato assim. Eu estou com o cabelo enorme, pretendendo cortar e ondular embora não saiba se me fica bem. Mas estou já cansada de minhas hesitações, que já me trouxeram bastante aborrecimento. Tenho sempre que me lembrar que tudo que consegui na vida foi à custa de ousadias, embora pequenas. Quando a gente cai nessa atmosfera de indecisão, se sente perdida. Resolvi mudar a *nurse* (que é a maior chata do mundo, e ciumenta ainda por cima); a resolução veio depois de dias de tortura mental e afinal resolvi arriscar e pedir outra à *Aliança das Nurses*. Pois se eu tivesse hesitado umas horas a mais teria perdido uma ótima que serve na casa de minha amiga argentina (esta vai embora pra Suécia, para a minha tristeza, pois era a minha amiga aqui). A nova *nurse* vem em novembro e é perfeita e tem ótimo temperamento. Também quero lhe falar de minhas outras hesitações, talvez de algum modo lhe aproveitem.

— Querida, há quanto tempo não tenho um retrato de vocês! Por que não tira alguns? Ontem um brasileiro de passagem tirou fotografias em cores de Pedrinho conosco — estou ansiosa para saber se são daquelas que se podem copiar ou se saem em placas (nesse caso não se podem mandar). As fotografias que mando aí para vocês (mandei para Elisa as mesmas, mas estou com ideia de que tem alguma diferente; verifiquem) não são justo de um mês, porque no dia 10 não havia muita claridade.

Querida peço-lhe o grande obséquio de não se perturbar em me dizer que não gosta do meu livro. Eu mesma não estou satisfeita com ele, apesar de ter sentido a necessidade de escrevê-lo — gosto apenas de certas partes, o que infelizmente não desculpa o livro todo. Passe depois o livro para Lucio. Na participação de nascimento dei uma palavrinha sobre ele, de modo que o aviso foi mais ou menos feito. — Mande retratos de Marcia. E me fale na possibilidade de você vir nos visitar aqui — você recebeu minha carta sobre o assunto? Receba um beijo, querida, e seja feliz, tranquila e com saúde.

Sua Clarice

Berna,
15 janeiro 1949

Minha florzinha,

Cadê carta sua? Estou tão, tão contente com a sua "mãe e filha" — só tomara que elas continuem ótimas, filhinha. Pedrinho voltou hoje para casa. Você não imagina como ele estranhou a mudança. Primeiro começou a olhar cada coisa com enorme atenção. E depois fez uma cara tão triste, e pôs-se a chorar sem parar. Então ficamos com medo de que a dor tivesse voltado, e telefonei para o hospital. A chefe disse que era impossível que ele tivesse dor, que ele estava curado. Disse que ele não era parecido com os outros bebês, que era muito sensível e observador, muito inteligente — e que ela tinha certeza de que ele estava estranhando a casa e as pessoas... Então notamos que na verdade cada vez que ele espiava a capota do berço, fazia beicinho e começava a chorar. Isso dele não ser parecido com os outros bebês só é válido em relação aos bebês suíços: estes já no berço, têm um ar "sólido" e bem instalado na praça. — Como vai Marcinha? Elisa me escreveu dizendo que ela está usando franja. Eu queria um retrato dela assim, querida. Tenho uma saudade dela! Quando me lembro dela ao nascer, tão gozadinha, lambendo os lábios.

Aqui, fora a volta do filho pródigo, nada de novo. Maury vai começar a fazer ski, mas hoje exatamente começou a chover. Eu ainda não utilizei a mansarda — estou cheia de alergias... Tania, eu sempre fui assim, difícil, melancólica? Acho que a resposta é positiva, infelizmente. Procurei me ocupar, me ofereci para trabalhar na Cruz Vermelha. Ainda não tenho resposta, mas parece que será negativa pois eles só aceitam suíços — e a Cruz Vermelha Internacional, onde aceitariam estrangeiros, fica em Genebra. — Escrevi a Buono sobre o livro, pedindo para saber se a Editora A Noite se interessaria. Mas não recebi resposta. Ele lhe telefonou ou qualquer coisa no gênero? Não tenho trabalhado em nada, e, infelizmente, por maiores esforços que faça, nem ler consigo. Já gostaria de receber as provas de A *cidade sitiada*, e endireitar tudo o que há a endireitar. Minha filhinha, como vai você de saúde? Mande retratos, florzinha. Um abraço grande para você, William e Marcia, da

Clarice

Berna, 26 janeiro 1949

Minhas queridas,

Obrigada, Tania bichinha, pelo seu lindo retrato com suas colegas. Você está tão bem, querida, me deu gosto de ver. Achei um pouco magra, mas você está bem de saúde, não é, meu bem? Por que você não manda um também, Leinha? Há muito pouco tempo não recebo nada. Aliás recebo poucas cartas de vocês. É verdade que lhes tenho escrito pouco. Ando em nova onda de apatia, o que é coisa velha... Chego a pensar que nem a volta para o Brasil me dará um jeito. Mas sonho com ela. Em agosto teremos 5 anos de exterior. Não são cinco dias. Cinco anos de não saber o que fazer, cinco anos durante os quais, dia a dia, me perguntei como perguntava a vocês: que é que eu faço? Para vocês terem uma ideia do que tem sido minha vida durante esses anos: para mim todos os dias são domingo. Domingo em S. Cristóvão, naquele enorme terraço daquela casa. A pessoa, individualmente, perde tanto de sua importância, vivendo assim, fora, em ócio. A vida começa a parar por dentro, e não se tem mais força de trabalhar ou ler. Só chaleira fervendo é que levanta a tampa. A Europa é o mundo, é da Europa que ainda saem as melhores coisas. Eu não conheço ninguém e me sinto esmagada por essa entidade abstrata que não consegui concretizar em nenhum amigo. Berna é um túmulo, mesmo para os suíços. E um brasileiro não é nada na Europa. A expressão mesmo é: estar esmagada. No Brasil comecei a encontrar meu equilíbrio quando me empreguei, quando comecei a ter horário no DIP. Acabado o ócio, comecei a trabalhar de manhã para mim, e tudo começou a funcionar. O pior é que estou ficando tão embotada: às vezes nem entendo o que leio. Acho que a culpa é da excessiva solidão, e dessa longa tarde de domingo que dura anos.

Não se preocupem com a gripe por aqui, não está assim tão grave. E aqui na Suíça quase inexistente. E não é de caráter maligno. Pedrinho felizmente muito bem, muito espertinho, sempre comendo bem. A *nurse* é ótima. Maury foi, no fim de semana passado, à montanha fazer ski. Talvez eu também me anime a ir no próximo. Vamos muito a cinemas, é meu hábito pernicioso. Escrevam, queridas, por favor. É tão bom receber notícias de vocês. Não sei quando voltaremos para o Brasil. Um beijo para vocês quatro da

Clarice.

P.S. Tania, desculpe o engano de data de seu aniversário de casamento. Viva 18 de janeiro!

Berna,
31 janeiro 1949

Minha florzinha,

Recebi hoje sua carta, queridinha. Estou tão contente de você dizer que não está cansada. Mas acho que férias seria bom justamente porque você as aproveitaria bem; elas ajudariam você a continuar bem. Você não pode tirar às vezes um fim de semana fora? Faz tanto bem, querida, e não sai tão caro. Só tomara que a nova sociedade de William traga muita felicidade e muito dinheiro para vocês. Como vai William? Continua bonito? Tenho saudade dele. Ele é tão animado e alegre, e saudável. Ele é um ótimo equilibrador do "temperamento Lispector"... — Fiquei contentíssima com a boa notícia sobre a editora. Só tomara que ela se confirme. Vejo uma vantagem no fato da Jackson estar misturada, mas não sei qual é exatamente... Existe mesmo uma vantagem? E a editora Agir não está me devendo dinheiro? Só tomara que esteja. Esse dinheiro é seu, do mesmo modo que *O lustre* foi dedicado a você. Vamos nesse fim de semana a Zurich: quero ver se consigo interessar o representante da Panair e ver se consigo uma coisa. Só tomara, meu Deus. Nem quero falar nisso, nem quero me entusiasmar antes do tempo.

Juquinha está muito engraçado e muito voluntarioso. Ele presta grande atenção a tudo. Não entendo mesmo, mistério de uma criança. E ele se defende, que só vendo! A hora da comida é sagrada para ele. Fica uma furiazinha. Para distraí-lo enquanto a mamadeira não vem brincamos com ele. Então ele dá um sorrisinho apressado e impaciente, e recomeça a brigar. Ele é muito musicalzinho: quando se passeia com ele e a banda do quartel começa a tocar, ele acorda e acompanha o ritmo com os braços. Aliás, com o braço esquerdo. Temos a impressão de que ele vai ser canhoto, como Mozart. É a mão esquerda que ele mais usa. E dá beliscões com a mão esquerda também... Estou ansiosa para vê-lo com dentes, falando e tudo. Ele tem mil expressões: riso forte, sorriso forte, meio sorriso. E o mais engraçado é quando faz uma cara sem sorriso mas claramente satisfeita, como durante o banho. Um corpinho desse tamanho existe com grande evidência uma almazinha. Da onde vem? Não responda... Estou tomando um fortificante e me sentindo bem mais disposta. Parece que o médico vai me dar injeções de cálcio também. Tenho certeza de que vou melhorar.

Tania querida, como vai Susana? Continua sua amiga? Ela é tão simpática, tão atraente como pessoa. Quem for sua amiga será minha amiga também. Dê lembranças a ela.

— Como foi essa história do braço de Elisa? Não entendo, acho tão esquisito quebrar assim o braço. Ela está melhor? Tania, que é que Marcinha faz? Ela lê livros de história? Ela tem amiguinhas? Acho que vou encabular quando estiver junto dela: vou encontrar uma meninona. Tenho muita vontade de ter uma menina parecida com ela.

Bichinha, seja muito feliz, sim? Beijo tuas mãos lindas. A coisa melhor da vida é ter irmãs. Não há ninguém que as substitua. Dê um grande abraço para William. Um beijo pra vocês da

Clarice

As "mãe e filha" estão firmes? Eu as bendigo. Diga a elas que quero conhecê-las.

Berna,
19 fevereiro 1949

Minhas duas queridas,

Recebi ontem sua carta, Leinha, e hoje a sua, Naninha. E estava usando bolsa e sapatos e brincos de vocês, e Maury já com as gravatas novas... É que Bluma veio aqui — chegou na quinta de manhã e partiu na sexta de noite, ontem. Que presentes lindos! Muito obrigada, queridinhas, tudo o que vocês me mandaram foi lindo — desembrulhei e me paramentei toda na mesma hora. As gravatas são uma beleza, os guarda-chuvas engraçadíssimos. Engraçado é que eu sempre pensava em brincos que mexessem quando a pessoa mexesse a cabeça — é o caso dos que recebi... Vocês duas me falam em eu largar a *nurse*. Eu andava pensando nisso. Não sei ainda o que fazer. Segundo me parece, ela mesma talvez vá embora por causa de negócios dela. Se ela precisar ir embora, experimentarei ficar só com o menino. Acho que devo ou ficar só com ele ou pegar uma *nurse*. Porque uma babá qualquer me dará, além do trabalho de eu mesma cuidar da criança, o trabalho de cuidar especialmente da babá. Enfim, vamos ver. Aí vão fotografias do Juca, em grandes e pequenas — assim vocês dividem. Ele foi aumentado em comida, não sei se já contei. Agora come também meia banana amassada, mingau de sêmola, e vai começar com puré de legumes. Hoje está pesando 7 quilos e 60 gramas. Aquela coisinha de borracha para morder, ele não gosta. Molhamos ela num doce para ver se tentávamos o bichinho: mas o chatinho lambeu o doce, gostou muito e jogou pro lado a borracha. Em seguida meteu 3 dedos na boca, como sobremesa. Ele está muito sabido: faz bolhas de cuspe, agarra bolinhas de cortina, resmunga sem chorar durante horas e não estranha mais tanto os desconhecidos.

Maury vai bem, um pouco chateado. Agora é que estamos sentindo a perda dos 100 contos: se tivéssemos um apartamento ao menos começado poderíamos voltar ao Brasil. Uns dizem que com o que Maury ganhará lá não dá para viver, se ainda se deve pagar aluguel. Não sei. Eu vou melhor. Imaginem que estou aprendendo a tricotar... E entrei num curso vagabundíssimo de modelagem, 1 vez por semana. Estou modelando uma cabeça de... macaco. Nunca pensei ter tanta dificuldade com macacos. Quanto a jogo de cartas, não nos faltam convites para nos ensinarem. E o jogo é uma coisa mesmo muito "diplomática" — por meio do jogo a pessoa pode ser muito convidada. Uns nós não queremos por uma questão quase de princípio: o jogo seria um meio fácil de sair do tédio e teria um sentido por assim dizer de morfina. Pode ser que um dia eu aprenda, mas hesitarei muito até lá. — Estou com palpite de que a Jackson não vai querer o livro — se tem que passar por tantos julgamentos, estou perdida. Aliás a Bluma e uns brasileiros que passavam por aqui, disseram que ninguém mais está fazendo crítica. Que sai um livro e os antigos críticos nada falam, pois abandonaram o ofício.

A história de arranjar passagem grátis de avião está dando em nada. Não sei o que pensar. Que é que há de novo a respeito? Escrevam, por favor.

Como vai seu braço, Leinha?

Deem um beijo na Marcia e, por que não? No William. Toda ternura pra vocês da

Clarice

Berna,
18 março 1949

Minhas queridas,

Sonhei durante anos com o momento de lhes escrever esta carta. É prematura ainda. Prematura talvez de meses. Mas não posso mais deixar de falar nisso. Maury achou que 3 anos de Berna bastavam e pediu para ser chamado para o Rio. O pedido foi mais ou menos aceito. O que não sabemos é quando o decreto de transferência será assinado. Pode ser daqui a um mês, pode ser daqui a quatro ou seis. Não há nada de certo. Só tomara que seja logo porque a espera é ansiosa. Nós temos pouco dinheiro. Maury no Rio ganhará 7 contos. Precisarei trabalhar e ganhar no mínimo 2 contos por mês para nos equilibrarmos — isso de acordo com as notícias de preços que nos veem do Rio. Mas a questão de trabalho verei no Rio mesmo. Estou querendo ver se levo uma empregada italiana, para tudo. Mas ainda não consegui. Quanto a alugar apartamento para nós, Maury acha melhor que nos primeiros tempos moremos numa pensão de uma amiga de D. Zuza — no Rio ele vê o que pode fazer quanto a apartamento (não sei bem o que ele quer e não estou de acordo com essa solução, mas ele teima que quer assim e então é melhor deixar — no Rio talvez ele dê um jeito).

Queria fazer umas perguntas:

1 — Quanto dinheiro mais ou menos se precisa para mobiliar um pequeno apartamento?

2 — Quanto mais ou menos se paga uma empregada? Precisarei de duas?

Oh só, tomara que esse decreto seja logo assinado! Vou, talvez no começo de abril, passar uns dias em Milão para fazer alguma roupa. Mesmo que o decreto só seja assinado daqui a meses, é tempo de fazê-las se eu não quiser depois correr.

Aí vão retratos do Juquinha aos seis meses. Ele não é bonito, mas é muito simpático e atraente... Estou ansiosa para vocês verem ele.

— Ainda não recebi o contrato sobre o livro; logo que receber mandarei assinado imediatamente. Já comecei a ver e a modificar o livro.

Não sei falar sobre outra coisa senão sobre viagem, viagem, viagem. E já esgotei o assunto. Escrevam, por favor, deem notícias. Há muito não tenho cartas. Um abraço para William, um beijo para Marcinha. Da irmã cheia de saudade

Clarice

Tenho agora outra nurse...
Parece muito boa.

Berna,
25 março 1949

Minhas queridíssimas,

Estou escrevendo sob o secador do cabeleireiro, me preparando para ir hoje de noite a Roma para fazer alguma roupa, aproveitando dos conhecimentos de Eliane. Nem sei dizer o que senti quando soube que íamos embora pro Brasil. A grande alegria é inexpressiva. Minha reação imediata foi coração batendo, pés e mãos frios. E dois segundos depois, chegou o incômodo... Em seguida passei a dormir mal à noite, e consegui emagrecer ainda mais. Sou tão chata que já estou pensando que irei embora do Brasil de novo. Estou me controlando para não ficar alegre demais. Ainda não veio a comunicação direta para Maury. Do momento em que vier, teremos dois meses para partir. Queremos partir só no fim desses dois meses porque aqui Maury ganha mais.

A oferta que vocês fizeram de seu apartamento, Leinha, é formidável. Sinceramente, se isso não incomoda você demais, é uma grande coisa termos onde ficar até arranjar (e com urgência) um apartamento. Naturalmente pagaremos o aluguel do seu enquanto estivermos lá — e, repito, ficaremos o mínimo de tempo possível. Foi ótimo sua carta chegar hoje, Tania querida. Comprarei sua fazenda de lã preta na Itália e todas as outras coisas também. No fim da carta falarei sobre o relógio cuco (Maury foi procurar e se informar agora de manhã e me dará a resposta logo mais. Esses relógios são raros aqui porque vêm da Alemanha, Baviera se não me engano). Quanto à laise de organdé branco, passei hoje numa grande casa e não tinha. É muito provável que eu ache em outra casa. Mas pergunto a você: aqui tem uma laise de ST. Gall, muito bonita, especialidade absoluta da Suíça e muito cara fora daqui. É uma laise de batista, custa mais ou menos 110 cruzeiros o metro e tem mais ou menos 80 cm de largura. Escreva se quer, procure ver essa fazenda no Rio, se achar, para ver se lhe agrada. Diga se é para Marcia para eu ver se acho uma mais especial para crianças.

Quanto ao contrato do livro, o melhor é esperar que eu vá lá. Se eles podem começar a imprimir as provas antes do contrato assinado, será ótimo. Quanto aos tapetes, escreverei também no fim da carta.

O apartamento de que d. Zuza fala, de 2.500 por mês — achamos caríssimo. Ou é o preço no Rio? Se pudéssemos achar um de aluguel antigo... Outra coisa: vimos em anúncios de jornais brasileiros que o Ipase se encarrega 100%

do financiamento de apartamentos, com apenas 20 contos de entrada. Se for possível inscrever Maury numa lista, se existir lista, será ótimo. Maury é contribuinte do Ipase.

Estou tão contente. Quem sabe se no Rio conseguirei escrever de novo e me animar. Euríalo (é o novo nome de Juquinha) já está recebendo carinhos em nome de vocês. Vou logo informando os nomes dele: Juquinha, Euríalo, Júbilo, Pinacoteca, Vivaldi, Evandro etc. Ele atende por qualquer desses nomes. Ele também atende por qualquer outro nome, tão burrinho ele é. — Maury está querendo que eu vá com Euríalo por avião porque são só dois dias e é menos penoso. Maury iria de navio com a bagagem. Mas nada sabemos ao certo.

Quanto ao relógio cuco, Maury achou um de madeira escura por mais ou menos 600 cruzeiros. Quanto aos tapetes, compramos para nós persas, com os seguinte preços e dimensões: um de 88 cm x 1,64 m por 1.000 cruzeiros; um de 1,72 m x 3,17 m por 4 contos e 600. São persas legítimos, marca Beluchistan. Responda se quer e que gênero, se escuros ou claros, mais ou menos as medidas. Quando eu voltar da Itália verei os tapetes, o cuco e a laise — de acordo com a sua resposta.

Minhas queridas, nada mais há a acrescentar senão esperar com alegria pelo dia da partida. E agora vou fazer as malas, parto em breve. Fico na Itália o mínimo de tempo possível, ou seja, 8 a 10 dias.

Um beijo para vocês
e muitas saudades da Clarice.
(Abraço grande para William)

Marcia querida,
Muito obrigada pela cartinha que você nos mandou. Em breve você poderá brincar com Pedrinho que vai ser como um irmão para você. Ele está mesmo muito espertinho e se soubesse falar diria: que vontade de ver logo a minha Marcia, menina querida e lourinha! É capaz dele já ter um dente quando formos para o Brasil. Um beijo grande para a sobrinha queridíssima do titio Maury, titia Clarice e Pedrinho.

Berna,
20 abril 1949

Minhas queridas,

A insistência de vocês duas para Pedrinho e eu irmos de navio, terminou nos fazendo mudar de ideia. Vocês já devem ter recebido minha carta onde eu dizia que a viagem de avião seria grátis: foi esse o motivo mais forte de nossa decisão anterior. Depois de vocês insistirem tanto — até dá a impressão de que vocês estão com medo do avião — começamos a calcular quanto gastaríamos de hotel para mim, para o menino e para a *nurse*, e ordenado da *nurse*, e extraordinários e viagem de trem até Zurique para o aeroporto — e chegamos à conclusão de que com um pouco mais teríamos a minha passagem de navio. De modo que está resolvido: vou com Maury no Cantuária, que parte de Gênova a 27 de maio. Maury está muito contente pois assim é uma preocupação a menos para ele. E é evidente que uma viagem por mar me descansará. Chegaremos lá para meados de junho. A viagem por avião foi conseguida grátis e eu queria porque achava que com a criança dava menos trabalho. Mas parece que afinal vamos arranjar uma empregada portuguesa, e assim ela me ajuda. Ofereci a ela 500 cruzeiros por mês. Ainda não recebi resposta se ela aceita ou não. Não adiantava oferecer menos: quando ela chegasse ao Brasil e visse quanto ganham as outras, ia pedir mais de qualquer modo.

O apartamento de Susana é ótimo! Assim teremos tempo de ver outra coisa e no começo logo não vamos ter que nos preocupar com instalação de móveis etc. Uma vez nesse apartamento, e sabendo nessa época ao certo de quanto podemos dispor para uma possível compra de apartamento, dando entrada pequena — então nos mudaremos. Se vocês puderem reservar esse apartamento para nós, será ótimo.

Já compramos o relógio cuco (que William saiba que o passarinho pode ser "desligado"...). Compramos também os pratos de parede, irmãos em tamanho, mas com figuras diferentes, bem suíços. Comprei também a lã preta, pura, muito bonita, 2 metros e meio com dupla largura (1,40 m), um corte para cada uma de vocês. A laise de organdi está dificílima: dizem as casas que essa laise não é suíça. Mas ainda vou procurar. O *sweater* de Marcia, só encontro o equivalente a cento e tantos mil réis — como você pediu barato, pergunto se serve, se no Brasil não é o mesmo preço. A máquina Elna ainda não vi, verei e escreverei talvez nessa carta mesmo. — Ontem passei pela Gerechtigkeitsgasse e a lembrança de todas as angústias e de minha solidão vazia e de meu ócio enchia cada pedra. Eu mesma não acredito como tive força de resistir 3 anos em Berna. Só voltarei um dia a Berna se Pedrinho quiser ver o lugar onde nasceu. Minhas queridas, que bom que está perto a viagem! Nem tenho forças para me alegrar, estou toda roída por dentro, com várias peças de menos...

Um beijo para vocês da
Clarice

Ia até esquecendo:
Pedrinho há três dias: diz MAMAN! (mas nem sabe quem é nem o que é)

Paris

1947

mada e de absoluta confiança, que serviu na casa de minha
amiga argentina. Assim nossas férias vão ser ainda mais
repousadas. Essa chata que tenho em casa nos apressou,
com o seu nervoso, a procurar outra casa, e nem é preciso
ainda. Mas agora vamos já assinar contrato ~~casa~~ para uma
outra, (só em dezembro) não tão original e bonitinha como esta, mas
mais ensolarada. Querida, como você vê, estou contando
mil fatos pequenos sem importância ~~mas~~ que dão uma
ideia da vida em Berna... Hoje tenho que ir a um
cock-tail. Amanhã jantaremos com o presidente na casa
de nosso ministro, com vestido comprido e balangandans
materiais e espirituais. Depois de amanhã almoçarei
na casa da embaixatriz de França, senhora que escolhe
muito os convidados e que me honra com sua atenção
frequente (ela é aliás a única mulher inteligente do meio
diplomático). Depois de depois de amanhã, almoço com o
ministro do Exterior na nossa Legação... Não pense que é
sempre assim, é uma semana rara. A você conto para
dar ideia do que pode acontecer por aqui. Mas
a quem eu deveria contar era a d. Zuza que
se regala com "grandezas" sociais... — Espero que
os retratos fiquem prontos ainda hoje e possam
seguir. — Querida, um beijo para você. Como eu
gostaria que você estivesse ouvindo Pedrinho
chorar (ele está chorando agora). Ele olha bem
nos olhos da gente e acompanha uma pessoa pelo quarto
com o olhar. Hoje está pesando 4 k 580. D. Noemia almoçou
hoje aqui com o ministro, e Pedro distribuiu sorrisos
a todos. Espero que ele não tenha alma de
diplomata, seria um grande desgosto... Minha querida,
um grande abraço pra você, da sua sempre

Clarice

Paris,
28 janeiro 1947

Meu amor, minha amiga única,

Não sei como há tanto tempo você não recebe carta minha, escrevi uma que mandei daqui. Minha filha pequena, você me feriu muito em dizer que acha que comigo vai acontecer o mesmo que com Suzana, que eu vou querer morar fora. Estou até chorando de desgosto. Como é que você pode dizer isso? Você não sabe que sem você eu não posso viver? Minha irmãzinha, te adoro, minha única amiga. Oh, querida, meu modo de dizer como te adoro já gastou as palavras até. Seja feliz, seja feliz, seja feliz! Tenho vontade de pedir perdão por estar longe. Para mim não existem nunca lugares, existem pessoas. E acima de todas as pessoas do mundo está você, que eu não comparo com ninguém. Onde você estiver, é aí que eu me sentirei feliz. Seja alegre, me esqueça, ou melhor, não me esqueça. Que vontade de abandonar tudo isso que não vale nada para mim e ir para o Brasil. Você é tão perfeita. Não ligue histórias de óculos e bobagens, nada pode atingir sua graça e sua beleza e sua simpatia. Que vontade de estar aí e ouvir você, minha florzinha, margaridinha simpática e delicada. Deus te abençoe, a você e a Marcia. Acredite em mim, sim, querida? — Você tem razão quanto ao tom dogmático da *À margem da beatitude*. Não está me interessando nada escrever. Oh, meu amor delicado, você é minha vida, não aguento mais de saudades. Tenho que parar porque estou na sala de espera do médico de senhoras e escrever está me doendo meus olhos incríveis. Escrevo mais tarde. Seja feliz, minha flor querida.

29 janeiro — Sonhei que havia um trem Brasil–Paris e que você vinha passar duas horas comigo. Minha felicidade era tão grande. Eu corria para mostrar algumas coisas a você, e protegia você contra todos. Nunca mais diga que eu vou querer ficar por aqui como Suzana. Não me obrigue a lhe escrever dizendo como minha vida está desenraizada, como não vejo futuro, como é gratuito viver na Suíça ou em outro lugar, como se pudesse viver em qualquer época e em qualquer lugar. Cada dia que não tenho o seu convívio querido é um dia sem sentido. — Elisa me escreve uma carta tão evasiva... Nada do que eu perguntei ela respondeu. Respondeu que não tinha importância. — Minha boneca, tam-

bém vou usar óculos e logo que chegar em Berna operar o dente. O médico de senhoras disse que eu não tenho nada, pelo contrário, está tudo muito bem. Mas nada me alegra propriamente; não quero escrever, não quero mesmo nada, estou vivendo noutro planeta onde não é necessário nada disso.

Seja feliz e linda, meu amor, tenha saúde e alegria. Que Deus te proteja e te dê uma vida muito saudável, cheia de plenitude e de alegria. Receba um abraço muito grande de sua sempre, sempre

Clarice

Mande retratos

Torquay

1950-1951

Berna, 18 março 1949

Minhas queridas,

sonhei durante anos com o momento de lhes escrever esta carta. É prematura ainda. Prematura talvez de mezes. Mas não posso mais deixar de falar nisso. Maury achou que 3 anos de Berna bastavam e pediu para ser chamado para o Rio. O pedido foi mais ou menos aceito. O que não sabemos é quando o decreto de transferência será assinado. Pode ser daqui a um mez, pode ser daqui a quatro ou seis. Não há nada de certo. Só tomara que seja logo porque a espera é anciosa. Nós temos pouco dinheiro. Não sabemos se algum dia dr. Mozart nos devolverá os cem contos - pelo menos em futuro próximo é quasi impossivel que isso suceda. Maury no Rio ganhará 7 contos. Precisarei trabalhar e ganhar no mínimo 2 contos por mez para nos equilibrarmos - isso de acordo com as noticias de preços que nos veem do Rio. Mas a questão de trabalho verei no Rio mesmo. Estou querendo ver se levo uma empregada italiana, para tudo. Mas ainda não consegui. Quanto a alugar apartamento para nós, Maury acha melhor que nos primeiros tempos moremos numa pensão de uma amiga de D.Zuza - no Rio ele vê o que pode fazer quanto a apartamento (não sei bem o que ele quer e não estou de acordo com essa solução, mas ele teima que quer assim e então é melhor deixar - no Rio talvez ele dê um jeito).

Queria fazer umas perguntas:

1 - Quanto dinheiro mais ou menos se precisa para mobilar um pequeno apartamento?

2 - Quanto mais ou menos se paga uma empregada? precisarei de duas?

3xx Oh só tomara que esse decreto seja logo assinado! Vou, talvez no começo de abril, passar uns dez dias em Milão para fazer alguma roupa. Mesmo que o decreto só seja assinado daqui a mezes, é tempo de fazê-las se eu não quizer depois correr.

Aí vão retratos do Juquinha aos seis mezes. Ele não é bonito, mas é muito simpático e atraente... Estou anciosa para vocês verem ele.

- Ainda não recebi o contrato sobre o livro; logo que receber mandarei assinado imediatamente. Já comecei a ver e a modificar o livro.

Não sei falar sobre outra coisa senão sobre viagem, viagem, viggem. E já esgotei o assunto. Escrevam, por favor, deem noticias. Há muito não tenho cartas. Um abraço para William, um beijo para Marcinha. Da irmã cheia de saudade

Clarice

Tenho agora outra máquina... Parece muito boa.

Collingwood Hotel — Torquay, 3 de outubro de 1950

Minhas queridas,

Não pude escrever de novo até agora, também por falta de tempo. Pedrinho e os acontecimentos me ocupam completamente. No sábado arranjei uma *nurse* que hoje mandei embora. Uma senhora que nada fazia, que não brincava com Pedrinho e era... meio surda. Quando eu disse a Pedrinho: você vai ter uma babá inglesa, ele respondeu todo interessado: uma batata-inglesa? Era o que ela era: uma boa batata-inglesa. Por outro lado, o hotel onde estávamos (o papel ainda é de lá, mas mudamos) era caro demais e sem comodidade para uma criança. Mudamos para outro, onde simplesmente gelamos. Pedrinho dorme na nossa cama para se esquentar. Então já andamos procurando outro hotel e mudaremos na quinta-feira. A comida é, de um modo geral, bem ruinzinha e pouca. A sopa que dão, nunca se sabe ao certo de quê, enche um dedo do prato. Mas não se preocupem, nós nos arranjamos e estamos bem alimentados. Pedrinho come muito bem e a comida não lhe faz mal porque é como se fosse de dieta. O hotel para onde vamos é muito bom. A dificuldade maior é com *nurse*. As que me oferecem, só vendo. Na maior parte das vezes senhoras que não querem fazer nada e desejam se encostar comodamente numa família. E o pior é a língua. Pedrinho desatou o português que é uma beleza. Fala tudo. E as inglesas não entendem nada, ele fica irritado, grita com elas. Não sei como vai ser. Já tivemos bons momentos de abatimento, mas depois ficamos mais esperançosos. Chove de duas em duas horas e há um vento constante. Deus me livre não gostar da Inglaterra, tenho que adorá-la, mesmo que para isso precise separá-la em duas: a Inglaterra de minhas dificuldades e a Inglaterra dos escritores que mais amo. Maury está escrevendo para os pais e aconselhando d. Zuza a não vir. Que faríamos então? Ela não aguentaria uma casa mal aquecida de uma senhora inglesa sem recursos, e aqui, como a hospedaríamos? Pedrinho está muito bem. Ainda não o levei a um médico, mas amanhã o farei. Eu estou bem de saúde, não estou abatida. Estou é sem tempo de ir lavar sequer os cabelos. Vocês receberam a primeira carta de Torquay? Respondam, sim? Deem-me notícias. A caneta está horrível, mal consigo escrever. — Essa gente tem fome há dez anos. É admirável como resistem. O pior, no estrangeiro, é que não posso adivinhar o que as pessoas são ou sentem ou pensam ou fazem. Tenho que ficar com a figura física de cada um. Um beijo para vocês, minhas queridas, e escrevam logo. Um beijo para Marcia. Um abraço para William. Com muita saudade,

Clarice

Escrevam para o escritório de Maury. O endereço:
Clarice etc.
BRAZILIAN DELEGATION
BEAUFORT LODGE HOTEL
TORQUAY
ENGLAND

A carta de Maury para d. Zuza pinta isso aqui com cores mais negras... se ela falar, não se assustem.

Torquay,
16 de outubro de 1950

Minhas queridas,

Recebi duas cartas de vocês: uma de Tania e depois outra de Elisa. Mas é pouco. Já gostaria de estar de novo com vocês. Até há pouco, mal tive tempo de pensar: Pedrinho me ocupava sempre. Agora tenho uma babá, uma moça mais ou menos simpática. Pedrinho ainda não gosta nada dela. Receio que ele não goste de nenhuma, por causa da língua. Ele a chama de miss Peggy. Ontem ele disse: "ele tem medo de miss Pegggy". Não sei se é verdade. — O hotel é muito bonzinho e estamos bem longe de estar passando fome. Tem muitos americanos aqui, simpáticos, com os quais nos damos. Fomos a um teatro razoável, vamos de vez em quando ao cinema.

Pedrinho diz para miss Peggy: vai embora! Vai embora! — vira-se depois para mim e diz com o tom mais melífluo (aprendido de mim quando lhe mostro as qualidades da babá): "ela é ta, ta, (tão) boazinha! Vai embora, miss Peggy!"

Mas pouco a pouco a coisa está indo. Estamos bem de saúde, e gostando do hotel. Pedrinho às vezes brinca com um menino norueguês. Eles mal se olham. — Acabei de receber sua carta, Tania querida. Ainda bem que os hóspedes só ficaram 4 dias. Com esta carta, veio uma de d. Zuza... desistindo de vir. Muito bom. Quantos dias você passou em Belo Horizonte, Elisa? Não é simpática a cidade? Hoje fui ao dentista e arranquei um dente de siso. Apesar disso, sobra-me muito juízo. — Pedrinho vive tocando as campainhas do hotel — os garçons ficam malucos. Ele está muito bestinha e às vezes meio manhoso. Entro no quarto dele e ele choraminga: ele quer ver o bigode do papai!

Sempre falo para ele de vocês e ele pergunta muito. — Hoje está fazendo um belo sol. As coisas estão muito melhores do que no começo. Vou ver se tomo aulas de inglês. Entrei numa livraria de aluguel. Vamos ver se vamos passar o fim de semana próximo em Londres, se tudo correr bem. Elisa querida, obrigada pelo recorte de jornal. Se eles soubessem como sei pouco a respeito de existencialismo... Mas o artigo é bom e pela primeira vez tocaram em certos pontos, mostrando-me que minha intenção não foi de todo perdida.

Um beijo para Marcinha: que ela me escreva. William está totalmente bom? Que brincadeira. Um abraço grande para ele.

Com amor,
Clarice

Torquay,
10 novembro 1950

Tania, queridinha,

Recebi sua carta de 5 de novembro, chegou ontem. Querida linda, que bom que sua empregada é boa! Bem que quero um membro dessa família, para quando eu voltar.

A babá do Pedrinho é boazinha, mas a língua é o inferno e Pedrinho está chorão, agarrado a mim, nem sei o que fazer. Não há crianças para brincar com ele e isso faz falta. Botei um anúncio pedindo quartos em casa de família: se responderem e aparecer alguma coisa conveniente, mudaremos. Acho que lá, especialmente se tiver alguma criança, Pedrinho se sentirá menos perdido. O inverno é longo e mal está começando, chove muito e ele tem que ficar em casa. — De saúde vamos todos bem. — Entrei num curso por correspondência sobre Yoga, um negócio indu... Não conte a ninguém, senão me ridicularizam. Os exercícios consistem em respiração, em relaxamento muscular etc. Vamos ver se viro super-homem, sem mudar de sexo.

— Tania, querida minha! Achei tão, tão boa a ideia de teatro! Só tomara que não tenha passado. Acho que você poderia fazer coisas ótimas nesse campo. Você procurou alguém a respeito? Luiza Barreto Leite? Se você não procurar ninguém, é pouco provável que a oportunidade caia do céu. Minha impressão é a de que você teria enorme, enorme jeito. Só tomara que você não mude de ideia. — Vou começar aulas de inglês na semana que vem. Parece que o professor é bom. — Agora vejo mesmo que é necessário ter outro filho, queira ou não queira. Não se pode pegar uma criança e periodicamente fazê-la sofrer sozinha todas as espécies de adaptações. No Rio, Pedrinho não precisava de irmãos. Mas aqui, com a dificuldade de língua e diferença de tudo, quanto ajudaria ele ter companheiro. Não sei se posso ter outra criança, quer dizer, se isso acontecerá, mas resolvi que devo fazer o sacrifício! Viajando sempre, ele precisará de criança ao lado.

Fui fazer uma visita a uma senhora de um dos delegados. É uma senhora de seus 45 anos, perigosamente atraente, cheia de vitalidade, encantadora. Minha impressão é a de que você será assim, nessa idade. Me deu uma saudade de você! Você é uma criatura querida, fabulosa! E até mesmo adorável. Hoje uma das datilógrafas almoçou aqui e disse: "não sei como esses ingleses podem comer peixe no breakfast. Carne, vá lá: é até mesmo adorável, mas peixe!" — Fomos ontem ver Esther Williams, em *Duchess of Idaho*.[1] Ela está ficando com o corpo feio. Que notícias lhe mando da Inglaterra! Até mesmo horrivelmente sem graça. Por que Elisa não me escreve? Um beijo para ela, vou lhe escrever. Um abraço grande para William, um beijo para Marcinha querida. Deus abençoe vocês todos. Da sua sempre

Clarice

Torquay,
28 novembro 1950

Minhas queridas,

Não posso me queixar demais da falta de cartas porque eu mesma negligenciei um pouco a correspondência nesses últimos dias. Acontece que fomos finalmente a Londres, onde passamos quatro dias. Logo depois, Diva veio passar o fim de semana aqui em Torquay. Tudo isso atrasou muito. E, ainda mais, botei um anúncio para encontrar casa de família onde morarmos e tínhamos que ir ver inúmeras casas. Amanhã vamos mudar e parece que ficaremos satisfeitos. A casa é boa, limpa, com jardim, cachorro e gato e duas crianças em idade escolar. E, naturalmente, sairá pela metade do que pagamos no hotel. É um pouco longe da cidade, mas Maury vai domingo a Paris buscar o carro encomendado (ele passará apenas uns dois dias e por isso não vou também). Gostamos muito de Londres. Não era como eu pensava. É menos "evidente". E se é uma cidade misteriosa, não tem propriamente título de "mistério". Não é como Paris que é imediatamente e claramente Paris. É preciso ir pouco a pouco entendendo, pouco a pouco reconhecendo. E depois a pessoa começa a gostar. Fomos a dois teatros. Vimos uma peça muito boa com... Tyrone Power.[2] Ele é uma uva. Muito mais uva do que no cinema. Eu pensava que ele devia ser o tipo do bonitão e do burrão. Ele é bonitão e nada burrão. Pelo contrário. Vimos outra peça, a célebre *Cocktail Party*, do Elliot.[3] Mas a peça lida foi muito melhor, porque os artistas já não são os mesmos que a estrearam. Quem fez um dos papéis principais foi Ian Hunter, do cinema americano. Pedrinho, enquanto estávamos fora, estava ótimo. Ele já fala muita coisa de inglês com a *nurse*. Virou-se para Diva e disse: está frio!, e virou-se para a *nurse* e traduziu: *is cold*. Entende quase tudo que ela lhe diz. Ele está muito engraçadinho e mais magro porque está crescendo. Está muito carinhoso, alisa meus cabelos, me chama de "minha alma". Deu para fingir de encabulado e toda a vez que é apresentado a uma pessoa bota as duas mãos na cara e esconde os olhos. Diva passou aqui uns dois dias e foi ótimo. Ela é adorável, muito inteligente. Que mais? nem sei. Estou tomando aulas de inglês com um velho muito simpático. A *nurse* é ótima, muito carinhosa e todos no hotel a observam e dizem que ela é extraordinária. Ontem ela me disse que se eu quisesse ela iria conosco para o Brasil, com a condição de pagarmos sua viagem de volta se ela não gostasse. Isso é perigoso. Enfim, tem muito tempo para observá-la e conhecê-la melhor. Ela tem 20 anos e parece ter um caráter doce e cordato. Nós não sentimos falta de nenhuma comida. Naturalmente o gosto é sempre o mesmo, sem sal e sem tempero. Mas estamos habituados.

Por favor, escrevam, digam como estão. Se não fosse a certeza de não demorar demais aqui, eu estaria louca para voltar. Fala-se vagamente na conferência demorar até março, abril. Perto do Natal, Maury terá uns quinze dias de férias. Queríamos ir a Paris, mas temos medo de estar mexendo tanto com Pedrinho. O mais provável é irmos a Londres, todos. E, no fim da conferência, podemos ir a Paris, de onde tomaremos condução para o Rio. Não vemos demais os brasileiros, o que é ótimo. Só vemos um ou dois rapazes mais simpáticos.

Agora vou terminar porque tenho que começar a arrumar as malas. Vocês não podem imaginar como estamos cansados de viagens e mudanças. Estamos espiritualmente cansados, fisicamente cansados. Para decidirmos ir a Londres, foi um problema. Imagina que daqui a uns anos estaremos exaustos. O corpo e a cabeça ficam constantemente procurando uma adaptação, a gente fica fora de foco, sem saber mais o que é e o que não é. Nem meu anjo da guarda sabe mais onde moro.

Mas vocês sabem, e por favor escrevam, queridas. Deem um beijo grande em Marcinha, um grande abraço em William. Para vocês, o amor constante de

Clarice

Torquay,
segunda-feira, novembro 1950

Minhas queridas,

Acabo de receber sua carta, Tania meu bem, e felizmente tudo está bem aí. Eu já estava louca atrás de cartas. A notícia de uma boa empregada é das melhores... Eliane me escreve que achou você, Tania, muito bem e que d. Zuza viu Elisa e achou você ótima. Fico tão contente. — Aqui tudo bem. Pedrinho com a terceira babá. Mas essa parece boazinha e Pedrinho gosta dela, mas está tão agarrado a mim que é um desespero. Ele está muito bem, cheio de palavras novas, mas tudo em português. Come que é uma beleza, vive faminto, conversando sobre comida, "carninha gostosa", "peixinho ótimo" etc. Está reconhecendo cores, mas erra às vezes redondamente. Ontem viu um cachorro e disse: — olha o au-au verde! Já bota l nas palavras, diz "planta" direitinho, mas em vez de dizer "abrir" diz "ablir". Já usa tempos de verbo: "ele fazeu". E fala tanto que se ele de um modo geral não fosse um filho eu ficava cansada. A conversa não varia muito — é sobre comida, carros, ônibus e comida de novo. Um dia desses lembrou-se do nome dele inteiro e gritou: Pedro Gurgel Valente! Depois pensou um pouco e disse espantado: papai Gurgel Valente! O pior é que ele não acredita muito na língua inglesa, só usa uma ou duas palavras quando quer brincar ou melhor blincar. Ele diz mamãe, quer comer no hotel! Quer fazer dodô no hotel! Tem simpatias e ódios gratuitos. Tem aqui uma velha que ele odeia. Ela dá biscoito para ele, ele come e depois joga um cinzeiro na cara dela. Quando a vê de longe, já vai com a mão estendida para bater nela. Ela tem marca das unhas dele na cara... Maury trabalha muito. Ainda não pudemos ir a Londres por causa da babá. Mas acho que nesse próximo fim de semana iremos a Paris por uns três dias para buscar o carro que Maury comprou. Como vai ser para levar para o Brasil, ainda não sabemos. É possível que tenhamos de vendê-lo aqui antes de ir embora. Pedrinho está um pouco resfriado, perguntei à babá se ele acordara de noite, ela disse: — acordou uma vez, pediu "egua" e dormiu de novo. Pedir "egua" é boa notícia para Marcia. — Fora disso, não há muita novidade. Elisa, a notícia sobre eu publicar livro de contos é falsa, não sei como inventaram isso. — Ontem fomos ver umas cavernas antigas — milhões de anos pré-histórica. Descobriram lá ossos de homens pré-históricos e restos de bichos idem. Foi muito bonito. Apesar de dar certa aflição. Saí de lá disposta a não me preocupar com coisas pequenas, já que atrás de mim havia tantos e tantos anos. Mas, chegando no hotel, vi que era inútil — nada tenho a ver com a pré-história, a comida de Pedrinho é mais importante.

Tenho lido alguma coisa, jogamos de vez em quando ping-pong. Mal vejo os brasileiros, o que é muito bom. Nosso hotel é separado do deles. E como não se trata de diplomatas, não há rapapés e delicadezas extras. Tem feito bastante frio. Não gosto nada. É detestável andar encolhida, com a pele toda franzida de vento. É por isso que às vezes se veem moças de 20 anos com cara de muito mais.

Bem, queridas, vou encerrar, vou ver a criança. Um beijo enorme para vocês, com muita, muita saudade. Que sorte que a conferência não é longa demais. Um abraço grande para William. A Irma foi embora? Pena que eu não a tenha visto. Um beijo para Marcinha querida. Escrevam, escrevam.

Clarice

Por favor, me deem um ideia do que posso comprar para vocês. Vocês não podem imaginar que grande favor seria.

Torquay,
5 dezembro 1950, terça-feira

Minhas queridas,

Com a maior surpresa, recebi o telegrama de vocês pedindo notícias. Maury respondeu na mesma hora, também espantado. O fato é que tenho escrito regularmente. Se não me engano, na semana passada mandei duas cartas. Escrevi também para Eliane e Mozart, escrevi uma cartinha para d. Zuza. Não consigo entender por que vocês não recebem o que mando. Espero que a essa hora as cartas mais recentes também tenham chegado. Uma das cartas que lhes mandei na semana passada foi até registrada. Passei, é verdade, uns dias sem escrever porque fomos a Londres e na mesma semana Diva veio de lá nos ver. Nós estamos todos bem, não há motivo de preocupação. Pedrinho está, felizmente, ótimo de saúde e muito esperto e sem vergonha. Maury tem trabalhado bastante mas se sente muito bem. E eu estou também ótima. Mudamos de casa, como já lhes escrevi. E estamos gostando bastante. Só que a dona da casa, uma mulher linda, nos pegou como isca: entramos com um preço determinado e, depois que nos instalamos e respondemos positivamente a todas as perguntas sobre se estávamos bem, ela disse que só poderia continuar a nos hospedar pelo dobro, pois tinha calculado mal as despesas. O fato é que aceitamos, porque mesmo assim é menos caro que em hotel e porque estamos satisfeitos. E também porque é a terceira *nurse* (continua muito boa) e a quarta instalação no decorrer de dois meses. Acho que é um pouco demais. Maury vai amanhã de manhã a Paris, de onde voltará domingo de noite ou segunda. Ele vai buscar o carro. Não vou porque ao mesmo tempo é muito para deixar Pedrinho no meio de ingleses (nossa casa fica muito longe dos brasileiros) e pouco para ficar em Paris. Não sabemos exatamente o tempo que demora a conferência. Ora se fala em março, ora se fala em terminar antes. Já tinha vontade de arrumar as malas de novo e de estar no Brasil. Estou com muita saudade de vocês; parece que é mesmo meu destino. Forço de todos os lados para mudá-lo, mas vejo que não tenho força para tanto.

Aqui está frio de doer. Às quatro da tarde é noite fechada. O vento corta o rosto, dá uma vontade de gritar. Deixa tudo miserável, como disse uma inglesa. Domingo de manhã caiu a primeira nevada. Fomos, com um grupo, andar a cavalo. E ainda hoje, terça-feira, estou toda doída... (Não caí, não, Elisa!) Ontem fui com Pedrinho e a babá comprar-lhe um novo par de botinhas e o temperamento do sem-vergonha se revelou. Todas as botas que ele experimentava queria levar, chorou tanto e tantas vezes que limpou o nariz da sujeira de séculos. De volta, no ônibus, ele ainda estava de mal humor que empurrou o cotovelo de um homem. O homem riu e afinal Pituca riu também. Mas estava inchado de sofrer. Para piorar a história, as botas que compramos e que ele saiu usando, rebentaram logo em seguida no fecho éclair. De modo que tivemos que voltar e devolvê-las: o que fez recomeçar a tragédia. Amanhã irei de novo com ele. Deixei a compra descansar hoje.

Por favor, não se preocupem com falta de cartas. Se o correio falhar, não pensem em nada de mais — estamos realmente muito bem, bem alimentados também. Pedrinho, graças a Deus, só teve aqui um ligeiro resfriado. E nós nem isso.

Estou agora atrasada para pegar o correio e quero que a carta siga hoje mesmo. Um beijo para vocês, bem grande.

Clarice

Torquay,
1º março 1951

Minhas queridas,

Depois de amanhã, sábado, partiremos para Londres onde ficaremos até tomarmos o navio. Paris, infelizmente, está fora dos planos. Levar Pedrinho sem babá, é inútil porque eu não poderia me mover. Com babá, além de sair caro, ainda há o inconveniente de mexer demais com a criança, pois teríamos que voltar a Londres para o navio. Vamos ficar uns vinte dias em Londres, até o dia 24, quando embarcaremos. Parece que chegaremos no Rio a 9 de abril. Mandem desde já as cartas para: Brazilian Consulate General, Londres.

Elisa querida, vou pedir a um colega de Maury para trazer uma máquina dos EUA. para você: ele vai passar por lá quando partir daqui. Assim sairá mais barato. Por favor, escreva-me dizendo se tem preferência por alguma marca.

Peço a vocês que não avisem a ninguém sobre minha chegada...

Estou ansiosa por já estar no navio, em caminho.

Minhas queridas, qualquer coisa que vocês quiserem daqui, peçam e logo. Qualquer coisa eu procurarei e se achar levarei. Deem um beijo em Marcia, um abraço para William. Para vocês outro abraço, com muita saudade, da

Clarice

Tania, com as datas que lhes dei você pode calcular quando deve tomar babá e cozinheira para mim. Estou achando melhor a cozinheira encarregar-se também da arrumação da casa. A babá se ocuparia só de Pedrinho e da roupa dele. A cozinheira lavaria nossa roupa também. Você acha bom? Porque a babá sempre tinha pretexto com a arrumação da casa. Mas faça como você achar mais fácil de arranjar — e sobretudo o que lhe dê menos trabalho.

Washington

1953-1957

— por favor, não aproveitem nenhum portador eventual para nada — finjam que ignoram a existência de portadora.

Washington, 12 março 1953, quinta-feira

Leinha querida, obrigadinha pelas coisas lindas que vocês mandaram para o Paulinho. Vão servir como dizer que ela não merece tanto, porque isso já ajuda o bichinho. Achei totalmente absurdo, porém, vocês gastarem tanto

Alô, minha queridinha,

finalmente veio carta sua, já estava achando que estava demonando muito. Você tem
estado bem, minha Leinha? Espero que você não perca de novo o seu carro preto e
novo — se fosse velho e descascado! mas novinho assim é uma pena, querida. Que
sonho que você "usa"! — A descrição de apartamento de nossa desajeitada Berta
é lamentável, quer dizer, não a descrição, mas o proprio apartamento de um milhão
de cruzeiros como diz o marido-dentista. Tania tinha me descrito o traje de Berta,
preto, de renda chantilly, tão mal empregado quanto à ocasião e à pessoa. Que
vida toda desencontrada, meu Deus. Vae ver que a pobre daqui a pouco está esperando
outro filho. Minha opinião é de que ela não tem muito jeito, simplesmente porque
ela ainda não compreendeu o que acontece com ela. E, depois, uma pessoa tão ataran-
tada não tem tempo, nem ha hora de dormir, porque deve adormecer de repente de tão
cansada, não tem tempo nem ha hora de dormir de meditar sôbre o que lhe acontece.
Estou aqui fazendo fôrça para que, com a falta de ajuda real, eu mesma não caia
no esquema de Berta... A nurse vae embora agora, e, com ela, muita tranquilidade.
Paulinho está longe de estar na linha. Não sabemos bem o que acontece com ele: já
tem um mês e chora muito, dorme pouco, às vezes come de duas em duas horas de noi-
te. Tenho telefonado quase diaramente ao médico, e agora mesmo estou esperando o
telefonema dele (chamei-o e ele estava ocupado) para ver se ele faz alguma nova
sugestão. Eu queria que ele o visse antes das seis semanas protocolares, mas o médi-
co achou que não era necessário, que pelo telefone mesmo ele mudaria fórmula de
mamadeira e resolveria o caso. Mas tenho receio de que o chôro e a inquietação sejam
provocados por alguma dor. É como a nurse diz: em geral, quando vou embora de
uma casa, deixo a criança na linha mais ou menos, mas desta vez saio e entrego
para a senhora uma criança que está tão inquieta ainda como se tivesse apenas saido
do hospital. Enfim, vamos ver. — Avany ficou muito contente com sua linda carta,
queridinha. Até numa carta para Avany sinto a delicadeza de alma com que você
nasceu. Por falar em Avany, continua um amorzinho de temperamento e boa vontade,
mas, como diz Eliane (que passou aqueles dias aqui), ela se parece demais com o
próprio corpo, quer dizer, assim como o corpo dela não dá confiança, de tão fino
e pequeno, assim é ela. Eliane acha que, no fundo, não tenho empregada, que tenho
um complemento de empregada, uma dessas babazinhas cariocas. Realmente não consig
confiar mesmo nela, ela faz de tudo um pouquinho, mas não satisfatoriamente. Fe-
lizmente ela está agora em ótimas relações com Pedrinho, ambos se dando admiravelmen
te, pois ambos são crianças. Eliane chega a sugerir que eu passe ela para outra
pessoa, e arranje uma pessoa de fato, uma empregada básica e não um complemento.
Eu nunca faria isso, pois ela é uma menina ótima, alegre, disposta, e, sobretudo,
ótima com Pedrinho. Mas fico sem saber que empregada arranjar (com que dinheiro)
para fazer que serviço? Se é empregada por hora, não me adianta muito com Paulinho.
Enfim, também isso vae se esclarecer com o tempo, e a propria necessidade vae me
indicar o caminho a seguir. Quanto à nurse, achamos que podiamos mantê-la até ago-
ra porque, de qualquer modo, Maury vae ter que pedir empréstimo no banco (paga-se
depois mensalmente determinada prestação, descontando — é fácil pedir o emprés-
timo) por causa de casa de saúde e médico. Várias pessoas já fizeram isso
aqui. De qualquer modo, M aury precisará fazer esse empréstimo para pagar
em junho a prestação do apartamento no Rio, os vinte e cinco contos.

... cóli-
... lio, que nada
... os que têm cólicas
... mas muitas vezes para
... de novo. Leite e aconselhar
... é que Paulinho quase não chorou
... é bem possível que ele entre na linha
afobar 3 mêses. Eu estou muito calma e não vou
razoável se não dormir. O médico achou ele muito
Paulinho, e que não havia nenhuma razão de se preocupar.
Paulinho está aumentando de peso e muito bonitinho,
agora com uma chupeta enorme que ele "mama" com
uma velocidade de máquina. Hoje dei o meu primeiro banho
nele, e me saí bem. Não se preocupe, estou com moral
muito boa, e disposta a ouvir chôro... Minha florzinha,
minha nebinha, me escreva logo, me dê muita notícia
sua, Deus te abençoe. Um beijo de sua avó
Clarice

Washington,
21 fevereiro 1953, sábado

(esta carta só partirá segunda, pois o correio fecha em fim de semana)

Leinha querida,

Recebi agora mesmo sua carta de 14, meu benzinho. Você já devem ter recebido cartas minhas explicando tudo bem. Mas repito: este parto não teve nenhuma das horríveis complicações do outro. Me perdoem mil vezes, mas eu sabia que ia ser cesariana — os médicos, sem saber por que eu tinha tido a anterior, acharam melhor não arriscar. Mas eu nem estava preocupada, nem Maury — eles fazem muita cesariana aqui, e duas brasileiras que já partiram tiveram aqui, cada uma, 3 cesarianas perfeitas. Também pensei que não devia contar porque eles tinham dito que só resolveriam depois de tirar radiografia. Tiraram e disseram que o parto ia ser normal, que não havia motivo de esperar. Mas quando chegou o dia em que eles haviam mais ou menos calculado para o parto, e não havia dores ainda, eles (porque são dois trabalhando alternadamente) acharam mais simples marcar dia e esperar. Entrei no hospital no dia 9, segunda-feira, às 2 horas da tarde para me prepararem para o dia seguinte, de manhã, quando Paulinho nasceu. Juro por Deus que estou tão bem que nem sei como explicar a você — o corte cicatrizou com enorme rapidez, desde o quinto dia não tinha sequer um esparadrapo. Faço qualquer movimento, tomo banho de chuveiro, desço escadas. E de espírito eu não podia estar melhor: me sinto tão leve, aliviada, animada e contente. Isso me lembra uma frase que uma moça (Helena) ouviu num restaurante, numa mesa ao lado, dito por uma mulher desconhecida: "a alma é misteriosa; mas o corpo é muito mais."

Se Eliane não esteve aqui antes, é que não avisei a ninguém que ia para o hospital. Achei melhor assim. Ela veio um dia depois de Paulinho nascer. Tive, sim, meus maus momentos que felizmente não foram péssimos e passaram logo. Momentos mais de fraqueza nervosa que outra coisa. Senti, sim, falta de vocês, isso é inútil dizer. Agora está dita toda a história — e repito: juro por Deus que mal acredito na enorme diferença entre o primeiro e o segundo parto. Aqui não houve nenhuma "barbeiragem" de médico e fiquei apenas 8 dias no hospital, em vez de cerca de um mês, como na Suíça. Tenho uma *nurse* ótima, uma preta maravilhosa e carinhosa que vai ficar conosco pelo menos 2 semanas. Avany é uma joia de menina, sempre com a maior boa vontade, e muito inteligente. Pedrinho, com o ambiente calmo, tem podido receber de mim todas as atenções, de modo que não tem tido ciúme. Está muito carinhoso comigo, diz que vai me dar uma casa bem grande, com muitas comidas dentro. Eu preferia que ele me desse mais uma empregada.

Maury foi de um carinho que ultrapassa as palavras que eu possa usar. Ele se repartiu infatigavelmente entre mim e Pedrinho, de modo que nós dois (Pedrinho e eu) não nos sentíssemos sós. Pedrinho estando no colégio, ele almoçava no restaurante do hospital. Ele queria menina enormemente, eu estava com medo de que ele ficasse muito decepcionado. Mas ele está tão feliz agora com Paulinho. "Este" está um amor, Leinha. Eu estou continuando a amamentá-lo (para me garantir, pedi ao médico que receitasse um pouco de mamadeira complementar) — estou tão espantada de estar amamentando. Nunca esperei. Paulinho é muito bonitinho, eu tinha me enganado!

Minha querida, espero que esta carta encerre qualquer preocupação sua. Daqui a 6 semanas vou ao médico. Ainda não recebemos a conta deste... Maury pagou de 8 dias de hospital a quantia de 350 dólares. Esperamos que o médico peça uns 400. A *nurse* custa 12 dólares e meio por cada 24 horas. Mas a calma que ela nos dá (além de Avany aprender) vale a pena. Mandei retratos para vocês. Espero, por Deus, que não se percam...

Minha filhinha, me escreva, me diga como vão aquelas dores. Me diga também como vai no trabalho (você não tem falado nele) e como vai de finanças. Como vai o *Jornal do Comércio*? Você não foi aumentada? Tenho recebido com bastante regularidade os suplementos e *Cruzeiros*. É ótimo. Avany abençoa você cada vez que vem *Cruzeiro*...

Um beijo da sua Clarice

Leinha querida, obrigadíssima pelas coisas lindas que vocês mandaram para o Paulinho. Não posso dizer que ele não merece tanto, porque isso já ofende o bichinho. Achei totalmente absurdo, porém, vocês gastarem tanto — por favor, <u>não aproveitem</u> nenhum portador eventual para nada — finjam que ignoram a existência de portador.

Leinha, minha florzinha, tire um retrato e mande para mim! Quando comprarmos máquina vou bombardear vocês com retratos.

Washington, 12 março 1953, quinta-feira

Alô, minha queridinha,

Finalmente veio carta sua, já estava achando demorando muito. Você tem estado bem, minha Leinha? Espero que você não perca de novo o seu carro preto e novo — se fosse velho e descascado! Mas novinho assim é uma pena, querida. Que sonho que você "usa"!

A *nurse* vai embora agora, e, com ela, muita tranquilidade. Paulinho está longe de estar na linha. Não sabemos bem o que acontece com ele: já tem um mês e chora muito, dorme pouco, às vezes come de duas em duas horas de noite. Tenho telefonado quase diariamente ao médico, e agora mesmo estou esperando o telefonema dele (chamei-o e ele estava ocupado) para ver se ele faz alguma nova sugestão. Eu queria que ele o visse antes das seis semanas protocolares, mas o médico achou que não era necessário, que pelo telefone mesmo ele mudaria fórmula de mamadeira e solveria o caso. Mas tenho receio de que o choro e a inquietação sejam provocados por alguma dor. E como a *nurse* diz: em geral, quando vou embora de uma casa, deixo a criança na linha mais ou menos, mas desta saio e entrego para a senhora uma criança que está tão inquieta ainda como se tivesse apenas saído do hospital. Enfim, vamos ver. — Avany ficou muito contente com sua linda carta queridinha. Até numa carta para Avany sinto a delicadeza de alma com que você nasceu. Por falar em Avany, continua um amorzinho de temperamento e boa vontade, mas, como diz Eliane (que passou aqueles dias aqui), ela se parece demais com o próprio corpo, quer dizer, assim como o corpo dela não dá confiança, de tão fino e pequeno, assim é ela. Eliane acha que, no fundo, não tenho empregada, que tenho um complemento de empregada, uma dessas babazinhas cariocas. Realmente não consigo confiar mesmo nela, ela faz de tudo um pouquinho, mas não satisfatoriamente. Felizmente ela está agora em ótimas relações com Pedrinho, ambos se dando admiravelmente, pois ambos são crianças. Eliane chega a sugerir que eu passe ela para outra pessoa, e arranje uma pessoa de fato, uma empregada básica e não um complemento. Eu nunca faria isso, pois ela é uma menina ótima, alegre, disposta, e, sobretudo ótima com Pedrinho. Mas fico sem saber que empregada arranjar (com que dinheiro) para fazer que serviço? Se é empregada por hora, não me adianta muito com Paulinho. Enfim, também isso vai se esclarecer com o tempo, e a própria necessidade vai me indicar o caminho a seguir. Quanto à *nurse*, achamos que podíamos mantê-la até agora porque, de qualquer modo, Maury vai ter que pedir empréstimo no banco (paga-se depois mensalmente determinada prestação, descontando — é fácil pedir o empréstimo) por causa de casa de saúde e médico. Várias pessoas já fizeram isso aqui. De qualquer modo, Maury precisaria fazer esse empréstimo para pagar em junho a prestação do apartamento no Rio, os vinte e cinco contos.

O sem-vergonha do Pedrinho está chegando da escola agora, lindo, sempre com um assunto que chega a mim já no meio, como se eu adivinhasse o pensamento dele. Ele está muito engraçado, muito bonitinho. Quando volta da escola, pergunto o que ele comeu lá no almoço. Ele, o máximo que concede como confissão, é dizer: pão com geleia. Até já enjoei dessa mistura, de tanto ele falar nela. Ele continua a não ligar a mínima a Paulinho — é preciso dizer que este paga com a mesmíssima moeda. Acho aliás, que Pedrinho não percebeu totalmente o que significa a vinda do baby. Porque um dia desses, na hora do jantar, ele saiu com esta, com a maior naturalidade: mamãe, quando é que o baby vai embora? Eu tive que explicar que Paulinho não é simples hóspede, que tem raízes aqui em casa. Ele está habituado com a escola, apesar de diariamente, me sugerir que podia ficar em casa. Se você visse a cara dele vendo Peter Pan, sem se encostar na cadeira de tanto interesse, e, ao mesmo tempo, metendo a mãozinha no pacotão de pipocas que comprei para ele — e dando risadas agudas, quase sempre um pouco fora de propósito. Quase todas as crianças aqui comem pipocas e outras porcarias enquanto estão no cinema. O que motivou uma anedotinha boba no jornal: uma menina dizendo a outra: não gosto de ir ao cinema quando tem filme duplo, porque saio com dor de estômago.

O médico telefonou, e eu achei melhor pedir que ele venha ver o menino aqui em casa, sem esperar pelo dia marcado no consultório. Depois que ele vier, eu continuarei a carta, dizendo o que ele achou. Até logo, ou até amanhã de manhã, porque já são cinco horas, não sei que horas ele vem, e depois a Sarinha e o Lauro vêm jantar aqui, jantar de despedida porque já vão em breve embora.

Minha florzinha, minha netinha, me escreva logo, me dê muita notícia sua, Deus te abençoe. Um beijo de sua avó

Clarice

Elisa, tenho que dizer de novo de como gostei dos cartões! Maury vai adorar. Que ideia feliz e gentil, a sua, minha querida.

Washington,
27 novembro 1953, sexta-feira

Minhas queridas,

Recebi duas cartas de vocês, há uns dois dias, e respondo em conjunto porque estou tão gripada e também sem a Fernanda,[1] e Paulinho está gripado também, e Pedrinho está de férias de Thanksgiving.[2] Mas, apesar de tantas coisinhas, vai tudo indo. Adorei a história de Marcia que, "não se queimando na cozinha", nem por isso "já encontrou alguém". Tania, se você não tomar cuidado, essa menina casará cedíssimo! Elisa, querida, recebi ao mesmo tempo tantos jornais e revistas! Obrigadíssimo! O *Jornal de Letras* está melhorando. Eu, por mim, ainda não resolvi o problema de domingo, como você. Ler é impossível com as crianças. Maury não consegue ler nem jornal. Além do mais, não há mesmo um dia em que não haja novidadezinhas, providências a tomar. A cabeça é toda ocupada com coisas de casa. Quando penso que vem Natal, cheio de mil presentinhos a dar, saídas chatas de comprinhas sem gosto!

Paulinho está de uma preciosidade tranquila e satisfeita. Imaginem que ele está dando, sozinho, uns 6 a 8 passos! E fala "by-by", "cass" ou "cacau" (para dizer: caiu!). Está lindo, lindo, com o nariz entupido que dá pena. Quando quer um objeto (como um chinelo de Maury) e não se dá, fica vermelho de raiva. Então a gente bota o chinelo em cima de uma cama, e é quando ele anda sozinho mais depressa. Tem noites em que ele dorme melhor. O mais engraçado é que quando está entre acordado e dormindo, com os olhos fechados, ele fala como se estivesse delirando: diz tudo o que sabe em velocidade: cau, bai-ba, maru-mau, pé, vavá, e várias coisas sem sentido. Um dia desses chamou Avany de "lôca", o que soou louca. — Pedrinho vai na segunda-feira ao psicólogo. Ele está bem, enjoando muito menos, mas cheio de caraminholas na cabeça. Imaginem que todos os dias ele me amola dizendo que não quer crescer, que não quer ser "homem grande". E sem dizer por quê. Afinal, numa das vezes em que pediu para não crescer, acrescentou: quando eu for homem grande você vai ser velhinha? Você vai para o céu? Só então entendi o probleminha. Vive inventando situações: "se eu tivesse mãos nos pés e pés nas mãos, como é que eu andava?" Um dia desses fiquei com a "cara no chão": discuti qualquer coisa com Maury (não era briga), e na hora de botar Pedrinho na cama, ele me disse muito sentido: por que é que você é bruta com meu pai? — Ontem foi Thanksgiving Day, e fizemos o clássico peru. Pedrinho comeu como gente grande, mas fazendo tais considerações a respeito da ave, que só faltei chorar em cima dela. Primeiro, que estar certo de que o peru não estava cheio de c..ck! Depois: "por que o peru não anda? por que ele é uma coisa tão assada?" Depois: "o peru olha para a gente quando a gente come ele?" Depois: "ele está bem morto?" — Antes do Thanksgiving, houve uma festinha na escola, e representação, também do jardim de infância. Uma professora de outra classe, que tinha assistido os ensaios, me disse: Pedro é o nosso John Barrymore. Mas na hora foi um fiasco: Pedrinho se distraiu o tempo todo com um boneco vestido de índio e não "trabalhou" nada. Uma professora de outra turma, veio e me disse: quero lhe dizer que seu filho, se for bem guiado e dirigido, será um dia "a great person". Enquanto isso, a "great person" faz acusações: "não tenho ninguém para falar comigo, prefero falar sozinho!" Fomos ao cinema com ele, e ele falava tanto que passamos alguns carões nele, explicamos que assim nos expulsavam de lá. Então ele ficou meio danado e, apontando para a tela onde Van Heflin se acabava de trabalhar, disse: por que é que eles falam e eu não posso falar? Maury teve que explicar que todos tinham ido ao cinema exatamente para ouvir "aqueles" falarem.

Enquanto isso, o inverno está aí, Conceição está preparando a viagem para 23 de dezembro e Maury já o está substituindo e trabalhando muito.

Tania, Avany diz que você prometeu escrever para ela e não escreveu...

Estou animada para Fernanda voltar, talvez na terça ela volte, se a irmã estiver bem. Quando ela voltar, se for possível, quero ver se melhoro um pouco a vida, se ponho algumas coisas em ordem. Estou "devendo" jantares a meio mundo, e simplesmente não tenho coragem de começar. Mas vou me lançar de olhos fechados...

Estou ansiosa por saber se Mariazinha entregou bem as malas, como foi com a alfândega, se tudo chegou bem e se agradou. Todos os dias espero notícias.

Recebi uma carta de Eliane, ainda quando estava em Paris, achando pequeno em comparação com N. York. E o tom geral, não sei por quê, não é muito animado.

Elisa, estou neste instante mesmo recebendo os lindíssimos cartões de Natal. Que beleza!

Hesito em guardá-los ou em mandar pelo menos um para alguma pessoa que entenda. Obrigada, meu amorzinho. (Neste instante começou a nevar...) Deus abençoe vocês! Deus abençoe vocês, minhas queridas.

Clarice

Washington,
3 dezembro 1953, quinta-feira

Minhas queridíssimas,

Acabo de receber duas cartas de vocês, ambas de 30, e ambas reclamando falta de notícias — na certa vocês, agora, já estão com cartas, talvez tenha me distraído quanto a escrever durante a semana de gripe e ainda sem Fernanda. Mas seguiram cartas. Vocês receberam? Agora Fernanda voltou, a gripe passou e tudo está em ordem.

Fiquei inteiramente radiante com sua promoção, Tania querida! Que você seja promovida dia a dia! Deus te abençoe! E você, Leinha, como jurada me emocionou! Cada coisa, puxa! Imagino que com sua sensibilidade você sofreu mais do que o réu. Quanto à leitura na Vera Cruz, fiquei orgulhosa simplesmente ao ler o texto: está de uma clareza, de uma simplicidade incisiva, e com um tom calmo, sem palavras trágicas, até bom humor — uma beleza. Que pena que eu não tenha ouvido.

Eu tinha sabido da morte de Jorge de Lima[3] e fiquei também triste. O livro *Invenção de Orfeu* não sei, sinceramente, se tenho forças para ler: nunca consegui ler, em tão longo fôlego, uma poesia.

Tenho uma notícia fabulosa a dar: veio o dinheiro de São Paulo, os atrasados! Estamos radiantes, vocês podem imaginar. Não só porque enfim terminou a espera de um ano, como porque vários problemas vão se resolver. O primeiro deles, é que, tendo esse dinheiro (e vamos fazer tudo para conservá-lo), poderemos fazer a viagem ao Rio, lá <u>para meados</u> de 1954! Eu não estava falando nada, mas sem o dinheiro ia ser quase impossível: fizemos contas de passagens, três adultos e duas crianças, e vimos a coisa muito malparada. Mas agora, se Deus quiser, iremos. Vamos guardar no banco especialmente para isso. Outra coisa boa: Maury vai pagar de uma vez os móveis e o carro; é muito de uma vez, é um ano de pagamento feito de uma vez, mas vale a pena porque, principalmente, Maury fica livre dos mil chequezinhos mensais. Sem contar que teremos dinheiro para ir ao dentista, Maury e eu... Parece brincadeira, mas dentista é tão caro que assim se entende. Mas, o principal, mesmo, é que, feitas essas despesas todas, guardaremos o resto, intocável, para a viagem. Vamos comprar também enceradeira e aspirador. E como fica facilitado o pagamento do apartamento, em junho, e do terreno de Araruama. É, enfim, um alívio, pois estávamos apertadíssimos: no mês de novembro, no fim, estávamos com 60 dólares no banco, apenas. Maury bem merece esse alívio: ele tem trabalhado enormemente e com eficiência. (É preferível vocês não se referirem a esse dinheiro a ninguém.)

Paulinho está bem, dormindo malzinho, mas lindo, de carninha dura, musculosa e com sete dentes — ele sobe sozinho a escada toda, até em cima (alguém fica bem atrás para aparar algum "erro").

Pedrinho está bem na escola; ainda não sei nada sobre o psicólogo, temos que voltar lá várias vezes. A professora disse que, na escola, ele não procura Sandra (a namorada) nem esta o procura, mas que a mãe de Sandra disse que ela fala todos os dias nele e que quer casar com ele. De modo que o amor é correspondido. A professora me comunicou que ele passou a tomar o suco de frutas das dez horas (ele não queria por nada), porque ela disse que se ele não tomasse, Sandra ia ficar triste.

Na carta anterior, Leinha, falei nos cartões que recebi e que simplesmente adorei. Você recebeu minha carta? E na carta anterior, Tania querida, eu disse que Maury não tinha pagado as reformas do apartamento e que achava que não ia pagar nem querer, pois talvez vendesse e mesmo não tinha dinheiro para pagar. Agora, com a vinda do dinheiro, não sei se muda a questão. Tenho medo de que, de tanto fazer pagamentos, o dinheiro da viagem se prejudique, mas isso não acontecerá porque não deixarei... Maury resolverá quanto ao apartamento e então escreverei dizendo. Não sei se vale a pena a reforma se Maury pretende vender para comprar outro em local melhor. Vamos ver.

Conceição parte no dia 20 — por favor, façam logo as encomendas! Senão é capaz de não dar tempo de comprar. As lojas estão bem cheias — é preciso que as encomendas de vocês venham logo.

<u>Tania, filhinha, não faça a ligação telefônica para mim</u> — estava combinado, há mais de um mês, que no dia 30 ou 31 eu ia telefonar para vocês. Não sei se 30 ou 31, porque às vezes, nessa época, as linhas ficam mais difíceis. Mas pedirei o telefonema com um dia de antecedência, para vocês ficarem avisadas e estarem em casa juntas. Me obedeçam, sim? <u>Eu farei a ligação!</u>

Deus abençoe vocês e proteja vocês e lhes dê saúde, alegria, tranquilidade de espírito, felicidade, paciência, ânimo, coragem, mil alegrias, milhões de alegrias, muita saúde, muitas recompensas, paz de espírito, fé, compreensão de vocês mesmas e dos outros, muita felicidade.

Clarice

Por que é que Filomena, que já é uma mocinha, não me dá o gosto de me fazer uma encomenda?

Um grande abraço para William

Elisa, você recebeu o chá de jasmim que foi na mala de Mariazinha?

Tania, por favor, me diga se você por acaso teve que pagar alfândega, e me diga, por favor, o resultado, se for favorável, por favor.

Washington, 10 maio 1954, segunda-feira

Minhas queridas,

Estou com uma carta de 2 de maio, sua, Elisa, e outra do dia 3 de maio, sua, Tania, para responder. Não sei por que estão demorando tanto a chegar: demoram às vezes oito dias. A sua, Elisa, com notícias ótimas sobre Genebra, que eu já sabia porque tinha saído no boletim da Embaixada — parabéns! parabéns! parabéns! E, com ela veio um recorte de Raquel de Queiroz. A sua carta, Tania, dá notícias boas de todos, e da possibilidade de um bom inquilino — em que ficou?

Hoje recebi o telegrama dando preço de passagem. Vou explicar porque mandei a pergunta. Nós íamos pela Aerovias, que nos dá desconto, mas várias pessoas começaram a dizer que ainda sairia mais barato ir pela Pan American, se pagássemos no Brasil (com o preço fixo da passagem, mas não valor fixo do dólar, sairia muito barato). Cada um dizia uma coisa, e o homem da Aerovias esperando, e eu já chateada de mil cálculos que fiz. E a coisa ficando urgente; então o único modo era saber quanto era em cruzeiros o total das passagens. Foi ótimo eu perguntar, apesar do trabalho que dei, porque assim ficamos sabendo que, mesmo pago no Brasil e mesmo com um câmbio favorável de dólar, ainda sai mais barato na Aerovias. Queríamos evitar Aerovias por causa da baldeação em Miami e consequente desconforto com duas crianças. Mas vamos mesmo assim, pois representa um bom desconto. De modo que amanhã mesmo vai o dinheiro para Miami e teremos as passagens conosco, e o problema, se Deus quiser, resolvido.

A comida de Paulinho seguiu, como já lhes disse, por um senhor. Vou em breve mandar o telefone dele, para uma de vocês telefonar e perguntar se ele já desembaraçou a bagagem e se já está com as duas caixas em casa. Então vocês, por favor, me avisarão imediatamente, para assim eu ficar descansada sobre esse ponto, e saber que o homem não perdeu os caixotes ou coisa que valha. Não quero de modo algum mudar a alimentação de Paulinho nesses dois meses de Rio.

Estou escrevendo esta carta para você, Elisa, sem saber a mínima se você já não partiu para Genebra. Mandarei para Marquês de Abrantes.

Estou muito atrasada com a correspondência com vocês porque estive muito ocupada. Recebi as provas da tradução de P.C.S.,[4] já em certo tipo de papel que Érico reconheceu como sendo papel definitivo: isto quer dizer, minhas correções devem ter ido tarde demais. E foram tantas correções que eles teriam que refazer toda a paginação etc. etc. Se já chegaram tarde demais, é melhor eu esquecer o caso, se não quiser me aborrecer seriamente. A conselho de Érico, mandei uma carta dizendo que a "tradução era escandalosamente má" etc. que preferia que o livro nunca fosse publicado na França a sair como está, sem correções. E mandei exemplos dos erros de tradução. Esse trabalho me levou cerca de dez dias, trabalhando muitas vezes até duas e tanto da madrugada, pois fui obrigada até a escrever em francês. Para vocês terem uma ideia da tradução, eis alguns exemplos: em português: "ao fim de alguns instantes, as chamas subitamente reanimadas", foi traduzido: "ao fim de alguns instantes, tudo o que nela o chamava, se acordou" (com certeza a tradutora vendo "chamas" achou que se tratava do verbo chamar). Onde ponho: "o pai estava despenteado", a tradutora põe: "o pai estava sem fôlego". Onde ponho: "ela temia continuar ao lado de Fulana", a tradutora pôs: "repugnava-lhe estar" etc. Eu escrevi no original: "Fiquei tonta, disse ela". A tradutora traduziu: "Fiquei estúpida, disse ela". (A tradutora deve conhecer melhor o espanhol e tonto em espanhol quer dizer mais ou menos estúpido.) Escrevi: com suas olheiras negras... Ela traduziu: com seus óculos escuros... O livro está todo assim, e em muitos trechos perde totalmente o sentido. Uma noite, à meia-noite mais ou menos, eu estava tentando ler e corrigir, quando deparei com uma brutalidade de tradução, tão forte, tão inesperada, que, sozinha, mesmo, ri a ponto de chorar. Imaginem que escrevi, em má hora, no original: "a boca em forma de muxoxo". E sabem como ela, toda engraçadinha, traduziu? Assim: "la bouche em cul-de-poule". Que tal? Quando escrevo a palavra "porcaria", ela traduz por "excrementos", mesmo quando não é o caso. Sem falar em liberdades engraçadas que ela tomou. Eu escrevo: "a criada" e ela traduz: "a criada preta" — sendo que em nenhum pedaço do livro se fala em nenhum criado negro. Enfim, estou procurando passar por cima desse aborrecimento e esquecer. Parece que é tarde demais, que não vão poder fazer nada. Então vou procurar esquecer que o livro foi traduzido.

Continuo pedindo que me façam agora as encomendas — por que vocês não respondem?

Tudo bem aqui, Paulinho ótimo mas sem pronunciar uma palavra inteligível; já estou meio impaciente. Pedrinho está bem, provavelmente em muito breve deixarei de ir ao "Child Center". Maury sente-se ótimo com a dieta em que não entram frituras. Dizem mesmo que todos deveriam se alimentar assim. Tudo o mais bem, a viagem já não está tão longe.

Um beijo para vocês.
Clarice

Tania, você já recebeu os folhetos do Department of Labour?

Tania, que posso levar para William?

Washington,
29 dezembro 1954, quarta-feira

Alô, querida,

Um bilhete apressado pois quero pegar Maury antes dele sair para pôr no correio. — E mesmo vou falar com vocês depois de amanhã, o que é perspectiva tão boa!

Estou com o livro (a tradução) embrulhada para mandar para vocês e ainda não mandei. Mando aí dois artigos que saíram a propósito da tradução, um na Suíça e outro em Nice, ambos não foram mandados pela editora, um colega de Maury mandou e uma conhecida de Mafalda mandou. Traduzi os artigos muito mal, mas pelo menos dá uma ideia.

Um beijo e até breve!

Sua, sempre,
Clarice

Washington, 29 agosto 1955, segunda-feira

Minhas queridas,

Fiquei boba e radiante com os retratos de Filomena. Ela está tão linda e graciosa, e tão moça, e tão radiosa, que dá uma alegria na alma. Que Deus a abençoe. Na minha opinião, e na das pessoas a quem mostrei os retratos, ela é a mais bonita e interessante da festa. Ela é graça pura, e como está parecida com Marta Rocha. Oh, que criança linda! Tudo nela é delicado, tudo nela é ao mesmo tempo físico e espiritual, como deve ser uma pessoa. Deus a abençoe. Estou muito contente dela ter o namorado ideal, pelo qual todas as moças deveriam passar: namorado de farda heroica! Que ela se divirta e se alegre. Ela é a flor da família. E creio que não poderia ser mais amada do que é; Deus abençoe essa flor debutante.

Aqui tudo bem, felizmente. Fora um resfriadinho de Paulinho (ele agora, quando está fazendo qualquer coisa, diz: *I'm busy*),[5] um resfriado de Avany (continua firmezinha com o namorado), uma inchação de boca minha, seguida de inchação de boca de Fernanda, que continua com aquele bom humor dela. Maury está bem. Pedrinho um dia desses fez uma visita a Mafalda[6] e disse a ela: "Eu sou um sonhador. Meu irmão não é um sonhador porque ele não tem tempo: ele dorme demais." Outra descoberta dele, ouvindo uma mulher cantando no rádio, foi essa: Mamãe, uma voz é feita de nada! (*Mother, a voice is made of nothing!*) Ele ficou muito contente com o lápis que você mandou para ele, Tania. E a camisa já foi estreada: ficou ótima. Elisa, ele toma um cuidado especial com o livro de geografia que você deu a ele, e sabe que foi você quem deu. Um dia desses, inesperadamente, me perguntou: Titia Elisa pagou caro por esse livro? Eu respondi: pagou, sim, mas como ela gosta muito de você ela não se incomodou. Elisa, as revistas e jornais vêm continuando a chegar regularmente, obrigada. E vou escrever um cartão para Helena Bronstein — você sabe, por acaso, se ela está em tratamento com a médica? Tania, achei muita graça na importância que você deu à minha ida à montanha-russa — achei graça porque você acertou. Eu estava mesmo desafiando o mundo naquela hora e provando a todos do que sou capaz! E que sou capaz de aguentar minhas emoções, e que sou capaz de tudo! Era isso o que eu estava querendo, por modos indiretos, provar, e queria ver qual seria a resposta do mundo! A resposta do mundo foi a seguinte: "nós não estamos aqui para julgar, há muita coisa entre o céu e a terra que não compreendemos, e nós damos liberdade a quem tomar liberdade, nós respeitamos quem tomar liberdade". Foi essa a resposta da montanha-russa, e durante dias e talvez para muito mais dias, eu entendi a lição. Aprendi várias coisas, como vocês veem...

O tempo já está mudando, o outono está por aí. O outono é lindo mas traz em si a ameaça do inverno, de que não gosto. Tenho trabalhado razoavelmente, me parece que vivo um sonho, tão mergulhada estou em outro mundo. Estou aprendendo muito com meu próprio trabalho. — Daqui a uma semana o médico volta das férias e vou recomeçar o tratamento. Será que a montanha-russa é um dos resultados do tratamento? Uma das coisas mais maravilhosas da vida é que o aprendizado é contínuo, a gente está sempre aprendendo alguma coisa. — Acabo de receber uma carta ótima e linda de Filomena, e hoje mesmo vou responder. Deem um abraço grande para William. Um beijo para vocês. E que Deus lhes dê saúde, alegria, compreensão, esperança e boas realidades.

Com grande amor, Clarice

Me dê mais notícias sobre as vacinas e o tratamento de dentes. Como vai a pressão?

Washington,
17 outubro 1955, segunda-feira

Tania, minha querida,

Desculpe eu ter deixado você sem notícias por algum tempo. Tudo está bem conosco, felizmente. Aconteceu que eu andei meio ruim do vago-simpático e a isso se aliou uma gripezinha — tudo isso me deixou meio mole. Eu não reparei que se haviam passado tantos dias sem eu te escrever. Mas agora estou boa — ótima até. As crianças também estão bem e Maury voltou das férias muito bem. Está tudo na rotina normal e boa.

Adorei o que você me contou sobre a velhinha do bonde e sobre o "popular" que te odeia apesar de seres linda... Passei adiante a Mafalda que deu boas gargalhadas. Mafalda e Erico partiram hoje para uma viagem de um mês, pelo sul, onde Erico vai fazer conferências. Aqui já há um ar de Natal e presente que me dá certa náusea. Avany e Fernanda estão bem. Por falar nisso, há um engano seu: eu não pago as aulas de Avany, há uns tempos o seu ordenado, o que é apenas justo. Talvez eu tenha me explicado mal.

Não recebi as revistas de que você me falou — por quê? Se foram mandadas, deviam ter chegado. Talvez ainda cheguem.

Elisa não me escreve mais, só me mandou uma cartinha à qual respondi logo — espero que tenha chegado lá. — Gostei muito do que a professora disse para Marcia a respeito da matemática. Acho que, em vários sentidos, a prevenção atrapalha...e com isto estou descobrindo a pólvora.

O outono aqui está muito bonito e o frio já está chegando. Parei uns tempos de trabalhar no livro[7] mas um dia desses recomeçarei. Tenho a impressão penosa de que me repito em cada livro com a obstinação de quem bate na mesma porta que não quer se abrir. Aliás minha impressão é mais geral ainda: tenho a impressão de que falo muito e que digo sempre as mesmas coisas, com o que eu devo chatear muito os ouvintes que por gentileza e carinho aguentam... — Vimos um dia desses uma peça teatral policial muito boazinha, com John Ireland e Joana Dru que na vida real são casados. Querida, escreverei mais da próxima vez. Dê um abraço grande para William. Um beijo para a Filomena e peça para a Elisa que me escreva.

Com amor, Clarice

Washington, 25 outubro 1955, terça-feira

Minhas queridas,

Recebi cartas de vocês ontem, e pretendia responder em separado, já que vocês estão em lugares diferentes. Mas acontece que Tania pode mandar a carta para você, Elisa (mandarei esta para a Marquês de Abrantes, chega mais depressa), e acontece que depois da minha "crise" de vago-simpático ainda prefiro escrever uma carta em vez de duas. Estou bem agora, inclusive tomando umas vitaminas que me dão muita fome e muito sono. E tudo voltará sozinho ao lugar. — Recebi uma *Manchete* com poesia de Vinicius de Moraes, e fiquei "besta" de tão bonita a poesia é; naturalmente recebi outras revistas também, o que é sempre um gosto. Eu tinha em casa *Les mandarins*,[8] Elisa, que a irmã da Mafalda me deu, e ainda não tinha começado a ler; comecei ontem mesmo, com enorme prazer. As crianças vão, graças a Deus, bem. Pedrinho está contente, tranquilo! Paulinho falando sem parar as duas línguas, e muito malcriado e bonitinho, dando trabalho para comer e precisando de companhia até dormir. Ele disse que quer ser bombeiro quando crescer. Pedrinho então disse que prefere ser um cientista. Paulinho andou mudando de ideia e quer trabalhar numa "laundry" (tinturaria e lavanderia), e quis muito ter um ferro de engomar de brinquedo, anda com ele para cima e para baixo. Ontem, Paulinho escreveu duas cartas: uma para você, Elisa, e outra para você, Tania. Não mando porque são enormes e muito herméticas, isto é, nelas tudo é simbólico a um ponto que vocês sinceramente não "receberiam" a "mensagem" dele. Aliás ele é um escritor muito intenso: o lápis às vezes fura o papel. E, ao mesmo tempo, é capaz de descrever as emoções mais delicadas: às vezes o traço dele é tão fino e apagado que a "mensagem" deveria ser lida ao microscópio. Pedrinho e ele fazem um para o outro companhia e miséria. Um faz o possível para irritar o outro, dão-se dolorosas vaias, gritam "bem feito" quando uma coisa acontece com o outro. Um dia desses Paulinho me pediu água, e eu disse para o Pedrinho dar a ele. Pedrinho deu com muita boa vontade, então eu disse para Paulinho: "Diga: obrigado, Pedro!" Paulinho se virou e disse para Pedro: "*Thank you*, amor!"[9] Pedrinho se queixou: *Mother, don't let him call me "amor"*![10] Aí mesmo é que Paulinho chamou o outro de "amor". Eles bem que sabem se ofender. Às vezes um se irrita com razão, sem que a culpa seja do outro. Por exemplo, por pura admiração, Paulinho repete imediatamente as frases de

Pedrinho — e este não aguenta e berra: *don't repeat me!*[11] Então o menor, entre desiludido e já malicioso repete. Paulinho me pede suco e manda encher seu copo, o que faz com que a jarra de suco fique vazia: já pelos olhinhos dele eu percebi que a finalidade dele era esvaziar a jarra. Quando isto aconteceu, Paulinho disse: "agola (agora) num tem suco pa Pedro". Felizmente este, perdido nas suas filosofias, não ouviu e a coisa ficou por isso mesmo. Paulinho, que come pouco, está no entanto, graças a Deus, forte, gordinho e enérgico. Um dia desses uma americana, olhando-o, perguntou: "que é que você é: um campeão de boxe ou um jogador de futebol?"

O frio está entrando de fato, mesmo em mês de outubro. Promete ser um inverno rigoroso. Hoje de noite temos bilhetes para ver no teatro uma peça com Shelley Winters.[12] Mas hoje de noite tem um único concerto de um pianista russo que dizem ser dos maiores, ele vai tocar uma sonata de Chopin[13] que tem um tema, no quarto movimento, que me é muito querido e que eu ouvi no rádio quando tinha uns 15 anos e uma outra vez não sei quando — e sempre cantalorei o tema para quem entende música e ninguém conhecia, parecia até que eu tinha inventado. No sábado comprei uma sonata de Chopin e me deu esperança que nela encontrasse o tema. Estava ouvindo já sem esperança, quando no quarto movimento, a coisa estalou: ali estava ele. Então vim a saber que este "quarto movimento" é considerado um dos pontos mais altos de Chopin, senão o mais alto. E, agora sabendo o nome da sonata (nº 3 em B menor), descobri no domingo que o pianista vai tocá-la. Então Maury vai com o filho de Mafalda ao teatro, e me deixa no concerto, se é que ele vai conseguir um lugar.

Escrevam-me, sim? Elisa fique boa dessa gripe, me escreva a respeito. Tania, me dê continuadamente notícias do tratamento: gosto muito dele. Um beijo para Filomena-querida, abraço para William. Com muito amor,

Clarice

Philadelfia,
13 fevereiro 1956, segunda-feira

Minhas queridas,

Sei que tem cartas de vocês em Washington para mim, mas estou aqui em Philadelfia passando uns três dias com Zilah,[14] porque ela foi operada, uma operação ligeira. E estava aqui um pouco só. Ela estava trabalhando aqui por dois meses, em substituição de alguém. De Philadelfia não vi coisa nenhuma, saí do trem e o táxi me levou ao apartamento que é meio fora da cidade. Vim domingo, e vou amanhã ao anoitecer. No sábado comemoramos os 3 anos de Paulinho, apesar do aniversário propriamente dito ter sido na sexta-feira, mas facilitava. Foi uma festinha boazinha, com todos os alvoroços clássicos da hora, e com o alívio posterior... Mas Paulinho aproveitou toda gotinha do aniversário dele, a ponto de ter que dormir comigo por causa do sono agitado. Desde de manhã que ele estava aproveitando e vigiando os preparativos. Ele é social e um aproveitador que dá gosto. Ele toma qualquer festa em torno dele como lhe sendo devido — e, por Deus, que lhe é mesmo devido, tão precioso que ele é. Ontem telefonei aqui para casa, e falei com os dois. Pedrinho veio ao telefone e me disse: *Mother, I don't feel very happy because I'm a big boy.*[15] Maury interrompeu o telefonema dele para me dizer: é pura exploração dele, ele estava muito contente brincando! E Paulinho veio ao telefone e disse: *Mother, I have something to tell you:* Nanan[16] (Fernanda) não quis me dar papel para eu escrever. Acho que mãe é mesmo saco de queixas, e muitas vezes de pancadas. Tiramos retratos do aniversário e quando ficarem prontos mandarei. — Tudo o mais bem. Eu andei em pânico por causa das remoções que estão havendo: é que não quero por nada sair daqui para outro posto. Mas talvez não aconteça. — Yolanda Gibson veio visitar a filha e está lendo o meu livro que não está terminado, no sentido de não estar "penteado", e de faltar várias coisas, como tirar pedaços, esclarecer outros etc. Mas, mesmo assim, o livro está lá lançado. Yolanda fez vários reparos, todos condizentes com o que eu já achava. Ela ainda não me devolveu e ainda não me disse totalmente o que achava. Mas me disse que gostou. Mas eu não acreditei: senti pelo tom dela que ela não gostou mesmo. Enfim, é assim mesmo. Muito obrigada, Tania, pelo recorte que você me mandou sobre cinema, sobre aquele pedaço de escrever, vamos dizer, de fora para dentro. Chegou mesmo a calhar o recorte... No dia anterior, antes de dormir, eu estava pensando assim: por que é que eu consegui descrever uma galinha e mesmo alguns sentimentos da galinha, sem descrever os "pensamentos" da galinha? Por que não faço isso com alguns personagens do livro, por que não os vejo de fora? O seu recorte veio me dar grande apoio. O título, Elisa, não me parece estranho porque... porque fui eu que botei..., e mesmo estou habituada a ele. Mas concordo que é um pouco estranho.

Agora, Tania, o fato de você ver no título um cacófato "aveia", acho que foi uma questão pessoal sua, foi uma questão de você ter se aproximado do título por uma porta do lado... Porque "A veia no pulso" é até uma frase feita, não há como pensar em "aveia no pulso" quando se diz que médico foi sentir a veia no pulso ou etc.

Consultei a opinião "auditiva" de várias pessoas que me disseram que não lhes ocorreu nem por um momento a palavra "aveia". Quem sabe se você estava por acaso já com a palavra "aveia" na cabeça? Ou então, talvez, você analisou demais palavra por palavra no título, não sei. Eu sondei com várias pessoas diferentes que impressão tinham do título, sem elas lerem o livro. Yolanda, antes de ler, disse: me dá impressão de pulsação. Maury disse: me dá a impressão de vida. Erico disse: dá impressão de força, como de ferro. (?) Peço a você o favor de reconsiderar... O livro está me dando muito desgosto, acho que fracassei. Foi um livro muito difícil de fazer, o que não é desculpa. Mas ainda vou trabalhar nele. Se eu conseguisse dar a ele certa maciez que consigo dar nos meus contos, se conseguisse dar a ele o movimento mais rápido que consigo às vezes no conto... Mas também preciso considerar que romance tem um ritmo diferente, a respiração é outra. Enfim, é trabalho duro, e é assim mesmo.

Amanhã, indo para Washington, vou ler as cartas de vocês, e já estou antecipando o prazer. Ando melhor da cistite, se bem que continue indo de vez em quando ao médico para tratamento. Parece que vem de estado infeccioso. Não sinto mais nada, o que é ótimo. Por falar em estado infeccioso, como vai o tratamento de dentes? Está dando o resultado esperado? Elisa, não sei por que você diz que não recebi os livros que você mandou para Pedrinho: não só recebemos, como lhe escrevi dizendo que ele gostou. Será que se perdeu a carta ou você esqueceu? Recebi o livro da Dinah Silveira de Queiroz, mas ainda não li, porque chegou em vésperas de aniversário, e eu agora emprestei a Zilah porque ela gosta muito de ler teatro. Você gostou do livro? Vou ler logo que ela me devolva. — Os dias estão ficando mais longos e menos escuros, o que é promessa para uma futura primavera, o que é um alívio. Está sendo um inverno muito duro e constante, com vento. (Desculpem a escritura, a máquina de Zilah é um pouco dura.) Tenho muita emoção (!) de estar na mesma cidade em que mora a família rica de Grace Kelly,[17] já é alguma coisa. Que casamento chato o deles! "Muito entre nós", creio que se trata de casamento chamado de interesse.

Quinta-feira tem um *cocktail* na Embaixada para a comitiva americana que foi à posse de Kubitschek. Que mais? Acho que nada propriamente. Será que esta carta pega você no Rio, Tania, ou você já estará em Bocaina? Marcia está gostando? E você, Elisa, como foi de Miguel Pereira? conseguiu dormir bem?

Amanhã ou depois, quando tiver as cartas de vocês na mão, lerei e responderei. Por hoje é só.

Esta carta está "decididamente" muito "shangai", a próxima será "kar". (De onde vem essa expressão "kar"?)

Um beijo para Filomena, um abraço para William.

Com amor,
Clarice Kelly

Washington,
25 abril 1956, quarta-feira

Minhas queridas,

Estou respondendo às cartas de vocês do dia 17, com boas notícias. A de seu curso de crítica teatral, Elisa, tão interessante. E a do proveito de Marcia no Bennet. Eu não tenho mais jeito para curso, minha vida é uma preguiça contínua. Parece incrível que eu esteja aqui, lugar dos cursos, não me anime para nenhum. Tudo me parece difícil, fora de hora, fora de mão, fora de interesse. Se não se toma cuidado, fica-se tão embotada. Mas não me incomodo muito de ficar embotada. Quanto ao aproveitamento de Filomenta na escola, é uma maravilha. Como é bom quando os probleminhas vão se resolvendo. Você, Tania, sempre se beneficiou com o Bennet. E ainda mais morando perto. Quando é que você pretende se mudar para a nova casa? Brevemente? Tentei ver se arranjava uma escolinha maternal para Paulinho, que anda tão esperto e pronto para brincar com crianças (na rua quase não tem crianças). Fui visitar uma, mas meu coração me disse que não. Achei que a vigilância no playground era deficiente. Eu disse à professora que, sinceramente, tinha medo de que a criança se machucasse etc. Ela me respondeu: ah, não, este ano não tivemos nenhum acidente. O que me esfriou. Quando vi então uma meninazinha levar uma queda e gritar: *mammy!*, então resolvi (depois de dois dias de cruel meditação) que Paulinho era muito pequeno para ficar gritando mamãe. O que é bobagem, pois Pedrinho tinha a idade dele quando foi para o Recanto Infantil. Mas a escola não me deu confiança.

O Jango[18] vem aí, e não me sinto mentalmente pronta para recebê-lo. Sem vê-lo, já o clarividencio completamente. Vai haver recepção na Embaixada na terça-feira.

A primavera está custando demais este ano, faz frio e muita umidade: o ano passado, a essa altura, tudo estava já estabelecido, quero dizer, a primavera. Ainda estou estudando inglês, se é que se pode chamar de estudar. Com a minha enorme preguiça e impaciência, as aulas (uma por semana) terminaram sendo de conversa, e estou com os verbos exatamente onde estavam antes, isto é, mal colocados.

Minhas queridas, vou terminar porque quero que Avany, que tem folga hoje, leve a carta no correio.

Um beijo para vocês.

Com amor e saudade,
Clarice

Washington, 8 maio 1956, terça-feira

Minhas queridas,

Ontem mesmo escrevi para vocês contando sobre N. York, e hoje recebi duas cartas de vocês. Fiquei tão contente com seus cursos, Elisa. O que importa mesmo é "fazer" — fazer coisas. Os americanos dividem muito os atos em positivos e negativos. Quanto mais atos positivos, mais tudo vai para a frente. E o tempo aqui está lindo, todo fresquinho e novo, com folhas novas. E em breve pretendo começar a tomar aulas de direção. O que não impede que, como Ana Magnani, e como a maioria das pessoas que conheço, viva em estado de decepção... Você tem razão, não adianta se preocupar pois para cada problema existem muitas soluções. Ontem fiquei preocupada porque um colega de Maury que veio aqui com o Jango me disse que tem os três filhos no colégio Princesa Isabel (na rua Salvador), e são crianças de 8 anos para baixo. Pois o primeiro mês de aula ele recebeu conta (juntando com matrículas) de 12 contos e 600. Que foi lá reclamar, disseram que era assim mesmo, mas terminaram fazendo um ajuste de metade. Mas mesmo assim 6 contos e tanto não é brincadeira. E todos dizem que tudo está tão, tão caro. Mas é bobagem, nós conseguíamos viver antes, e conseguiremos depois também. Preciso talvez de um sabonete de Defesa Pae Jacob, provavelmente melhor que Palmolive.

Boa ideia de você, Tania, dar o nome de Paulinho para o colégio Bennet, se bem que seja tão difícil. Gostei também e muito, Elisa, de você tomar um curso de empostação de voz. Dá mais segurança. Em Nova York fui ver *The Lark*, do Anouill com Julie Harris[19] que sempre considerei (por causa de dois filmes que uma vez vi) uma das maiores atrizes. É a história de Joana D'Arc. Muito emocionante, uma beleza. — No fim de sua carta, Elisa, tão boa e tão cheia de boas notícias, você me diz "espero não ter cansado você". Ora, das duas uma: ou você me acha bem frágil ou acha que é pessoa que cansa. Como você sabe que eu não sou frágil, provavelmente se inclina para a segunda hipótese. Pois então vou lhe contar que estive dois dias com Mafalda em N.Y., e, apesar de aqui estar diariamente pelo telefone com ela e vê-la com muita frequência, fiquei com medo de que ela tivesse ficado cansada de mim; voltamos no domingo, e segunda-feira telefonei para ela de manhã para saber notícias, mas sempre com cuidado, pensando que o melhor era não vê-la por vários dias para ela descansar de mim, dei um telefonema breve e me despedi. De tarde, nessa segunda-feira, (ontem) fui ao dentista, e quando voltei soube que ela tinha passado aqui com intenção de tomar um cafezinho comigo, aproveitando o fato do filho estar com o carro. O que derrubou completamente a minha hipótese. Não acho que se deva pensar que se é formidável e que não se cansa os outros; claro que isso pode acontecer, e mutuamente, e sadiamente, pois faz parte do ser amigo ter também o direito de se irritar e de se chatear às vezes: quando isso nunca acontece é porque a pessoa não está à vontade. Mas ter este sentimento, de cansar os outros, com muita frequência ou com muita intensidade, já é neurótico... E eu sei disso: sou mestra... — Um dia desses tive um ódio muito forte, coisa que eu nunca me permiti; era mais uma necessidade de ódio. Então escrevi um conto chamado "O búfalo",[20] tão, tão forte, que, por experiência, fui ler para Mafalda, Armando Pires (um rapaz que mora aqui e trabalha na União Pan-Americana) e para Maury, e eles sentiram até um mal-estar. O rapaz disse que o conto todo parece feito de entranhas... Maury, é claro, não gostou: assustou-se com a violência. É a história de uma mulher que vai ao Jardim Zoológico para aprender com os bichos como odiar. Mas é primavera e os animais estão mansos, mesmo o leão lambe a testa da leoa. Essa mulher, que só aprendeu a perdoar e a se resignar e a amar, precisa pelo menos uma vez tocar no ódio de que é feito o seu perdão. Entende-se que ninguém tem culpa: ela está tentando odiar um homem cujo "único crime impunível" é não amá-la. Na verdade, por mais irracional que fosse, ela o odiava, só que não conseguia sentir em cheio o próprio ódio. Depois é que vem o búfalo. Mas estou vendo que estou matando a história, contando-a desse jeito. Um dia vocês verão.

Estou copiando o livro, mas muito devagar e já sem interesse. Quando acabar, mando.

Um beijo para vocês, Deus abençoe vocês.

Clarice

Washington,
25 julho 1956, quarta-feira

Minhas queridas,

A praia onde vamos é a três horas e pouco daqui. Vamos passar uns doze dias, num apartamentozinho alugado. Mas as cartas de vocês chegarão logo a mim.

Tania, meu bem, não se canse demais com a mudança, vá fazendo tudo aos poucos, tem tempo. E não ligue pequenas coisas, não se impaciente com a lentidão de várias coisas.

Elisa, querida, estamos todos ansiosos pela sua chegada, até procuro não pensar para não ficar muito *excited*. Paulinho ficou com ciúme. Quando eu disse que você vinha, ele ficou muito contente. Mas eu acrescentei: ela é minha irmã. Ele, depois de uma pausa, disse: não diz isso senão eu choro. Acho que ele quer tia, mas que não tenha nada a ver comigo. Ele, aliás, anda em fase de ciúme declarado. Me disse: eu quero que você só tenha um filho, eu. Eu disse: e Pedrinho? Ele: manda ele para a escola! Tenho a impressão de que você vai gostar muito de Pedro e Paulo... Ou me engano????

Vou mandar esta carta para o seu novo endereço, Tania, porque tenho medo de que de repente mudem a data de partida de você, Elisa, e a carta, se perca.

Um beijo e até breve.

Clarice

Elisa, você recebeu meu telegrama de aniversário? Felicidades, minha querida! E, Tania, bem-vindos à nova casa e que Deus guie vocês todos.

Washington,
9 outubro 1956, terça-feira

Minhas queridas,

Estou em atraso de correspondência, de novo, me desculpem. Mas tudo está bem, só os problemas e probleminhas correntes. Mas, antes de continuar, quero dizer o seguinte: também acho, Elisa, arriscado você vir esse outono-inverno. Ficaria mais descansada se viesse na primavera. Se você fosse ter três meses e mais de vida descansada, saindo quando e como quisesse, e, sobretudo, ficando por aqui, estaria bem. Mas você certamente irá ao norte também, onde há coisas importantes, a Boston, por exemplo, onde o clima é rigoroso, com neve demais e muito frio. Hoje, por exemplo, o dia está lindo e não frio, apenas fresco; então me dá a ideia de que você bem que podia vir. Mas a verdade é que Pedrinho está meio resfriado e eu andei cheia de ameaças de gripe. O que lhe peço, então, é o seguinte: me dê o nome da pessoa aqui com quem possamos falar e garantir sua vinda na primavera. Peça o nome na Embaixada aí, e me escreva.

Vocês, ou uma de vocês, deve ter estado com Mafalda e Erico. Tudo bem? Não lhes escrevi, quer dizer, não escrevi para eles porque cada vez mais detesto escrever carta, é um esforço danado e me parece que não compensa — mas como gosto de recebê-las! Para Fernando só consigo escrever coisas concretas, mesmo assim adio. — Por falar em Fernando Sabino, ele também não gostou do título, disse também que soou como "aveia no pulso", e disse que a outros também pareceu desagradável. De modo, Tania, que, da sua parte, não foi apenas um "modo de ouvir" pessoal ou de circunstância. Recebi um bilhete do editor dizendo que ia ler o livro, em vistas a possível publicação. Mas que, já de início e antes de ler o livro, lamentava não gostar do título que soou como "aveia". Engraçado é que, aqui, mesmo depois de eu falar em "aveia", ninguém achou. Mas estou, não só convencida, como enjoada do nome. Só que ainda não tenho outro. Vou pensar, já sem o menor prazer pois estou muito afastada do livro. Também tenho que fazer modificações no livro, que dão trabalho, levam tempo e me deixam impaciente e com preguiça. Além disso, pedi a um rapaz brasileiro que trabalha na revista *Américas* algum trabalho de tradução para me ocupar — isso antes de ter a ocupação de revisão do livro — e para ver se ganhava algum dinheirinho. Ele me deu, e a tradução me dá trabalho. Vou pegar o dinheiro e comprar tudo de roupas para mim, pois ando bem desfalcada ou com roupa já enjoada demais.

Ainda não mandei os retratos do aniversário, mas quando ficarem prontos mandarei.

Um beijo para Filomena-querida, um abraço para William. E Deus os abençoe.

Clarice

Washington,
18 outubro 1956, quinta-feira

Minhas queridas,

Não sei por quê, tenho a impressão de que há anos não conversamos. Aliás sei por quê: é que uma das coisas mais insatisfatórias do mundo é carta. A gente termina sabendo tão pouco. Mas, enfim, é assim mesmo. — Antes de mais nada, Mafalda fez alguma confusão mesmo: as seis fazendas, assim mesmo como foram descritas por você, Tania, foram mandadas por mim para vocês, juro que não mandei nada para Porto Alegre... Quanto a pérolas cultivadas, entendo a confusão de Mafalda: é que eu andei vendo uns brincos e pulseiras para vocês, mas não tinha nenhum modelo mais simpático, adiei um pouco, e depois ficou tarde, de modo que fica para outra vez. Os brincos que mandei para vocês não valem senão como curiosidade, que aliás é capaz de já estar aos milhões por aí, e eles foram mandados porque eu pretendia mandar outros, senão não mandaria esses por eles mesmos. Espero que a cunhada da Gissa e do Valle já tenha entregue as lembranças que mandei para vocês; como disse no bilhete que botei no embrulho, foram escolhidos correndo, desculpem se não acharam bonitinhas. Recebi telefonema de Rubem Braga de Nova York, ele disse que ia mandar pelo correio o pacote, mas deve ter esquecido, um dia desses provavelmente ele se lembrará e mandará. Muitíssimo obrigada! — Aqui tudo regular. Desde que aprendi a guiar, isso tem me sido de grande utilidade, e muitas coisas são feitas porque sei guiar. Mas a verdade é que me tornei uma leva e traz, como eu calculava, e muita coisa me dispensaria e me deixaria mais livre se eu não soubesse guiar. De manhã levo Pedrinho para escola (a pé), volto, espero meia hora, levo Paulinho de carro para a escola, volto, Fernanda leva Maury para a Embaixada para eu poder ter o carro de volta, a meio-dia vou buscar Paulinho, trago de volta, espero meia hora, vou buscar Maury na embaixada, volto. Se preciso do carro de tarde, levo Maury depois do almoço para a embaixada, volto, e às seis horas vou buscar de novo... É bastante demais. Paulinho já pediu para ficar sozinho na escola, o que é grande alívio. Como ele não aprende nada na escola, ele volta e mente, e diz que a professora ensinou ele a dar cambalhota etc. Ou às vezes ele diz: ela não me mandou fazer dever em casa. Só para imitar Pedrinho. Paulinho é um humilhado e ofendido pelo fato de não saber ler e escrever. Quando alguém por acaso diz para ele:

você leu isso? (em vez de: você viu isso?), ele muda depressa de assunto, ou faz um ar completamente sonso e finge não ter ouvido. Pedrinho se preocupa com o fato de Paulinho completar 4 anos antes dele, Pedrinho, completar nove. O que ele quer é distância... Ontem de noite, quando eu pensava que Pedrinho já estava dormindo, ele me chamou e perguntou no escuro, com voz já meio cavernosa: *mother, an ignorant person can have hobbies?*[21] — Como é dificílimo ter vaga em escolas, e se precisa inscrever um ano antes, e não sei que escola convém a Pedrinho, fui a uma organização privada que existe e que guia a esse respeito. No sábado vão fazer uns testes com Pedrinho. Vamos ver o que sai de tudo isso. — Houve uma recepção na Embaixada, dada ao embaixador Décio Moura que é o novo secretário-geral do Itamaraty, e que estava de passagem. Cada vez gosto menos de festas, é um sacrifício. Só vou ao que é estritamente dever, isto é, vou quando é caso de ir ou de causar encrenca ou muitas explicações. O meio não me interessa, as conversas não me interessam, os problemas deles não me interessam. Dar jantar em casa é outro sacrifício. Maury está pegando bastante gosto por essas coisas, embora procure negar. Mas eu cada vez me despreendo mais. É um problema.

Como é que se faz para vocês lerem meu livro? Não recebi carta do editor, que está com ele. Logo que eu receber, o que será sinal de que ele já leu o livro, escreverei para vocês para que lhe peçam o livro; enquanto isso já vou fazendo (se conseguir vencer preguiça e desânimo) as correções que são inúmeras.

Deus abençoe vocês e lhes dê saúde e alegria. Com tanto amor,

Clarice

Fui no baile com o vestido comprido rosa com aquelas "pedrinhas brilhantes" e o vestido fez muito sucesso.

Washington,
5 novembro 1956, segunda-feira

Minhas queridas,

Além da saudade normal, tive ontem uma particular, uma vontade de passar uns quinze dias aí com vocês. Hoje recebi sua carta, Tania querida, e recebi um dia desses outra com seu retrato tão bom no concurso de cartazes. Não tenho é recebido carta sua, Leia, mas na certa vem amanhã ou depois. — Aqui tudo bem, apesar de umas festinhas da embaixada tão chatas que parecem um pesadelo. No dia 13 de novembro vamos para Boston com o emb. e a embaixatriz, convidados por uma organização qualquer, e ficaremos dois dias; dia 15 estou de volta. Vamos ter uns oitenta banquetes nesses dois dias, o que me dá enxaqueca prévia. Como vai ter jantar de meia gala, e não queria usar vestido comprido nas duas vezes, um dia desses, ao comprar roupas para as crianças com Avany, esta me induziu a comprar um vestido de noite curto. Ainda sou tão pouco madura para a minha idade, que só compro coisas quando tenho a desculpa de que "fui mandada". Mas, se Deus quiser, isso há de mudar. Essa história de roupa minha é bem um sintoma de necessidade permanente de proteção, e de necessidade de ser mandada — e, quando sou mandada, me sinto mal e revoltada..., esquecendo de que sou eu mesma quem cria a situação de ser mandada. Que complicação! O vestido é muito bonito, branco, e tão justo e "sexy" que até pareço uma coisa que não sou, ou que, pelo menos, não pretendo ser... — Quanto a meu cabelo, cada vez que olho no espelho corto um pedacinho mais... Não tenho paciência de esperar que cresça, fico muito abatida quando ele está mais comprido. — Estou traduzindo dois artigos por mês para a revista *Americas*, seção brasileira. Me dá muito trabalho, pois eles são de uma exigência doentia quanto a estilo e gramática, e são extrassensíveis quanto a qualquer ideia de cacófato, mesmo que o cacófato se faça de uma página para outra. Mas não faz mal, me canso muito, mas vou aprendendo. Não sei se isso vai durar, se eles terão verba ainda, mas já ganhei 100 dólares.

Paulinho está muito engraçado e sem-vergonha, com probleminhas de ir para a escola. Hoje, à porta da escola, começou a vomitar, e trouxe ele de volta. Filhos, hein! Paulinho me perguntou que é que eu faria se Deus tivesse me dado, em *vez de boys, uma árvore*... Achei que seria provavelmente mais fácil. Queridas, um beijo para vocês, e que Deus as abençoe. Um abraço para William, um beijo para Filomena.

Clarice

Parece que vou traduzir um livro de Somerset Maugham para a Livraria do Globo. Erico me escreveu, mas ainda não está completamente assentado. Depois escreverei. Terei uns três meses de trabalho, e parece que me darão 15 contos.

Washington,
3 dezembro 1956, segunda-feira

Minhas queridas,

Sei que estou em atraso de correspondência, mas tudo aqui está bem. O frio já entrou, se bem que não demais. Mas de algum modo fico contente, Elisa, de sua viagem ser em outra época: não me agrada mesmo a ideia de você se resfriar por aí agora. As crianças estão bem, Maury está bem. Temos tido uma série de "compromissos sociais", mas bem chatos. Já comecei minhas compras de Natal — por enquanto 39 presentes..., fora algum que depois me lembro, sempre à última hora. Estou vesga. Seria mais simples tirar meu retrato e, muito emocionada, dar a cada um. Os 39 incluem crianças e adultos. E cortei qualquer criança de vizinho. — Uma revista literária publicada pela Universidade do Novo México, EUA, mandou uma carta para mim, endereçada para a revista *Americas*, referindo-se a um continho meu publicado lá em março de 1955..., chamado "Tentação". O editor diz que gostou, e pergunta se eu tenho alguma coisa para eles. Um rapaz brasileiro que mora aqui está traduzindo um conto para mim. Mas se a revista aprovar, só sairá no número de verão próximo, parece, pois a revista é quadrimestral.[22] Fiquei honrada com a coisa, pois a revista é muito boa. — Fomos ver uma peça de Arthur Miller (marido da Marylin...), *View from the Bridge*. É ótima, mas acho "Morte de um caixeiro-viajante" superior.[23]

Escrevi para o Erico dizendo que não posso aceitar a tradução agora. A verdade é que não consigo me concentrar. E o dia se passa, partido em mil coisas vagas ou concretas, mas partido.

Queridas, fiquem bem, e Deus as guie. Um beijo para Filomeninha, um abraço para William. Deus as abençoe.

Clarice

Washington,
6 janeiro 1957, domingo

Minhas queridas,

Desde o telefonema do dia 31 não escrevi para vocês nem também recebi cartas de vocês. Quero crer que, com vocês, seja pelo mesmo motivo: é que me senti tão bem "comunicada" com o telefonema, foi tão bom, que não senti necessidade de escrever. Mas agora já estou querendo notícias, e espero que amanhã, segunda-feira, tenha cartas de vocês. Aqui tudo bem, as crianças estão bem. — Fora disso, nada de novo propriamente. Alguns jantares que tenho que dar porque chegaram novas pessoas e outros partem. Jantares que me chateiam, não tenho paciência nem interesse, mas fico chateada à ideia dos outros "repararem". Enfim, é assim mesmo. Cada vez mais antissocial.

Elisa, querida, quando neste ano é que se realiza a sua bolsa e a sua vinda? Me escreva a respeito. Tania, queria falar com você, ver se não é possível vocês aproveitarem nossa presença aqui para a vinda de Marcinha. Vocês podiam com o preço da passagem? Washington não é o lugar mais interessante, mas é Estados Unidos. Que é que você acha? Como vai o exame da Filomena para bolsa de estudos, e para que estado daqui é? (Meu português está cada vez pior, desculpem.) Me escreva a respeito de uma possível viagem de Marcia.

A Clarissa chegou com o marido, já estão no pequeno apartamento deles, ela está bem. Mafalda e Erico é que ainda não se habituaram a Porto Alegre. Por incrível que pareça, tenho medo de minha futura desadaptação. Já me parece sinceramente não pertencer mais a nenhum lugar, tenho medo disso. Mas vamos deixar o futuro ao futuro.

Minhas queridas, se amanhã vier, como calculo, carta de vocês, acrescentarei mais a esta. Por enquanto, boa-noite e que Deus vos abençoe e guie, e lhes dê um feliz Ano-Novo, e mil anos novos cheios de alegria e tranquilidade.

Com amor, Clarice

Washington, 15 janeiro 1957

Tania, queridíssima irmãzinha,

Eu não recebia resposta da Civilização Brasileira que tinha ficado de me escrever depois de ler o livro. Depois recebi carta de Rubem Braga dizendo que José Olympio publicaria, se eu quisesse, em 1958, já que a Civilização não parecia se decidir. Então escrevi carta para Rubem e Fernando, dizendo que não queria José Olympio, pois este não só não lera o livro ainda, como, se lesse e aprovasse, na verdade 1958 queria dizer 1968. E dizendo que liberasse a Civilização Brasileira do incômodo de me dar um veredicto: que eu retirava de lá os originais. E que me dessem o nome de uma oficina a quem eu pagasse a publicação. Recebi carta de Fernando, e ao mesmo tempo da Civilização Brasileira. A desta dizia que não me respondera porque o livro ainda não tinha sido lido, mas que pretendiam publicar, e que em cerca de 12 dias me escreveriam. Fernando dizia a mesma coisa. Estou esperando, pois já se passaram muitos 12 dias e não veio carta. Não, querida, não há nada que você possa fazer. Eu ficaria até humilhada se tivesse que ter interferência de família. Se a resposta for negativa, então vejo o que faço. Já fiquei bastante humilhada com o fato de Fernando ter que mexer tanto no assunto, mas ele, pelo menos, age como um "estranho" interessado, e não em meu nome direto.

Passamos o dia 31 numa espécie de *night-club*, com um grupo neutro; todos se esforçaram razoavelmente por se animar, cada qual, no fundo, tendo o desejo de estar em companhia melhor e mais genuinamente companhia.

Paulinho está um amor, muito bonitinho, malcriado e terno, muito esperto e engraçado. Ele é uma alegria para mim. A gracinha mais recente foi ontem. Ele disse (espontaneamente e sem nada que o levasse ao assunto): "Mamãe, seu cabelo é feio para os outros, e bonito para mim." Mais tarde perguntei: "para quem meus cabelos são feios?" E ele: "Para Pedrinho, papai, Fernanda e Avany. Mas para mim são bonitos. E se alguém disser que são bonitos, dou um soco no nariz." Tudo isso numa mistura linda de inglês e português, que é o modo como ele fala com brasileiros.

O inverno está muito frio, há dois dias nevou, e ontem nem houve escola por causa das ruas geladas. Mas felizmente os resfriados têm sido poucos.

Tania, minha querida, seja adulta, e "*take care of yourself*".[24] Você vai passar as férias em casa? Não vai para fora? Você sabe o que é melhor para você, e espero que aja de acordo com os seus melhores interesses. Tenho muita confiança em seu poder de discriminação. E Deus te guie, e guie sua saúde.

Dê um beijo para Filomena. Você não respondeu sobre a viagem dela. Pense bem, e me responda. Grande abraço para William.

Um beijo de sua irmã de sempre

Clarice

Washington,
31 janeiro 1957, quinta-feira

Minha irmãzinha,

A ideia de ter muito dinheiro e possuir uma fazenda e me mandar buscar para passar férias nela — essa ideia é ótima. Tão ótima, que tive acordada o mesmo sonho, só que te mandava buscar. Mas francamente, me agrada a ideia de você ter o muito dinheiro e a fazenda, isso já faria com que você pudesse vir para cá, mesmo sem eu ter dinheiro para mandar buscar você. As frases estão complicadas, mas o sentimento não. Querida, imagino como você está cansada, e queria tanto, tanto que isso passasse. Me dê e dê-se o gosto de passar alguns dias fora, repousando. Não sei se lhe escrevi que uma revista quadrimestral publicada pela Universidade do Novo México, EUA, escreveu para a revista *Américas* a propósito de um continho meu publicado em março de 1955 (um ano e meio depois...), pedindo meu endereço. Me escreveram uma carta dizendo que tinham gostado e se eu tinha alguma coisa para eles publicarem. Parece que é uma das revistas bem conceituadas daqui. Um conhecido traduziu então o conto "Amor", tive um trabalho danado porque a tradução "matava" o original, afinal ficou pronto, e mandei para eles verem se aceitavam ou não. Recebi carta deles há uns dois dias, dizendo que sim, uma carta muito amável e elogiosa ao conto. Como é quadrimestral, não sei em que "quadrimestre" sairá, provavelmente no do verão.

Muito obrigada pelos remédios, querida. Me dou otimamente com Carbo-levedo, me sinto logo melhor com ele. E Neurinase é um ótimo equilibrador.

rhjlll lxkpo,m/ (isto é o agradecimento de Paulinho, que acaba de ver o patinho e ficou tão alegre com ele, que eu sugeri que ele lhe "escrevesse" agradecendo. Ele se prontificou logo. Espero que você saiba ler nas entrelinhas, ou melhor, nas entreletras, o "muito obrigado" dele.)

Pedrinho está agora na escola, e ainda não viu o presente dele. Pois d. Zuza só abriu a mala hoje. Depois ele escreverá.

Dia 1º de fevereiro — Pedrinho adorou literalmente o trenzinho. E é mesmo uma beleza. Ele vai escrever um bilhete. Agora me veio uma dúvida, não sei se foi você ou Elisa a presenteadora, pois me lembro de Elisa ter escrito sobre brinquedos. Mas não tem importância, obrigada a vocês duas. Me dê notícias de Elisa: quando é que ela volta ao Rio? Como está?

Um beijo para você. E, para me dar gosto, em cada carta sua fale um pouquinho na possibilidade de vocês virem para cá.

Com saudade,
sua Clarice

Washington,
19 março 1957, terça-feira

Minhas queridas,

Já não sei se estou ou não atrasada com a correspondência. Ontem recebi carta sua, Elisa, com um tom ligeiramente desanimado. Há poucos dias recebi carta sua, Tania, um pouco mais animada. Espero que tudo esteja bem, não há nada como um dia atrás do outro para repor às vezes as coisas nos lugares a que pertencem. Sendo que, por Deus, a gente tem que ajudar a repô-las ou a pô-las...

Paulinho está bem, muito engraçado e encantador. Ele parece ter um sentido prático bem afiado, está sempre dando soluçõezinhas às coisas, e entende rápido uma situação. Continua muito malcriado, compensando isso com grandes cenas de ternura. ("Seus cabelos, mamãe me mostram que você é minha namorada." "You are the best life in the world."[25] "You saved my life"[26] — isso é claramente inspirado por filmes de *cowboys* na televisão. Outra coisa inspirada por anúncios de televisão: "Mother, you are my beautiful Anacin"[27] — Anacin é um remédio contra resfriados. Ele e Pedrinho, como eu tenho escrito, formaram uma forte amizade baseada em porcarias. Vivem aos cochichos, falando em pipi, popô e congêneres. Pedrinho tem como ideal filmar uma pessoa fazendo pipi — "not you, mother, you are too pretty for that, but an old lady"[28] — esse filme, segundo ele, seria passado num cinema e todos ririam. Paulinho adorou a ideia. Essa amizade não impede uma rivalidade mútua enorme, agressões, acessos de inveja etc. Paulinho, que anda muito entusiasmado plantando sementes de flores e plantas, veio um dia desses para mim, todo contente e com ar de ter feito uma coisa maravilhosa: "Mamãe, sabe o que fiz? Eu tirei da terra a semente de cenoura que Pedro plantou, de modo que ele pensa que vai crescer e não vai, só a minha vai." Eu disse: "Mas, Paulinho, Pedro vai ficar triste e desapontado!" E ele: "Mas é isso que eu quero!" Eu: "Acho que você fez uma coisa feia, você não devia fazer isso com seu irmão." Paulinho, que esperava grande apoio de minha parte, ficou muito decepcionado, ficou encabulado e chateado, e disse: "Então, let's not talk about it anymore." (Então não vamos mais falar nisso.) Os dois se gostam e se detestam, se um pudesse prejudicar o outro ficaria muito contente, mas já é impossível para eles ter essa alegria, pois já vem misturada com grande remorso e sentimento de culpa. Enfim, são gente crescendo.

Não tenho a menor notícia de meu livro. Vou escrever, talvez, uma carta ao Enio da Silveira, da Civilização Brasileira, e perguntar o que é que há. Conforme for, retiro o livro de lá. Depois escreverei a vocês a respeito.

Aqui a primavera já está no ar, e o nosso chorão, que é a árvore mais sensível, já começou a brotar. No outono, ela também é a primeira a perder as folhas. Tenho ido uma vez por semana ao cabeleireiro, o que me deixa com os cabelos razoáveis por cerca de uma semana inteira. Tenho lido alguma coisa (eu tinha passado cerca de três anos incapaz de me concentrar a ponto de chegar à metade de um livro), tenho feito algumas traduções para a União Pan-Americana, tenho tido algumas ideias vagas para contos. Como eu disse a vocês, um continho meu publicado na revista *Americas* há mais de um ano, chamou a atenção de uma revista da Universidade do Novo México (EUA), eles me pediram um conto, mandei a tradução do conto "Amor" e de "Mistério em São Cristóvão", para eles escolherem, eles aceitaram "Amor". Então, eu, que sempre evito me colocar em situação de poder ser rejeitada, fiquei mais corajosa e, sob a sugestão de minha professora de inglês (nós só conversamos, não estudo nada...), mandei um conto para outra revista. E a revista não gostou nem aceitou. *Acho que estou ligeiramente mais forte. — Minhas queridas, me escrevam, e que Deus guie vocês.*

Com amor e saudade,
Clarice

Relendo superficialmente a carta, notei que está muito mal escrita, desculpem...

Washington,
14 abril 1957, domingo

Minhas queridas,

Aqui tudo bem, a primavera chegando. Mas poucas cartas de vocês. Também não posso me queixar porque não lhes tenho escrito muito. Mas quero notícias, e me queixo do mesmo modo. — Uma novidade que surgiu há uma semana é que Fernanda vai casar em 2 de maio, e, naturalmente, vai embora. Vai casar com um tenente-coronel do exército, quarenta e poucos anos, divorciado. Tenho que reorganizar o sistema da casa. A verdade é que Avany andava mesmo meio desocupada, com Paulinho na escola de manhã. É verdade que eu não precisava completamente de duas empregadas (a menos em dia de visita), mas de empregada e meia. Isso é difícil, mas vamos ver como nos arranjamos. Naturalmente vou aumentar Avany, e ter que lavar roupa fora ou chamar uma pessoa para lavar e passar, senão não dá tempo. Mas devo confessar uma fraqueza que me envergonha: acho que sinto a saída dela porque tenho uma necessidade infantil de ser amparada, de não ter a responsabilidade total das coisas. A verdade é que fico com certo medo de ficar sozinha, o que é ridículo, porque Avany e eu damos conta do recado; e, quando tivermos que dar jantar, chamaremos sempre um garçom. É ridículo como hesito em decidir pequenas coisas, como sinto a necessidade de pedir conselhos, e depois, é claro, fico revoltada por ter aceitado os conselhos, por ser tão indecisa... É um círculo vicioso que precisava ser quebrado. Mas tudo vai dar certo, e me arranjarei bem.

Não sei se escrevi que Paulinho teve catapora, já está bom e indo à escola. Os dois estão interessadíssimos em dinheiro, vivem vendendo as coisas que têm e comprando outras. Pedrinho chegou a escrever um cartaz e pô-lo no jardim: *Things for Sale*. Paulinho me vende as mesmas coisas que já comprei dele. Enfim, o comércio está estabelecido aqui em casa. Um dia desses expliquei a Paulinho que sinceramente não estava precisando da caixinha de madeira que ele queria me vender, de modo que não podia comprar. Ele pensou um pouco, e disse: então eu dou a caixinha de presente para você, e você me dá de presente dinheiro. Diante disso, fechei negócio. Quanto a Pedrinho, ele anda adivinhando as coisas do mundo. Um dia desses me perguntou se as pessoas, em vez de casarem, não podiam "apenas 'mate'" ("mate" é expressão usada para animais). Eu disse que tinha pessoas que viviam juntas sem casar, mas que só se dizia "mate" para animais. Ele disse: "mas uma pessoa não pode pegar uma "female" sem mais nem menos... e, se pegar uma mulher, e ninguém souber, isso não se chama "mate"? Como vocês veem, ele, sem experiência, na base das hipóteses, está se aproximando da realidade.

Elisa querida, você continua fazendo página feminina para o *Jornal do Comércio*? Você nunca mais falou nisso. Tania, não sei se lhe escrevi que o número do apartamento que você pensou que era o nosso, não é. E Maury disse que não pagou os trinta contos porque os melhoramentos não foram feitos. Me deem notícias de Marcinha, por favor.

Deus abençoe vocês.
Clarice

Rubem Braga me escreveu que o livro de contos, com o Simeão,[29] está em fase de provas. E me disse que propôs a *O Estado de S. Paulo* a publicação periódica dos contos, e que eles aceitaram. Vamos ver se vai adiante.

A Ana voltou?

Washington,
3 julho 1957, quarta-feira

Minhas queridas Elisa, Tania e Marcia,

Adorei tua carta, Marcinha querida. Você evoluiu muito, está escrevendo como adulto, querida. Acho sinceramente que você é uma pessoa que pode ter autossegurança e grande confiança em si mesma. Imagino a sua alegria! É uma grande experiência que está à sua frente, das mais interessantes e ricas. Ao mesmo tempo fico radiante com a coincidência de estarmos aqui nos Estados Unidos. Para falar a verdade, acho que é ótimo estarmos no mesmo país, mas não na mesma cidade (embora, se dependesse de mim, a bolsa se daria aqui mesmo em Washington). Explico por quê: você estando em outro estado, sua experiência vai ser mais completa, a <u>relativa</u> independência vai lhe ensinar muita coisa. Mas — e esse <u>mas</u> é ótimo — você sentirá meu apoio, ao alcance simplesmente de um telefone. Qualquer dúvida maior, e eu, com mais experiência e com muito amor, poderei orientar você. Basta, ao pegar no telefone, dizer à telefonista que se trata de "collected call" (explicarei pessoalmente melhor) — e assim você não se sentirá constrangida de usar o telefone dos Skaggs sempre que precisar ou tiver vontade. Maury mandou para eles alguns livros sobre o Brasil, escritos em inglês (material da Embaixada), e inclusive uma bandeirinha brasileira...

De acordo com a carta de vocês, então a Marcinha ficará 15 dias em Nova York. Eu pretendia passar com ela o tempo todo lá, mas não sabia que era tanto tempo. Infelizmente só poderei ficar alguns dias com ela, pois além do mais as crianças estarão ainda de férias; além do que Pedrinho terá exatamente voltado do Camp, depois de um mês ausente, e sentirá que eu saia longamente. Mas Marcinha será bem cuidada e guiada lá. E, na primavera, se Deus quiser e se estiver no gosto dela, ela virá passar as férias aqui conosco — e que farra, meu Deus! <u>Em que dia o "Brazil" chega a Nova York</u>?

Elisa querida, quando você tiver visto a peça do Nelson Rodrigues me escreva. Queria saber que mais ele introduziu na peça, além do que já costumava e que já era bastante ousado. — Queridas, Maury pede que uma de vocês duas, a que tiver no momento um pouco mais de tempo, se informe sobre os preços destes apartamentos. Obrigada!

Um beijo para vocês três, um abraço para William. E Deus vos guie.

Com amor,
Clarice

Washington, 13 agosto 1957, terça-feira

Minhas queridinhas,

Quanto à Califórnia. Coisa inteiramente inesperada, que me fez muito bem. Eu não andava dormindo bem, mas com a mudança de clima passei a dormir. Andamos uma semana no meio de milionários, hóspedes de um clube grã-fino, onde só os sócios têm direito de se hospedar e... pagar. O clube é cheio de "cabanas" grã-finas; a nossa, abrindo a porta, e descendo uns degraus, dava para uma praiazinha, onde tomei um banho no Pacífico... O clima de San Diego é inacreditavelmente bom, quente e seco, e leve. Los Angeles é quente demais. San Diego é uma beleza. Mas lamento dizer que Los Angeles e Hollywood se parecem demais com Miami. As mesmas casas baixas, o mesmo ar meio devastado e meio bagunçado, sem graça. Naturalmente tem ruas de casas lindas. Mas não era como eu pensava. Não se vê muita gente nas ruas, e não vi nas ruas gente elegante, como a gente pensa que por ali devem existir aos montes. Almoçamos com George Murphy (lembram? Um dançarino, meio chatinho, que agora tem 55 anos, e não é mais ator, trabalha na Metro como "executive"), e é muito simpático para conversar. Nesse almoço estavam, entre outros importantes que não conheço, Ann Miller que é bem simpática, ao contrário do que eu pensava; miss Suécia do ano passado, tentando cinema; ela é tão incrivelmente linda, com um corpo tão espetacular, que o pessoal brasileiro presente apelidou-a de "a que não existe"; estava também a miss América, que foi miss Universo, em 1953, se não me engano. Essa, por Deus, apenas muito bonitinha e suave, ninguém imaginaria, conhecendo-a, que mereceria prêmio; passa quase desapercebida. Depois do almoço, que "aconteceu" no Beverly Hills Hotel, fomos aos estúdios da Metro, onde vimos... Danny Kaye[30] ser filmado, e onde apertamo-lhes a mão. Ele é uma uva, tão atraente como no cinema (que digo! Muito mais ainda), e muito engraçado e inteligente. Vimos também Peter Lawford[31] ser filmado, bonito e chato. Por mais que eu soubesse como era feita a filmagem, fiquei desiludida. A coisa é feita entre chateações e repetições, exige uma paciência canina dos atores, e é feita por assim dizer sem o menor entusiasmo por parte deles. Tem um ar de pura rotina. Pelo menos o que eu vi. Nos estúdios há ruas inteiras de cenário para *cowboy*, numa rua está simplesmente a casa de *E o vento levou*,[32] numa outra a piscina que foi construída para Esther Williams. Vimos o cenário para Os *irmãos Karamazov*[33] (lindo, exato, com neve falsa, árvores de matéria plástica tão perfeitas que só faltam dar fruto, rochas de matéria plástica, mas a pessoa só falta sentir frio lá, de tão cuidado), mas, para a minha profunda mágoa, Yul Brynner astro do filme, estava nesse dia filmando fora do estúdio. Quando fomos entrando no estúdio, ao portão, havia as garotas que passam horas ali na esperança de um artista entrar para dar autógrafo. Quando saltamos do carro, elas correram para mim e me pediram autógrafo... (é que o carro era de luxo). Disse-lhes com gentileza que eu era "nobody" e que guardassem o livrinho para outra pessoa. Devo dizer a vocês que, nessa semana da Califórnia, com almoços e jantares tipo banquete, diariamente, eu estava sempre muito bem, em matéria de roupa: a maioria das roupas que levei, na verdade quase todas, eram dadas por vocês! Fazendas e modelos e feitios, tudo. São as minhas roupas mais originais, e mais finas. E apropriadas. Por exemplo, houve uma missa, e eu fui com o vestido de *shantung* (um com casaquinho forrado) modelo seu, Tania, e fazenda sua, Elisa (você trouxe para mim da Europa, lembra?). E assim por diante. Em Los Angeles, estivemos duas vezes, no primeiro e no último dia, tudo corrido, sem conseguir sequer parar um instante. Antes de tomar o avião de volta para Washington, fomos tomar um drinque com... Conrad Hilton. Acho até graça em tanta riqueza. Foi a casa mais rica e maior que já vi. Os portões, se alguém tentar atravessá-los sem ter sido "chamado", eletrocutam a pessoa... O Hilton não me agradou, e eu gostaria de ter aquela casa — pois assim a venderia e ficaria com o dinheiro, pois é antipática, com livros comprados a metro. Ele disse com muito orgulho que comprou a casa tal qual estava, com a mobília e a decoração igualzinha (nem a vaidade de fazer a casa a gosto dele, ele tem, naturalmente porque não tem gosto dele). Disseram-me que ele foi "protetor" de Ava Gardner, e Hedy Lamar, além de ter sido casado com Zsa Zsa Gabor. Bem, saindo de lá nós íamos jantar rapidamente no aeroporto, mas um brasileiro de Los Angeles achou que bem podíamos jantar bem depressa no Beverly Hilton Hotel, onde ele conhecia o "*maître d'hôtel*" que apressaria tudo. Este, ao saber que tínhamos que pegar o avião, disse: deixe então o menu por minha conta. Éramos oito pessoas na mesa, e tudo correu mesmo rápido e perfeito: um peixe muito bom, um filé, café e um sorvetezinho; em quinze ou vinte minutos tínhamos engolido tudo. Então veio a conta: cento e seis dólares... A surpresa foi enorme. O embaixador ainda deixou quinze dólares de gorjeta. Então o secretário particular do embaixador disse: estamos pagando aqui ao Conrad Hilton o drinquezinho que ele nos ofereceu na casa dele. Quase perdemos o avião, mas o dinheiro não fui eu que perdi. Bem, um dia antes de deixarmos San Diego (é cidade grande e linda), tivemos um intervalo livre, sem programa, entre um almoço e um jantar. Então demos um pulinho ao... México, cuja fronteira fica a meia hora. É uma cidadezinha que não tem valor como representante do México, feita apenas para turista, nada interessante, tem-se a impressão de estar em terra de ninguém. Ficamos lá menos de uma hora, e voltamos. Mas deu tempo de eu comprar dois brincos para você, Tania, um com desenho moderno, e um para você, Elisa (para você é mais difícil, pois quase todos são pendentes e sei que você não usa — e, além do mais, eu queria evitar comprar aqueles típicos demais, que estão tão manjados). Para mim comprei um cinto de cobre, fico parecendo cavalo em parada ou circo. Em San Diego pouco tempo tive para compras, e não pretendia fazer nenhuma, pois sabia que só daria para comprar brinquedos para as crianças e alguma coisa para Avany, e outra para Gissa que ficou ajudando o pessoal daqui de casa. Mas vi perto do hotel uns brincos, Tania, que tinham seu nome escrito, e, enquanto esperava que viessem me buscar para um almoço, comprei-os. Mando quando tiver portador.

Há cerca de duas horas estou escrevendo. Na próxima carta escreverei sobre as crianças, sobre o "camping" de Pedrinho, gracinhas dos dois. Estou agora um pouco atrapalhada pois tenho que fazer as traduções que, com as viagens, se atrasaram.

A Clarissa está esperando criança. Mais novidades eu me lembrarei aos poucos e escreverei na próxima.

Deus abençoe vocês.

Com amor,
Clarice

Cartas aos filhos

Rio, 25 Janeiro 1969

Meu gafanhoto querido,

por favor não se sinta só: você está rodeado de nosso amor, até Azaléia tem rezado por você.

Eu sei, gafanhoto, como é duro embarcar assim sòzinho: mas esta é exatamente a aventura. E se você soubesse como vai lucrar com esta aventura,você ficaria xf eufórico.

O sentimento de solidão x é um doxs mais difícdis de viver. Mas você, se Deus quizer, não vai se ssntir só, vai ter muitos amigos.

Meu coração te acompanhará sempre e sempre.

Deus te abençõe. Tua

Mãe

A Paulo Gurgel Valente,[1]
Rio, 25 de janeiro de 1969

Meu gafanhoto querido,

Por favor, não se sinta só: você está rodeado de nosso amor, até Azaleia[2] tem rezado por você.

Eu sei, gafanhoto, como é duro embarcar assim sozinho: mas esta é exatamente a aventura. E se você soubesse como vai lucrar com esta aventura, você ficaria eufórico.

O sentimento de solidão é um dos mais difíceis de viver. Mas você, se Deus quiser, não vai se sentir só, vai ter muitos amigos.

Meu coração te acompanhará sempre e sempre.

Deus te abençoe. Tua

Mãe

A Paulo Gurgel Valente, Rio, 26 de janeiro de 1969

Meu adorado filho,

Ontem, quando você embarcou, custei depois a pegar no sono. Não era por preocupação, mas acredite que qualquer mãe digna desse nome me entenderá. Há pouco tempo, Gafanhoto, você subia pelas minhas pernas para ficar no meu colo. É com orgulho ver você alto, fisicamente feito, e independente sobretudo.

Conte-me tudo, por favor. (Esta carta só poderá seguir na segunda-feira, amanhã.) Como é sua família de empréstimo? Quantas pessoas estão na casa? Quantos cinemas tem a cidadezinha?

Hoje, dia seguinte de sua partida, domingo, ocupei-me o tempo todo para disfarçar a saudade. Acabei de copiar o resto do livro,[3] e certamente amanhã mesmo telefono para a Editora Sabiá pedindo que mandem buscar. Se o livro é bom? Eu acho ele detestável e malfeito, mas as pessoas que o leram acham-no bom.

Amanhã vou chamar o homem de pintar geladeiras. E creio mesmo que o tom será bege-queimado, combinando com o teto. Aliás, da primeira vez que vier o faxineiro, vou mandar lavar o teto da cozinha.

Vá escolhendo as cores para o seu quarto, pois essas coisas demoram muito: tenho que escolher um pintor de muita confiança para que só o teto seja pintado de azul-pavão, e não escorra nada pelas paredes. Acho bonita a ideia de pintar o rodapé, é original a ideia. Mas alaranjado não porque é difícil de encontrar coberta de cama da mesma cor. A menos que o rodapé seja alaranjado e a coberta de cama da cor de azul-rei.

Silea[4] ficou com tanta saudade de você que não quis assistir televisão e foi para a cama às oito horas.

Hoje felizmente Pedro foi ao cinema com tia Elisa. Imagine você que ele tinha inventado tantas coisas más a respeito de cinema que não queria mais ir. Mas, se Deus quiser, de agora em diante ele perderá o medo.

Faz muito frio aí? O sobretudo forrado tem esquentado bastante?

Meu Gafanhoto, Deus te abençoe e te proteja. Aceite, junto com meu beijo, a minha bênção de mãe.

Mamãe

Silea te manda um beijo

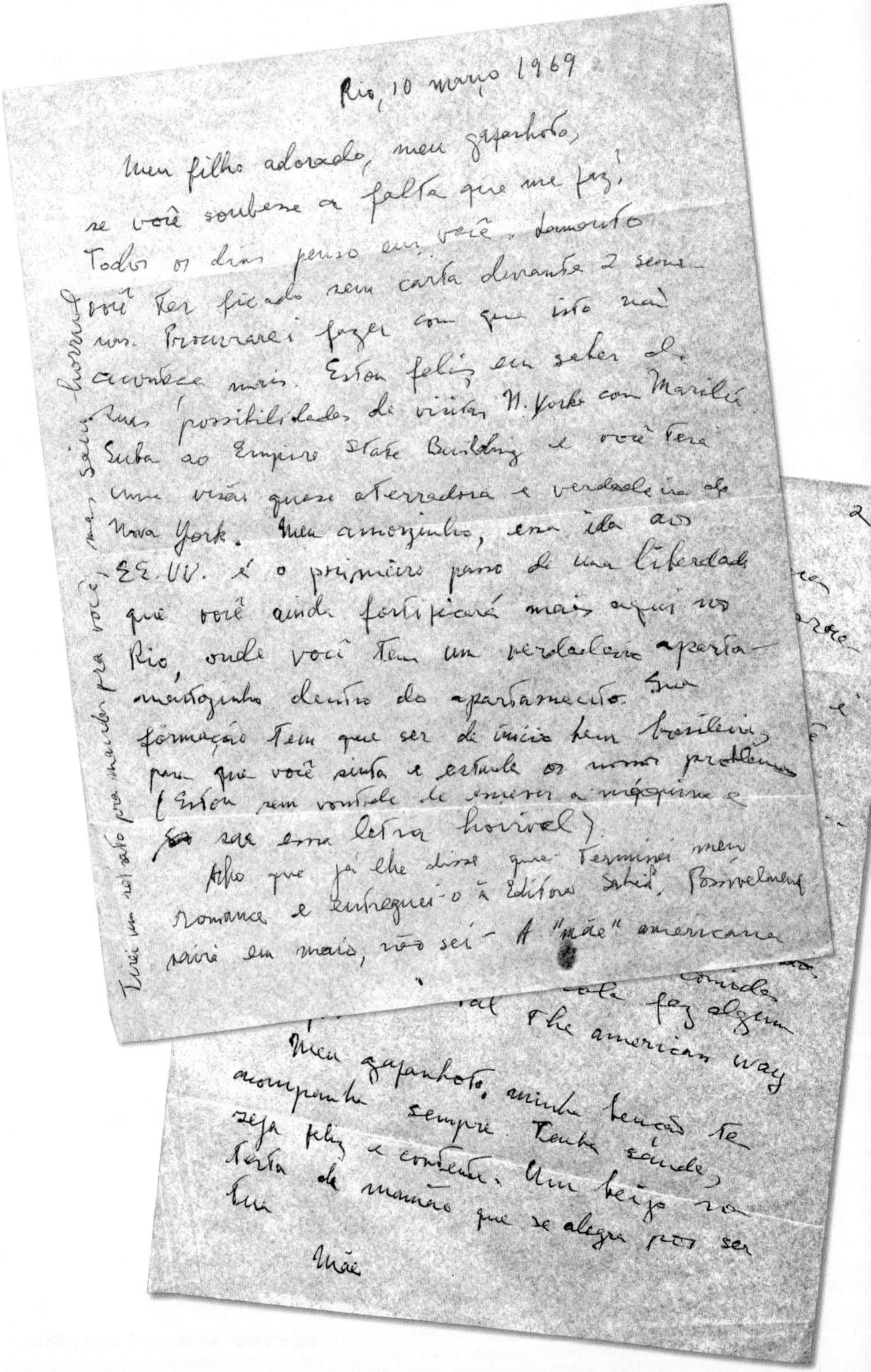

Rio, 10 março 1969

Meu filho adorado, meu gafanhoto,
se você soubesse a falta que me faz!
Todos os dias penso em você. Lamento
você ter ficado sem carta durante 2 sema-
nas. Procurarei fazer com que isto não
aconteça mais. Estou feliz em saber das
suas possibilidades de visitar N. York com Marilú.
Suba ao Empire State Building e você terá
uma visão quase aterradora e verdadeira de
Nova York. Meu amorzinho, essa ida aos
EE.UU. é o primeiro passo de uma liberdade
que você ainda fortificará mais aqui no
Rio, onde você tem um verdadeiro aparta-
mentozinho dentro do apartamento. Sua
formação tem que ser de início bem brasileira,
para que você sinta e estude os nossos problemas
(Estou sem controle de escrever à máquina e
sae essa letra horrível)
Acho que já lhe disse que terminei meu
romance e entreguei-o à Editora Sabiá. Possivelmente
sairá em maio, não sei. A "mãe" americana

Tirei um retrato pra mandar pra você, mas saiu horrível

2

comida
fez algum
the american way

Meu gafanhoto, minha benção te
acompanha sempre. Tenha saúde,
seja feliz e contente. Um beijo na
testa de mamãe que se alegra por ser
tua

Mãe

A Paulo Gurgel Valente,
Rio, 10 de março de 1969

Meu filho adorado, meu gafanhoto, se você soubesse a falta que me faz! Todos os dias penso em você. Lamento você ter ficado sem carta durante 2 semanas. Procurarei fazer com que isto não aconteça mais. Estou feliz em saber de suas possibilidades de visitar N. York com Marilu. Suba ao Empire State Building e você terá uma visão quase aterradora e verdadeira de Nova York. Meu amorzinho, essa ida aos EE.UU. é o primeiro passo de uma liberdade que você ainda fortificará mais aqui no Rio, onde você tem um verdadeiro apartamentozinho dentro do apartamento. Sua formação tem que ser de início bem brasileira, para que você sinta e estude os nossos problemas (estou sem vontade de escrever à máquina e sai essa letra horrível).

Acho que já lhe disse que terminei meu romance e entreguei-o à Editora Sabiá. Possivelmente sairá em maio, não sei. A "mãe" americana escreveu-nos uma carta muito favorável para ela. Diga-lhe que não escrevo inglês corretamente, mas que gostei muito de receber notícias através dela. Mas melhor ainda é receber notícias diretas através de você mesmo. Você diz que ela fala muito, pois ela escreve também longas cartas...

Que filmes você tem visto? A primavera já está se manifestando aí? Aqui faz calor, as praias cheias, mas se sente que o verão está acabando. Você está mais habituado à comida americana? E na escola fez algum amigo? Que tal *the american way of life*?

Meu gafanhoto, minha bênção te acompanha sempre.

Tenha saúde, seja feliz e contente. Um beijo na testa da mamãe que se alegra por ser tua

Mãe

Tirei um retrato pra mandar pra você, mas saiu horrível.

A Paulo Gurgel Valente, (sem data)

Meu filho Paulo

Não tenho escrito muito, bem sei. Mas penso em você todos os dias. Já soube que Marilu[5] não estaria em New York. Tive uma pena! Mas espero que você não tenha tido timidez em passar os dias em NY com amigos da Marilu. Sozinho não.

Meu gafanhoto, eu deveria escrever à máquina, mas estou fazendo esses [...] para poder escrever à mão, o que nas entrevistas me é muito útil. Imagina que me mandaram entrevistar Roberto Marinho: fui almoçar com ele ao mesmo tempo falando, anotando — e foi péssimo porque depois não pude decifrar o que às pressas eu anotava. E não saiu entrevista nenhuma. Acho que meu emprego na *Manchete* vai acabar porque simplesmente não tenho a quem entrevistar. Ou talvez eu me [...] pois me mandaram entrevistar d. Yolanda Costa e Silva.[6] Não se preocupe com coisa alguma. Procure ler livros da "verdadeira verdade" para o seu prazer, para conhecer mais a alma humana. Aliás você está mesmo na época para ganhar cultura. Deus te abençoe, meu filho adorado.

Um grande beijo para você.

Mamãe

A Paulo Gurgel Valente,
(sem data)

Meu querido pernilongo,

Imagine você que um dia desses telefonou para cá um homem chamado Silvino Neto e disse que tinha sido incumbido de escolher os meninos melhores da escola, os mais aplicados, para irem passar, sem despesa alguma, dez dias numa verdadeira fazenda no interior de S. Paulo. E ele disse: no Andrews[7] me deram o nome de Paulo Gurgel Valente. Eu disse: que pena, ele está nos Estados Unidos. Ele respondeu: então tanto melhor.

Fui obrigada a despedir Ângela, por questão de economia, e agora d. Doca cuida de tudo.

Hoje é domingo. Vou mais tarde ao Largo do Boticário visitar Augusto Rodrigues.[8] Mas na verdade eu vou é ver o Largo de novo. O Largo do Boticário me fascina.

Paulo, como é que você está se arrumando na escola? E na casa de sua "família americana"?

Conte-me tudo, meu querido.

Já lhe escrevi que acabei meu romance? Já está na Sabiá.

Eu tenho trabalhado um bocado, mas não estou cansada: tua mãe é fogo...

Estou fazendo um regime sério para emagrecer e se Deus quiser voltarei ao peso antigo.

Meu filhinho, Deus te abençoe.

Escreva, dê notícias. E receba,
pernilongo, um beijo da
tua

Mamãe

A Paulo Gurgel Valente, 22 de abril de 1969

Pauluquinha,

Foi tão bom ouvir tua voz pelo telefone, que valeu plenamente a pena. Logo no dia seguinte recebi carta tua, e é sempre uma alegria. Meu amorzinho, meu pauluca.

Aqui está um clima paradisíaco. A luz está mesmo celestial, bom para um pintor criar. Eu, depois do romance, não fiz mais nada. Já devia começar a juntar mais crônicas,[9] mas estou morrendo de preguiça e de falta de imaginação; o retrato que você tirou da gaivota está uma beleza: dá uma impressão desoladora de solidão.

Continuo na *Manchete*. Você tem razão: d. Yolanda não disse nada daquilo... E nem dá para ser uma primeira-dama.

Como é, Paulo? Você quer mesmo o teto azul-rei e os rodapés vermelhos? *Responda*. Não sei é onde arranjar pintor.

Bem, meu querido, não tenho mais nada a dizer. Botafogo ganhou do Flamengo 2 x 0.

Deus te proteja e te guie, meu filho adorado. De sua mãe que o quer cada vez mais

Mamãe

A Paulo Gurgel Valente, 25 de abril de 1969

Meu querido Paulinho,

Recebi ontem uma carta sua e hoje outra... Acho que os correios tinham resolvido acumular cartas suas. — Estou contentíssima de você ir a Chicago: eu não conheço essa cidade. Depois você me conta como ela é. Não se preocupe, na hora de matricular você farei tudo o que é possível para você voltar para sua antiga turma.

Você pergunta se a entrada do edifício está pronta. Que ilusão: está cheia de buracos e cimentos e madeiras. Talvez quando você voltar já esteja apresentável.

Um dia desses escrevi a você perguntando se você ainda queria seu quarto pintado, o teto de azul-rei e os rodapés de vermelho. Você ainda não me respondeu, mas permita-me uma sugestão: não faça isso, pois o quarto ficará "fantasia" demais. Enfim, escreva dizendo.

Não li *To Kill a Mocking Bird*[10] e não conheço o autor. Depois você me conta.

Aqui tudo igual. Estou esperando um filme chamado *Teorema*,[11] com o diretor italiano Pasolini. Você viu? Houve um festival de cinema aqui no Rio, mas a multidão era tal que se tornava impossível chegar perto dos cinemas. Espero vê-los em circuito normal.

Todos vão bem. Eu cheia de saudade de você, mas aguentando firme. Receba, meu viscondezinho, um beijo em cada lado da face. Da tua sempre

Mamãe

Nápoles, 7 janeiro 1945

Elisa, minha querida:

Desculpe este bilhetinho que naturalmente faz a pessoa ficar danada. É que hoje, embora bem, estou mais ou menos burra e sei que não posso escrever muito. Isso não depende de assunto, eu sempre sei o que hei de falar com você, mesmo sem novidades - que essas nunca existem propriamente. Hoje é domingo, felizmente de novo pé de chachimbo (em vez de cachimbo a máquina escreveu chachimbo, o que é muito mais elegante e muito mais próprio para este domingo - na verdade parece que eu ia escrevendo pé de cha-to, o que é mais certo). Hoje de noite vão passar no Parco Hotel um filme chamado Strange Affair, de Walt Disney (mas não sei se é isso mesmo porque falaei por telefone e não ouvi bem). Acho que nós vamos ver. São mais ou menos

A Paulo Gurgel Valente, Rio, maio de 1969

Paulo Gurgel, meu amor,

Vai ser uma luta para saber quem ganha no seguinte páreo: quem escreve pior na máquina. Acho que vou ganhar pois tem dias então que eu escrevo pedras. Fiquei radiante com o cartão sobre Chicago e pelo fato de você ter gostado do ar poluído de lá. E recebi o cartão pelo dia das mães: não pude me controlar e de pura emoção chorei muito. Chorar às vezes alivia o coração. Sua ida à corrida de carros é uma sorte. Mas por favor não se coloque perto da pista, porque às vezes eles saem dela e causam desastre.

A mãe de sua amiga Elisabeth me telefonou dizendo que ia ver a filha (morri de inveja), se eu queria que ela levasse alguma coisa para você. Por exemplo, ela disse que ia levar para a filha uma lata de feijoada. Eu imediatamente quis também uma para você, ela nem quis que eu pagasse. Depois meu coração pulou de alegria quando ela disse que ia com a filha para Nova York, por um fim de semana, e se eu dava permissão para você ir também. Claro que dei! (Silea está sentada diante de mim e dizendo: manda um abraço para ele que eu mandei.) Paulo, quando você diz da viagem da mãe de sua amiga você diz que era de qualquer forma tarde demais para pedir que ela trouxesse alguma coisa. Que coisa você pediria, se tivesse tempo? Responda-me, por favor, pois posso talvez arranjar portador.

A convite do governador da Bahia vou (passagens e estada pagas) passar lá dias 10, 11 e 12.[12] Dia das Mães estarei na Bahia pensando em vocês, meus filhos, que valem mais do tudo o que eu tive, tenho ou virei a ter. Meu livro *A mulher que matou os peixes*[13] foi adotado por várias escolas como livro de leitura para a classe e isso me dará algum dinheiro a mais. E meu romance está por sair, não sei quando. Não sei se haverá noite de autógrafos. Se houver, como eu queria que você me acompanhasse! Nessas horas a gente se sente meio sozinha.

Hoje eu fui ao cabeleireiro e me enfeitei toda porque de noite vou à Academia Brasileira de Letras assistir à posse de João Cabral de Melo Neto.[14] O pior, meu caro, são os discursos que terei que ouvir: vai ser o escândalo do século se eu adormecer na frente de todos.

Meu amorzinho, minha alma, meu queridinho, meu flor de abacate, meu amorzinho de estátua, não tenho, ao que me lembre, mais notícias. Fui ver um filme impressionante: *O bebê de Rosemary*.[15] É de arrepiar os cabelos. Mas se você for, tem que ir bem no princípio.

Meu filho, Deus te abençoe. Receba um beijo de tua mãe.

A Paulo Gurgel Valente, Rio, 31 de maio de 1969

(vai para o correio segunda-feira, 2 de junho. Hoje é sábado).

Meu querido Pernilongo,

Como vai o meu amor de filho? Estou contente com a ideia de um fim de semana em Chicago. E acho muito boa a sua ideia de um "empreguinho", como o de cortar grama. Eu também já tive vários empreguinhos, e ganhava meu dinheirinho. Além do mais não dá preguiça de cortar a grama dos outros, só dá preguiça quando é a grama de nossa própria casa... E, embora eu já saiba por que você escreveu, que não está precisando de dinheiro, uns dólares a mais não prejudicarão em nada.

Meu querido, quanto ao seu quarto, você infelizmente terá que esperar por dias melhores, isto é, mais fartos em matéria de dinheiro. Pintar as paredes de seu quarto apenas, eu não faria, porque daqui a um ano pretendo pintar a casa toda. E, quanto ao teto azul-rei, eis a minha opinião: seu quarto não é muito bem iluminado, mas as cores claras iluminam um pouco o ambiente. Ora, se eu cobrir com uma camada de tinta azul-escuro o teto, escurecerei o quarto inteiro. Garanto-lhe, Paulo, que não vale a pena. É melhor, pelo menos pelo momento, deixar o quarto como está.

Estive na Bahia para entrevistar três pessoas (Jorge Amado, o tapeceiro Genaro — não ganhei nenhum tapete... e o escultor Mário Cravo) e adorei Salvador.[15] Foram três dias e meio de sonho e agora só penso em voltar para lá e quem sabe, passar um mês trabalhando lá mesmo. Eu fui a convite do governador da Bahia que pôs à minha disposição um carro e um chofer, de modo que pude ver e sentir mil vezes mais do que se passasse tempo andando e procurando ruas. Nunca comi tanto azeite de dendê na minha vida.

Receba um beijo (da pessoa que mais quer você no mundo)

Mamãe

A Paulo Gurgel Valente, Rio, 12 de junho de 1969

Meu adorável, Pernilongo:

Desculpe, meu amor, de não ter escrito pra você há tanto tempo: passou-me desapercebido que o tempo passava. Penso diariamente em você. Nós aqui vamos bem. Eu fui ontem a São Paulo para fazer uma conferência: fui e voltei no mesmo dia.

Paulo, o sr. Osmar, do Andrews, me disse que você tem que trazer documentação. Esta consiste em uma carta em inglês da escola que você frequentou aí. Mas esta carta de nada valerá se não tiver a assinatura do cônsul brasileiro. Como Indiana não tem consulado brasileiro, ao que eu saiba, o jeito é você ir a Chicago conseguir a assinatura de qualquer modo. Não vai ser difícil.

Silea mandou dizer a você que d. Elvira casou-se com seu Júlio.[16] Ana Lucia já está andando. O tio Paulo é filho do barão de Damasceno: isso foi descoberto agora. Heitor morreu. Veridiana está presa por diversos crimes e está aguardando julgamento. Ela diz que tem uma grande revelação a fazer quando for julgada. Continua sendo a grande Veridiana Albuquerque Medeiros, e com a revelação ela vai ficar mais afamada ainda do que antes. Roberto e Maria Cristina chegam para assistir ao julgamento de Veridiana. Esta pôs fogo na mansão, dr. Jorge Antônio perdeu tudo e está vivendo modestamente na casa de d. Elvira. A Márcia é filha do Jorge Antônio, mas ainda não se sabe quem é a mãe (Veridiana não é). O Tony não é filho de Márcia. Tio Paulo está muito mal; ele diz que antes de morrer (ele está à morte) há de destruir a sua irmã Sandra.

Silea manda um grande abraço para você, e diz que tomara que o tempo passe depressa e você volte, porque ela está com muita saudade.

Meu querido filho, Deus te abençoe, amém. Continue a me escrever todas as semanas: você não imagina como é bom receber carta sua. E o empreguinho, como vai? Você engordou muito? Você cresceu mais? (Vê-se isto pelo comprimento da bainha das calças.)

Receba um beijo, meu Pernilongo, minha vida. E escreva para a sua

Mamãe

A Paulo Gurgel Valente, (sem data)

Paulinho, de minha alma,

Tenho me atrasado na minha correspondência com você, o que é imperdoável. Mas depois você vai me entender melhor. Quero saber tudo o que você se lembrar da Flórida. Não faz mal, Nova York fica por realizar. Aliás um humorista daqui João Bethencourt,[17] em vez de New York, só escreve Nu York.

Não se preocupe: não vou esquecer de matricular você em junho. Estou doida para que chegue julho e me traga você a melhor e mais preciosa fruta da estação.

Como vai sua "família"? Diga à sua "mãe americana" que eu lhe desejo felizes páscoas.

Afinal você nunca me disse se estava gostando de estar nos Estados Unidos, se está gostando de morar com uma família diferente da sua. Eu que levaria bomba se me mandassem escrever sobre a diferença entre republicanos e democratas: esqueci...

Tenho transmitido seus abraços a Pedro e Silea.

Minha alma, espero que você esteja bem de saúde, sem resfriados. Vá por mim a um *drugstore* e peça um *apple-pie*[18] com café com leite.

Receba um beijo de saudade de sua

mãe

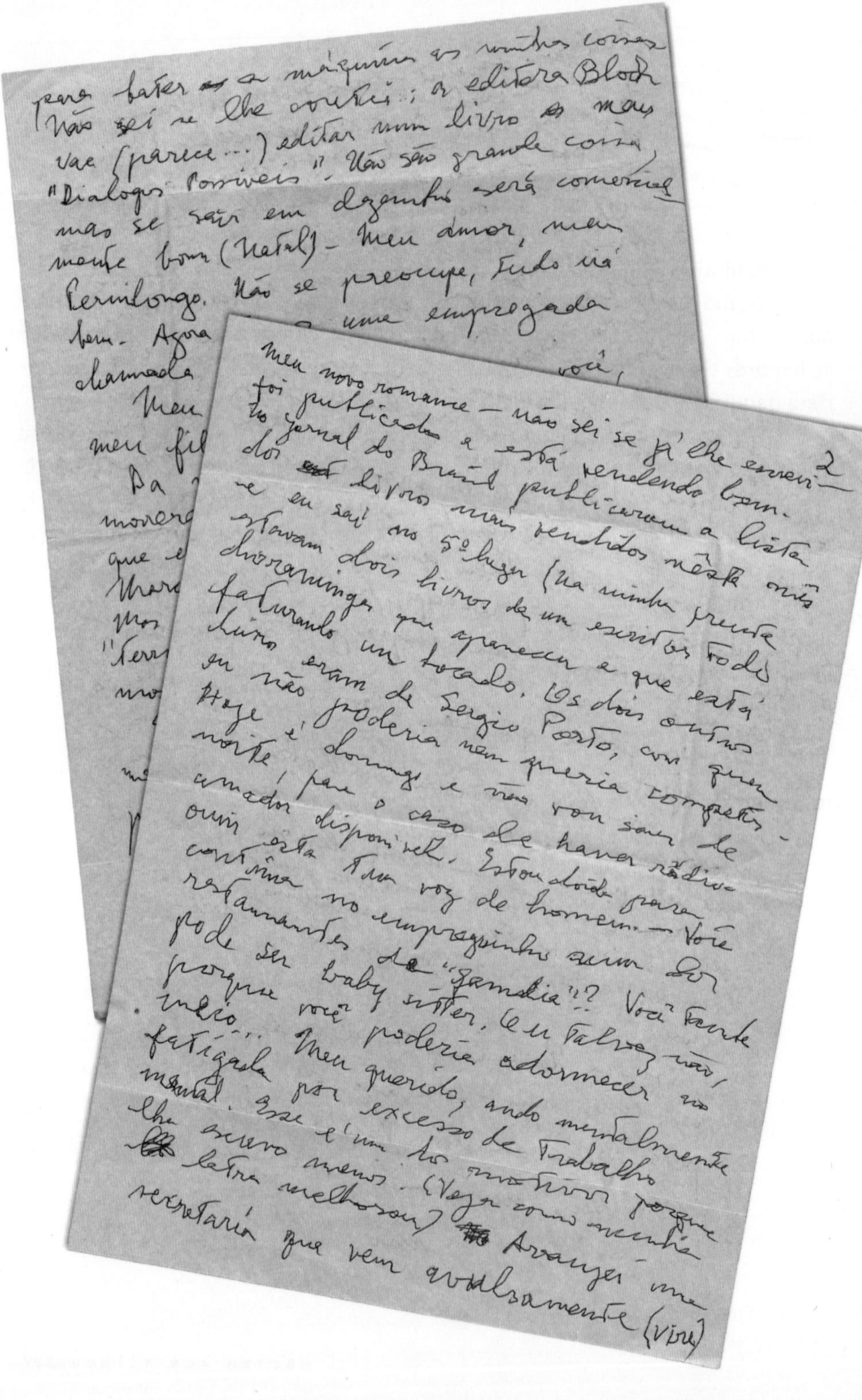
para bater à máquina as minhas coisas
Não sei se lhe contei; a editora Bloch
vae (parece...) editar um livro meu
"Diálogos Possíveis". Não são grande coisa,
mas se sair em dezembro será comercial
mente bom (Natal) – Meu amor, meu
Pemilongo. Não se preocupe, tudo vá
bem. Agora ... uma empregada
chamada ... você,
Meu ...
meu fil...

Meu novo romance – não sei se já lhe escrevi –
foi publicado e está vendendo bem. 2
O Jornal do Brasil publicou a lista
dos livros mais vendidos nesta mês
e eu saí no 5º lugar (na minha frente
estavam dois livros de um escritor todo
choramingas que apareceu e que está
faturando um bocado. Os dois outros
livros eram de Sergio Porto, com quem
eu não poderia nem queria competir.
Hoje é domingo e não vou sair de
noite, para o caso de haver rádio-
amador disponível. Estou doida para
ouvir esta tua voz de homem. – Você
continua no empreguinho num dos
restaurantes da "Gambia"?? Você
pode ser baby sitter. Eu talvez não,
porque você poderia adormecer no
início... Meu querido, ando mentalmente
fatigada por excesso de trabalho
mental. Esse é um dos motivos porque
lhe escrevo menos. (Veja como minha
letra melhorou) Arranjei uma
secretária que vem quinzenalmente (vive)

A Paulo Gurgel Valente, (sem data)

Minha alma:

Sou tão preguiçosa para escrever cartas que até para você eu adio. Eu telefonei porque não aguentei de saudade. Se não fosse caro, eu todas as semanas falaria com você. Estou muito orgulhosa de você. A fotografia em cores foi ótima, e aquela paisagem desolada de inverno que você tirou está muito bonita. Na primavera não se esqueça de tirar uma fotografia do mesmo lugar. Perto de você chegar eu despeço dona Doca que está cozinhando pedras. Despedir Ângela foi uma tolice minha.

Quando demorar a receber carta, não se assuste: é que sou mesmo das que adiam a resposta. Com a graça de Deus são só seis meses — um ano eu não aguentaria.

Continuo trabalhando forte para *Manchete*. As crônicas no *Jornal do Brasil* não me preocupam porque tenho um punhado delas, é só escolher uma e pronto. Além do mais eu pretendo me "plagiar": publicar coisas do livro *A legião estrangeira*, livro que quase não foi vendido porque saiu quase ao mesmo tempo que o romance, e preferiram este. Talvez eu receba em breve um pequeno aumento no jornal.

Silea está com muita saudade de você, e até perdeu o gosto por novela.[19] Mandou dizer que a Veridiana estava muito doente, à morte, o prof. Renato continua cego, e o tio Paulo vai se casar com Márcia. E a mulher do prof. Renato roubou o filho da Márcia pensando que é filho do Renato. O Luizinho do Coríntians da novela morreu, mataram-no. D. Elvira continua chorando muito e Heitor ainda não morreu. Silea disse que a casa não é a mesma sem você, e que você volte logo...

Diga a sua mãe americana que não escrevo bem inglês, e que sempre estou muito ocupada com o trabalho. De modo que ela não repare se eu não lhe escrever. Diga-lhe *how grateful I am* de ter agasalhado na sua casa você, *who is the soul of my life. I wish her many happiness.*[20]

Meu gafanhoto de ouro, eu te abençoo. Beijos de tua

mãe

A Paulo Gurgel Valente, Rio, 25 de fevereiro de 1971

Paulo, meu filho querido,

as cartas estão demorando tanto a chegar ao seu destino que é capaz desta não alcançar vocês em Montevidéu.[1]

Só hoje vou saber — foi a data marcada, mas nunca cumprem exatamente mesmo confirmando que as aulas começam no dia 8 de março, foi o que me informaram até agora. Tenho que ir, entre hoje e dia 3 de março, completar uma coisa da matrícula (não se impressione, você está matriculadíssimo, e eu irei hoje ou amanhã completar tudo).

O Carnaval aqui foi michuruca (é assim que se escreve?...). Nem tomei conhecimento. Só que no sábado de Carnaval a rua Gustavo Sampaio ficou sem telefone em funcionamento e não fizeram nada até hoje, me atrapalhando bastante a vida.

Depois, pessoalmente, te contarei a saga da tua matrícula... Todos os alunos foram, como eu, no primeiro dia e a fila era tão comprida que subia pelos degraus da grande escadaria e ia além desta. Eu cheguei às 11 em ponto, quando a matrícula só se abriria às 11:30, e fui para o fim da fila, sentei-me num degrau da escada, como os outros, e nada da matrícula se abrir. Então ouvi os seguintes comentários: "cada matrícula demora muito porque é preciso examinar os papéis, e dar outro escrito de volta; ora, acontece que à 1:30 da tarde eles interrompem para o almoço e só voltam às três e pouco, se não chegarem atrasados; enquanto isso temos que ficar na fila, sem ir para casa; mas acontece que fecha às 5 horas da tarde, e de 3 e pouco às cinco não haverá tempo de atender a todos; será que teremos que pernoitar aqui?" Fiquei desanimada. Mas dei um jeito: fui à terceira moça da fila e lhe disse que eu tinha hora marcada com médico e se ela se incomodaria se eu matriculasse meu filho antes dela. Ela respondeu com um alçar de ombros: por mim, tanto faz, mas pergunte aos dois rapazes na minha frente. Perguntei e eles disseram: é claro. De modo que... fui a primeira a matricular e a pagar na tesouraria os 28 cruzeiros. Acrescente-se a isso que estava um calor de matar passarinho.

Estou com muita saudade de você, meu querido. Deus queira que você faça uma boa viagem, venha com Deus.

Acho que esta carta vai ser inútil, vai chegar aí depois do dia 4...
Receba muitos beijos de sua

mãe

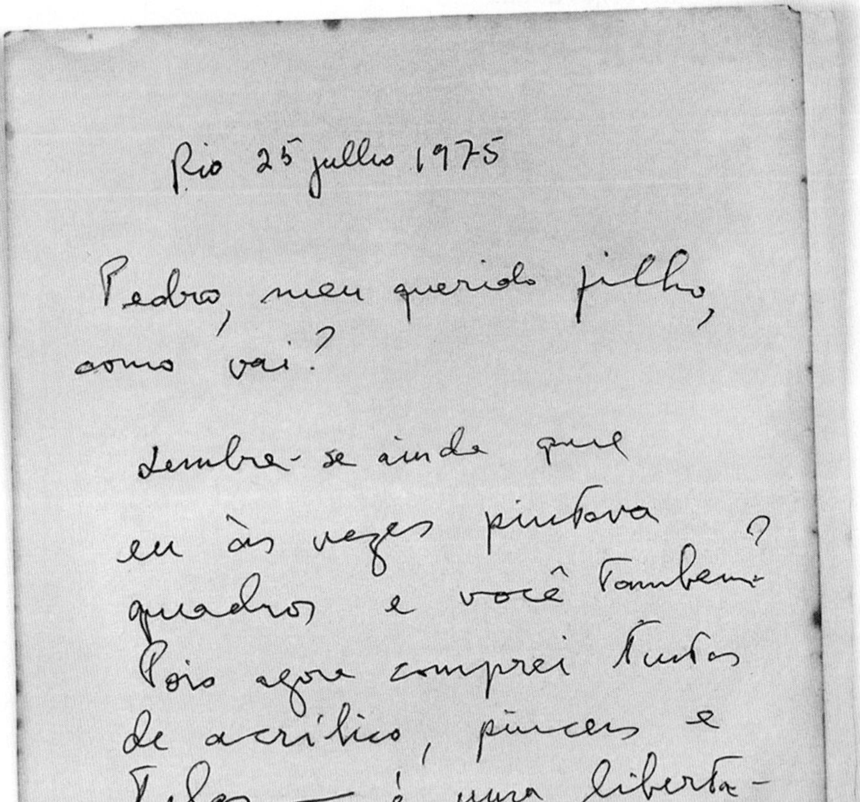

Rio 25 julho 1975

Pedro, meu querido filho,
como vai?

Lembra-se ainda que
eu às vezes pintava
quadros e você também?
Pois agora comprei tintas
de acrílico, pincéis e
telas — é uma liberta-
ção pintar. Liberta mais do
que escrever.

Sua
mãe

A Pedro Gurgel Valente,
Rio 25 julho 1975

Pedro, meu querido filho, como vai?

Lembra-se ainda que eu às vezes pintava quadros e você também?

Pois agora comprei tintas de acrílico, pincéis e telas — é uma libertação pintar. Liberta mais do que escrever.

Sua mãe

RIO DE JANEIRO
BRASIL
BELÉM
BRASIL
LISBOA
PORTUGAL
ITALIA
FIRENZE
ITALIA
ROMA
NAPOLI
ITALIA
SUISSE
BERNE
TORQUAY
ENGLAND
PARIS
FRANCE
WASHINGTON
USA

Notas

Rio de Janeiro
1940

17 de maio

1. Clarice trabalhava como repórter e tradutora na Agência Nacional.
2. O violinista Jascha Heifetz tocou em Recife quando Clarice morava naquela cidade.
3. Estafa.

22 de maio

4. Carta incompleta.
5. Clarice está se referindo ao conto "Triunfo", o primeiro de sua autoria publicado em 25/5/1940, no periódico *Pan*.
6. M. Delly, pseudônimo de um casal de irmãos franceses que escreveram romances populares na linha da literatura cor-de-rosa consumidos por jovens leitoras. A vida das mocinhas era narrada numa atmosfera de fantasia, na qual não faltavam cenários exóticos, personagens belos e ricos e uma história de amor com direito a um final feliz. Foram os autores do maior número de títulos da Coleção Biblioteca das Moças, editados no Brasil entre as décadas de 1940 e 1960, pela Companhia Editora Nacional (SP). Destacam-se, entre os 35 mais vendidos, os títulos: *Freirinha* (1947) e *Meu vestido cor do céu* (1960).

Sem data

7. Carta incompleta e sem data, escrita no Rio de Janeiro no início da década de 1940.
8. Li Yutang (1896-1976). Filósofo chinês, autor de *A importância de viver* (1937).
9. É o endereço da casa onde Clarice morava com o pai e as irmãs: Rua Lúcio de Mendonça, 36 B, casa 3, Tijuca.

1941

7 de fevereiro

10. Neste período, Clarice trabalhava na Agência Nacional, distribuidora de notícias do DIP, o Departamento de Imprensa e Propaganda. Este foi criado com o intuito de propagar notícias do governo de Getúlio Vargas. Clarice ingressou no jornal *A Noite* em 1942.
11. Brutus Pedreira foi um dos fundadores de *Os Comediantes*, grupo que realizou a primeira encenação de *Vestido de noiva* (1943), de Nelson Rodrigues, sob a direção de Ziembinski, um marco do teatro moderno brasileiro.

12. Excerto que encerra a ópera *Tristão e Isolda*, de Richard Wagner. Mostra o lamento de Isolda diante do cadáver do amante Tristão; são suas últimas palavras antes de morrer.

1942

Janeiro

13. Nesta época, Clarice e Maury eram namorados. A correspondência do casal está publicada em *Correspondências* (Rocco, 2002).

Belém
1944

23 de fevereiro

1. O artigo de Álvaro Lins, "Romance lírico", foi publicado no *Correio da Manhã* em 11 de fevereiro de 1944. Republicado sob o título de: "A experiência incompleta: Clarice Lispector". *Os mortos de sobrecasaca. Ensaios e estudos* (1940-1960), Rio de Janeiro. Civilização Brasileira, 1963.
2. O jornalista é Edgar Proença. A entrevista "Um minuto de palestra" foi publicada no *Estado do Pará* (Belém, 20 de fevereiro de 1944).

26 de fevereiro

3. Tudo leva a crer que estes contos são os mesmos reunidos num volume e enviados por Clarice para um concurso da Editora José Olympio, na década de 1940. Segundo Affonso Romano de Sant'Anna, na década de 1970, Clarice cogita publicar esses contos, mas suprime dos originais alguns deles (entre eles "Muito feliz"). Affonso recorda-se de que eles haviam sido arrancados quando Clarice lhe envia uma cópia datilografada, pedindo seu parecer sobre uma possível publicação. Os contos foram publicados postumamente em *A bela e a fera* (1978).
4. Buono Jr. era paginador da *Vamos Lêr!*, revista localizada no mesmo andar do jornal *A Noite*, onde Clarice trabalhou.

Lisboa
1944

7 de agosto

1. Jack London (1876-1916). Conhecido, principalmente, como um escritor de histórias de aventuras que encantaram gerações de jovens. Clarice Lispector traduziu um de seus grandes sucessos: *Chamado selvagem* (Edições de Ouro).
2. Ribeiro Couto (1898-1963). Poeta, romancista e diplomata. Como 1º Secretário de Embaixada, em 1943, o autor de *Cabocla* (1931) foi indicado para a Embaixada de Lisboa, onde viveu até 1946.

3. Uma das mais belas musas do cinema de Hollywood. Atuou em filmes clássicos como *Contrastes humanos* (1941). Seus cabelos loiros, compridos, com leves ondas, viraram moda na década de 1940.

Roma
1945

3 de janeiro

1. Vasco Tristão Leitão da Cunha (1903-1984). Diplomata. Ministro das Relações Exteriores (1964-1965). Vasco Leitão recebeu Maury Gurgel Valente e os demais cônsules no aeroporto de Argel, em julho de 1944, quando o marido de Clarice dirigia-se ao seu primeiro posto diplomático na Europa. Clarice conheceu o ministro, no mesmo período, viajou em sua companhia e na de Mozart Gurgel Valente, irmão de Maury quando deixou Argel em direção a Nápoles, a bordo de um navio para Taranto. De Taranto, tomaram um avião particular do comandante em chefe das forças aliadas no Mediterrâneo até Nápoles.
2. Pascoal Carlos Magno (1906-1980) foi o fundador do Teatro do Estudante do Brasil, centro de revelação de atores brasileiros, no fim da década de 1930. Em uma de suas voltas ao Brasil, por um período de quatro meses, como correio diplomático, conheceu Clarice em Natal, onde foi homenageado pelo Teatro do Estudante do Rio Grande do Norte.
3. O filme foi dirigido por Robert Stevenson, em 1944. É uma adaptação da história de amor de Charlotte Brontë, estrelado por Joan Fontaine e Orson Welles. Depois de uma infância como órfã, Jane Eyre consegue um emprego como governanta da filha do perturbado Rochester, um aristocrata inglês. Com o passar do tempo, Jane e seu patrão se apaixonam e decidem se casar. Mas o casamento deles é abalado por um grande segredo de Rochester.
4. Rosamond Lehmann fez sua estreia literária aos 23 anos com a obra *Dusty Answer*, um acontecimento literário na Inglaterra. A par da aguda percepção psicológica, a autora caracteriza-se pela extraordinária vida e poesia de seu estilo. O livro foi traduzido no Brasil por Mário Quintana sob o título de *Poeira* (Editora Globo, 1945).
5. Leon Tolstói (1828-1910). O autor de *Anna Karenina*, no livro *Que é a arte?*, condena quase todas as formas de arte, incluindo as próprias obras. Defendeu uma arte inspirada na moral, na qual o artista comunicaria os sentimentos e a consciência religiosa do povo.

1º de maio

6. Franklin Roosevelt, trigésimo segundo presidente dos Estados Unidos (1933-45).
7. É a protagonista de *O lustre* (1946), segundo romance de Clarice Lispector.
8. O poeta Giuseppe Ungaretti regeu a cadeira de Língua e Literatura Italiana na Universidade de São Paulo de 1937 a 1942. Admirador da poesia brasileira traduziu algumas páginas de *Perto do coração selvagem*.

3 de dezembro

9. Leonor Fini (1908-1996). Pintora surrealista nascida na Argentina e criada em Trieste (Itália). Deu-se com pintores como De Chirico, Dalí e Picasso.
10. Sogra de Clarice.

1946

2 de janeiro

11. Cunhada de Clarice, casada com Mozart Gurgel Valente.
12. Rubem Braga conheceu Clarice em Nápoles, em 1944, quando foi designado para fazer a cobertura jornalística das atividades da Força Expedicionária Brasileira. No fim da guerra, em 1945, voltou ao Brasil e publicou *Com a FEB na Itália*, obra em que reuniu as melhores crônicas enviadas ao jornal. Foi o editor de Clarice junto com Fernando Sabino, na Sabiá e na Editora do Autor.

Nápoles

1944

13 de novembro

1. Na Itália, a FEB ficou subordinada ao Comandante do V Exército norte-americano, general Mark Clark. Ele colocou em linha tropas brasileiras do I e II Batalhões do 6º Regimento de Infantaria para invadirem Massarora, a oeste de Lucca. O êxito da operação levou os pracinhas a ocuparem depois Camaiore e Monte Prano. Em outubro, eles tomaram Nápoles. Enquanto os russos penetraram na Hungria e na Tchecoslováquia, a tentativa de retirarem os alemães de Castelnuovo di Garfagnana foi malograda, e os pracinhas foram deslocados, no início de novembro, para Porreta Terme. As três tentativas de tomar o monte dos alemães fracassaram. Nos primeiros meses de 1945, enquanto os americanos tomavam Belvedere, os pracinhas conquistavam finalmente Monte Castelo, que custara a vida de centenas de brasileiros.

21 de novembro

2. Zina Aita (1900-1967). Pintora, desenhista, ilustradora e ceramista. Foi para a Itália em 1914. Diplomou-se em artes plásticas na Academia de Belas Artes de Florença. Em 1919, de volta ao Brasil, tomou contato com Manuel Bandeira, Ronald de Carvalho e Oswald de Andrade. Convencida por estes amigos, participou da Semana de 1922 com oito telas. Apesar do diferencial de seus trabalhos, não era considerada realmente uma modernista. Pendia para a arte decorativa, com tendência impressionista. Na Itália, decide se dedicar à cerâmica, tornando-se conhecida no país por este trabalho.

1945

7 de janeiro

3. *Strange Affair* (1944) foi estrelado por Allyn Joslyn sob a direção de Alfred E. Green.

12 de janeiro

4. Vesúvio: o único vulcão ativo no continente europeu, situado acima da baía de Nápoles, na costa oeste da Itália. Seu cume, embora variável, eleva-se a uma altura de 1.277 m.

22 de janeiro

5. Emily Brontë (1818-48): poetisa poetisa e romancista inglesa, irmã das escritoras Anne e Charlotte. É autora de *O morro dos ventos uivantes* (1847). Um de seus livros, *O vento da noite* (poemas), publicado pela José Olympio, em 1944, foi traduzido por Lúcio Cardoso e lido por Clarice quando ela residia em Nápoles, conforme ela relatou em carta ao escritor.
6. Clarice refere-se ao primeiro livro de Elisa Lispector: *Além da fronteira* (Editora Leitura).
7. Jornalista, autor de várias biografias literárias: A *vida dramática de Euclides da Cunha* (1938) e A *vida contraditória de Machado de Assis* (1939).
8. *Maise Goes to Reno* (1944) com Ann Sothern, John Hodiak e Ava Gardner. Dirigido por Harry Beaumont.
9. *Lohengrin* (1850) é uma ópera de Richard Wagner, ambientada no Ducado de Brabant (na atual Bélgica). Narra a história da princesa Elsa von Brabant, injustamente acusada de ter assassinado o herdeiro do trono de Brabant pelo duque Friederich von Telramund e sua esposa Ortrud. Elsa invoca Lohengrin, cavaleiro do Santo Graal que surge no julgamento de Elsa num barco puxado por um cisne, e derrota Telramund numa batalha, provando assim sua proteção divina. Lohengrin propõe casamento a Elsa, desde que ela nunca queira saber sua identidade. Persuadida por Ortrud, Elsa rompe o pacto com Lohengrin. Ao anunciar diante de todos sua verdadeira identidade, Lohengrin parte deixando Elsa, e o cisne que tracionava o barco de Lohengrin se transforma no herdeiro do trono, que todos julgavam morto, atribuindo a culpa a Elsa.

29 de janeiro

10. "seu nome como pseudônimo".
11. Olegario Mariano (1889-1958), poeta, político e diplomata. Autor de *Toda uma vida de poesia* (1957) frequentou a roda literária de Olavo Bilac, Coelho Neto, e outros. Sua poesia está identificada com os preceitos do Simbolismo.
12. *Les chemins de la mer*, de François Mauriac (1885-1970). Um dos grandes escritores franceses do século XX, ao lado de outros escritores cristãos franceses, Georges Bernanos e Julien Green, tornou-se uma referência para aqueles escritores influenciados pelo cristianismo existencial como Lúcio Cardoso, Octavio de Faria e Cornelio Penna. Suas principais obras literárias são *Le désert de l'amour*, *Thérèse Desqueyroux*, *Le noeud de vipères* e *Le mystère Frontenac*.

19 de março

13. Dora Rabin, filha de Leivi Rabin, um dos irmãos da avó materna de Clarice, Tcharna Rabin.
14. O livro citado é *O lustre* (Editora Agir, 1946).

20 de abril

15. Clarice serviu como voluntária na Seção de Serviço Social do Serviço de Saúde da FEB, prestando solidariedade aos soldados brasileiros feridos em combate. Nas visitas diárias, conversava com os doentes e procurava ajudá-los no que fosse necessário. Em cartas, comentou que quando deixava de ir ao hospital ficava aborrecida, "*tanto os doentes já me esperam, tanto eu mesma tenho saudade deles*".

(O ofício citado pela escritora encontra-se no Arquivo Clarice Lispector pertencente ao Arquivo-Museu de Literatura Brasileira, na Fundação Casa de Rui Barbosa, no Rio de Janeiro.)

16. Claude-Achille Debussy (1862-1918) músico e compositor francês, autor de *Prelúdio à tarde de um fauno* (1894), da ópera *Pelléas e Melisande* (1895) e das suítes orquestrais *Noturnos* (1899).

13 de agosto

17. As enormes dificuldades de transporte e a proibição de cachorros nos hotéis da Suíça impediram Clarice de levar consigo Dilermando quando se mudou para Berna. Dilermando é um dos personagens de *A mulher que matou os peixes* (Sabiá, 1968).

1 de setembro

18. Clarice refere-se ao livro *O lustre*, cuja orelha foi escrita pelo pensador católico e crítico literário Alceu Amoroso Lima.

Florença
1945

26 de novembro

1. Florença foi o grande centro intelectual e artístico europeu da Renascença. Durante 300 anos foi governada pelos Médici. Nela floresceram grandes artistas como os citados por Clarice: os escultores Donatello e Cellini, o arquiteto Brunelleschi e o pintor Michelangelo.
2. Clarice refere-se a um verso de "No meio do caminho", de Carlos Drummond de Andrade, um dos seus poetas preferidos.
3. Peça de Nelson Rodrigues encenada pela primeira vez em dezembro de 1943.

Berna
1946

14 de abril

1. "Mamãe eu quero" (1936). Marcha de Jararaca e Vicente Paiva.
2. Localizado na Acrópole, o Partenon é um suntuoso templo em honra à deusa Atena.

29 de abril

3. O jornalista Samuel Wainer e sua esposa Bluma residiam em Paris quando conheceram Clarice e Maury. Bluma tornou-se uma das suas melhores amigas neste período.

8 de maio

4. O livro chama-se *A cidade sitiada* (Editora A Noite, 1949).

12 de maio

5. Autor de *Sparkenbroke* (1932) e *A fonte* (1936), ambos traduzidos pela Editora Globo, de Porto Alegre, por Mário Quintana.

23 de junho

6. A irmã de Mania Lispector, mãe de Clarice, morava em Maceió.
7. "E nota de Álvaro Lins dizendo que meus dois romances são mutilados e incompletos, que Virginia parece com Joana, que os personagens não têm realidade, que muita gente toma a nebulosidade de Claricinha como sendo a própria realidade essencial do romance, que eu brilho sempre, brilho até demais, excessiva exuberância..." (Carta de Clarice Lispector a Fernando Sabino. Berna, 19/6/46. *Cartas perto do coração.* Record, 2001.)

30 de junho

8. "É meu ofício."
9. O escritor e cônsul Raul Bopp servia em Genebra quando enviou uma página do suplemento O *Jornal*, do mês de junho, com um texto retirado do romance que Clarice estava escrevendo, *A cidade sitiada*.

2 de julho

10. O poeta e jornalista Ari de Andrade era colaborador da revista *Vamos Lêr!*.

17 de julho

11. *O ser e o nada* (1943). Obra fundamental da teoria existencialista.

14 de agosto

12. Publicada no século XV, de autor anônimo, há quem atribua sua autoria ao padre alemão Tomás de Kempis. Considerada a obra mais lida no mundo cristão depois da Bíblia. Clarice fez alguns comentários sobre a leitura desta obra com Fernando Sabino (*Cartas perto do coração*). "Tenho lido muito a *Imitação de Cristo* que tem me purificado às vezes." (p. 21)
"Quanto à Imitação de Cristo, ela manda sofrer até o sangue, e me ceder inteiramente. Sofrer até o sangue, chegarei lá e mesmo às vezes já cheguei. Mas me abandonar, não sei como, me falta a graça. Como diz Álvaro Lins, eu sou dos muitos chamados e não escolhidos..." (p. 54)
13. Giorgio de Chirico (1888-1978). Fez parte do movimento chamado Pintura metafísica, que antecipou elementos que depois apareceram na pintura surrealista. No início dos anos 1920 a sua obra obtém um êxito considerável nos meios vanguardistas e, em 1925, participa na primeira exposição surrealista. Entre as suas obras mais conhecidas há que citar *Retrato premonitório de Apollinaire*, *Heitor e Andrómaca* e as *Musas inquietantes*.
14. Publicado posteriormente sob o título de "O crime do professor de matemática" em *Laços de família* (Francisco Alves, 1960).
15. Esposa do diplomata Lauro Escorel. O casal conviveu com Clarice e Maury em Washington.
16. *Old Acquaintance* (1943), estrelado por Miriam Hopkins e Vincent Sherman.

26 de novembro

17. Segundo Clarice são "Pequenos trechos, algum poema, tudo ligado pelo título geral de 'Children's Corner'" (Berna, 8/2/47 – *Cartas perto do coração*, p. 84). Em 1962, ela também assinou uma coluna com o mesmo título na seção da revista *Senhor* Sr.&Cia.

11 de dezembro

18. "mimado".

28 de dezembro

19. Espetáculo feérico, mágico, maravilhoso.
20. O primeiro livro de Guimarães Rosa publicado em 1946.

1947

2 de janeiro

21. "meu coração se abre à tua voz, como se abrem as flores ao beijo da aurora".
22. "Tico-tico no fubá" (1917), de Zequinha de Abreu, foi gravada por Carmen Miranda.

6 de fevereiro

23. Auguste Rodin (1840-1917). Escultor francês autor de O *pensador*.
24. Alfredo Ceschiatti, escultor. Conviveu com Bluma Wainer em Paris. Numa carta endereçada a Clarice (18 de maio de 1947), disse ter gostado de ler O *lustre*.
25. "eu volto".

22 de fevereiro

26. O *amante de Lady Chaterlay* (1928), de D. H. Lawrence (1885-1930) é um clássico da literatura erótica. Foi proibido na Inglaterra sob a acusação de pornografia. A história mostra a relação proibida de Constance Reid e o guarda-caça Oliver Mellors, que trabalha para seu marido. Casada com um oficial inglês que voltou inválido da guerra, Lady Chaterlay é autorizada por ele a encontrar um amante.

29 de março

27. Em A *volta do gato preto* (1946), Erico Verissimo narra as impressões de sua viagem aos Estados Unidos, na década de 1940, para onde foi convidado a lecionar literatura brasileira na Universidade da Califórnia.

21 de junho

28. Carta incompleta.

30 de junho

29. Simone de Beauvoir (1908-1986). Escritora, filósofa, feminista francesa.
30. "Deus lhe abençoe."

7 de agosto

31. Dotada de grande carisma, Evita, como o povo argentino a batizou, teve participação marcante na eleição de seu marido Perón, em 1946. Como primeira-dama, destacou-se por sua atuação no plano político e social.

15 de novembro

32. Trata-se de seu terceiro romance: A *cidade sitiada.*

1948

22 de maio

33. O *pássaro de fogo* (1910) de Stravinsky (1882-1971) foi composto para um balé baseado nos contos populares russos. O pássaro vive no jardim do mago Katschei junto com jovens princesas aprisionadas. O príncipe Ivan ganha uma pluma do pássaro que tem o poder de protegê-lo contra os encantos do mago Katschei. Apaixonado por uma das princesas, Ivan fica no jardim e acaba aprisionado pelo mago. A pluma do pássaro o salva da prisão e dá ao príncipe o segredo do mago: a imortalidade.
34. Segundo Maurice Ravel, A *valsa* é a apoteose da valsa vienense, à qual se misturava a impressão de um redemoinho fantástico e fatal.
35. Em A *sonata patética* (1799), de Beethoven, o tema central da obra transmite um sentimento de solidão.

Torquay
1950

10 de novembro

1. *Duchess of Idaho* (1950), direção de Robert Z. Leonard. Neste filme musical Christine, personagem vivida por Esther Williams, cria um plano infalível para ajudar sua amiga Ellen Hallit a conquistar o chefe, o playboy Douglas Morrison Jr.

28 de novembro

2. Tyrone Power (1913-1958) atuou em A *marca do Zorro* (1940).
3. T. S. Elliot (1888-1965). Poeta, dramaturgo e crítico inglês. *The Cocktail Party* (1950) é uma das suas peças mais notáveis.

Washington
1953

27 de novembro

1. Fernanda era a cozinheira portuguesa.
2. O dia de Ação de Graças, celebrado com comidas típicas, é feriado nacional. A data é a última quinta-feira de novembro. Na festa, um dos principais ingredientes é o peru, que ficou

como marco da celebração do *Thanksgiving*. O cardápio do dia normalmente inclui peru, *stuffing* (um milho de pão em cubinhos usado como recheio), abóbora, purê de batata, batata-doce e torta de abóbora.

3 de dezembro

3. Jorge de Lima (1893-1953), autor de *Invenção de Orfeu* (1952), escreveu romances, ensaios e poesia, mas foi neste último gênero que mais se destacou. Seus livros exibem um profundo traço surreal e religioso, notadamente católico.

1954

10 de maio

4. *Perto do coração selvagem* foi traduzido pela Ed. Plon, em 1954.

1955

29 de agosto

5. "estou ocupado".
6. Mafalda Verissimo, esposa de Erico Verissimo. O casal conviveu com Clarice e Maury durante três anos em Washington.

17 de outubro

7. A *maçã no escuro* foi terminado em Washington, em 1956. Clarice refere-se a este livro em outras cartas como A *veia no pulso*.

25 de outubro

8. Os *mandarins* (1954), romance de Simone de Beauvoir, recebeu o prêmio Goncourt de 1954. Descreve os círculos existencialistas parisienses do pós-guerra.
9. "obrigado, amor".
10. "Mãe, não deixe ele me chamar de 'amor'."
11. "não me imite".
12. Shelley Winters (1920-2006). Uma das mais respeitáveis atrizes da "era de ouro" de Hollywood, começou a carreira nos anos 1940. O reconhecimento como atriz de talento veio em 1951, através de sua atuação em *Um lugar ao sol* (*A Place in the Sun*), de George Stevens. Por este papel, recebeu sua primeira indicação ao Oscar na categoria de "Melhor Atriz". Em O *diário de Anne Frank* (1959), dirigida por George Stevens, recebeu o Oscar de "Melhor Atriz Coadjuvante".
13. Frédéric Chopin (1810-1849) foi um dos maiores compositores para piano. Dedicou toda a sua obra ao piano, com exceção de uma ou duas peças para violoncelo, um trio de câmara, os dois concertos para piano e algumas canções.

1956

13 de fevereiro

14. A diplomata Zilah Mafra Peixoto foi colega de Maury Gurgel Valente na Embaixada do Brasil em Washington.
15. "Mãe, eu não me sinto feliz porque eu sou um grande menino."
16. "Mãe, eu tenho algo para lhe contar."
17. Grace Kelly (1929-1982), a atriz, tornou-se princesa de Mônaco em decorrência do seu casamento com o príncipe Rainier III. Protagonizou *Disque M para matar*, sob a direção de Alfred Hitchcock. Em 1955, fez com Cary Grant o filme *Ladrão de casaca*, filmado em Mônaco. Nesse ano, voltou a trabalhar com Hitchcock em *A janela indiscreta*. Seu último filme foi *Alta sociedade* (1956).

25 de abril

18. João Goulart era vice-presidente da República no mandato de Juscelino Kubistchek.

8 de maio

19. Jean Anouill (1910-1987). Uma de suas obras mais notáveis é *Antígona*, adaptação da obra homônima de Sófocles.
20. "O búfalo" foi publicado em *Laços de família* (Francisco Alves, 1960).

18 de outubro

21. "mãe, uma pessoa estúpida pode ter *hobbies*?"

3 de dezembro

22. O conto "Amor" foi publicado na *New Mexico Quarterly*. Universidade do Novo México. Volume XXVI, Winter, 1956-1957, Number 4.
23. Arthur Miller (1915-2005). Autor de *A morte de um caixeiro-viajante* (1949) e *A View From the Bridge* (1955).

1957

15 de janeiro

24. "cuide de você".

19 de março

25. "Você é a melhor vida no mundo."
26. "Você salvou a minha vida."
27. "Mãe, você é a minha bela Anacin."
28. "não você, mãe, você é muito bonita para isto, mas uma velha senhora".

14 de abril

29. Simeão Leal foi o editor do primeiro livro de contos de Clarice Lispector: *Alguns contos* (1952). Os contos aos quais ela se refere foram publicados em *Laços de família* (1960).

13 de agosto

30. O comediante Danny Kaye estrelou ao lado de Bing Crosby o musical *Natal em branco* (1954).
31. Peter Lawford estrelou *Núpcias reais* ao lado de Fred Astaire.
32. Um dos maiores clássicos do cinema, *...E o vento levou* é uma adaptação do livro de Margaret Mitchell. Estreou em 1939, dirigido por Victor Fleming e estrelado por Clark Gable e Vivien Leigh.
33. *Os irmãos Karamazov* (1958). Direção: Richard Brooks. Com Yul Brynner e Maria Schell.

Cartas aos filhos
1969

25 de janeiro

1. A primeira de uma série de 13 cartas endereçadas ao filho Paulo quando este embarcou com quase 16 anos (que completaria em fevereiro) para Indiana, nos Estados Unidos, no dia 25 de janeiro de 1969, para participar de um programa de intercâmbio estudantil. Paulo nasceu em 10 de fevereiro de 1953 em Washington e residiu nos EUA com seus pais e o irmão Pedro até os 6 anos de idade.
2. Azaleia era uma leitora que se tornou amiga de Clarice Lispector. Segundo Paulo Gurgel Valente, elas se falavam apenas por telefone. Seu nome aparece na capa de uma cópia de *Objeto gritante* depositada no ACL/FCRB: "Azaleia, comece a ler pelas páginas soltas e emende a leitura na página 48. Se você considerar isso aqui mais do que carta fique ciente que é um antilivro." E acima da frase, com outro formato de letra: "Este é um antilivro." Há várias palavras riscadas, inclusive o nome de Azaleia. Como ela não foi a única leitora dos originais, deduz-se o porquê do risco. Na crônica "Dicionário" (*Jornal do Brasil*, 3 de abril de 1971. Cf. TC, p. 386), no verbete Azaleia, Clarice escreveu: "As pessoas que se chamam Azaleia — como minha amiga Azaleia — adquirem as qualidades da flor; é uma alegria lidar com elas. Recebi de Azaleia muitas azaleias brancas que perfumaram a sala toda."

26 de janeiro

3. *Uma aprendizagem ou o livro dos prazeres*, que seria publicado nesse mesmo ano pela editora de Fernando Sabino e Rubem Braga.
4. Silea Marchi foi contratada para acompanhar Clarice no período de convalescença após o incêndio que sofreu no seu apartamento, na noite de 14 de setembro de 1966. Com o tempo, veio a se tornar uma espécie de governanta e, eu diria, um anjo da guarda; ela acabou morando no apartamento da Gustavo Sampaio até os últimos dias de Clarice.

sem data

5. Marilu é filha de Eliane e Mozart Gurgel Valente, prima paterna de Paulo.
6. Clarice colaborava na *Manchete* desde maio de 1968, na seção "Diálogos possíveis com Clarice Lispector", fazendo entrevistas com personalidades do mundo político, artístico e cultural. Entrevistados como Roberto Marinho, fundador das Organizações Globo e Yo-

landa Costa e Silva, esposa do presidente do Brasil, general Artur da Costa e Silva (de 15 de março de 1967 a 31 de agosto de 1969), mostram que a revista tinha interesse em focalizar personalidades de grande expressão no cenário da política e das comunicações. A entrevista com Yolanda Costa e Silva foi publicada em *Manchete* em 5 de abril de 1969.

7. Considerado um dos colégios mais tradicionais do Rio de Janeiro, o Andrews era o colégio em que Paulo estudava.
8. O Largo do Boticário, no Cosme Velho, onde morava o pintor, poeta e educador pernambucano Augusto Rodrigues (1913-1993), a quem Clarice costumava visitar aos domingos.

22 de abril

9. As crônicas eram publicadas em sua coluna do *Jornal do Brasil* aos sábados; trabalho que tivera início em 19 de agosto de 1967.

25 de abril

10. *To Kill a Mockingbird* (1960), de Harper Lee, traduzido no Brasil com o título de *O Sol é para todos*, tornou-se um dos clássicos da literatura norte-americana. Aborda questões de classe, coragem, compaixão e papéis de gênero no extremo sul dos Estados Unidos. Temas principais: a injustiça racial e a destruição da inocência.
11. *Teorema* (1969) é um filme baseado no livro de mesmo título escrito e dirigido por Pier Paolo Pasolini. Uma "verdadeira parábola sobre a crise da estruturação da sociedade (em especial da classe média) em torno da instituição familiar. O longa inicia-se colocando a questão da tensão social existente entre a burguesia e o proletariado com a sequência na qual inúmeros jornalistas noticiam a entrega de uma fábrica aos operários, e questionam se tal atitude poderia significar um desejo da burguesia em transformar todos em burgueses" (Cf. Raoni Reis Novo e Felipe Corípio. http://www.rua.ufscar.br/).

Rio de Janeiro, maio

12. Em maio de 1969, Clarice Lispector entrevistou Mário Cravo Júnior, Jorge Amado e Carybé em Salvador.
13. Segundo livro infantil de Clarice Lispector, ilustrado por Carlos Scliar e publicado pela Editora Sabiá, em 1968.
14. João Cabral de Melo Neto tomou posse na Academia Brasileira de Letras em 6 de maio de 1969. Clarice e Cabral mantiveram correspondência durante os anos de 1948 e 1949, quando este era vice-cônsul em Barcelona, e entre 1957 e 1958, quando ele residia em Sevilha e Clarice em Washington.
15. Filme de Roman Polanski, lançado em 1968, e baseado no livro de mesmo título de Ira Levin, lançado no ano anterior. É considerado um dos clássicos do filme de terror da década de 1960.

31 de maio

16. As entrevistas foram publicadas na revista *Manchete*, nas seguintes datas: Jorge Amado (14 de junho de 1969), Mário Cravo (21 de junho de 1969), Carybé (28 de junho de 1969) e Genaro (5 de julho de 1969). No livro *De corpo inteiro* (Artenova, 1975), figura somente a entrevista com Jorge Amado. Em 2007, todas as entrevistas foram incorporadas ao livro

Clarice Lispector – Entrevistas, editado pela Rocco e organizado por Claire Williams. Uma nova edição ampliada foi publicada em 2024.

12 de junho

17. Os nomes citados são de personagens de *A grande mentira*, a mais longa telenovela produzida pela Rede Globo de Televisão. Apresentada às 19 horas entre 5 de junho de 1968 e 4 de junho de 1969, e escrita por Hedy Maia e dirigida por Fábio Sabag e Marlos Andreucci. "Na trama o milionário Roberto Albuquerque (Cláudio Marzo) atropela Maria Cristina (Myriam Pérsia) e os dois se apaixonam. Mas a mãe do rapaz, Viridiana Albuquerque Medeiros (Neuza Amaral), não aceita o namoro porque a moça é pobre" (Cf. Museu da TV). Em "Vocês se lembram de Glória Magadan?" (*Jornal do Brasil*, 10 de abril de 1971) (Cf. TC, p. 387), Clarice recorda-se da novela *O sheik de Agadir*, da dramaturga, exibida entre 18 de julho de 1966 a 17 de fevereiro de 1967, que ela assistia com as enfermeiras durante seu período de internação hospitalar sucessivo ao incêndio de seu quarto em setembro de 1966.

sem data

18. João Bethencourt (1924-2006) é autor de inúmeros sucessos do teatro brasileiro, como *Bonifácio Bilhões* (1975), e diretor de outros tantos, como *A gaiola das loucas* (1974).
19. Torta de maçã.
20. No caso, *A grande mentira*, da TV Globo.
21. "Diga-lhe como estou muito agradecida de (...) Você, que é a alma de minha vida. Desejo a ela muitas felicidades."

1971

25 de fevereiro

1. Paulo estava com o pai, Maury, que residia então na capital uruguaia.
2. O excesso de trabalho ao qual Clarice se refere é provavelmente no livro *Atrás do pensamento*, publicado sob o título de *Água viva*, em 1973, escrito no período, e as crônicas semanais para o *Jornal do Brasil*.

Impressão e Acabamento:
GEOGRÁFICA EDITORA LTDA.

Roma, 15

Minhas queridas,

sonhei durante anos com o momento de lhes e
É prematura ainda. Prematura talvez de meze
deixar de falar nisso. Maury achou que 3 ano
e pediu para ser chamado para o Rio. O pedid
aceito. O que não sabemos é quando o decreto
assinado. Pode ser daqui a um mez, pode ser da
Não há nada de certo. Só tomara que seja logo
anciosa. Nós temos pouco dinheiro. Não sabemos
Mozart nos devolverá os cem contos - pelo menos
quasi impossivel que isso suceda. Maury no Rio
Precisarei trabalhar e ganhar no mínimo 2 contos
quilibrarmos - isso de acordo com as noticias de
em do Rio. Mas a questão de trabalho verei no Ri
erendo ver se levo uma empregada italiana, para t
o consegui. Quanto a alugar apartamento para nós,
lhor que nos primeiros tempos moremos numa pensão
D.Zuza - no Rio ele vê o que pode fazer quanto a a
o sei bem o que ele quer e não estou de acordo com
ele teima que quer assim e então é melhor deixar -
ez ele dê um jeito).
eria fazer umas perguntas:
Quanto dinheiro mais ou menos se precisa para mobil
pequeno apartamento?
uanto mais ou menos se paga uma empr
Oh só tomara que esse decreto
neço de abril, passar
Mesmo que o de
ê-las se

Elisa, Tania, queridas,

depois que recebi sua carta, Elisa
dizia da febrezinha de Tania, deix
até escrever. Estou tão sentida co
as coisas depois que eu peço mil v
conder minhas preocupações. Vocês
muito abatida com o fato de que e
tes, o motivo de tantas coisas.
ra falar, estou deprimida e sem
longe, isso é motivo para eu des
esteja bem, espero em Deus que
rem em cima de vocês caiam em m
pótese. Qual é a opinião dos mé
os exames todos resultado nega
que desânimo de estar longe e
contando. Em Arcozelo continua
de quando é que veio essa feb
tolice de dizer que tinha tom
mas quando é que finalmente
imploro, noticias. Isso é mo
e imaginando, e quebrando a
tacto com vocês por interme
Não basta o que sofro com a
a Nápoles, desde que fui a
adatação nesses logares ár
A última verdadeira linha
tre, que estava pronto no
mais nada, tudo que faço
mezes sem olhar sequer me
dedos, sem me misturar a
diarios; então a isso ve
não dar verdadeiras noti
tem a febrezinha? Que ar
não tenho nada m
não tenho feito d

Nápoles, 7 janeiro 1945

Elisa, minha querida:

Desculpe este bilhetinho que naturalmente
az a pessoa ficar danada. É que hoje, em-
ora bem, estou mais ou menos burra e sei que
ão posso escrever muito. Isso não depende
de assunto, eu sempre sei o que hei de falar
com você, mesmo sem novidades - que essas nun-
ca existem propriamente. Hoje é domingo, fe-
lizmente de novo pé de chachimbo (em vez de
cachimbo a máquina escreveu chachimbo, o que
é muito mais elegante e muito mais próprio
para este domingo - na verdade parece que eu
ia escrevendo pé de cha-to, o que é mais cer-
to). Hoje de noite vão passar no Parco Hotel
um filme chamado Strange Affair, de Walt
Disney (mas não sei se é isso mesmo porque
por telefone e não ouvi bem). Acho

cinco horas; daqui a pouco vou me
antar. Aqui aos domingos inovei
os empregados poderem dar o f
uma grande dona de casa? Parec
do 62 kilos, mas não parece pr
ra eu não esteja magra não dou
da. Tambem com esse regime de
eu não faço nada. Só emagrec
me desesperar por exatamente
que eu não creio que aconte
essivamente mergulhada nela
erar. Em suma, a ideia do
para mim. Que esse diabo
ue eu desejo.
erida, escreva